国家社会科学基金青年项目
"理查德·赖特作品研究"（10CWW016）
的最终成果

李怡 / 著

布鲁斯化的伦理书写
——理查德·赖特作品研究

中国社会科学出版社

图书在版编目(CIP)数据

布鲁斯化的伦理书写：理查德·赖特作品研究 / 李怡著．—北京：中国社会科学出版社，2016.5
ISBN 978 - 7 - 5161 - 8845 - 3

Ⅰ.①布⋯ Ⅱ.①李⋯ Ⅲ.①理查德·赖特—小说研究 Ⅳ.①I712.074

中国版本图书馆 CIP 数据核字（2016）第 205095 号

出 版 人	赵剑英
责任编辑	郭　鹏
责任校对	石春梅
责任印制	李寡寡

出　　版	中国社会科学出版社
社　　址	北京鼓楼西大街甲 158 号
邮　　编	100720
网　　址	http://www.csspw.cn
发 行 部	010 - 84083685
门 市 部	010 - 84029450
经　　销	新华书店及其他书店
印　　刷	北京明恒达印务有限公司
装　　订	廊坊市广阳区广增装订厂
版　　次	2016 年 5 月第 1 版
印　　次	2016 年 5 月第 1 次印刷
开　　本	710×1000　1/16
印　　张	17
插　　页	2
字　　数	279 千字
定　　价	65.00 元

凡购买中国社会科学出版社图书，如有质量问题请与本社营销中心联系调换
电话：010 - 84083683
版权所有　侵权必究

目　　录

序 …………………………………………………………（1）

导　论 ……………………………………………………（1）

第一章　布鲁斯语境下的黑人生存伦理 ………………（20）
　　第一节　流变的布鲁斯与黑人生存伦理 ……………（20）
　　　　一　流变的布鲁斯 ……………………………（21）
　　　　二　黑人生存伦理的布鲁斯特质 ……………（30）
　　第二节　赖特布鲁斯化的伦理书写 …………………（39）
　　　　一　赖特作品中的布鲁斯特征 ………………（39）
　　　　二　赖特作品中的伦理书写 …………………（48）

第二章　《土生子》中黑人生存困境的布鲁斯呐喊 …（55）
　　第一节　幽闭空间里的暴力伦理 ……………………（56）
　　　　一　幽闭空间里的暴力取向 …………………（57）
　　　　二　布鲁斯语境下的暴力书写 ………………（66）
　　第二节　伦理身份的命名代码 ………………………（70）
　　　　一　玛丽·道尔顿 ……………………………（70）
　　　　二　别格·托马斯 ……………………………（73）
　　第三节　布鲁斯化的伦理关系网 ……………………（79）
　　　　一　黑人家庭伦理之痛 ………………………（80）
　　　　二　黑人男性的街头抗议 ……………………（87）

三　白人吟唱的伪布鲁斯 ………………………………… (91)

第三章　《黑孩子》中种族伦理关系的布鲁斯吟唱 ………… (99)
　第一节　白人家长制伦理机制的历史反思 …………………… (102)
　　　一　白人家长制伦理关系的基石 ……………………… (102)
　　　二　白人家长制的本质 ………………………………… (106)
　第二节　黑人家庭伦理关系的误区 …………………………… (113)
　　　一　滥用权力的男性家长 ……………………………… (115)
　　　二　传承暴力的女性家长 ……………………………… (121)
　第三节　家长伦理模式的意指与修正 ………………………… (127)
　　　一　以"形式的掌控"求生 …………………………… (127)
　　　二　以知识摆脱伦理束缚 ……………………………… (131)

第四章　《局外人》中颠覆西方传统伦理的爵士宣言 ……… (136)
　第一节　社会暴力与传统伦理的"爵士转义" ……………… (138)
　　　一　隐性的社会暴力 …………………………………… (138)
　　　二　克劳斯对传统伦理的否定 ………………………… (142)
　第二节　布鲁斯恶魔的"爵士转义" ………………………… (150)
　　　一　人向魔蜕变中的"爵士转义" …………………… (150)
　　　二　人性复苏后的爵士宣言 …………………………… (165)

第五章　《父亲的法则》中黑人男性主题的即兴重奏 ……… (172)
　第一节　《父亲的法则》中延展的男性身份主题 …………… (173)
　　　一　父亲身份的"命名性转义" ……………………… (174)
　　　二　赖特小说体系间的书名转义链 …………………… (176)
　第二节　在场的父亲 …………………………………………… (178)
　　　一　鲁迪·特纳（Ruddy Turner）的"命名转义" …… (178)
　　　二　父亲的伦理旋涡 …………………………………… (183)
　第三节　迷失的儿子 …………………………………………… (190)
　　　一　汤姆叔叔宿命的历史烙印 ………………………… (190)
　　　二　父亲法则的本质 …………………………………… (193)

附录一　常用术语 …………………………………………（203）

附录二　革命诗歌美学：理查德·赖特的诗学主张与艺术实践 …（218）

附录三　理查德·赖特的俳句
　　　　——一种对日本俳句继承与改良的文学新实践 …………（233）

结　语 ………………………………………………………（246）

参考文献 ……………………………………………………（253）

后　记 ………………………………………………………（264）

序

李怡是我们华中师范大学外国语学院的一位年轻有为的教授，也是我的学生。她为人谦和，做事认真，学术功底扎实。其父生前是我院英语专业的老教授和专业负责人，长期从事英语言文学研究，李怡应该说有家学基础。我跟她的学术缘分，是她多次就理查德·赖特创作受日本俳句影响的问题找我探讨。

她在《外国文学研究》《当代外国文学》等杂志上发表过一系列研究理查德·赖特小说与诗歌的专题论文。她善于在多元文化的比较视域中，发现多理论结合的复合型研究新视角，还长于在文本细读的基础上，深入浅出地将理论融入并运用于文本阐释。所以，她的文章视角新颖、思维清晰，有理论基础却更重文本解读，逻辑既缜密又不失行文流畅。最近获悉她的国家社会科学基金青年项目的专著即将出版，我由衷地为她高兴。

由于李怡研究课题的原因，我多方了解并在某种程度上认识了赖特文学的特质。理查德·赖特是20世纪非裔美国文坛第一位受到世界瞩目的文学巨星。他在美国文坛的影响力也是毋庸置疑的。尽管国外对理查德·赖特的研究成果也较为丰富，但李怡撰写的这部《布鲁斯化的伦理书写——理查德·赖特作品研究》可谓赖特整体研究中一部极有特色的专著。

第一，在研究方法上，该书以文学伦理学批评方法和布鲁斯批评理论为要素建立了一个坐标系，用一种复合的、互补性的研究方法来综合考察赖特小说的文学价值、伦理取向和艺术魅力。布鲁斯理论是非裔美国文学作品研究中不可逾越的研究方法，它能充分挖掘这些作品独有的文化魅力和美学特征。该书并不依循单一理论和方法的研究范式，而是采用了中国学者聂珍钊教授提出的文学伦理学批评方法进一步拓展了布鲁斯理论。因此，这部书在研究方法上取得了创新性的突破——既做到了与非裔美国传统文化接轨，突破了传统批评方法的瓶颈，又将中国前沿的研究方法融入其中，有效地弥补了布鲁斯理论研究中存在的重文化性泛化研究、重艺术性狭隘研究等不足。

第二，该书在研究内容的取舍与重点建构上也让人耳目一新。它首次将赖特不同时期的小说《土生子》《黑孩子》《局外人》和《父亲的法则》作为一个动态的作品体系，将这些小说的男性主人公视为一个持续发展的主体群作为研究对象。由此，赖特的作品在一个历时框架体系内得以重构，清晰呈现了男性主体与小说主题、语言艺术和道德取向间的内在关联。本书不仅厘清了赖特小说与传统布鲁斯主题的关系，还从历史的纵向维度探讨了赖特小说体系与美国黑人生存伦理间的历史同构关系问题，从而凸显了布鲁斯与黑人生存伦理的本质联系，阐明了赖特的小说创作历程就是对黑人生存的一种布鲁斯式的伦理书写。

尤其是，第五章"《父亲的法则》中黑人男性主题的即兴重奏"的研究思路异常独特。首次将这部小说作为一个反观视点，探讨了赖特作品中存在的链状动态关系，从伦理身份与布鲁斯身份主题的双重视角探讨了鲁迪·特纳及其子汤米在赖特小说主人公群中表现出的进步意义以及他们所具有的不可逾越的社会局限性。

第三，本书还体现了年轻作者的难得的学术严谨。本书不仅正文部分的论述严谨，其附录也内容翔实且具有针对性，具有很高的学术参考价值。特别是在附录1中，作者梳理了非裔美国文学作品研究常见术语，这给国内赖特研究甚至是非裔美国文学研究提供了更为规范的补充。而附录3《理查德·赖特的俳句——一种对日本俳句的继承与改良的文学新实践》突破了日中俳句对比或者英中俳句对比的常规比较模式，更注重深入探析和发现作家独有的英语俳句风格。可以毫不夸张地认为，附录部分同样是本书的亮点。

综上所述，李怡的专著《布鲁斯化的伦理书写——理查德·赖特作品研究》是一种内容扎实、方法创新的融合体。无论是全书的架构模式、章节的内容安排、问题提出与阐释，还是材料的选取与使用，观点的分析与评述都令人耳目一新、豁然开朗，即便不是理查德·赖特的研究者，也会产生阅读和深究的热望。

这部专著完全有理由成为中国理查德·赖特研究方面与国际前沿对话的新成果。

李俄宪

2015 年 12 月 6 日

导　　论

理查德·赖特（Richard Wright, 1908—1960）是第一位受世界文坛瞩目的黑人文学家。他敢于公开揭穿美国文化的民主谎言，直白地抨击这种以白人父权制为核心的文化伦理体制的诟病，深入剖析和检讨了黑人民族内部存在的种种伦理取向的误区。他在文学作品中不遗余力地书写出美国几个世纪的文化伦理禁忌、白人—黑人的社会结构关系以及新一代黑人如何以个性化的方式抗争主流文化对他们生存的漠视和贬损。因此他是第一个"永远地改变了美国文化，使重复的谎言不再实现"的黑人作家。①

作为一个生长在美国南方的黑人，赖特深谙布鲁斯文化对黑人的影响力。他一生都在孜孜不倦地用非裔美国民俗元素去改良和创新欧美主流的文学形式，以其独特的艺术魅力去书写黑人生存境遇，表达他们的伦理诉求。他的作品也因此总是散发着别具风格的非裔文化气息，其中布鲁斯②艺术的超强表现力和文化的包容性成为其作品不可忽视的特点。

布鲁斯是非裔美国文化的母体与源头。它不仅仅是这个多灾多难的种族的文化的"隐喻"，更是一条遵循从音乐形式到文艺理论到文化意识形态再到生存哲学这一线性发展的变奏轨迹。它不仅仅是一门民俗艺术、一种言说方式、一门修辞技巧，它更是一套凝结黑人种族智慧的民族气质和生存伦理的代码——它们能充分表征在漫长的种族主义压迫史上一代代非

---

① 这段引言出自20世纪美国最有影响力的评论家欧文·豪。这是他在评价赖特的经典代表作品《土生子》时给出的高度的评价，并被广泛地引用在赖特作品的研究文献中。参见 Ivring Howe. "Black Boys and Native Sons", in *Twentieth Century Interpretation of Native Son*. Houston A. Baker Jr., Ed. Englewood Cliffs, N. J.：Prentice Hall, Inc., 1972, p. 63.

② 国内学者也常将它翻译为布鲁士。追溯国内对黑人这种音乐形态的译介史，可以发现国内比较有影响力的译著应该是1983年由袁华清教授翻译的《美国黑人音乐史》（人民音乐出版社出版）。袁教授将Blues译为布鲁斯。本书将从这种音乐的起源和流变入手来分析赖特小说中呈现出的布鲁斯主题和形式，因此笔者参考和借用了袁先生对这一术语的翻译版本。

裔美国黑人在向白人主流文化妥协、调停和抗争的历程中不同的伦理取向①。再加上赖特从小在布鲁斯音乐的熏陶下长大，在他眼里，布鲁斯是黑人生活态度的历史书写，它记载了在南方残酷的奴隶制和吉姆·克劳法则下黑人如何应对种种伦理禁忌而艰难求生的抗争史。布鲁斯所传递出的伦理思想和行为方式，承载了黑人的生存伦理。因此，在赖特的作品中，他运用了反映黑人生活百态的布鲁斯主题以及布鲁斯独有的跨越时空的叙事延展性和对话性特征，不断地重新定义着黑人男性身份，并伴随时代的变化去展现他们如何面对和挑战新的伦理困境。这使赖特的小说自成一体，如一首反复断奏的男性身份布鲁斯——回顾历史、书写当下、展望未来。赖特在非裔美国民俗文化中找到了他创作的源泉和动力，在开拓非裔美国文学领域的实践中，呐喊出黑人乃至全世界受压迫人民的心声。他的作品对改善20世纪美国种族关系起到了促进作用。②

一

国内外学者对理查德·赖特作品以及他对非裔美国文学的贡献的相关研究已经取得了一些成绩，但仍然有可以拓展的空间。

（一）国外研究现状

外国学者对赖特的研究已经取得了很丰硕的成果，然而仍留有进一步拓展和深入的空间。根据 JSTOR, Project Muse, ASA Online, GALE, EBSCO, 以及 Google Scholar 和 Worldcat 等常用数据库以及 Proquest 硕博论文数据库的检索结果，学界对理查德·赖特的接受和批评可以分为三个阶段。

---

① 这种与布鲁斯相关的民族气质以及其中蕴含的黑人为了生存采取的各种伦理取向，常被称为"布鲁斯民族气质"或"布鲁斯气质"（the ethos of the blues）。它是一个布鲁斯术语，被广泛地运用在黑人音乐、美术和文学批评之中。根据美国黑人美学家拉瑞·尼尔（Larry Neal）的观点，布鲁斯气质能高度概括从布鲁斯中生成的，表现非裔美国黑人民族精神、文化价值和伦理取向的所有理念。布鲁斯气质是在黑人种族气质中最黑暗、最晦涩之处萌发出来的。它表现出的是一种布鲁斯冲动，而这冲动则与黑人苦难的生活密不可分，并集中反映了苦难生活中黑人的共同心境和复杂的情感。随着黑人美学和黑人文学研究的深入，该术语从文化层面上，常被用来指涉黑人在与美国主流文化妥协和抗争中的生存方式和伦理取向。因此这一术语与黑人生存伦理一词有异曲同工之妙。鉴于此，在本书中黑人生存伦理有时会和布鲁斯气质混用和互换。

② http://en.wikipedia.org/wiki/Richard_Wright_(author).

20世纪30年代至40年代末,人们对赖特文学成就的评论主要是书评和论文形式。在1938年以前,评论主要集中于赖特的左翼诗歌所表达的政治观念和艺术价值。比较密集地接受和评论始于1938年赖特的短篇小说集《汤姆叔叔的孩子们》(*Uncle Tom's Children*)的问世。小说集一经出版就引发了评论界的热议。仅仅在1938年,对赖特作品的报刊文评就有293篇。[①]大家一致认为它代表了"新一代美国黑人的声音,刺耳却新鲜",它揭示了被历史谎言掩盖了几个世纪的南方种族偏见对黑人民族人性和尊严的践踏,可被视为一部"甜蜜而有力量的史诗般的悲剧"。[②]一时间,赖特成为美国文坛上一颗炙手可热的新星。

《土生子》(*Native Son*, 1940)和《黑孩子》(*Black Boy*, 1945)的问世将评论界对赖特作品的接受热情推上了第一个高峰。《土生子》在出版的前三周就发行了215000本,当年各大报刊对该书的评论达到了1005篇。[③]评论界一致认为赖特是美国文坛上第一个被广泛接受的黑人作家。他杂糅了美国自然主义文学传统和马克思主义的革命意识形态,深刻而激进地表达了他早期诗歌中的"暴力反抗的政治美学倾向"。这使《土生子》成为"广泛传播的非裔美国黑人之声",反映出贫苦民众生存诉求的第一部具有社会震撼力的黑人小说。赖特也因此被誉为"非裔美国小说之父"。[④]《黑孩子》的成功将赖特的文学事业推上巅峰。他开创了以自然主义技巧来再现种族主义导向下的不公正社会体制,以讴歌黑人的暴力反抗行为来重新定义黑人的存在价值的新文风。这股赖特风影响了20世纪40年代一大批黑人作家的文学创作。这批作家被称为赖特流派。[⑤]不过,以1949年詹姆

---

① 该数据来源于 Keneth Kinnamon. *A Richard Wright Bibliography: Fifty Years of Criticism and Commentary*, 1933 – 1982. Connecticut: Greenwood Press Inc., 1988, pp. 7 – 25。
② 参见 Lewis Gannett. "Uncle Tom's Children by Richard Wright", in *Book Union Bulletin*, (April) 1938, pp. 1 – 2; Alain Locke. "Jingo, Counter Jingo and Us – Retrospective Review of the Literature of the Negro: 1937", in *Opportunity* 1938 (16 January), pp. 7 – 11。
③ 该数据来源于 Keneth Kinnamon. *A Richard Wright Bibliography: Fifty Years of Criticism and Commentary*, 1933 – 1982. Connecticut: Greenwood Press Inc., 1988, pp. 25 – 92。
④ Ann Joyce Joyce. *Richard Wright's Art of Tragedy*. Iowa City: University of Iowa Press, 1986, pp. 1 – 2。
⑤ 美国的伯纳德·贝尔在《非裔美国小说和传统》中给出了一个具体的数据证明,"20世纪40年代,美国黑人文学界一共出版了28部小说,其中一半以上存在受到《土生子》影响的痕迹,这标志着自然主义的成功"。参见 Bernard Bell. *Afro – American Novels and Tradition*. Amherst: The University of Massachusetts Press, 1987, p. 185。

4　布鲁斯化的伦理书写

斯·鲍德温（James Baldwin，1924—1987）发表批评文章《每个人的抗议小说》（*Everybody's Protest Novel*，1949）为标志，这股赖特风走向式微。[①]从20世纪40年代末起，赖特的文学作品接受陷入一个低谷。

20世纪50年代至60年代，是赖特作品最受非议的10年。在此期间他先后公开发表了三部长篇小说《局外人》（*The Outsider*，1953）、《野蛮假期》（*Savage Holiday*，1954）、《长梦》（*The Long Dream*，1958），三部游记《黑色力量》（*Black Power*，1954）、《彩色幕帘》（*The Color Curtain*，1956）和《西班牙异教徒》（*Pagan Spain*，1957），还发表了一部散文集《白人，听着！》（*White Man, Listen!*，1957）。

在这些作品里，赖特在文学创作上呈现出了显著的文学转型特征。第一，他的小说表现出一种明显的哲学转向。他有意识地采用存在主义哲学，去辨析殖民主义文化模式被内化到受压迫群体意识之后，给社会带来的潜在威胁。他注重刻画人物内心世界来凸显主人公的主体性，以他们面临的道德伦理困境来考量美国黑人的生存问题，其目的是将种族歧视的伦理困境放大成更有普适性的社会伦理困境。第二，他更多地将创作精力转向游记和散文。他游历了亚洲、非洲和欧洲许多国家，并积极参与到亚非拉国家民族独立的社会活动之中。作为一个有使命感的作家，赖特敏感地捕捉到战后世界格局的变化和欧洲信仰危机给人们带来的虚无感。他以一个曾经受到种族压迫的黑人作家的敏感，看到了这个世界格局内受压迫人们的苦难和困境。因此，他的游记和散文像法农所著的《黑皮肤、白面具》（2005）和《全世界受苦难的人》（2005）一样，是20世纪50年代反殖民主义的文学力作。

令人惋惜的是，这种文学转型让赖特日渐失去了文学市场，特别是受他提携的詹姆斯·鲍德温和拉尔夫·埃里森的公然抨击使他失去了昔日的文坛领军地位。究其原因主要是两个方面：一方面，他中后期的小说主要吸收了存在主义哲学思想，这使小说在表现方式和思想内涵上都比较晦涩难懂。而且，小说主人公采取血腥暴力行为去批判社会、标榜自我的存在方式与20世

[①] 1949年和1951年，美国的詹姆斯·鲍德温分别发表批评文章《每个人的抗议小说》（*Everyone's Protest Novel*，1949）以及《成千上万的人去了》（*Many Thousands Gone*，1951），炮轰他的文学导师赖特的《土生子》以及他代表的自然主义抗议小说是以暴力歪曲黑人形象的文学创作，这种文学缺乏真实度和艺术价值。他这两篇公开的批评是自己的文学成功道路上的垫脚石，因此，美国批评界也默认詹姆斯·鲍德温的行为是一种"文学弑父"。

纪50年代紧张的政治气氛有些格格不入。因此,他的小说事与愿违地招致了大量的批评。大多数的评论家认为他的中后期作品在主题上一味模仿法国存在主义小说风格,失去了早期作品那旗帜鲜明的族裔个性和风格;在语言和主题上更不及早期作品那样犀利,不能真实地反映同时代美国黑人的现实生活。另一方面,他失去文学市场的政治原因也不容忽视。赖特公然脱离美国共产党,这对于美国黑人作家来说,就等同于失去了有力的政治后台。不仅如此,他顶着麦卡锡主义的白色恐怖,频频参与第三世界人民的政治活动,以游记和散文形式书写了亚非拉国家崛起的力量,并痛击了欧洲帝国主义文明史的暴力本质。他所做的这些都让美国当局感到恐惧和不安。

20世纪60年代至今,赖特作品接受又进入一个相对稳定和成熟的阶段。60年代美国黑人民权运动方兴未艾,它再次引发了读者对赖特作品的研究热。赖特研究也进入第三个阶段,即真正进入对赖特文学作品系统的学术化研究阶段。仅仅在1961—1970年研究赖特的传记和专著就有7部[①],赖特专题研究的博士论文有5篇。根据 Proquest Dissertation and Theses 数据库(http：//search.proquest.com.)的显示,最早的一篇是由纽约大学爱德华·L. 马格里斯(Edward L. Margolis)的博士论文《理查德·赖特作品的批评分析》(1964);其他4篇分别是《理查德·赖特的出现:文学、传记、社会研究》(1966)、《理查德·赖特:他作品中的主题、思想和态度》(1966)、《美国隐喻:理查德·赖特小说研究》(1967)、《理查德·赖特作品中视野和抗议》(1967)。[②] 其中,路赛尔·卡尔·布端格南内(Russel Carl Brignano)和卡尼斯·金纳蒙(Keneth Kinnamon)的博士论文经修

[①] 它们分别是 Constance Webb. *Richard Wright：a Biography* (New York：Putnam Press, 1968); Edward Margolis. *The Art of Richard Wright* (Carbondale：Southern Illinois University Press, 1969); Dan MaCall. *The Example of Richard Wright* (New York：Harcourt, Brace and World, 1969); Robert Bone. *Richard Wright* (Minneapolis：University of Minnesota Press, 1969); Russel Carl Brignano. *Richard Wright：An Introduction to the Man and His Work* (Pittsburgh：University of Pittsburgh Press, 1970); John. Williams. *The Most Native Sons* (New York：Doubleday Press, 1970); Milton Rickles & Patricia Rickles. *Richard Wright* (Austin, Texas：Steck – Vaughn, 1970)。

[②] Edward L. Margolies. *A Critical Analysis of the Works of Richard Wright* (Diss. New York Univeristy, 1964); Keneth Kinnamon. *The Emergence of Richard Wright：a Literary, Biographical, and Social Study* (Diss. Harvard Univeristy, 1966); Russel Carl Brignano. *Richard Wright：the Major Themes, Ideas, and Attitudes* (Diss. Wisconsin Univeristy, 1966); Yohma Gray. *An American Metaphor：The Novels of Richard Wright* (Diss. Harvard Univeristy, 1967); John M. Reilly. *Insight and Protest in the Works of Richard Wright* (Diss. Washington Univeristy, 1967)。

改分别以《理查德·赖特的出现》和《理查德·赖特：其人其作》的专著形式出版。① 20 世纪 60 年代的这些论文和专著较为一致的是从社会学和马克思主义政治立场来探讨赖特在文学方面的成败得失。唯有《理查德·赖特的艺术》在这些作品中最早系统研究赖特作品的艺术价值，它也标志着赖特研究多元化时代的到来。

自 20 世纪 70 年代至今，国外评论界对赖特作品研究文献的专著、合著、论文集、杂志专刊不下百部，世界各国学术评论文章超过四千篇。② 学者们从各个角度运用多种批评方法、从不同视角对赖特的作品进行专题性的研究，使赖特研究逐步深入并多样化。总体而言，这些研究大致上可分为以下几类：传记性作品研究、种族问题研究、文化批评研究、意识形态和哲学思想研究、母题研究以及艺术价值研究。

第一，传记性作品研究。

国外一部分学者将赖特的生平传记和他的文学写作关系作为文学整体进行研究。继康斯坦斯·韦伯（Constance Webb, 1918—   ）之后③，相关专著或合集约有四十几部。其中 20 世纪 70 年代法国的米契尔·法布（Michel Fabre, 1956—   ）撰写的《理查德·赖特未尽的追求》是迄今为止赖特研究中引用率最高的一部传记性作品研究专著。④其次是玛格丽特·沃克（Marganet Walker, 1915—1998）的《魔鬼天才理查德·赖特：作家肖像，作品评论》（1988）⑤，进入 21 世纪后，又有两部专著主要在

---

① Russel Carl Brignano. *Richard Wright: An Introduction to the Man and His Work* (Pittsburgh: University of Pittsburgh Press, 1970); Keneth Kinnamon. *The Emergence of Richard Wright* (Urbana: University of Illinois Press, 1972).

② 1933—2003 年与赖特相关的世界各国的研究文献检索被收录在由美国学者金纳蒙编撰的两部检索文献中。它们是 *A Richard Wright Bibliography: Fifty Years of Criticism and Commentary, 1933-1982* (Westport: Greenwood Press, 1988); *Richard Wright: An Annotated Bibliography of Criticism and Commentary, 1983-2003* (Jefferson: McFarland and Company, 2006)。

③ 赖特的好友美国人康斯坦斯·韦伯于 1968 年最早为赖特立传。Webb, Constance. *Richard Wright: A Biography*. New York: Putnam Press, 1968。

④ 根据 Google Scholar 检索数据，该书有 18 个版本，被引用了 321 次。此外，法国学者米契尔·法布撰写和编辑了 3 部在赖特研究方面较有影响力的丛书和专著，它们分别是：*The World of Richard Wright* (Jackson The University of Mississippi, 1985); *Richard Wright Reader* (New York, Hagerstown, San Francisco: Harper and Row, co., 1978); *Richard Wright: Books and Writers* (Jackson: University Press of Mississippi, 1990)。

⑤ Margaret Walker. *Richard Wright, Daemonic Genius: A Portrait of the Man, a Critical Look at His Work*. New York: Warner Books, 1988.

赖特生平的基础上研究探索他的文学理想和政治诉求——赫泽·萝莉（Hazel Rowley, 1951—2011）的《理查德·赖特：生平与时代》[1]和简妮福·简森·瓦拉赫（Jennifer Jensen Wallach）的《理查德·赖特：从黑男孩到世界公民》[2]。此外，2008年由杰瑞·沃德和罗伯特·J. 巴特勒（Jerry Ward & Robert J. Bulter）联合编撰的《理查德·赖特百科全书》在赖特生平史料和作品特色评鉴等方面的涉及最广。[3]

第二，种族问题研究。

种族题材与美国社会结构和文化模式可谓息息相关。因此针对赖特小说中体现的种族意识和黑人身份主题的研究也与社会学和文化学等研究视角交织在一起。批评界一致认为《汤姆叔叔的孩子们》《土生子》以及《黑孩子》等赖特早期作品真实地再现了美国南方种族高压环境，同时表现了北方黑人贫民窟对黑人人性的扭曲和他们的悲惨生活。这些作品是经过赖特艺术提炼的美国黑人近代史，它们浓缩了黑人在经历从农村到城市的迁徙史，即从奴隶般的南方农民到资本主义城市贫民的身份巨变过程给他们带来的身份危机和伦理两难。O. B. 埃莫森（O. B. Emerson）在《家的呼唤》（*The Cry of Home：Cultural Nationalism and the Modern Writer*, 1972）中这样评论，"赖特的小说是反映黑人被迫生活的社会环境最雄辩的抗议范例"。[4] 拉尔夫·埃里森（Ralph Ellison, 1914—1994）赞誉赖特的小说是谱写黑人痛苦生活深层机理的布鲁斯。[5]而深入挖掘赖特个人信仰和他作品中的种族主题的专著当数法国学者简·弗朗西斯科·古纳德（Jean - Francois Gounard, 1939至今）的《理查德·赖特和詹姆斯·鲍德温作品中的种族问题》。[6]

第三，文化批评研究。

---

[1] Hazel Rowley. *Richard Wright：The Life and Times*. New York：Henry Holt and Co., 2001.

[2] Jennifer Jensen Wallach. *Richard Wright：From Black Boy to World Citizen*. Chicago：Ivan R. Dee, 2010.

[3] Jerry Ward & Robert J. Butler, ed., *The Richard Wright Encyclopedia*. Westport：Greenwood Press, 2008.

[4] Ernest Lewald, ed. *The Cry of Home：Cultural Nationalism and the Modern Writer*. Knoxville：The University of Tennessee, 1972, p. 76.

[5] 具体内容参见 Ralph Ellison. *Shadow and Act*. New York：Vintage Books, 1972, pp. 77 -94。

[6] Jean - Francois Gounard. *The Racial Problem in the Works of Richard Wright and James Baldwin*. Trans. Joseph J Rodgers Jr., Westport：Greenwood Press, 1992.

在将赖特种族问题纳入文化批评研究的所有学者中，艾维林·豪最早从文化视角来解读赖特的作品。他赞誉赖特的《土生子》改变了美国文化，并将别格·托马斯称为美国文化的土生子。① 随着 20 世纪 80 年代文化批评悄然兴起，赖特作品的研究视野也被拓宽，出现了美国非裔本土文化与非裔文化及世界多元文化横向比较研究动向。在众多学者中，日本裔美国学者伯谷嘉信（Yoshinobu Hakutani, 1935— ）在这方面做出了不小贡献。② 他的专著《理查德·赖特以及种族话语》（Richard Wright and Racial Discourse, 1996）是目前对赖特作品在社会文化研究领域比较有学术深度的一部专著。此外，他在个人专著《跨文化视野中的非裔美国现代主义》（Cross-cultural Vision in African American Moclernism, 2006）一书中，进一步将赖特中后期创作的小说、游记和俳句置于非洲文化与欧美文化、东西方审美语境中做横向比较研究，拓宽了赖特作品的文化研究视角和深度。③ 进入 21 世纪后，许多学者开始从文化空间批评视角和流散文学体例来探索赖特小说的文化内涵和艺术价值。如麦克·维·贝卡尔（Marc Mvé Bekale）以霍米·K. 巴巴（Homi K. Bhabha, 1949— ）的文化杂糅和第三空间理论辨析了《局外人》中的生存危机。④

第四，意识形态和哲学思想研究。

对赖特政治观念和哲学思想的研究一直以来是赖特研究的学术热点。因为赖特作为一个坦诚的作家，在不同时期都旗帜鲜明地表达了个人的政治主张和哲学信仰，并将它们践行到自己的文学创作之中。事实上，马克思主义思潮和存在主义哲学理念都显性地体现在他不同时期的作品之中。

---

① 参见 Houston A Baker, Jr., ed., *Twentieth Century Interpretation of Native Son*. Englewood Cliffs, N. J.: Prentice Hall, Inc., 1972。

② 美国学者伯谷嘉信在非裔美国文学领域，特别是赖特研究方面属于领军学者。除上述专著外，他编辑的《理查德·赖特评论集》（*Critical Essays on Richard Wright*, Boston: G. K. Hall, 1982）以及他的另外两部专著《东西方文学批评中的现代性》（*Modernity in East-West Literary Criticism: New Readings*, NJ: Associated University Press, 2001）和《俳句和现代主义诗歌》（*Haiku and Modernist Poetics*, N. Y.: Palgrave Macmillan, 2009）对拓宽赖特晚期创作的俳句研究起到了积极的指导作用。

③ Yoshinobu Hakutani. *Richard Wright and Racial Discourse* (Columbia: University of Missouri Press, 1996); *Cross-cultural Vision in African American Modernism: From Spatial Narrative to Jazz Haiku*. Ohio: Ohio State University Press, 2006.

④ Marc Mvé Bekale. "Cultural Hybridity and Existential Crisis in Richard Wright's The Outsider and CheikhHamidou Kane's L'aventure Ambiguë", in *Transatlantica*, 2009 (1) (http://transatlantica.revues.org/4255).

评论界常常以他所受思潮的影响将他的作品分为两个时期。他的早期作品主要是指在美国创作的、带有明显抗议风格的《汤姆叔叔的孩子们》《土生子》和《黑孩子》，中晚期作品则是带有明显存在主义风格的《局外人》《野蛮假日》和《长梦》。从这一点上，赖特研究实际上又与他生活的那个年代的意识形态思潮有着同构关系。

  学界大致认同他早期作品属于受到马克思主义哲学思想影响的文学创作，而他移居法国后创作的小说则更多地表现了存在主义理念。赖特在生命的最后两年创作的四千余首俳句则体现了他对东方禅学思想的青睐和吸收。早在20世纪30年代末，赖特作品评论就与马克思主义政治哲学观联系在一起。格兰维尔·希克斯（Granville Hicks，1901—1982）最早在1938年将赖特称为"左翼文学的一流作家"。① 而塞缪尔·赛伦（Samuel Sillen）用马克思主义阶级观评价赖特的《土生子》，他指出"一个阶级社会的每一个方方面面都一起共谋地伤害着不愿臣服的别格，压抑的环境滋生着别格的痛苦，毁灭了他的雄心抱负以及抗议的方式"。② 进入20世纪70年代后，著名评论家小豪斯顿·A.贝克（Houston A. Baker, Jr., 1943— ）从政治经济、社会阶级结构以及资本主义文化的渗透力等方面整体考察赖特的一生。他指出："不难看出，与其他意识形态的阵营相较，共产主义是最适合赖特文化构想的基本意识形态。"③ 1983年，塞德里克·J.罗宾逊（Cedric J. Robinson，1940— ）系统地研究了美国黑人激进历史的成因和发展，在他的专著《黑色马克思主义：黑人激进传统的形成》中，他用了一个章节来阐明赖特作品中的马克思主义观念。他通过对赖特在《黑人写作蓝图》（1937）中对马克思主义和黑人民族主义观念的阐释的辨析，提出美国黑人远离资本主义意识形态影响的根源在于他们的非裔身份与资本主义剥削的压迫体制在同一时间急速地把他们推入工业生产的组织结构之中。他进一步指出，赖特中后期的作品《局外人》是他继《土生子》后更清晰地表达"黑人作为反对帝国主义的代表"的

---

  ① Granville Hicks. "Richard Wright's Prize Novella", in *New Masses*. Vol. 27, 1938 (March), pp. 23 – 24.
  ② Samuel Sillen. "Richard Wright's Native Son" in *New Masses*. Vol. 34, 1940 (March), pp. 24 – 25.
  ③ Houston A. Baker, Jr., ed., *Twentieth Century Interpretation of Native Son*. Englewood Cliffs, N. J.: Prentice Hall, Inc., 1972.

哲学理念和政治观点。①罗宾逊为用共产主义哲学观念进行赖特文学创作影响的研究提供了一个新视野。

尽管评论界对赖特存在主义小说褒贬不一，但是他作为一个非裔美国作家以存在主义文学形式去拓宽非裔美国文学创作方法的尝试和勇气仍然值得肯定，这也使他成为美国非裔文坛上的拓荒先锋。他在小说《局外人》（1953）中塑造的克劳斯是一个彻底没有信仰、精神空虚、以暴力大肆张扬个性追寻自由的城市贫民形象，他史无前例地挑衅了现代人的道德底线。尽管这部小说不及拉尔夫·埃里森的《看不见的人》（1952）文学认可度高，但它的确是美国文坛上有意识地以存在主义理念提升小说主题思想内涵的一部力作。② 20世纪90年代，学界对赖特作品中的存在主义思想的研究更加具体深入。米切尔·林奇（Michael F. Lynch）的专著《创造性的叛逆者：赖特、埃里森和杜斯妥也夫斯基作品研究》③对三位存在主义作家的哲学理念和创作方式进行了横向比较，深入研究了赖特的存在主义思想与个人文学风格。其他学者也纷纷将赖特与欧洲的许多存在主义哲学作家进行比较；如伯谷嘉信④、马·阿杜拉马⑤等横向比较了赖特与加缪的存在主义哲学思想和理念，挖掘了赖特作品中非裔生存哲学的本质；保罗·吉尔诺依基于杜波依斯的"双重意识"，从文化批评视角将克劳斯与尼采的虚无主义思想联系起来，进一步说明了他身上展现的被割裂的双重意识给非裔美国人带来的精神困境⑥，从而拓宽了赖特作品中存在主义哲学的研究视野。

进入21世纪后，学者从政治话语和后殖民语境对赖特政治立场和存

---

① 该观点集中体现在"黑人作为对帝国主义的否定"的章节论述中。Cedric J. Robinson. *Black Marxism: The Making of the Black Radical Tradition*. Chapel Hill and London: The University of North Carolina Press, 2000, pp. 299 – 301。

② ［美］格尔维尔·希克斯（Granville Hicks）高度赞誉这部小说是美国文学史上"由美国人有意识创作的存在主义小说之一"。

③ Michael F. Lynch. *Creative Revolt: A Study of Wright, Ellison and Dostoevsky*. New York: Peter Lang, 1990.

④ Yoshinobu Hakutani. "Richard Wright's the Outsider and Albert Camus's The Stranger", in *Mississippi Quarterly*, Vol. 42, (1989) 4, pp. 365 – 377.

⑤ Umar Abdurrahman. "Quest for Identity in Richard Wright's the Outsider: An Existentialist Approach", in *The Western Journal of Black Studies*, Vol. 30, 2006 (1), pp. 25 – 34.

⑥ Paul Gilroy. *The Black Atlantic: Modernity and Double Consciousness*. Cambridge: Harvard University Press, 1993.

在主义哲学观念进行综合性研究,杰弗里·艾特贝瑞(Jeffrey Atteberry)①、米可·特卡能(Mikko Tuhkanen)②将赖特的政治哲学观放在一个变化的世界格局中考察,将赖特以自己黑人身份为局外人的旁观的视角纳入政治场域,发表自己的政治见解和诉求,包括马克思主义或是存在主义(乃至日本的禅宗)等哲学思想都只是他所采用的不同话语方式。

第五,母题研究。

赖特小说的母题研究主要集中在暴力和死亡母题、性别主体研究。赖特小说暴力主题的专题研究集中在20世纪70年代,有两篇博士论文对其做了具体的辨析与阐释。③ 进入20世纪80年代以后,赖特专题研究不多,一般散见于论文集或黑人文学研究专著章节,主要是与其他作家暴力主题进行横向比较研究。④ 近期发表的暴力主题专著是由斯洛文尼亚学者佩特里奇撰写的。⑤ 除此以外,阿布杜尔·R. 简默哈默德(Abdul R. JanMohamed)对赖特小说死亡母题的专题研究时大量地阐释了暴力是赖特表现死亡的主要手段。⑥

尽管20世纪70年代末随着女性主义文学的批评兴起,开始陆续出现一些论文论述赖特作品中的女性主题。⑦但仅有一部博士论文作了专题研

---

① Jeffrey Atteberry. "Entering the Politics of the Outsider: Richard Wright's Critique of Marxism and Existentialism", in *Modern Fiction Studies*, Vol. 51, 2005 (4), pp. 873 – 895.

② Mikko Tuhkanen. "Richard Wright's Oneiropolitics", in *American Literature*, Vol. 82, 2010 (1), pp. 151 – 179.

③ Linda P. Hurwitz. *Richard Wright Violence as a Source of Self – identity* (Southern Connecticut State University, ProQuest, UMI Dissertations Publishing, 1972); Olsen, Paul Victor. *Message of Horror: Violence in the Works of Richard Wright* (University of Oregon, ProQuest, UMI Dissertations Publishing, 1979).

④ La Vinia Delois Jennings. *Sexual Violence in the Works of Richard Wright, James Baldwin, and Toni Morrison* (Ph. D. Thesis University of North Carolina at Chapel Hill, 1989); Makombe, Rodwell. *Crime. Violence and Apartheid in Selected Works of Richard Wright and Athol Fugard : a Study* (PhD. Thesis University of Fort Hare, 2011).

⑤ Helena Miklavc. ic. and Jerneja Petric. *Violence as a Response to Oppression: Richard Wright* (Ljubljana: H. Miklavc. ic. , 1997).

⑥ Abdul R. Jan Mohamed. *The Death – bound – subject: Richard Wright's Archaeology of Death*. Durham: Duke University Press, 2005.

⑦ 从社会学视角批评的赖特小说中的性别歧视问题,如:Sylvia H. Keady, "Richard Wright's Women Characters and Inequality", in *Black American Literature Forum*, Vol. 10, 1976 (4), pp. 124 – 128; 在21世纪部分的论文从性别政治新视角重新解读赖特的作品,如:Cheryl Higashida, "Aunt Sue's Children: Re – viewing the Gender (ed.) Politics of Richard Wright's Radicalism", in *American Literature*, Vol. 75, 2003 (2), pp. 395 – 425; Floyd W. Hayes III, "Womanizing Richard Wright: Constructing the Black Feminine in the Outsider", *in A Journal on Black Men*, 2012 (1), pp. 47 – 69。

究——《理查德·赖特小说〈汤姆叔叔的孩子们〉〈黑男孩〉〈土生子〉中的女性主题》(*Richard Wright Thematic—treatment of Women in Uncle Tom's Children, Black Boy and Native Son*, 1978)。2000 年这篇论文出版成书，这也是唯一一部的赖特女性主题研究专著。[1] 而男性主题研究较之女性批评视角的研究而言更显薄弱，仅有一篇硕士论文是专题研究[2]，其他不足 10 篇的博士论文中均将赖特置于非裔美国作家群或美国作家群的研究之中，更别提专著了。而且这方面的文学研究主要是对早期黑人种族身份的研究的一种改写，完全没有跟上美国在社会学男性主体研究的发展步伐。可见，以性别主体的赖特研究还需进一步探索，这方面的研究还有很大的学术拓展空间。

第六，赖特作品的艺术价值研究。

与赖特作品社会文化价值研究以及其中包含的政治哲学观念的研究相比，赖特作品的艺术价值的研究相对薄弱。相关专著不多，除 20 世纪 60 年代末爱德华·马格里斯的《理查德·赖特的艺术》，仅有乔伊斯撰写了《理查德·赖特的悲剧艺术》(1986)，她在书中恳切地指出，尽管批评界对赖特的作品赞誉不少，却忽视了他作品中的艺术价值。[3] 进入 20 世纪 80 年代以后，对赖特作品的艺术价值的研究主要集中在十几部赖特作品的论文集。哈罗德·布鲁姆[4]、小亨利·路易斯·盖茨[5]、伯谷嘉信[6]和阿诺·拉姆帕萨德[7]以及理查德·麦克西[8]等编著的论文集备受学界重视，其中的文章也被频繁引用于赖特评论文章之中。此外，2011 年出版的由

---

[1] Bulter E Brewton. *Richard Wright's Thematic Theatment of Women in Black Boy, Uncle Tom's Children, Native Son*. Bethescla: Academica Press, 2000.

[2] Marcos Julian Del Hierro. *It's Bigger and Hip-hop: Richard Wright, Hip-hop, and Masculinity*. MA Dissertation. The Unversity of Texas, 2009.

[3] Ann Joyce Joyce. *Richard Wright's Art of Tragedy*. Iowa City: University of Iowa Press, 1986.

[4] Harold Bloom. *Richard Wright* (New York: Chelsea House Publishers, 1987); *Richard Wright's Native Son* (New York: Bloom's Literary Criticism, 2007); *Richard Wright's Black Boy* (New York: Chelsea House, co. 2006).

[5] Henry Louis Jr. Gates & Anthony Appiah. *Richard Wright: Critical Perspectives Past and Present*. New York: Amistad: Distributed by Penguin USA, 1993.

[6] Yoshinobu Hakutani. *Critical Essays on Richard Wright*. Boston, Mass.: G. K. Hall, 1982.

[7] Arnold Rampersad. *Richard Wright: A Collection of Critical Essays*. Englewood Cliffs, N. J.: Prentice Hall, 1995.

[8] Richard Macksey & E. Frank Moorer. *Richard Wright, A Collection of Critical Essays*. Englewood Cliffs, N. J.: Prentice Hall, 1984.

爱丽丝·米卡尔·克雷文和威廉·陶（Alice Mikal Craven & William Dow）联合编著的《理查德·赖特：21世纪新解读》（*Richard Wright：New Readings in the 21st Century*，2011）①，该书不仅收录了赖特遗作《父亲的法则》（*A Fathe's Law*，2008）的评论文章，还以章节的形式，从"重新评估赖特""种族主义和多维空间视角""大众文学视角"以及"跨民族视野比较框架"这四个方面重新评估了赖特文学作品的价值和它们在21世纪的今天的影响力。该书为赖特作品的艺术价值研究提供了新视角，给出了一个新方向。

（二）国内研究现状

国内对赖特的接受始于20世纪70年代末期，70—80年代，国内学者主要以译介他的诗歌和小说为主。② 80年代以来，国内各种版本的美国文学史或相关文学专著都对赖特的小说以及赖特在美国文坛的地位做了专节论述。③ 特别是进入21世纪后，美国文学研究更加细化，非洲裔美国文学研究专著和译著也陆续出版。其中，伯纳德·W.贝尔著、刘捷等翻译的《非洲裔美国黑人小说及其传统》，王家湘著的《20世纪美国黑人小说史》，杨任敬著的《20世纪美国文学史》对国内赖特研究影响较大，这些书都将赖特作为重要作家进行了着重介绍和评论。④

在中国，赖特作品的学术专题研究主要是期刊论文和会议论文的形式。据"中国知网""中国期刊网""万方数据库""读秀"检索的不完全统计，从1979年至2015年12月被中国期刊和会议收录的有关理查德·赖特的评论文章约136篇。其中，约59篇是《土生子》研究，约占

---

① Alice Mikal Craven & William Dow, ed., *Richard Wright：New Readings in the 21st Century*. New York：Palgrave Macmillan, 2011.

② 参见《我看见黑人的手》（司马平译，《外国文艺》1975年第7期，第205—207页）；《差不多是男子汉》（林之鹤译，《安徽文学》1981年第8期，第57—66页）；《土生子》（施咸荣译，上海译文出版社1983年版）；《黑孩子》（陈超凡译，长江文艺出版社1985年版）；《黑孩子》（王桂岚译，吉林人民出版社1989年版）。

③ 王向远等主编：《现代外国小说导读词典》（学苑出版社1990年版）；王长荣：《现代美国小说史》（上海外语教育出版社1992年版）；杨任敬：《20世纪美国文学史》（青岛出版社1999年版）；吴富恒、王誉公主编：《美国作家论》（山东教育出版社1999年版）。

④ ［美］伯纳德·W.贝尔：《非洲裔美国黑人小说及其传统》（刘捷等译，四川人民出版社2000年版）；王家湘：《20世纪美国黑人小说史》（译林出版社2005年版）；杨任敬：《20世纪美国文学史》（青岛出版社2000年版）。

赖特研究的43.4%，8篇《黑孩子》专题研究约占赖特研究的6%，《长梦》和《父亲的法律》各1篇，约占0.7%，诗歌研究8篇，约占6%，短篇小说研究6篇，约占5%。其他40余篇大致分为以下几个方面：赖特小说中的抗议主题及种族矛盾；主人公的心理模式；从后殖民主义文化或女性主义视角解读作品；从社会学视角探讨赖特小说主人公的身份归属问题；赖特创作的艺术特色和创作手法；等等。

目前中国大陆仅有1部赖特研究的专著：《文化移入碰撞下的三重意识——理查德·赖特的四部长篇小说研究》（英文版，2007）。庞好农教授承袭了国外常规的黑人文学研究方法，仅在小说文本中从后殖民主义文化视角挖掘黑人种族意识的成因，但是这部作品缺乏研究方法的创新，在作品研究上的理论观点也只是在国外相关研究基础上的一种承袭性研究。总体来说，同国际上的理查德·赖特研究相比，中国赖特研究在批评方法上缺少创新，很少有论文能多视角、多方位地进行系统研究和探讨，尤其是赖特后期作品的研究者更是寥寥无几。总体而言，目前在中国赖特研究理论的深度性和系统性还远远不够。

综上所述，从国内外对赖特作品的接受和研究状况来看，学术界对赖特作品的研究重点集中在他早期抗议小说的政治影响力、文化价值、意识形态与种族抗议主题间的关系上。而赖特的后期小说研究呈现出明显的局限性：它们或狭隘地将赖特贴上了族裔作家和抗议作家的标签，小视了他力图超越狭隘民族主义实现世界大同的人伦关怀的文学憧憬；或惯性地将欧洲存在主义文学批评方法套在这些赖特的后期作品上，而忽视了他以非裔传统文学表现方式改良存在主义小说的大胆实践，更忽略了这些小说中的非裔文化和艺术价值。简言之，这些研究主要是建立在赖特对美国主流文学传统和欧美主流意识形态的接受的基础上进行的研究。

令人惋惜的是，评论界从未真正将赖特的作品放在一个历史发展的文学链上，去综合地考察赖特的文学主题思想的延续性和连贯性，尤其是他作为黑人作家所受到的非裔传统的影响应该被视为系统考察赖特作品整体价值的一个不可或缺的主要参数。

二

本书以文学伦理学批评方法与布鲁斯理论相结合，深挖了赖特作品表现出的黑人布鲁斯音乐、民俗、叙事等相关元素，将研究重点放在这些布鲁斯元素所表现的黑人生存伦理的本质上。本书选取了赖特不同时期的四部小说《土生子》《黑孩子》《局外人》和《父亲的法则》，在将它们视为一个动态的作品体系的同时，还将这些小说的主人公作为一个持续发展的男性主体群进行研究，以此来辨析黑人生活的伦理环境以及他们身处的伦理关系与他们做出的伦理选择间的内在联系。男性身份主题的动态更新实际上是20世纪布鲁斯音乐流变中的显性特征，本书通过比较赖特小说体系与布鲁斯音乐呈现的相似性，分析其中隐含的伦理价值观念，阐明了赖特在其小说中历时地勾勒出了黑人男性从男孩到男人再到父亲的伦理身份的转型，实则是对布鲁斯传统的继承与对黑人生存伦理的书写。本书分为五章。

第一章围绕着"流变的布鲁斯与黑人生存伦理"以及"赖特布鲁斯化的伦理书写"这两个中心论题展开论述。第一节首先追溯了布鲁斯流变过程中黑人生存伦理是怎样得以发展和演变的，在辨析黑人生存伦理形成和发展的历史文化背景下，阐明黑人音乐，特别是布鲁斯音乐凝结了美国黑人种族气质以及他们代代相传的求生伦理和生存哲学。第二节将重点回归梳理赖特小说在主题呈现、叙事结构和修辞特色等三方面所表现出的布鲁斯特征，并在此基础上进一步阐释赖特如何在布鲁斯语境里去书写一些具体的黑人生存伦理问题。

第二章着眼于《土生子》中黑人生存伦理困境的研究。本章的第一节"幽闭空间的暴力伦理"分析了幽闭的空间与主人公别格病态的暴力倾向之间的内在关联性。由于小说的背景是充满暴力的芝加哥黑人社区，暴力也是美国芝加哥布鲁斯音乐主题之一。因此别格的暴力行为在一定程度上是一种布鲁斯语境下的暴力书写，即他行为中表现出的暴力取向是一种以暴制暴的布鲁斯呐喊和抗议。第二节"伦理身份的命名代码"从黑人传统的命名修辞特征来辨析小说中主人公别格和玛丽的伦理身份，指出他们悲剧命运源于他们试图破除身份带给他们的伦理禁忌，进而指出黑人男性身份造成的伦理两难是促使别格杀人的动因。第三节"布鲁斯化的伦理关系"着重从不同的音乐形态中反映出的社会伦理取向来辨析黑人家庭和社群内部存在的一些伦理误区，并独具匠心地将白人对待黑人的态度追溯到白人自创的"扮黑脸的滑稽艺术"的行为伦理的本质之下，说明以白人男性为中心的美国社会伦理环境严重地扭曲了人们的伦理价值观，甚至成为一部分像别格一样的黑人青年，铤而走险去杀人犯法的社会诱因。

　　第三章将《黑孩子》中白人家长制对美国种族伦理关系的深层影响作为研究重点。第一节"白人家长制伦理机制的历史反思"从历史的视角考察了美国社会白人家长制伦理机制的历史成因以及其对黑人实施种族殖民的本质。第二节"黑人家庭的伦理关系的误区"着重从黑人家长对孩子错误的伦理导向来分析基于白人家长制的种族伦理机制对南方黑人不健全人格的负面影响。第三节"家长伦理模式的意指与修正"是从南方黑人的基本求生伦理以及赖特个人破除"黑男孩"这一伦理身份两个方面，来分析赖特是怎样意指和修正白人家长伦理机制的。由此，本章阐明了《黑孩子》宛如一曲南方布鲁斯，如泣如诉地吟唱出黑人的精神追求、价值观念和生活方式，从中折射出那个时代的精神特质。

　　第四章利用爵士"转义"方法来论述赖特在《局外人》中是如何将黑人命名的意指性"转义"特征与黑人音乐传统以及西方哲学思想巧妙地融为一体的。第一节"社会暴力与传统伦理的'爵士转义'"，以主人公克劳斯·戴蒙的名字所包含的种族、基督教和存在主义理念的复合"转义"特征为基础，阐明了克劳斯在隐性的社会暴力的驱动下否定和规避传统伦理的行为取向。第二节"布鲁斯恶魔的'爵士转义'"，以分析克劳斯·戴蒙采用的化名以及他的行为与爵士乐之间的各种显性或隐性的关系，来说明他的悲剧是美国黑人在对本种族传统文化和西方现代哲学双重误读后引发的伦理悲剧。他的犯罪行为在某种意义上是赖特反思黑人生存伦理与西方文明的关系后的爵士宣言：即黑人是西方文明的隐喻。

　　第五章《父亲的法则》作为赖特小说体系的尾声，重奏了黑人男性在新时期所面临的新伦理困境。第一节"《父亲的法则》中延展的男性身份主题"主要从布鲁斯主题即兴重奏的特征将《父亲的法则》置于赖特小说体系之中，从而以它为一个反观的视点来梳理赖特小说书名间的链状"转义"关系。第二节"在场的父亲"旨在辨析鲁迪·特纳这位父亲虽然通过自我重塑成功地跻身美国中产阶级，他个人的确成功地摆脱了主流文化对黑人男性的塑型，但身为黑人父亲他对其儿子的教育是失败的。第三节"迷失的儿子"首先分析了儿子汤米作为黑人男性无法摆脱汤米叔叔的肤色宿命，并具体阐释出他意欲反抗的不仅是他父亲鲁迪·特纳所维护的法则，更是白人父亲的法则。由此可见，特纳父子是赖特小说男性主人公群中不可或缺的必要补充。他们的悲剧告诉人们，时代进步了，社会的各个方面都会有一些变革，黑人通过自身的努力也可能成功。但是如果以逃避历史、自欺欺人的方法去忘记黑人种族的苦难史，特别是如果黑人全盘吸收白人父权制的伦理观念和思维定式去教育自己的子女，他们必然会付出惨重的代价。

此外，本书还增加了附录部分。为了不影响赖特小说研究的整体性和系统性，又能拓展对赖特作品研究的全面认识，本书收录了研究赖特早期革命诗歌和晚期俳句的两篇论文。同时，为了使理论表述更加清晰明了，本书还梳理了22个非裔美国文学研究中的常见术语。

三

由于本书的研究主体是非裔美国小说，故这些小说呈现出欧美文化传统和非裔文化传统的混杂的特征。为了避免单一研究方法或理论的片面性，本书用文学伦理学批评方法和布鲁斯批评理论建立了一个坐标系，多方面互补性地综合考察赖特小说中的艺术魅力、文学价值和伦理取向。这样不仅兼顾了小说生产背景中的社会伦理观念，又避免了对小说过度政治化或社会化研究，以期做到不再步传统赖特研究的后尘而犯忽略了小说自身的文学价值的错误。

首先，本书采用了文学伦理学批评方法来评析小说文本内部的价值取向和各小说文本间整体呈现的社会教诲功能。文学的价值不仅仅在于审美，特别是对于非裔美国文学作品来说，它们是美国黑人对白人实施文化殖民的政治性的抗议之声。这一点也是赖特的小说尤为突出的特征。因此还原历史语境、辨析人物错综复杂的行为取向背后的文化成因和伦理导向是研究赖特小说的关键所在。

文学伦理学批评是一种从伦理视角阅读、分析和阐释文学的批评方法。"从方法论的角度说，文学伦理学批评是在借鉴、吸收伦理学方法基础上融合文学研究方法而形成的一种用于研究文学的批评方法。"在文学伦理学批评方法中，伦理的核心内容是人与人、人与社会以及人与自然之间形成的被接受和认可的伦理秩序以及在这种秩序的基础上形成的道德观念和维护这种秩序的各种规范。因此研究文本中伦理秩序的变化及其变化所引发的道德问题和导致的结果，可以为人类的文明进步提供经验和教诲。① 赖特的小说书写了白人—黑人的种族关系、黑人内部家庭关系、社区关系等不同社会伦理关系。其中有些是社会现实的一种投射，反映了时代的道德伦理标准，而另一些则是赖特个人对黑人身份困境思考和对黑人伦理秩序的反思性的杜撰。研究赖特小说所展现的伦理关系的意义不仅仅是一种社会伦理学的史料性的实证研究，还是将其小说艺术价值和伦理价值结合起来的综合性研究。

不仅如此，文学伦理学批评还有很大的"包容性，它能够与其他的重要的批评方法结合起来"。② 毕竟，文学首先是人学。本书采用的文学伦理学批评方法的最突出特征主要表现在"文学伦理学批评的方法可以使文学作为人学来评价，可以使文学在批评中更能体现出文学的特点，从而得出新的结论、新的认识"。这种批评方法可以使本书回到历史的伦理现场，"站在当时的伦理立场上解释和阐释"，找到客观的伦理原因并解释如何从伦理的观点对小说中的事件、人物以及文学问题给予解释，从历史的角度做出道德的判断③。

其次，为了突出非裔美国小说的独有的特征，本书还将以黑人布鲁斯文学批评理论来辨析赖特文本中长期被文学界忽视了的黑人美学特征，并在此基础上阐明赖特在小说中对布鲁斯传统文化的继承。这些继承具体表现在主题展现、修辞技巧和叙事结构等不同层面上，因此，他的小说的布鲁斯特征不仅具有显性的黑人艺术魅力，还持续地伴随着时代的步伐再现了黑人对传统生存的伦理意识上或隐或显的变化，这使他的小说也宛如一曲曲反映时代脉搏的布鲁斯。

从狭义上讲，布鲁斯是一种黑人音乐形式。由于黑人最早是黑奴，他们大多数是文盲，而且他们来自非洲不同的地域，因此音乐成为他们最好的情感交流形式。他们在音乐中表达自己对生活的态度和对白人奴隶主的不满。随着黑人音乐的不断发展和演变，布鲁斯被看作黑人种族在长期与白人文化融合和抗争的调停中形成的艺术传统和表意技巧。例如，黑人音

---

① 从方法论的角度说，文学伦理学批评是在借鉴、吸收伦理学方法基础上融合文学研究方法而形成的一种用于研究文学的批评方法。参见聂珍钊《文学伦理学批评与道德批评》，《外国文学研究》2006 年第 2 期；聂珍钊《文学伦理学批评：基本理论与术语》，《外国文学研究》2010 年第 1 期。

② 聂珍钊：《文学伦理学批评及其他——聂珍钊自选集》，华中师范大学出版社 2012 年版，第 41 页。

③ 同上。

乐在歌词和曲调上的重复性差异化即兴创作特征，以及"呼与和"的对话性叙事特征使得布鲁斯音乐在主题上呈现出一种延续的、修正性的、动态的表意特征。布鲁斯音乐中各种不同元素的组合在更新曲风的同时还起到了延续主题的作用。

从广义上看，布鲁斯批评理论是当代非裔美国文学中的一种经典的研究方法。它可以具体到一些黑人文化传统中的修辞手法、叙事方式、主题呈现以及作品细节处理上与黑人音乐直接或间接的互文性等特征。同时，它也可以比较抽象地指征那些能高度概括黑人种族气质、精神追求、生存哲学、求生伦理等形而上的伦理价值观。从这个意义上来说，布鲁斯不仅仅是一种艺术理论，还是一种文化批评和政治话语的研究模式。它是美国黑人在反主流文化语境中生成的一种理论。它有效地抵抗了欧美主流批评方法对族裔文学作品他者化、客体化凝视的误读，有效地修正和恢复了作品中主人公的主体中心地位。或者说，它是非裔美国学者为研究本种族艺术文化而量身定做的一种文艺理论和研究方法。简言之，布鲁斯早已远远地超越了音乐本身，它被文艺理论化地用来更广泛地概括非裔美国文化的精髓。它是黑人哲学和美学的摇篮，是黑人生存伦理的反映，更是非裔美国文学在文坛中一枝独秀的艺术源泉。

值得一提的是，本书以布鲁斯理论来研究赖特的作品对于当今赖特作品研究来说，是一种方法上的创新，也为本书的研究特色增加了亮点。如前所述，赖特中后期的作品在西方现行研究中存在一定的模式化问题，导致其中的黑人民俗元素被学界忽视或误读。本书以布鲁斯理论重新解读了中后期作品的研究中曾经被忽视的传统黑人布鲁斯民俗特征，填补了理查德·赖特作品中非裔美国文化特征不明显的研究现状。

不仅如此，本书并未止步于赖特作品的纯音乐元素的研究，而是以文学伦理学批评方法来拓展传统布鲁斯理论的批评视角。它阐明了赖特作品中的布鲁斯元素与黑人生存伦理间的各种关联巧妙地自成一体，使赖特作品研究能更客观地回归布鲁斯音乐及叙事理论的本真，更凸显出其作品的非裔美国文学的艺术特征，还能辨析其中所蕴含的那些发人深省的伦理寓意和社会价值。这也是赖特作品经久不衰的文学魅力所在。简言之，从理论运用上，本书在一定程度上实现了中西文学理论和方法的结合和转换，深入而系统地研究了理查德·赖特作品内在的文学性和外在的社会影响力。

第一章 布鲁斯语境下的黑人生存伦理

自第一批非洲黑人被贩卖到北美大陆开始，他们就一直生活在受到白人主流文化贬损、排斥和他者化的文化环境之中。他们作为社会最底层的、受到压迫最深的一群人，很难获得经济独立，更别提用政治话语权来保护自己。即便他们采取武装反抗，也不过是以卵击石的孤胆英雄式的抗争，等待他们的不仅是血腥的镇压，还可能是殃及整个黑人家庭乃至黑人团体的灭顶之灾。所以，生活在美国的黑人们学会了在他们非洲传统文化，特别是音乐形式中寻找一种新的方式来调停白人文化对他们思维和行为的控制，并起到在调停中与白人文化抗衡的积极作用。

鉴于此，首先，本章将从黑人音乐的流变过程来辨析和说明黑人生存伦理是怎样得以发展演变的。随着黑人音乐的发展并被广泛接受，布鲁斯作为一个术语广义地指涉了包括黑人音乐、文化习俗和生存样态等与黑人生活息息相关的方方面面。它早已超越了音乐的范畴，它所凝结的是黑人种族气质以及他们代代相传的求生法则。在某种程度上来说，它更为广泛地体现了非裔美国人在不同历史环境中采用的与白人统治者对话的方式。抑或是说，布鲁斯已经成为一套黑人种族赖以生存的文化伦理和美学标准。其次，本章还将着重阐明在布鲁斯语境下理查德·赖特对黑人生存伦理的接受以及他如何在自己作品中对黑人生活进行布鲁斯化的伦理书写。

第一节 流变的布鲁斯与黑人生存伦理

美国黑人音乐以劳动号子、宗教灵歌、布鲁斯、爵士等形式不断地变化和发展，并在不同时期呈现出明显的时代特征，黑人音乐也因此成为非裔美国民俗文化的重要组成部分。随着20世纪黑人文艺复兴运动和黑人艺术运动的不断推进，以及黑人文学和艺术在世界文化范围内的被广泛接受，布鲁斯这个术语也经历了从音乐形式向文学形式再向文艺理论发展的演变过程。

一 流变的布鲁斯

在19世纪80—90年代，布鲁斯才被正式作为一个音乐术语来指涉具有表达忧郁的情感或以诙谐的方式抒发苦闷情绪的歌曲形式。根据布鲁斯学者的考证，"布鲁斯"一词的含义与精神状况有关。"布鲁斯"（Blues）一词是blue的复数的形式。在英语中blue原指蓝色和忧郁的情绪。blues以复数概念强化了人们极度忧郁的精神状态。① 这种对忧郁精神状态的表述可以追溯到16世纪，那时常用"蓝色的恶魔"或"忧郁的恶魔"（Blue Devils）来比喻极度的悲哀和痛苦。直到南北战争，黑人自耕农辗转南方各地，布鲁斯这种黑人忧郁的音乐形式渐渐被白人接受，布鲁斯音乐因此而得名，它也常常被称为蓝调。②

实际上，布鲁斯这种音乐形式远远早于这一术语的出现。它是从早期黑人奴隶的劳动号子和灵歌中演变而来的。③ 它是那些南方种植园里目不识丁的黑人在生活和劳动时所传唱的一种歌曲形式。黑人在其中抒发出许多如痛苦、忧郁、愤怒、绝望、空虚等复杂的情感。较之劳动号子和灵歌，布鲁斯演唱风格很自由，它在继承劳动号子和灵歌的演唱技巧的基础上，可以用假声、叫喊、呻吟、哭泣、嘟囔等手段来烘托气氛，以此标榜乐手的个人风格。和其他黑人音乐一样，它重在宣泄情感。由此可见，布鲁斯凝聚了不同时期黑人音乐的共同特征，即将黑人民族悲哀而痛苦的情感状态以音乐的形式具象化地表现出来。它既能反映黑人集体的精神诉求还能凸显个人的情感需求。有些学者甚至将布鲁斯作为美国黑人音乐综合体的代名词。他们把具有动态性、杂糅性，并能在保持其独特个性的同时

---

① Robert Palmer. *Deep Blues*. New York：Penguin Books，1981，p.25.
② 忧郁的恶魔（Blue Devils）是一个布鲁斯术语。这个术语主要是指被压抑到极限的忧郁和痛苦，所以它也可以译为"极度忧郁"。该术语将在第四章做重点阐述。术语出处详见Albert Murray. *Stomping the Blues*. New York：McGraw‐Hill Company，1976，p.23.
③ 劳动号子、灵歌和布鲁斯在演唱形式上有所不同，前两者都是集体演唱的形式，而布鲁斯是个人演唱的形式。

不断更新其形式和形态的黑人音乐统称为布鲁斯。① 从这个意义上来说，布鲁斯凝练了黑人种族集体的生存态度和精神样态。由此可见，如果需要深入研究布鲁斯，则有必要追溯一下美国黑人音乐的起源、成因以及其中表达出的精神追求和伦理诉求。

在奴隶制的残酷压迫下，黑人需要通过音乐宣泄压抑的情感来获得生存的动力。音乐在一定程度上从肉体和精神上将他们从白人种族主义的桎梏中解放出来。根据杜波依斯的观点，非洲音乐在美国的发展经历了三个阶段：第一阶段是非洲音乐，第二阶段是非洲—美国音乐，第三阶段是黑人音乐和在美国音乐会上听到的音乐的混合。② 对于那些刚刚被贩卖到美国这块压抑的土壤上的黑奴们来说，非洲音乐成为他们回忆过去、叙述现在、展望未来的一种社会生活方式。黑奴田间的劳动歌曲是最早的大众黑人音乐形式。"音乐是奴隶在毫无意义的、完全丧失人格尊严的生活中排愁遣怀的重要途径之一。"③ 奴隶们在音乐中相互诉说、交流情感。音乐是他们的社交工具。

由于白人奴隶主发现"他们（黑奴）的动作总是与歌曲的节奏是同步的"④，这些非洲音乐的节奏感和韵律感有利于提高黑人在田间的劳动效率，所以他们并不反对黑奴边劳动边唱歌。这使非洲音乐在黑人群体中普及流行、迅速发展成为一套黑人内部沟通的话语方式，同时也成为他们用非洲传统文化凝聚集体力量与白人奴隶主抗争的一种手段。

这种抗争首先表现在他们对劳动歌曲节奏快慢的处理上。他们知道白人奴隶主希望他们在田间干活时加快节奏，提高工效。但是，黑人需要的是降低劳动强度和速度，所以他们常常会尽量放慢节奏来达到自己的目的。由于黑人与白人对于田间音乐的需求不同，黑奴们赋予田间劳动号子

---

① 参见 Albert Murray. *The Hero and the Blues* （Columbia：University of Missouri Press，1973）和 *Stomping the Blues* （New York：McGraw - Hill Company，1976）； Houston A. Baker, Jr. *Blues. Ideologies and Afro - American Literatures：A Vernacular Theory* （Chicago：University of Chicago Press，1987）； Eileen Southern. *The Music of Black Americans：A History* （New York：WW Norton Company，1983）等著作中的观点。

② W. E. B. Du Bois. *The Souls of Black Folk*. New York：Oxford University Press，2007，p. 171.

③ ［美］艾琳·索森：《美国黑人音乐史》，袁华清译，人民音乐出版社1983年版，第186页。

④ Eileen Southern. *The Music of Black Americans：A History* (The second edition). New York：WW Norton Company，1983, p. 160.

快慢交替的表现形式。这样他们可以一方面用慢节奏来娓娓抒发自己的苦闷和忧郁的情绪,另一方面以激进流畅的快节奏来排解自己忧郁的情绪。这种田间音乐形式起到了麻痹白人奴隶主的作用,让他们以为黑人是一群快乐的、甘于被压迫的群体,从而起到了避免奴隶主的暴力迫害、维系黑人社群结构基本稳定的社会功能。可见,黑人音乐从被移植到美国的第一天起,就进入了非洲音乐美国化的演变过程。它们具有以黑人的审美方式置换白人的审美需求,以黑人的情感需要置换白人统治者需求的隐性抗争的特点,这种音乐的表现形式实际上是黑人们对生活无奈的顺应和努力的抗争等生存哲学的结晶。

随着白人对黑人宗教文化殖民的推进,从18世纪开始白人奴隶主将他们召集在一起进行基督教的传教活动。但由于黑人几乎都是文盲,传教活动主要是以圣歌的形式进行普及,灵歌也因此应运而生。在宗教的普及过程中灵歌杂糅了非洲韵律和美国的基督教文化内涵,它是黑人音乐中真正具有非洲—美国特色的音乐成品。它是最早赋予黑人奴隶田间呐喊的歌唱技巧和音色的广泛流传的黑人音乐形式,是一种新型的混合音乐。①

具体而言,黑人吸收了白人圣歌的音乐特色,延续了传统非洲音乐"呼与和"的应答形式。黑人在即兴演唱主歌的同时与固定的叠句或副歌穿插进行。② 黑人灵歌实为一个持续更新的再创造的黑人音乐形式。它们已经置换了白人圣歌的精神内核,是黑人基于自己的生存经历对圣经的重新解读。很多灵歌在保留白人圣歌主歌部分的同时,黑人会即兴创作并注入一些非洲音乐的节奏和韵律,黑人还将祈祷词、圣经和赞美诗等内容重新编排,以合唱和复唱的形式组成独具黑人风格的灵歌。尽管在白人的眼里,黑人的灵歌与白人的圣歌区别不大,但实际上,"他们把白人讲给他们的圣经故事变成了自己的故事"。③ 艾伦·洛克(Alain Locke,1886—1954)高度赞誉灵歌是黑人艺术和文化的凝练结晶。他认为灵歌的每一成分都构成了黑人独一无二的表达方式,这也使它表现了种族深处的灵魂,他们具有民族的特色,就如同黑人种族的特

---

① 蔡琪、孙有中:《现代美国大众文化》,中国经济出版社2000年版,第178页。
② [美]艾琳·索森:《美国黑人音乐史》,袁华清译,人民音乐出版社1983年版,第9页。
③ Mechal Sobel. *The World They Made Together: Black and White Values in Eighteenth Century Virginia*. Princeton: Princeton University Press, 1989, p.241.

色一样。①

  随着美国黑人身份的变迁,黑人宗教化的"灵歌"渐渐演变成世俗化的布鲁斯。布鲁斯记载和浓缩了黑人日常的伦理观念。为了排解生活的苦闷,黑人奴隶们总是最大限度地去享受聚会的乐趣。这种社交聚会是一种非洲传统的延续。白人奴隶主一般允许奴隶们在特殊的非洲节假日和周末的礼拜日聚会。这种聚会性的娱乐活动成为黑人们最好的心灵慰藉的方式。在音乐的狂欢中,他们用福音的曲调来演唱一种世俗的、罪恶的东西,或直接将灵歌和"巫毒教"的蓝调结合在一起。② 在那些虔诚的白人基督信徒眼中,灵歌被世俗化的演绎方式亵渎了宗教的神圣性。他们认为布鲁斯是引人堕落的恶魔的音乐,因此布鲁斯也有"忧郁的恶魔"之称。但对于大多数黑人奴隶和贫民而言,世俗化的布鲁斯形式不仅表达了压抑在黑人灵魂最深处无法言表的苦楚,而且这种载歌载舞的形式还成为能暂时将奴隶制对他们最深层的压抑尽情释放出来的良药。此刻的他们就是要享受现世的、当下的狂喜。在这些只属于黑人的音乐歌舞盛宴中,他们获得并享受着非洲部落文化的"肤色"狂欢和"黑人中心"集体仪式化的种族庆典。这可以说是黑人种族在与基督教、清教调停和抗争过程中的一种精神创举。

  布鲁斯音乐将宗教化的灵歌渐渐地融入世俗化的民间聚会娱乐的音乐形式之中。布鲁斯音乐世俗化的过程实际上也是黑人展现他们面临现实生活,不断调整自我在不同困境中进行伦理选择的结果。由于不同歌手各自对生活感受的不同、对宗教和世俗的偏好不同,即使是演绎同一个版本的歌曲,他们都会从内容到形式上对原有歌曲形成个性化的即兴创作或改编。在某种程度上可以说黑人音乐就是不同的人对自己生活境遇的一种感性述说。当这些不同场合下被演奏的黑人歌曲代代相传汇集在一起时,它们就成为一种再现文化的宝库,它们不仅保持了非洲传统的乐观积极的文化特征,还在共同参与美国文化生活的过程中传递出了黑人集体智慧和生存策略。所以,"布鲁斯作为一种反主流文化的话语形式,它是黑人在极度压抑的、必须戴着面纱才能言行的环境中,伴着音乐表达个人对自由的

---

  ① 转引自 Paul Gilroy. *The Black Atlantic*: *Moderntiy and Double Consciousness*. Cambridge: Harvard University Press, 1993, p. 90。

  ② 参见 R. A. Lawson. *Jim Crow's Counterculture*: *The Blues and Black Southerners*, 1890 – 1945. Louisiana: Louisiana State University Press, 2010, p. 29。

追求和向往的话语形式——是徘徊在接受与抗议间的舞动"。① 布鲁斯也因此成为灵歌之外的一种有效的补充，以最世俗化的狂欢仪式有效地解构和颠覆了奴隶制以及基督教对黑人身体和精神的禁锢，并在宗教仪式和世俗仪式中重建了鼓舞黑人自豪感的种族秩序。

在南北战争之后，尽管表面上黑人获得了所谓的人身自由，但是种族主义对黑人的压迫不仅没有得到缓解，还变本加厉地升级了。当黑人自耕农可以相对自由地在南方不同农场谋生时，他们变成了白人自耕农最有力的竞争对手，这大大地激化了种族间的矛盾。为了确保白人的利益，保障白人内部的团结和利益，自1877年到20世纪60年代中期在美国社会，尤其是在美国南部和边境地区实行的一系列歧视黑人的法律法规，这些被统称为吉姆·克劳法则（Jim Crow）。它是一套复杂的包括立法、经济、政治和社会实践的综合性伦理法则。这套法则首先是基于种族的经济剥削。在法律和法规的保护下，肤色偏见和经济剥削互动地建构了一种新种族主义秩序：即从白人奴隶主—黑人奴隶过渡成白人资本家—黑人无产阶级。这种秩序有效地阻止了白人资本利益的外溢，使黑人无法真正地以自由人的身份与白人在经济上抗衡，他们也自然而然地在政治领域无法获得话语权。为了确保黑人能接受这种新种族主义秩序，这套法则鼓励白人聚众对黑人挑衅者实施私刑。因为男性自耕农的流动性大，他们更容易团结起来反抗白人，对白人的权力构成一定的威胁。因此，吉姆·克劳法则主要针对黑人男性。白人在古老的欧洲父权制伦理的基础之上，延续地将白人与黑人的关系从奴隶主—奴隶变成了父亲—儿子的社会关系。由于父亲以暴力管教儿子是在文化传统中被接受的伦理惯性，白人聚众对黑人施暴也顺理成章地合理合法化、伦理化了。这使南方成为一个特殊的伦理环境，白人通过经济的压力和暴力的威胁迫使黑人继续成为他们的奴隶，以维持原有的社会经济结构，只不过其统治方式从赤裸裸的种族剥削变成了披着法律和伦理外衣的经济和文化殖民。

针对这套残酷的种族主义伦理代码，布鲁斯音乐以它独有的即兴创作表现力成为了当时社会伦理环境下黑人所采用的一套反种族主义的话语代码；它也成为黑人在边缘化、他者化的生存环境中积极抗争的生存之道。

---

① 参见 R. A. Lawson. *Jim Crow's Counterculture: The Blues and Black Southerners*, 1890 – 1945. Louisiana : Louisiana State University Press, 2010, p. 9.

在吉姆·克劳法则的威胁下，黑人的生活甚至比奴隶时代更为悲惨。工作的不稳定性和人身安全时时受到威胁的状况已经成为这一时期黑人特别是黑人男性面临的最大困境。不过流动性的劳作方式倒是为黑人音乐的发展提供了一种交流机会和拓展空间。音乐成为这些孤独的自耕农介绍自己、结识朋友的一种重要的社交方式。他们几乎是走到哪儿就唱到哪儿。通过音乐，黑人们在各种不同的生活地域和生活背景中找到了共同语言。他们往往在大家都熟悉的曲调中叙述自己的所见所闻，并对前面歌者演唱的布鲁斯从曲调或歌词上做即兴的、能表现自己风格的变奏。由此，布鲁斯音乐因其空间的流动性和表意的即兴特征从隐性的情感抒发方式转变成了具有显性特征的抗议话语。

同时，流动性的劳作方式也改变了早期奴隶制相对稳定的黑人社区结构。环境的改变使早期的音乐派对成为了黑人加强社区凝聚力和排解贫瘠生活压力的必不可少的生活元素，并拓展了布鲁斯向平民化和多元化音乐形式发展的空间。布鲁斯的主题也更多地去真实地记录和再现黑人生活的方式与他们无法解决的种种问题所带给他们的苦恼。在音乐的派对中，来自不同地域的黑人农民可以轮番上台以独奏或对唱的布鲁斯形式表演，歌者常可通过各自不同的生活经历演唱或对唱，进行即兴的改编和再表演。他们在集聚一堂叙述所见所闻的同时，集体地抨击白人的残酷以及他们对吉姆·克劳法则的抗议和对自由的渴望。在这种派对上，歌者即舞者，舞者亦可成为歌者，这种积极互动的歌舞狂欢形式使黑人不仅去除了私刑暴力压抑在他们内心的恐惧感和焦虑感，还为他们提供了集体控诉种族主义对黑人身心摧残的一个公共社交场域。它们成为了一种黑人社团化的集体语言和公开的质疑方式，并揭示了白人父权制社会中道德、宗教、法律体系的去伦理性本质。此时的布鲁斯成为了"后奴隶制世界观最本真的表述，它们与个人精神的自由息息相关"。[1] 黑人评论家、小说家埃里森则将布鲁斯比喻为"一种抒情地表达个人灾难的自传性的编年史"。[2]

19世纪末20世纪初，黑人大迁徙的城市化过程使黑人音乐得到了更加广泛的传播和长足的发展，是布鲁斯和爵士乐的鼎盛时期。随着黑人的大迁徙，爵士乐和布鲁斯乐从南方密西西比河下游的乡村传播到了北方，

---

[1] Larry Neal. "The Ethos of Blues", in *The Black Scholar*, 1972 (3), p. 45.
[2] Ralph Ellison. *Shadow and Act*. New York: Vintage Books, 1972, p. 78.

并在各个中心地区特别是堪萨斯城、芝加哥和纽约等城市扎根、开花、结果。在都市黑人聚居生活方式的演变进程中，早期布鲁斯音乐形式也日渐向爵士乐过渡，从演奏形式上由非正式的、民间独唱与对唱的表演形式转变为正式的舞台乐队演奏。

较之布鲁斯，爵士运用了更多的乐器，特别是管弦乐器的加入拓宽了黑人早期布鲁斯个人独唱形式，成为一种乐队的群体表演方式。总体而言，布鲁斯更适合歌唱，而爵士则更注重演奏。这也使布鲁斯戏剧独白的形式变成了气氛活跃的舞台剧，它更真实地展现了黑人社区的生活方式。爵士乐比布鲁斯更强调通过不同乐器的变奏和断奏等即兴表演来增强乐曲的自由节奏感。[①] 它作为一种公开的抗议宣言，获得了"一种摆脱西方文明各种限制的自由节奏，为美国黑人提供了一种方式，用以象征性地表达他们对生活中限制的强烈不满"。[②]

黑人音乐的流行催生了哈雷姆（又译哈莱姆）黑人社区以及黑人文化的繁荣。其间一大批黑人知识分子和艺术家聚集在哈雷姆掀起了一场轰轰烈烈的黑人文化遗产的复兴运动。这场运动让黑人音乐和民俗文化有机地融合起来，这也是美国历史上黑人第一次公开地与白人主流文化进行文化对话的形式。[③] 这批黑人知识分子成为了黑人文化的积极建构者，他们在梳理历史、挖掘民俗等黑人文化遗产的基础上，致力于将黑人民俗故事和黑人音乐等元素混杂，并开始实践黑人艺术文学化和黑人文学艺术化的改良和创新。新黑人运动也在此期间如火如荼地展开了，该运动的倡导者艾伦·洛克提出黑人应该有自己的民族文化，并以民族文化来拓展黑人的精神追求、展现成熟的黑人艺术。[④]

[①] 由于爵士乐源于布鲁斯，它的音乐特征也继承和延续了布鲁斯的风格。同布鲁斯一样，爵士乐也鼓励演奏者开创出各自独特的演奏风格。鉴于这两种音乐间的密切关系和诸多共性，很多学者特别是文艺理论家将布鲁斯和爵士统称为布鲁斯—爵士，或者简称为布鲁斯。笔者在这篇论文中也是把这两种音乐形式笼统地划分在布鲁斯形态下，以便在辨析和研究赖特文本与黑人音乐显性的文本关系的同时，能把握赖特作品的主题思想以及情节处理上表现出与布鲁斯文化和黑人生存哲学间的微妙的、隐性的共性特征。

[②] 黄卫峰：《哈莱姆文艺复兴研究》，外语教学与研究出版社2007年版，第222页。

[③] 黑人音乐的特征就是促使黑人的边缘文化能与主流文化进行对话。它反映了在白人残酷的暴力统治下，来自非洲不同地域的黑人无法正常地进行思想交流和情感沟通，唯有以音乐为一种情感传递的媒介，成为黑人表达精神诉求和折射社会关系的一种话语。

[④] 原文详见 Alain Locke, ed., *The New Negro*. New York: Simon and Schuster Inc., 1997, p. 26.

在这次新黑人文化运动中贡献最大的当数兰斯顿·休斯，他有意识地以黑人音乐，特别是布鲁斯来进行写作，第一次将黑人流动的音乐以文字文本的形式固定下来，并使其保持音乐表意的灵活性和对话性。他所有的诗歌都渗透着黑人民间生活的节奏和心态。休斯的创作方式影响了大批黑人作家，也大大地拓宽了黑人文学的发展道路，这标志着布鲁斯也渐渐从音乐领域扩展到了文学领域，除布鲁斯诗歌外①，还出现了布鲁斯小说甚至是带有布鲁斯特色的戏剧等多种文学形式②。

除休斯以外，克劳德·麦凯（Claude Mckay，1889—1948）、左拉·尼尔·郝思顿（Zora Healze Hurston，1891—1960）和理查德·赖特等都是活跃于20世纪20年代至50年代文坛的杰出代表。他们在自己的文学作品中或隐或显地表现出了以布鲁斯为代表的黑人民俗传统。到20世纪50年代，拉尔夫·埃里森撰写的《看不见的人》成为布鲁斯—爵士音乐和小说有机结合的经典代表。进入80年代后，艾丽斯·沃克（Alice Walker，1944— ）和托尼·莫里森（Tony Morrison，1931— ）又进一步细化了美国黑人小说的音乐特色，运用了布鲁斯、爵士、嘻哈乐等音乐形态来丰富黑人文学的思想内涵并拓展情感维度。简言之，这些以布鲁斯为特色的文学形式主要是从情感展现、主题呈现、叙事结构和修辞技巧等方面保持了与布鲁斯音乐表现形式上的一些相似度，而成为兼顾非裔美国文化传统和民俗艺术传统的文学奇葩。

在20世纪60年代黑人艺术运动之后，布鲁斯渐渐成为了一个文艺理论术语，它可以泛指具有非裔美国文化特色的"深层而真实的艺术形式"。

---

① 布鲁斯诗歌与布鲁斯音乐一样其表现形式很形式化，它一般为三行一节，第二行往往是对第一诗行的重复，第三行是对第一、第二行提出的问题做出应答或阐释，每节诗行呈 aab 式。这些诗歌常用布鲁斯习语和韵律来表现黑人的孤寂、痛苦、愤怒、渴望、绝望以及黑人所蕴含的巨大力量。根据史学家劳伦斯·列维斯的考证和阐释，与其他黑人音乐形式相比，布鲁斯能够被融入诗歌的重要因素是它具有音乐和诗歌的特征：它是黑人音乐中保留了最接近黑人民俗根文化特色的艺术形式，它不仅保持了音乐结构还储备了诗歌的形式。参见刘保安、柳士军著《美国诗歌艺术史》，吉林人民出版社 2006 年版；William Barlow. *Looking Up At Down*: *The Emergence of Blues Culture*. Philadelphia: Temple University Press, 1989, p. 3.

② 布鲁斯小说是指小说家在小说情节的构思和展开之中充分利用布鲁斯叙事方式来塑造人物、表达情感和布局篇章。它们通过故事内容、表现技巧或展现美学、情感、心理、精神、公共社区、政治等方面的布鲁斯气质来书写布鲁斯以及传达布鲁斯哲学思想。目前还没有专门的术语将带有布鲁斯特征的戏剧称为布鲁斯戏剧，而称其为基于布鲁斯特征的戏剧。详见 Steven C. Tracy. "Blues Novel", Maryemma Graham, ed. *Cambridge Companion to the African American Novel*. New York: Cambridge University Press, 2004, p. 124.

"布鲁斯在陈述一种真实,却以一种特殊的声音以及特殊的情感去讲述。"[1]很多布鲁斯研究学者开始在布鲁斯音乐的历史流变过程中去挖掘这种艺术形式的叙事风格、修辞技巧、主题呈现形式以及这些歌曲主题中表现出的文化内涵和伦理价值观。从20世纪70年代到21世纪初,出现了一大批黑人学者,他们力图从根植在布鲁斯的传统艺术魅力中去建构适合黑人文艺批评的理论。其中20世纪70年代的领军人物当数阿尔伯特·默里(Albert Murray,1916—2013)。他在对比布鲁斯音乐与文学的相似性的过程中开始系统地建构布鲁斯文学理论。[2] 80年代以后,理查德·鲍威尔(Richard Powell)、小亨利·刘易斯·盖茨(Henry Louis Gater Jr.)、阿福索·霍金斯(Alfoso Hawkins)等人从黑人美学和修辞学的方面对布鲁斯与黑人传统美学的关系进行了阐释。盖茨《表意的猴子》和霍金斯《爵士转义》都堪称经典。小郝思顿·贝克等文论家又进一步将布鲁斯引入了文化批评领域,他的《布鲁斯、意识形态和非裔美国文学:一种土语理论》(Blues, Ideologies and Afro—American Literature: A Vernacular Theory,1987)构成了布鲁斯理论的核心观念。他以考古学的方法探索并证明了非裔美国文学和艺术是孕育在历史传承的黑人性的布鲁斯网系中。他将其定义为"布鲁斯母体"——它是持续输出和输入的交点,是一张交织的网,情感冲动在其中纵横交错地流动。非裔美国布鲁斯编织了这样一张生机勃勃的网。因此,布鲁斯是一个黑人文化得以创新的母体,对受到白人文化严重桎梏的黑人文化来说是一种"代码和力量";布鲁斯还是包容矛盾、高度调停的话语方式。[3] 这标志着布鲁斯作为一个术语已经超越了音乐的范畴而进入文化批评和话语批评的领域。这使布鲁斯具有更广泛和深邃的内涵。黑人美学家库克同样也关注布鲁斯音乐的文化影响力,他提出"音乐的布鲁士(布鲁斯)与语言的表意艺术在黑人文化传统的存在遭到否定之时,可以支撑这一文化传统,这是十分有意义的"。[4]

---

[1] Washington Project for the Arts, et al., *The Blues Aesthetic: Black Culture and Modernism*. Washington D. C.: The Washington Project for the Arts, 1989, p. 16.

[2] Albert Murray. *The Hero and the Blues*, Columbia: University of Missouri Press, 1973; *Stomping the Blues*, New York: McGraw-Hill Company, 1976.

[3] Houston A. Baker, Jr.. *Blues, Ideologies and Afro-American Literatures: A Vernacular Theory*. Chicago: University of Chicago Press, 1987, pp. 3-13.

[4] 转引自罗良功《艺术与政治的互动:论兰斯顿·休斯的诗歌》,上海外语教育出版社2010年版,第68页。此处罗教授运用的是"布鲁士"一词来翻译 blues。

在一大批黑人学者的不懈努力下，随着布鲁斯黑人民俗文化批评理论和方法的运用，布鲁斯批评理论成为一种当代非裔美国文学作品中的经典研究方法，它既体现了一些黑人文化传统中的修辞手法、叙事方式、主题呈现以及作品细节处理上与黑人音乐直接或间接的互文性特征等；也可以比较抽象地概括黑人种族气质、精神追求、生存哲学、求生伦理等形而上的伦理价值观。因此，布鲁斯集合了不同时代的黑人集体的生存智慧，反映了他们不同时期的困惑和由此产生的复杂的情感与痛苦的抉择。它体现了非裔美国文化的核心价值。所以，学界也将布鲁斯视为一种文学表现形式和批评方法来阐释黑人文学作品中展现的黑人美学和生存伦理。

二 黑人生存伦理的布鲁斯特质

黑人音乐居于黑人民间文化的中心位置，它不仅是黑人艺术的精髓，还重复表达和反映了黑人的生存策略和伦理选择。美国黑人的生存问题几乎与美国历史同龄，成为困扰着一代代黑人的一个社会命题。由于地域的阻隔，随着美国黑人日渐疏离于他们的非洲母文化，美国黑人文化实为一种基于融合非洲和美国文化的再建构的新文化形式。在这个文化建构的过程中，种族问题几乎构成了黑人生存策略的主导因素和最大困扰。这意味着他们从个体到群体都在探索着身为黑人的价值和意义。然而，在美国以白人父权主义的政治文化为中心的社会体制中，黑人无论是从政治权利还是从经济地位上都无法与白人抗衡，能够活着对于他们来说都是一种挑战。这也是为什么布鲁斯音乐中的核心主题和基本内容就是歌唱黑人在不同境遇中的求生之道。从这个意义上说，布鲁斯表征了一代代黑人生存的伦理价值观。

在美国黑人经历社会身份转变的历史进程中，布鲁斯文化凝练了黑人对种族创伤、对自由渴望以及对自我身份认知的种种矛盾。布鲁斯学者拉瑞·尼尔（Larry Neal）认为黑人布鲁斯是在"社会和政治压迫中的语境中生成的"，它讲述的是黑人"最卑微、最基本的生存需求"，它"包含了所有或好或坏的矛盾元素，它代表了非裔美国黑人情感和身份的基本矢量"。简言之，布鲁斯中体现的黑人民族文化内涵是一种"布鲁斯民族气质"①。布鲁斯宛如一幅历史的图谱，展现了在音乐流变中不同时代的黑

---

① Larry Neal. "The Ethos of the Blues", in *Black Scholar*, 1972 (10), p. 42.

人在面对文化困境和身份两难时所表现出的生存价值观。

总体而言，布鲁斯语境下的黑人生存伦理体现了三种生存取向：一是默默忍受现世的痛苦，寄希望于来世的精神伦理，这有些类似于中国的佛教所倡导的不求今生、只修来世。二是摆脱白人父权体制伦理的束缚的抗议取向。三是展现身份诉求和自由憧憬并构建新身份新秩序的伦理诉求。因此，布鲁斯为观察和了解非裔美国文化观和伦理观提供了一个研究平台，它强大的包容力和持续的变化性充分展现了黑人民族内部的伦理关系和行为取向。

第一，布鲁斯是重塑黑人内部世界精神秩序的一套伦理代码，这是西非生存哲学的延续。西非生命观认为在外部自然界、内在本质世界和现实的社会生活三者间存在着一种平衡。在这三者中，内部世界是一个可以通过重建精神秩序来缓解外部世界和现实社会生活矛盾的重要媒介世界。外部世界因受到不同环境和自然条件的局限而呈现不同的地域特征，但是精神世界不同，它不受地域差异的局限性而呈现出一种高度的统一性。[①] 来到美国的黑人们受到奴隶主非人的折磨，他们深谙自己很难改变残酷的外部环境。因此，他们从非洲传统文化中汲取积极的精神动力，以音乐建构了一个只属于黑人种族的独立的精神场域。这样他们就可以靠音乐抒发自己内心深处包括悲伤、绝望、挫败等低落情感，这些忧郁的情绪成为一种集体的声音，一种话语。音乐记载了美国白人种族主义对黑人身心摧残的历史。此外，他们还可以凭借自己的想象在这一场域中重建和恢复一种符合他们精神需求的新秩序。黑人通过低语、呻吟、全情地投入歌唱和表演，在不同的音阶间表现"抑郁"和"哀婉"，同时传递一种积极向上的乐观地面对生活困境的勇气和决心。他们在音乐中修复了自己低落的情绪、缓解了苦闷带给他们的焦虑，音乐让他们活在乐观的精神世界里，并从中找到一种能自我安慰的道德价值。

布鲁斯歌曲记录了黑人生活方式并反映出黑人的生存之道。它们主要以记录黑人群体生活中的方方面面来展现最琐碎、最平凡的生活点滴，它们从不同层面表现出了黑人为了生存采取的行为方式和各种伦理选择。如在早期的黑奴中传唱的灵歌实际上是黑人以自己的方式来表达他们对生命

[①] Lewis R. Gordon, ed., *Existence in Black: An Anthology of Black Existential Philosophy*. New York: Routledge, 1997, pp. 16 – 17.

的意义的认识和对自由的追寻。"我是一个奴隶,我身戴枷锁、身份卑微,但我要用我的歌声来解放我的灵魂,解放我自己,在我的命运中注入希望。"① 对于黑人来说布鲁斯是一种音乐力量。它成为黑人在精神世界与神灵交流的方式;它不仅可以改变人们理解生存经历的模式,还能从本质上改变这种经历状态的质量。因此,参与音乐的创造是每个黑人与神灵沟通和获取权利的方式。②

有别于欧美宣扬的独立个性的"我思故我在"的哲学理念,黑人继承了非洲文化中的集体生存哲学,他们更崇尚"我们思故我们在"。在西非的部落文化里,他们注重集体生存观念和个体的参与性。黑人音乐从内容到形式上都体现了这种西非生存哲学观。音乐将黑人集体以歌者、演奏者、舞者、听众等方式联系起来,他们在共同参与音乐的过程中建构了自己的社区文化,尽管他们无法改变外部的种族压迫环境,但在内在精神世界,可以表达和传承特殊的世界——一种看待生活和理解生活的方式。简言之,布鲁斯作为黑人的一种生存代码解构了白人种族主义对他们外部环境的伦理制约,它们作为一种有效的话语阐明了淤积在黑人内心无法言表的伤痛和悲哀,并在精神世界中为黑人提供了参与社会和进行生活互动的生存方式。③

第二,音乐布鲁斯还是一套黑人在文化移入的过程中采取的迂回的、调停的抗议伦理。在布鲁斯音乐形成和发展史中,它表现出一种超越时空和意识形态束缚的话语力量。音乐使人们可以重新书写生活的意义,破除政治体制化的白人神话。为了维系神话中白人的父权地位,白人利用自己的话语权将黑人妖魔化。他们通过文化传媒将黑人描绘成一群嗜酒的、好色的、野蛮的、暴力的群体,并通过"长不大的孩子""傻宝"或是像"汤姆叔叔"等一批逆来顺受的卑贱的形象进行文化渗透,力图将这些形象符号内化到黑人潜意识之中。为了确保文化殖民的有效性,白人利用暴力方式来镇压黑人的直接抵抗。特别是内战后和重建期间,美国南方实施的一套吉姆·克劳法则是比奴隶制有过之而无不

---

① 转引自 William C. Banfield. *Cultural Codes: Making of a Black Music Philosophy*. Lanham: Scarecrow Press, Inc. 2010, p. 7.

② Washington Project for the Arts, et al. *The Blues Aesthetic: Black Culture and Modernism*. Washington D. C.: The Washington Project for the Arts, 1989, p. 39.

③ Ibid., p. 37.

及的残酷伦理法则。此时,上至统治阶级下至白人贫民因种族的利益紧密地团结在一起,种族仇视进入一种集体的、不可调停的白热化的对抗。一些白人自发地组成暴众集体对这些流动的黑人男性进行私刑处决。尽管私刑的理由五花八门,但是主要是以强奸罪和企图强奸罪阉割黑人男性生殖器或直接将其处死。私刑一时间成为白人打击黑人男性自尊并在黑人社区制造危机感和恐慌感的暴力话语。它从法律和伦理体系上保障白人对黑人滥用私刑的合理性和合法性,这使白人残害黑人成为一种公开的、仪式化的大众行为,这也加剧了白人与黑人种族矛盾。种族间的暴力冲突在19世纪末和20世纪初也日渐升级,但是每次黑人暴动都受到了白人社会血腥的镇压。

　　黑人为了避免暴力冲突带来的直接伤害,布鲁斯成为黑人反主流文化的主要战场。布鲁斯音乐成为黑人群体抗议白人种族主义者残酷行径的文化传媒方式。布鲁斯用歌唱展现黑人社区的人伦关系来重塑被白人文化诋毁的公式化形象。战后重建期间的布鲁斯音乐中也有相当多歌曲的主题从早期的表现现世的苦痛、享受短暂的快感以及憧憬来世的精神主题转向了表现日常生活中男女的性爱关系、种族的暴力冲突等题材。这些歌曲中表现的暴力、性、酗酒或吸毒等素材似乎是在重复黑人是一群"野蛮冲动的亚人群"的形象,这看似是黑人跟从白人主流文化的一种镜像的反映。但事实上,这是黑人在非洲文化中汲取的"言此意彼""转义"修辞方式,并以此为一种委婉的抗议伦理。他们继承了非洲传统话语体系中的隐喻、夸张、意指等"转义"修辞功能①,在自己的歌曲中看似以重复白人污蔑黑人低贱、愚笨的范式来解构白人的谎言,以黑人的方式诙谐地讽刺和批判社会种族问题的弊病及其造成的种族创伤。同时,他们也歌颂了黑人面对困难苦中作乐的乐观主义生活态度。

　　从文化传统继承上来说,布鲁斯音乐抗议性的表述方式具有非洲话语中的双声性和仪式性特征。根据美国黑人文学理论家盖茨的研究,黑人文化在融入美国文化的过程中表现出独有的具有调停性和对抗性辩证统一关

---

① 意指是非裔美国人常用的一种"转义"的修辞策略。它是一种修辞实践,黑人通过对白人标准英语中的某个词语的表意的意指,腾空其原有的能指概念,接着用一个所指来代替这个能指概念,而这一所指代表了他们自己的土语方言传统中的修辞策略,在表意上达到了"转义"的效果。具体阐述参见[美]小亨利·路易斯·盖茨著《意指的猴子》,王元陆译,北京大学出版社2010年版,第56—62页。

系的特征。他考察了非洲文化中神界的一个恶作剧精灵埃苏—艾拉巴拉。它是神界十分重要的一个干预中介，多变是它的本质特征。它具有一系列的个性特征，可能包括个性、讽刺、戏仿、反语、魔术、不确定性、开放性、模糊性、过强的性欲、偶然性、不稳定性、断裂与和好、背叛与忠诚、闭合与开放、包裹与开裂等。这些特征合起来创新出一种典型的中介形象的复杂性，以及对抗性力量的统一。芳族人称它为"神界的语音学家"。①

埃苏—艾拉巴拉的话语阐释能力使它具有了双声性意指功能。它能根据自己的意愿任意解构和阐释语言，因此，"能指"始终处在模糊性的、开放的链状"转义"结构上，在不断地重复中修正"转义"。布鲁斯是黑人展现埃苏—艾拉巴拉复合的语言阐释能力的文化场域。他们在戏仿白人主流文化中被扭曲和被贬损的黑人形象的过程中，通过自嘲和自夸等手段，从而瓦解了被主流文化确定的固化形象，使它呈现出一种模糊的、动态的、不确定性的语义。这是一种黑人双声的与主流文化对话的方式。它在麻痹白人，让他们认为黑人接受了文化宿命论，同时它激励黑人艺术家在传统民俗文化中找到更多的方式去抗衡主流文化对他们的伦理束缚。以黑人音乐中的暴力主题为例，它主要表现为黑人内部空间中的暴力和白人对黑人的私刑暴力，后者将在布鲁斯的仪式化功能中具体论述。

布鲁斯的许多歌曲，特别是在 19 世纪末到 20 世纪 20 年代的布鲁斯—爵士歌曲中，有相当多的歌曲记录了黑人社区的家庭暴力和酒吧暴力。这些歌曲表现出暴力已经成为黑人社区广泛流传的病毒。它扼杀了黑人间的骨肉亲情、人伦友谊，它使家庭更加不幸、人际关系更为疏远。黑人这些情感的疏离和人性的异化除了种族主义的压迫和歧视这一原因，也是黑人贫民都市化、工业化过程中的必然。因此，布鲁斯歌曲作为一种兼具文化调停和文化抗议的话语形式，一方面记录了黑人被主流文化同化和异化的现实，另一方面也控诉了美国文化暴力本质对黑人内部人伦关系的

---

① 这个恶作剧精灵在不同非洲文化中名字不同，在尼日尼亚神话中被称为埃苏—艾拉巴拉，在贝宁的芳族人中称为拉巴。它在新大陆的表征包括巴西的埃克苏、古巴的埃查—埃勒瓜、海地巫毒教洛万神殿的拉巴老爸，以及美国伏都教洛中的拉巴老爸。因此，盖茨将这些恶作剧精灵总称为埃苏或埃苏—艾拉巴拉。具体的名称可参见［美］小亨利·路易斯·盖茨《意指的猴子》，王元陆译，北京大学出版社 2010 年版，第 16 页。

负面影响。值得一提的是,黑人社区内部的暴力形式实际上是对美国主流暴力文化的复制。纵观美国的文明发展史,以哥伦布发现新大陆为起始,暴力似乎成为白人维系生存、扩展领土、增长财富和实现权力的主要手段,也是美国文化的主要元素。① 每天生活在暴力文化的渗透中的黑人,由于受到来自种族、政治、经济和阶级的多层面的剥削和压迫,暴力对于他们来说就是一种生活方式和交流方式。在公共空间中他们能感受到无处不在的来自白人的显性或隐性的暴力威胁,这是几个世纪来白人与黑人的交流方式。即便当黑人回到家宅空间或是在黑人社区内部生活,暴力依然四处横溢。为了维护集体生存的利益,黑人家长将从白人施加给他们的暴力焦虑投射到他们的孩子身上,只要他们发现孩子有任何可能挑衅白人权威的苗头,孩子必然是被暴力狠狠地规训,以免他惹出更大的祸端,威胁整个家族或社区的安全。在黑人成年人中,特别是成年男性之间,他们也会因为经济压力、工作机会、家庭关系等带给他们的焦虑和自卑而大打出手,甚至从斗殴升级为谋杀。生活在美国的黑人从出生的那一刻起,就无可救药地带着暴力的毒瘤生活着。这个毒瘤伴着他们日益长大,当极度贫贱的生活不断膨胀并压迫到他们无法呼吸时,最终他们也只能以暴力去殊死一搏。

布鲁斯的双声性特征主要是通过"呼与和"形式表现的,它是一种有效的以边缘—主流伦理范式进行对话和抗争的形式。它是指两个不同乐句间存在的一种延续的关系,在通常情况下由不同的乐手来分别表演,第二乐句往往是对第一乐句做出直接的评论或是对第一乐句做出的应答。这种"呼与和"音乐形式类似我们人际交往对话间的呼应关系。布鲁斯乐手通过对乐句歌词或曲调上的重复变奏和断奏进行"呼与和"的交流。乐手以出乎意料的对比、各种方式的重复或解答或阐释或评论,在表现生活的睿智和讽世讥俗中展现生活、表达自我。即便布鲁斯是独奏形式演绎时,乐手也会配以乐器演奏,而这种乐器能起到用另一种"声音"在音

---

① 美国文学史是观察这种暴力文化的一面镜子。从詹姆斯·菲尼莫·库伯笔下的拓荒暴力到纳撒尼尔·霍桑笔下非理性暴力再到埃德加·爱伦·坡"螺旋式递进的暴力"再到梅尔维尔的无意识暴力以及像福克纳和奥康纳等一批南方作家书写的南方种族暴力,这些文学中的不同暴力形式反映了美国18世纪到20世纪的暴力文化的流变。19世纪工业化、大众化的文化模式使得暴力成为了一种大众消费文化形式,所有的报纸、杂志、书本以及电影等传媒形式都成为暴力文化的复制者和宣传者。暴力不可替代地成为美国文化的主要成分之一。

乐中去言说,并与歌者进行交流的对话功能。它确保了布鲁斯演奏者无论多么孤独,都能一直交流。

布鲁斯对于黑人来说具有一种抗议的仪式性伦理特征。白人对黑人男性的私刑是一种仪式化的伦理建构。私刑是白人民众履行和强化白人伦理的集体行为,他们以暴力来强化集体的权威,即他们"把黑人男性的生殖器从其身上割掉,暴徒们强有力地否决了黑人男子最父亲的象征和男子汉符号,打断了男人男性生殖器所代表的特权,从而通过肢解这一反常行为收回黑人男性可能获得的公民权"。[①] 而私刑的目的是捍卫白人父权制话语体系。因此布鲁斯歌曲题材主要是描绘黑人生活的伦理环境和重塑男性身份。就伦理环境而言,布鲁斯通过对"自由的场域"的描述来解构白人在现实伦理中建构的"私刑的场域"。具体而言,生活在吉姆·克劳法则下的黑人群体往往热衷于周末的狂欢舞会,布鲁斯音乐的流淌、纵情地歌舞,加上美酒和大麻等方式,使黑人获得了一个集体仪式化的场域来构建自由的王国。在那里他们忘记了生活贫困的窘境、焦虑和对白人种族迫害的恐惧。正如美国学者逊顿所说:"布鲁斯表演在整体上是一种仪式性行为,它将歌者、乐器师、皮条客、听众、油嘴滑舌的人、舞者、赌徒以及其他寻欢作乐的人合成一组激情的叛逆——极具风格化地——对求职场域和经济领域中的困境进行反抗。"[②]

此外,布鲁斯歌手特别是男性歌手常常将性爱作为布鲁斯的主题。很多白人对此误认为这是黑人男性展现兽欲的世俗方式,但实际上这个主题的形成和发展是黑人男性对吉姆·克劳法则残酷迫害黑人男性的一种抗议方式。因为私刑对黑人男性的阉割和杀戮在黑人中产生了集体的焦虑,其无所不在的威慑力影响了黑人生活的方方面面,甚至进入了每个黑人的骨髓。为了抵抗白人残酷的私刑对黑人男性气质的贬损,黑人布鲁斯歌手通过对性主题的歌唱来展现黑人男性男子汉气概。黑人需要在自己的传统文化中重塑黑人男性神话来与白人父权神话抗衡。根据美国的盖茨的研究,恶作剧精灵埃苏还是一个很有造诣的舞者,是个运动者的面具,在阳具崇拜舞蹈仪式中它象征繁衍、创造与交流。所以在一定程度上,布鲁斯歌手

[①] 转引自黄卫峰《哈莱姆文艺复兴研究》,外语教学与研究出版社2007年版,第283页。

[②] R. A. Lawson. *Jim Crow's Counterculture*: *The Blues and Black Southerners*, 1890 – 1945. Louisiana: Louisiana State University Press, 2010, p. 20.

在音乐主题中对性主题的歌颂方式是他们以非洲埃苏—艾拉巴拉的文化特征重塑黑人男性身份的一种文化抗议，也可以部分地恢复他们的男性自尊和自信。

可见，黑人音乐是一套反白人主流文化的生存代码，其中蕴含的抗议伦理不仅是一种逊顿所说的"激情的叛逆"，它还是一种意识状态，直接影响到黑人的日常行动。布鲁斯作为一种抗议的伦理超越了吉姆·克劳法则强加在黑人无产阶级身上的种种限制，是他们获得个人自由和解决社团集体焦虑的生活方式。早期黑人音乐强调建构集体精神场域来逃避现世的痛苦和不公，其中表现出的抗争话语是仅在黑人社群内部达成共识的一种隐性的表述。就此布鲁斯成为在白人主流文化和黑人民族诉求间的一种具有文化调停作用的话语方式，它巧妙地表现了两种文化的融合性和对抗性。

第三，在美国历史进程中，身份问题是困扰着每一个非裔美国黑人的伦理问题。由于白人对自己和对黑人采取的是两套相互矛盾的伦理规范，黑人常常在采取哪一套身份伦理标准来应对各种困境时产生伦理混乱[①]，在这种混乱带给他们的焦虑感中，他们或沉沦或抗争。因此如何界定黑人的伦理身份，这一问题也成为贯穿黑人音乐史的布鲁斯主题。黑人音乐勾勒了黑人民族对个人身份和集体身份的理解，以及被白人文化投影的公式化或刻板化的黑人伦理身份与白人享有的公民身份之间的矛盾关系。这些身份的矛盾性既让黑人为自己从未获得过的公民权而焦虑不安，又让他们对美国公民的自由权利羡慕、憧憬。这种矛盾的意识状态被美国黑人学者杜波依斯称为双重意识——"这个社会没有给黑人带来真正的自我意识，而是让他通过另一个世界的启示来看到自己"。[②] 布鲁斯音乐所表征的是一套黑人对无助的生活现状进行抗争的伦理，即采取了一种调停式的抗争来重新审视黑人的身份问题。通过布鲁斯调停式的抗争，黑人才略感自己是"有自我意识的人"。这些黑人在调停美国文化和非洲文化时，希望保留这样的两个自我——既是美国人又是黑人。他们"不愿意把美国变成非

---

① 伦理混乱是文学伦理学批评方法中的重要术语。伦理混乱即伦理秩序、伦理身份的混乱或伦理秩序、伦理身份改变所导致的伦理困境。参见聂珍钊《文学伦理学批评导论》。北京大学出版社 2014 年版，第 257—258 页。

② 参见 W. E. B. Du Bois. *The Souls of Black Folk*. New York：Oxford University Press Inc.，2007，p. 8。

洲，因为美国有太多东西要传给世界和非洲，也不愿意在美国白人的洪流中漂白自己的灵魂，因为黑人的血统对世界有启示意义"。①

尽管黑人种族从非洲生存哲学中继承的是集体生存意识，但是美国民主自由的文化让他们看到了独立个性的魅力。特别是南北战争以后，黑人对身份关注就从集体种族身份转向独立个体身份的界定和重塑方面。白人在作为统治阶级对黑人的文化殖民过程中，他们常常以"黑人"（Negro）、"黑鬼"（Nigger）、"有色人种"（Colored）等同类的复数概念的名称称呼黑人种族，这种笼统的、概念化的名称将统治者的主体性和客体化的他者群体区分开来，从而达到了抹杀黑人的独立个性的目的。白人对黑人个体的不命名现象让黑人成为一个边缘化的、没有个性特征的群体化复数概念，这样白人的独立个性以及他们的统治权威都在这种神话中得到了完善，并发展成为一套周详的、成文的伦理习俗。

为了与这套白人神话伦理抗衡，黑人将自己的民俗文化注入他们的音乐形式中，并将这种音乐形式作为展现个体个性的身份象征。在具体的音乐形态中，身份界定也经历了灵歌的精神自由的种族身份——布鲁斯无拘无束的真实存在的集体或个人身份——爵士乐即兴的、创新的个性身份的转变过程，随着与美国文化的日益融合，20 世纪50 年代之后，摇滚和饶舌音乐、嘻哈音乐轮番进军美国主流文化，成为张扬、叛逆、突破生存疆域的个性身份的代名词。② 这些音乐充分表达了黑人民族的布鲁斯气质，即能在两种文化的调停中充分展现黑人艺术文化传统的魅力和黑人个性化的表演才能。

在黑人音乐流变过程中，黑人音乐在美国乐坛成为极具影响力的甚至引领时尚的音乐流派。黑人音乐以其不懈地对主流的复述、批判、阐释与再阐释、界定与再界定的民族意义超越历史地将非洲文化有机地融入了美国文化之中，达到了水乳交融的境界。那些各具特色的音乐人以自己独特的风格让听众记住了他们的名字，他们个性化的音乐以及他们的名字成为独特、鲜明的黑人个体的代名词。他们代表的不仅是黑人的，更是美国的，这些音乐人以自己的音乐和个人魅力打破了白人文化定式中对黑人群

---

① 参见 W. E. B. Du Bois. *The Souls of Black Folk*. New York：Oxford University Press Inc., 2007，p. 9。

② William C. Banfield. *Cultural Codes：Making of a Black Music Philosophy*. Lanham：Scarecrow Press, Inc., 2010，p. 15。

体化的不命名的伦理模式,在音乐的疆域中重建了一种文化秩序,重构了黑人的独立个体的伦理身份。黑人在追寻自由的道路上不断地界定着自己的身份并赋予它们新的伦理导向,他们伴着时代的脉动控诉着和修正着美国主流文化对黑人身份边缘化、妖魔化的伦理谬误和文化谎言。简言之,黑人在布鲁斯的世界中以这些"黑色"的音乐形式追寻精神的庇护所,避开所谓"白人家长"的严苛监控。他们将非洲不同地域的文化传统转化成"一种异己形式的告白,形成一种'他者'的符号,由此恢复黑人自身的特质",在音乐中这些都呈现出来了。①

第二节　赖特布鲁斯化的伦理书写

作为生活在美国南方的黑人作家,布鲁斯传统文化对赖特的影响是不可忽视的。布鲁斯的文化精神和生存伦理让赖特看清了身为黑人的苦难以及他们在抗争中的憧憬和无奈。他在自己的文学创作中,如一位布鲁斯歌手,将自己对黑人生活的理解和对种族未来的思考融入艺术之中,自成一体。

一　赖特作品中的布鲁斯特征

理查德·赖特的小说中主要汲取了布鲁斯传统的三大特征,并利用它们对欧美主流的文学创作方法进行改良和再创作。事实上,在非裔美国文化作品中,采用布鲁斯元素来提升作品的艺术特色和表现黑人的种族气质也是黑人文化的一种传统。赖特的小说创作本身就体现出了布鲁斯作为一种伦理对非裔美国黑人的思想和行为上潜移默化的影响力。

具体而言,理查德·赖特的小说主要表现出以下三方面的布鲁斯特征:一是在主题上延续了布鲁斯对黑人身份问题的追问,并集中刻画黑人男性特别是黑人城市贫民的生存问题和身份窘境;二是从形式上注重利用布鲁斯"呼与和"的叙事方式增强小说内部叙事的对话性功能及其所有小说文本间的张力和穿透力;三是赖特抓住了布鲁斯和黑人方言中的修辞特征,用这些独具黑人表意特征的修辞方法来增强文本的艺术魅力和包

---

① [美]艾琳·索森:《美国黑人音乐史》,袁华清译,人民音乐出版社1983年版,第52页。

容力。

第一，赖特的小说创作轨迹再现了20世纪初至60年代黑人身份转变的历程。赖特看到了黑人从南方向北方迁徙过程中身份的转变给他们带来的空前困境。作为一个生长在南方的黑人男性，赖特亲身经历了吉姆·克劳法则对黑人各种生活选择严格的控制和规训。三K党在大肆聚众地、仪式化地对黑人采用非人道的私刑在南方司空见惯，已经成为一种不可逾越的伦理范式。在大批南方黑人为了活命四处寻找生机之时，对于南方的黑人来说，北方城市象征着一块神圣的"自由之地"。北方作为一种梦想和自由的象征牵引着黑人开始了美国历史上空前浩大的大迁徙。然而北方并不是黑人传唱的"自由之都"，而是另一种"人间地狱"。北方都市的黑人社区就是那个孕育文化怪胎的新地狱。

事与愿违的是，北方城市里黑人的生活并没有得到改善。相反，远离了开阔的种植园和南方农业协作式的社会结构，黑人的身份变得更加复杂。他们在界定自我身份时除了需要考虑不曾改变的种族矛盾还需适应从农民到工人，从集体协作到个人打拼，从相对稳定的黑人封建家族结构到松散的都市社区结构等全新的伦理身份和伦理关系转变。赖特个人在经历了追寻梦想和面对现实的冲突后，他意识到黑人问题并非一个地域问题或经济问题，而是集结了政治、经济、阶级利益的一个复杂的历史遗留问题。他意识到黑人想要获得真正的自由，并达到同白人平等的社会地位是一个长期的破除白人神话的过程。他还意识到白人神话不是一个疆域的局限，而是一种历史话语和文化殖民。因此，赖特在小说中如布鲁斯歌手一样，记录和书写了这种新旧秩序伦理矛盾和文化冲突带给黑人身份问题的新挑战，其中最大的挑战当数他们必须去克服新身份带来的新焦虑。赖特在挖掘黑人优秀文化传统的同时，将时代的特征注入黑人对身份的焦虑和他们对自由的追寻中，并用即兴变奏和断奏的方式反复吟唱。

黑人男性主体创作贯穿赖特的文学生涯。他意识到整个黑人种族的男性已经被白人神话烙上了"汤姆叔叔"的宿命，因此塑造新一代的反汤姆叔叔的黑人男性是破除白人神话的最有效的方式。从20世纪30年代的短篇小说集《汤姆叔叔的孩子们》，到20世纪40年代的《土生子》和《黑孩子》，再到20世纪50年代的《局外人》和《长梦》以及短篇小说集《八个男人》（*Eight Men*, 1961），一直到他最后一部小说《父亲的法则》，赖特始终都在书写黑人男性在或显性或隐性的种族主义伦理语境中为改变自己的社会地位和伦理身份所做出的抗争和抉择。其中《土生子》《局外人》和《父亲的法则》是破除北方神话的布鲁斯宣言。它们表明了北方黑人生存的非道德的伦理环境是他们悲剧命运的溯源地。赖特塑造了别格·托马斯、克劳斯·戴蒙和特纳父子这些栩栩如生的都市黑人男性形象,别格和克劳斯代表了生活在拥挤不堪的黑人贫民窟的新一代黑人青年们,他们受到美国繁华都市中物欲横流的刺激和冲击,却不得不面对现实生活的贫困而别无选择。当生活中突然出现一线自由的曙光时,他们盲目地追寻着,不惜抛弃亲人、杀人越货。而特纳父子则代表了摆脱经济压力、跻身中产阶级的黑人生活样态。可惜,由于种族主义对黑人种族压迫和隔离的创伤不是个体性和实时性的,而是一个长期的历史的、不可规避的社会问题。所以这对父子最终在对种族文化的误读和对白人主流文化的盲从中同样跌进了汤姆叔叔命运的黑洞,重蹈了黑人男性的悲剧命运。这些黑人不懈努力的无果成为最响亮的声音,无情地揭开了都市神话的面纱,将残酷、冷漠的一面血淋淋地展现在读者面前,成为一部部见证历史和书写现实的布鲁斯小说。他笔下的黑人男性群体以暴力复唱着古老的布鲁斯:

> 我想我将给自己买下一块坟地。
> 我想我将给自己买下一块坟地。
> 我要杀尽任何使我蒙受冤屈的人。[1]

不仅如此,赖特如布鲁斯歌手一样在他小说的书名中见证了黑人男性伦理身份在种族文化对抗和融合过程中的转变;即儿子—成年男性—父亲的成长嬗变过程。而他写的这些小说几乎都是悲剧,其中包含了布鲁斯只可意会不可言传的深层的痛苦和悲壮。赖特小说中的这些男性是一群布鲁斯英雄。所谓布鲁斯英雄即"不仅是因为他追求情感的个人特征,更是因为他的行为和他生活的环境是一体的,如果他们不是一直处于某种即兴爵士演奏的状态或是某种首当其冲的困境,那么这一切就是一种虚无"。[2]

---

[1] 转引自张立新《文化的扭曲——美国文学与文化中的黑人形象研究》,中国社会科学出版社 2007 年版,第 223 页。

[2] Albert Murray. *The Hero and the Blues.* Columbia: University of Missouri Press, 1973, p.101.

他们看到了社会对他们的否定，这让他们的生活变得虚无、没有意义。所以，他们要用布鲁斯的抗议伦理来解构文化对他们模式化的否定。

　　暴力是赖特的小说中不可分割的主题建构呈现方式。在种族主义暴力的形式的滋生下，遍布在社会家庭中的各种看得见或看不见的暴力形式成为白人对这个黑人种族的权利话语，这种话语模式随着时间的沉积内化到黑人种族内部的社会关系中，使社会暴力在黑人内部被大量复制，成倍生成。这些暴力成为束缚黑人构建合乎道德的伦理身份的最大障碍，如同力学原理中力的作用力与反作用力一样，赖特笔下的这些男性身上被施加的暴力越大，他们对其产生的反抗就越强烈。他们似乎都选择了以白人镇压黑人的暴力方式以牙还牙地重新定义黑人男性身份。

　　赖特的小说和布鲁斯歌曲一样，不仅生动地展现了白人—黑人间的种族矛盾，还将黑人各种伦理关系中的生活细节刻画得惟妙惟肖。其中性主题成为表现黑人男性主题的必要补充，贯穿于小说脉络之中。性对于黑人来说是他们彰显男性气质和逃避精神痛苦的一种方式。别格和克劳斯代表了这些逃避在性安慰中的男性。但是，因为他们追寻的是性爱的快感而非情感的交流，所以他们与恋人间形成了一种甜蜜的暴力折磨的性爱关系。他们越是在一起，越是证明黑人男性除了性以外的其他男性能力都被社会阉割了。于是他们在一起相互慰藉又相互怨恨，他们彼此需要却又彼此折磨。性对于黑人男性来说还是让他们身陷险境的诱惑和威胁。《黑孩子》中的鲍勃因为跟白人妓女在一起被处以私刑，克劳斯因为性欲使自己陷入了婚姻和爱情的重负，最终被情感和经济挤压得失去了为人夫、为人父的基本人性，堕落成为一个杀人犯。即使是像特纳父子这样跻身美国中产阶级的虔诚的天主教徒，他们也无法规避性对男性身份的威胁。汤米从小衣食无忧、学业优秀，眼看他和恋人玛瑞就要共同迈向幸福生活，可是在婚前例行体检中，玛瑞被查出患有遗传性梅毒，彻底地毁了汤米的男人梦。玛瑞的遗传性梅毒是黑人城市化过程中的一个顽疾，它暴露了北方都市神话最丑陋、最阴暗的一面，并如同这个病的遗传性一样成为笼罩在黑人种族命运上无法挥去的阴霾。汤米在得知这个消息后，只要一想到性，他就浑身恐惧，他担心自己成为另一个梅毒携带者，这对于一个天主教徒来说是莫大的耻辱。即使医生多次告诉他没有染上这个病，他的内心也已经受到了感染。他认为自己再也无法成为一个真正的男人，他过去坚信的男性标准也在顷刻间灰飞烟灭。他开始漫无目的地颠覆和报复社会司法和文化伦理体制，最终不仅毁了自己，还毁了他父亲小心翼翼经营起来的警长仕途。

第二，为了增强小说内部结构以及小说文本间的对话功能，赖特把布鲁斯"呼与和"这种叙事方式引入了他的小说创作中。这首先表现在他对小说情节的处理上。一般来说，赖特每部小说的章节间都存在着前"呼"后"和"的对话形式。如在《土生子》中开场时别格一家人在他们狭小的居住空间中堵杀一只黑老鼠的情节是一种"呼"的形式，真实地再现了北方都市黑人区不是早期布鲁斯歌曲中的"自由之都"，相反，北方黑人贫民窟的拥挤、无隐私的生活环境让人窒息、压抑、充满暴力冲动。同时，在黑人区里的老鼠为了维系自己的生存需求，不得不冒险闯入黑人家中去寻找食物。它的出现侵犯了人类的空间，所以别格一家不遗余力地要杀死它。

赖特在处理别格杀死白人小姐后逃亡这一情节时，对应开场时别格与老鼠的"人鼠之战"的情节做出了重复性的变奏。由于严格的种族隔离政策，别格可以逃命的空间仅在芝加哥全市的五个黑人居住区——从"第十八街到第五十三街"。[①] 在这样一个狭小空间中出动了数千名警察和白人志愿者带着手枪、催泪弹、手电筒和别格的相片对所有的黑人家庭进行地毯式的搜捕。没有一个黑人，包括男人、妇女、儿童，能从这种搜捕中逃脱。来自新闻媒体的报道和指控更加重了这种白色恐怖的气氛。在这样不遗余力、大张旗鼓的搜捕下，别格在两天之内就被捕入狱，最终被置于死地。

白人搜捕别格的方式是对别格全家堵杀老鼠的一种情节上的"和"。即这两个情节像布鲁斯歌曲中的两个乐句，后一个在重复前一个乐句的基础上做出适当的变化并给予阐释和评价。这里赖特以别格的命运表明了黑人一生都受困于种族主义的牢笼之中，他们就像老鼠一样整日生活在恐惧和逃亡之中，但最后等待他们的是和老鼠一样的命运——毁灭和死亡。就像老鼠真切地威胁到别格全家的生命，他杀死白人小姐玛丽的举动触及了这个资本主义体制的神经。所以无论他们做出怎样的困兽之斗，他们也不可能逃避死亡的命运。在这种独有的布鲁斯的"呼与和"的叙事张力中老鼠的命运恰如其分地表征了以别格为代表的黑人的社会角色及其必然的

[①] [美]理查德·赖特：《土生子》，施咸荣译，译林出版社2003年版，第219页。

悲剧命运。

　　再如在《黑孩子》中，赖特以"呼与和"的形式将白人家长式的规训暴力和黑人家庭家长教育孩子以适应吉姆·克劳伦理的家庭暴力贯穿在小说的章节之中。这两种暴力伦理的对话形式激发了读者在文本中寻找和体察吉姆·克劳法则如何吞噬和扼杀黑人男性气质的良性发展。在《局外人》中，克劳斯·戴蒙的真名和假名之间形成了"呼与和"的形式，展现了都市黑人男性希望摆脱贫困追寻自由的男性身份诉求。为了增强这些名字间的阐释和评价功能，赖特还将它们置于了各种与布鲁斯和爵士乐的音乐背景的关联之中，从而使克劳斯的名字本身成为了一曲流淌的布鲁斯—爵士乐，它不仅如泣如诉地展现了黑人男性的伦理困境，还激情澎湃地张扬了黑人男子汉气概。尽管克劳斯代表的男性气质以及他对身份的界定是建立在暴力基础上的，但是他表征了黑人的独立鲜活个性，否定了文化定式中黑人唯唯诺诺的群体形象；同时作为西方现代文明虚无本质的象征，他代表了一种反传统、反文化的伦理取向，这也是布鲁斯文化的精髓所在。

　　除了在每部小说文本内部形式上赖特注重运用"呼与和"的叙事形式，他还在小说与小说的文本间不断地使用这种黑人布鲁斯叙事方式。整体而言，他所有的北方都市题材的小说都是基于《土生子》的复写和变奏，而他南方题材的小说则是在他早期短篇小说集《汤姆叔叔的孩子们》上的断奏。就北方题材的小说而言，赖特基本是以通俗的都市犯罪小说的文体进行结构上的"呼与和"，而且他笔下的人物在杀人的情景和心理上表现出了一种相似性和差异性。而他们的差异性同时相伴着反映出了日渐成熟的黑人男性对于男性伦理身份定义的更新和需求。小说文本在"呼与和"的叙事张力的互动中形成了一种延续性的拓展，让读者看到了黑人在北方都市生活的发展、变化以及在这种变化中出现的新问题。

　　对于南方题材的处理，赖特则是根植于一种显性的暴力话语来重复和颠覆南方白人的父权制神话。私刑和反私刑不仅是贯穿《汤姆叔叔的孩子们》小说集的内部的应答形式，更是赖特在之后的《黑孩子》和《长梦》中追溯美国种族主义历史和其殖民主义本质的文化基石和伦理根源。读者在小说呼和应答之间见证了一个事实——私刑所阉割的不仅是黑人男性的生理性标志，它还是一种文化阉割。在被扭曲的伦理语境中，黑人男性一代代的文化阉割，导致黑人男性缺乏引导下一代健康成长的男性气概和父亲气质。黑人男性的成年梦需要的不仅仅是敢于与白人种族主义抗争的血气方刚，更需要他们检讨黑人家庭内部伦理关系的维系方式。黑人男性想要从孩子步入健康成熟的男人的梦想依旧漫长，他们亟待克服的身份问题是以建立和谐的、有责任感的、有正面引导意义的黑人家庭伦理关系为前提的。

第三，赖特作品中的布鲁斯风格还具体表现在他对黑人修辞功能的使用上。"转义"是他小说体系中最明显的修辞特征。"转义"在黑人话语体系中是非裔美国文学中最常见的一种叙事策略。它以形式修正的方式从修辞面改变或置换语义面的所指和能指的表意关系。[1] 美国黑人文学理论家郝思顿·贝克从黑人布鲁斯方言的表意传统研究了黑人文学文本字面含义和比喻性内涵间的张力。他认为非裔美国文学和艺术是孕育于历史传承的黑人性的布鲁斯网系中。布鲁斯创造了名副其实的一种游戏意义的狂欢。它打破固定的个人化的小说，呈现出物种谱系学上物种繁衍时的重演复现——非线性的、自由联想的、非序列性的调停。布鲁斯具有强大的破除被冠名和编码的功能。这是非裔美国黑人对非洲语言文化中"转义"修辞方式的继承和发扬。[2]

"转义"是黑人布鲁斯传统中极具修正意义的表意方式。这种表意的阐释性行为的重要特征在于它是一种无限的、开放的能指链状关系，无论达到怎样的所指，其能指都不用得到满足，其表意特性和阐释功能都不可能结束。这一点在布鲁斯音乐中得以充分地表现。所有的布鲁斯音乐几乎都是基于对已有的音乐所进行的即兴的复述性表演。新的布鲁斯歌曲通过

---

[1] Trope 这个术语也常常被国内学者译为转喻。它在非裔美国文学和音乐中是一种非常重要的修辞方式和叙事手法。在非裔文化的表征体系中，它更多地被用于指涉被言说的能指发生了语义的某种转变或持续性地语义转变。因此笔者更倾向于王元陆在《意指的猴子》（北京大学出版社 2011 年版）所译的"转义"；它更贴切地表现了转变语义这一功能。事实上，Trope 从词源学上源于希腊单词 Tropos、Tropikos，意思是"旋转、转动"。就修辞概念的"转义"而言，它涵括的类型非常广泛。最常见的"转义"包括隐喻、转喻、提喻、反讽、明喻、词性转换法、夸张、矛盾修辞法、似非而是、双关语等（参见赵一凡主编《西方文论：关键词》，外语教学与外语研究出版社 2006 年版，第 881—882 页）。因此，Trope 一词如果表现的是能指的某种语义变化，其修辞功效与西方修辞中的"转义"的功能是相似的；但是如果它的功效是"指能指处于一种持续开放的语义变化过程"，在修辞上则更强调某一个词语或句子在不断重复中生成持续的、开放的能指"转义"链状修辞关系。后者在非裔美国文化的修辞传统中得到更加广泛的运用。

[2] Houston A. Baker, Jr. *Blues, Ideologies and Afro-American Literatures: A Vernacular Theory*. Chicago: University of Chicago Press, 1987, p. 5.

对旧版本的布鲁斯歌曲的曲调和歌词进行即兴变奏,产生新的阐释功能。具体而言,布鲁斯乐手通过即兴反复或片段地断奏,根据不同场合听众的需求,利用即兴演唱、叠句、连续重新变奏来变换其扮演风格和阐释内容。通过音乐节奏曲调的变化、歌词在不同语境中的不同所指,布鲁斯在传唱的过程中不断地超越其语义的内涵,成为一个没有尽头的阐释—变化—修正—扩展的"转义链"。所以贝克指出布鲁斯艺术最具感染力之处在于它对形式重复之后进行的即兴变奏。布鲁斯的旋律和不同演唱者赋予该旋律的个性表演,使布鲁斯音符在不断的组合和变换中彰显出个性化的强大编码功能,由它们组成的符号系统在英美语系的表征系统中凸显了布鲁斯民族特质。

另一位美国黑人文学理论家小亨利·路易斯·盖茨在他撰写的《意指的猴子》一书做出了具体的阐释。盖茨在考察非洲传统神话话语体系的基础上,对比了黑人—白人英语的话语关系中"表意"方式的差异性。他还进一步研究和考证了法国的拉康、索绪尔、德里达以及俄国的巴赫金等人对英语话语体系中意指和表意关系中的语义挪用等修辞方法的论证观点,并将他们的观点和黑人传统中的意指行为进行了比较性阐释,探讨两种话语体系的关联性和差异性。最终,他采用"意指"[Signifyin(g)]这个术语来涵盖黑人话语体系中的"转义"性修辞行为。他指出美国黑人话语体系中的意指的行为都是非洲土语体系延续的"转义"言说方式的变体,它具有显性的非裔美国文化特征。黑人用自己的英语言说方式在白人英语已有的语义向度中插入新的语义向度,起到了以黑人英语消解白人文化殖民的语义"意指"和"转义"的功效。盖茨认为黑人话语体系中的意指行为能充分地展现黑人的"双声性",在黑人的言说方式中,"能指"始终处于模糊性的、开放的链状"转义"结构中;即后一个言说者总是重复前一个言说者的话语的同时,在重复和差异的表述中完成意指性修正或互文对话性地"转义"等修辞功能。因此,意指行为的本质是"带有明显的差异性重复",它往往意味着形式修正及互文性关系。[①]

贝克的"布鲁斯方言理论"和盖茨的"意指"形成黑人理论上的互补,它们都是黑人种族在非洲传统文化和白人主流文化间的含蓄地表达情

---

① 具体内容参见美国的小亨利·路易斯·盖茨《意指的猴子》,王元陆译,北京大学出版社 2011 年版,第 55—62 页。

感的言说方法,是一种从语言到结构上的"转义"或"转义的转义"。赖特在构思他的小说过程中,充分地运用了"转义"以及"转义的转义"等修辞技巧来更新他小说体系中的主体和主题。例如,他的早期短篇小说集《汤姆叔叔的孩子们》和中后期创作的短篇小说集《八个男人》成为布鲁斯连续统一体,《八个男人》中的八篇故事是对《汤姆叔叔的孩子们》中的六篇小说的重新阐释和修正,他旨在指涉和反映黑人男性从男孩向男人身份转变的拓展性的身份再定义。无独有偶,他在长篇小说的书名间也延续了这样一个"转义链",即从《土生子》《黑孩子》到《局外人》再到《父亲的法则》,他通过历史进程中黑人男性对身份的不同理解和不同需求,展现了黑人男性面临的伦理身份是一个持续变化的、开放的社会问题,它受到了阶级、种族、民俗、地域以及年龄层次等多种因素的影响。因此,黑人男性身份的界定不仅是赖特个人文学创作的可持续变奏的主题,也是他在伴随黑人文学史的更迭时对黑人男性身份不断修正和更新的伦理关怀。

具体而言,"隐喻性转义""命名性转义"和"意指性转义"是赖特的小说中最为明显的修辞手法。美国黑人在开始阶段就是隐喻性的。黑人可以说是天生的比喻大师,他们说的是一件事,指的却是另外一件完全不同的事。这就是黑人在隐喻中的意指修辞方式。赖特对他的每一部小说以及其中主人公的命名中都充分地体现了黑人文化传统中的隐喻特征。如《土生子》是个高度的隐喻符号,它本来是指生活在美国的白种——安格鲁撒克逊——清教徒。这些人具有享受美国民主的文化特权,但是在这里,赖特用黑人形象置换了白人对这一文化符号的专属性,塑造了一个充满暴力冲动的黑人青年别格·托马斯。他还在书名中隐喻了其暴力倾向是在基于暴力的美国种族主义文化中生成的,因此别格是美国文化的"土生子"。《黑孩子》似乎讲述的是赖特从男孩到成年的成长经历,但实际上,赖特通过展现黑人男孩在成年过程中遭遇到的白人种族的压迫和暴力摧残以及被自己的黑人父亲的漠视和遗弃,证明了"男孩"的伦理身份是在美国奴隶制发展史和战后重建过程中非道德、去伦理的文化期待下生成的,因此黑人男性在固有的、充满敌意的社会伦理环境中缺乏成年的可能。《局外人》和《父亲的法则》都具有了这样的隐喻功能,它们指涉了黑人从男性向父性的发展历程。

二 赖特作品中的伦理书写

自黑人来到美洲大陆起，其文化就始终如一地关注着黑人如何去定义和阐释他们的生存环境和自我身份，这些都在黑人民俗文化和音乐中得到了充分体现。作为一个黑人男性作家，赖特也不例外地在自己的文学创作中书写着他对黑人种族谋求生存的伦理环境和伦理身份的一份人文关怀。

布鲁斯与南方黑人向北方城市迁徙是密不可分的。它深刻地表述了都市带城市移民的苦楚和希望。[①] 布鲁斯也成为黑人从南到北的生活环境和生存窘境的写真。赖特作为20世纪初黑人移民大军中的一员，他也如布鲁斯歌手一样真实地再现了那个时代的黑人求生环境以及所受到的来自不同地域的种种规范和禁忌。因此在赖特的小说中，黑人生存的伦理环境是有地域空间特征的。南方的伦理环境对于黑人来说是一个显性的暴力环境。和大多数布鲁斯歌曲的主题一样，赖特在将南方自然清新的地域风景与充满种族压迫的文化场域形成了鲜明的场域比较，并在描写细节上进入到布鲁斯"呼与和"的应答形式之中。无论是《汤姆叔叔的孩子们》《黑孩子》还是《长梦》，赖特笔下的南方自然风光是色调柔和、视角清新的田园风景照。高高的稻田在秋风中起伏，红红绿绿的蔬菜在阳光下沿着地平线伸展，昏黄的密西西比河水蜿蜒地叙述着自然的神秘，各种植物静静地散发着各自独特的气息，所有的动物都各得其所地享受着自然的恩典，自然界的一切都是那么的和谐，相得益彰。"每一件事情都用神秘的语音说话。生活的每时每刻都缓缓地显示着密码般的含义"。[②]

相形之下，生活在美国南方的黑人过得连自然界的动物和植物都不如。这些黑人生活在一种文化环境之中，在这个环境中他们的一切行为都因为他们的肤色变得失去了价值，他们只能做听命于白人的奴隶或孩子。五花八门的私刑暴力充斥于南方这个特殊的伦理环境，法律和正义在这个环境中完全失去了公正和道德的基本价值，黑人不过是白人农场里的一头骡子。更令人心酸的是，生活在南方的黑人社区和家庭都是以考虑集体生存利益为前提的。暴力也成为家长与孩子维系亲情的沟通手

[①] Darlene Clark Hine & Earnestine Jenkins. *A Question of Manhood: A Reader in U.S. Black Men's History and Masculinity*. Bloomington & Indianapolis: Indiana University Press, 2001, p. 379.

[②] [美] 理查德·赖特：《黑孩子》，程超凡译，长江文艺出版社1985年版，第6页。

段。由于南方吉姆·克劳法则对黑人男性在身体上实施私刑,在经济上重重剥削,并不给他们提供稳定的就业环境,黑人家庭常常是以父亲缺席的家庭结构维系着。缺席的父亲自然无法给予孩子健康的向导和建议。即便是像《长梦》的主人公雷克斯·塔克这样的中产阶级家庭中的男孩,他的父亲算是黑人社区中有头有脸的人物,可是这位父亲无法成为他的儿子正确的行为向导。雷克斯目睹自己父亲如何对白人唯命是从,甚至为了一己私利不惜出卖黑人的集体利益。他父亲坚持这是在吉姆·克劳法则伦理环境中与白人交流和较量的唯一法则,并希望雷克斯能从中学会这种黑人求生的本领和智慧。可是,无论雷克斯的父亲怎样向白人妥协,最终还是死在了白人的种族迫害下。尽管雷克斯从来不认为父亲是对的,但是迫于南方的暴力形式,他还是屈服了,并跟随父亲的选择继续扮演白人的"孩子"。可见,雷克斯的父亲的所作所为无论是从道德上还是从家庭伦理关系上对他都是误导。赖特笔下的自然风光无论多么美好,那田园诗般的惬意生活都不属于黑人。特别是对于那些想要展现个性的黑人男性来说,自然地域空间的美好已经淹没在父权神话的血腥之中了。自然空间的自由将黑人艰于呼吸、难以生存的文化伦理空间衬托得更加狭小和憋屈。

对北方都市的书写,可以被视为赖特用布鲁斯的"转义"功能颠覆了北方都市神话。20 世纪初,南方黑人大量涌入北方的"自由之都",他们希望这种流动带来巨大的种族繁荣,也希望工业化的联盟方式能给他们的生活带来变化。[①] 但是真正来到北方后,他们发现北方的种族主义如同南方一样,有其显性的地域特征。为了保障白人的利益,北方城市大举实施表面平等实为隔离的种族措施。黑人移民被集体地圈禁隔离在黑人地带和贫民窟里,不断涌入城市的黑人人口激增,这需要更多的住房来消化源源不断迁徙进城的黑人移民。白人房地产商将黑人区中本就破旧不堪的危楼间隔成许多格子间,在里面装上煤气炉就按照白人公寓套间的价格租给黑人家庭,从中榨取了大量的经济剩余价值,让本来穷困的黑人更加入不

---

① 赖特在《一千二百万黑人的声音》中记录了黑人的都市化迁徙过程让北方成为另一个种族主义的地狱。在1920—1930年这10年间,130万黑人从南方涌来——仅在1923年就有50万人。人潮将北方塞得水泄不通;在纽约1910年的92000人到了1930年就44000人增长到了233000。在底特律原来6000人口不可思议地增长到约12万人口。参见 Richard Wright. *12 Million Black Voices*. New York: Thunder's Mouth Press, 2002, pp. 10-11。

敷出。为了维系黑人贫民窟的稳定，白人利用一部分黑人希望跻身美国中产阶级的愿望，诱使他们和白人房地产商联手一起剥削贫民窟中的其他贫民。所以赖特认为住在北方城市的"黑人被集体地钉在黄金的十字架上备受折磨——他们被隔离在白人房地产商高价出租的摇摇欲坠的贫民窟中，被冷漠的商人吞噬，而这些商人既有白人又有黑人"。[1] 因此，北方和南方的种族主义压迫没有本质区别，黑人依旧面临种族身份被文化和伦理化规约的窘境。只不过北方所表现出的是一种新种族主义。正如法国著名哲学家、政治家塔吉耶夫所说："直接侮辱、歧视和彻底排斥竟可以以宽容、尊重他人、差别权等价值的名义实施，所有这一切都是新种族主义的高尚遁词，新的意识形态种族主义是象征性的、微妙的、间接的种族主义，以关心'文化'道貌岸然，玩弄隐喻来歪曲和颠倒使用的'美丽词语'"。[2] 抑或是说，北方是一个充斥着新种族主义的人间地狱。

为了展现出北方种种隐性的新种族主义与南方显性的种族主义间的遥相呼应性，赖特在所有的小说中大量地运用了传媒报道的方式来推进他每部小说的情节。这种方式是以隐喻的方式来揭示美国大众传媒在新种族主义意识形态中所起到的推波助澜的作用。由于种族隔离带来的黑人与白人集体化的陌生感，他们只有通过大众文化的消费了解彼此，但是，所有的传媒都是为白人父权主义文化服务的，保障的是统治阶级的利益。这些传媒不仅妖魔化黑人种族，还歧视女性，更歪曲一切他们认为可能动摇美国政权的党派。《土生子》中别格就是在电影的误导下认为玛丽这样有钱的白人女性本性淫荡，她的进步思想更是无稽之谈。种族矛盾加上性别歧视和党派误读让别格在杀死玛丽后毫无内疚感，甚至获得快感。在别格逃亡和被捕入狱的整个过程中，媒体对别格杀人的报道和对种族主义暴力的狂热成为小说的另一条线索，让读者看到媒体对都市犯罪负有的不可推卸的责任。又如《局外人》中的克劳斯对欧洲存在主义理念深信不疑，他相信人的存在只能在行动中获得体现。而且在美国的大众传媒的引导下他一步步地走上了杀人恶魔的不归路。首先是媒体错误地报道了他的死讯，他认为这是媒体给他获得新生的机会。

---

[1] Wright, Richard. 12 *Million Black Voices*. New York : Thunder's Mouth Press, 2002, p.10.

[2] [法] 皮埃尔·安德烈·塔吉耶夫：《种族主义源流》，高凌瀚译，生活·读书·新知三联书店 2005 年版，第 35 页。

他要抓住这个难得的机会去做一个自由的、不受束缚的男人。就在他残酷地杀死共产党员吉尔和法西斯分子赫顿后，当他看到报刊报道他们相互厮杀致死的消息时，他感到自己的杀人是为社会匡扶正义，因为无论是共产党还是法西斯都是被美国意识形态抵制的。他获得了一种自己就是上帝的错觉，并进一步精心策划谋杀了共产党员希尔顿，陷入了杀人的癫狂。

可见，美国的大众传媒是一个大量传播和普及暴力的路径。黑人被这种大众消费化的媒体传播方式误导进入了两极化的心理模式。一种是在满目繁华的都市诱惑和地域性的种族控制中对白人产生疏离化的集体恐惧和憎恨；另一种则是慢慢被媒体对黑人的妖魔化描述同化，否定自己的种族文化和黑人特质。《父亲的法则》就是否定种族文化和种族历史的悲剧。小说的主人公鲁迪·特纳为了让他儿子汤米远离黑人种族集体无意识的自卑心理，辛苦打拼在白人区买房、让儿子从小接受白人的教育方式。他竭尽全力让儿子回避一般黑人会经历的种族自卑，甚至隔断儿子对黑人历史的认知。汤米按照父亲规划的道路一帆风顺地成长。然而婚检中女友玛瑞的遗传性梅毒摧毁了汤米曾经信仰的一切。梅毒这一将黑人城市生活的最阴暗的顽疾暴露在对自己种族完全陌生的汤米面前。这让汤米的伦理身份变得混乱，他甚至无法确定自己过去一直以来坚信的伦理道德是否正确。于是他疯狂地连环杀人，无目的地报复社会。赖特将这些事件用不同的媒体报道形式串联在一起，再次证实了城市是一个滋生暴力、制造暴力的场域。特别是当种族主义的压力遇上媒体消费时，黑人内心潜在的抑郁会成为社会安定的最大威胁。赖特在他所有的小说系列在不同地方再现被暴力和种族主义歧视充斥的伦理环境，以自然主义和现代主义的手法揭示了美国的种族主义暴力伦理环境是误导黑人犯罪的重要外因。

至于赖特小说中的人文关怀则体现在他对黑人男性身份问题的持续考察和不断定义的过程之中。身份问题一直是非裔美国黑人面临的最难以界定的问题。自他们来到美国的第一天起，他们就纠结在奴隶—自由人、孩子—成年人、黑人—美国人等二元对立的身份问题之中。黑人音乐发展史也是其身份主题的历史见证，不同时代的歌曲中都有以重新命名取得身份并获得自我整体认同感的内容。命名对于黑人艺术来说是一种文化宝库，它是黑人获取话语权，得到秩序重建的伦理。它是在继承传统的同时对抗主流文化殖民、表达自我身份诉求的一整套生存手段。

赖特在黑人音乐和传统文化中吸收了黑人命名"转义"的修辞方式，将命名与身份有机地结合为一体，通过重新命名意指来重建黑人的身份伦理，即颠覆主流文化期待视野下的身份伦理规范。在赖特小说中，他以命名的高度符号化表达了自己对黑人生存样态的伦理关怀。他小说主人公的姓与名之间存在着一种显而易见的自相矛盾性。这种悖论式的命名方式直接传递出主流文化期待的伦理身份和黑人向往的新身份的言义矛盾，从而说明文化殖民对黑人伦理身份模式的禁锢，还有黑人极力摆脱这种身份符号的愿望是激发黑人内心犯罪冲动的原动力。如果不能将黑人的伦理需求纳入美国文化伦理的建构过程中，那么这个社会，不仅是黑人，还包括白人都需要为文化殖民的不道德伦理法则付出血的代价。例如《土生子》的主人公别格·托马斯这组姓名间就传递出了白人所期待黑人的"托马斯叔叔形象"和比托马斯叔叔更强大一些的新黑人形象"别格"（Bigger）。"托马斯"是黑人种族伦理身份的代码。白人通过种族肤色的偏见和经济合理化的互动方式建构了一套维护本种族利益的社会秩序，使之从宏观意识形态到微观日常生活等方方面面能规范黑人，并将黑人与白人有效地隔离开来以便控制和管理。白人利用他们的话语权，从规划社会秩序的层面规定黑人在白人面前必须将白人视为主人，遵从他们一切命令的文化奴隶的身份。即使黑人在法律上获得了公民权，但是他们只能成为从属于白人的"亚公民""亚人"。因此"托马斯"作为一个伦理身份符号也表征了黑人民族低于人类的生命群体的生存样态——受压迫的二等公民，其结果是黑人对社会绝望，并体会不到存在感，只能无望地顺从。"Bigger 在英文中指代相比较的事物中较为强大的一方。"所以，别格在小说中作为一种重构相对强大的身份秩序的可能，表现黑人男性不再愿意像他们的祖先汤姆叔叔一样俯首帖耳、逆来顺受了，他们"是新一代的黑人，是思维敏捷、敏感易怒、有暴力倾向的、有鲜活的个体意识的觉醒者"。[①]他们要用自己的行动哪怕是鲜血来证明自己是一个血气方刚的男子汉。这种新身份不论是否被美国文化接受认可，它还是证明了黑人的文化在场性，不给主流文化否定黑人不在场的机会。它毕竟代表了一种新身份秩序

[①] 李怡：《从〈土生子〉的命名符号看赖特对 WASP 文化的解构》，《外国文学研究》2007年第2期，第92页。

的取向，也是一种重建文化秩序的可能。

《局外人》是赖特对黑人伦理身份在工业化进程中黑人伦理身份最矛盾、最纠结的思考和质疑。小说的主人公克劳斯·戴蒙的姓和名之间的悖论性以及他真实姓名与他采用的三个化名间的矛盾和统一性，不仅重新定义了黑人在20世纪50年代在美国北方都市中的伦理身份，还将黑人布鲁斯、爵士音乐的叙事风格巧妙地融入其中，增添了小说的艺术感染力。

为了展现黑人男性的相对成熟性和对主流文化的批判性，小说主人公的名字就包含了主流文化殖民和黑人文化顺承的身份伦理。克劳斯在英语中是十字架的意思，它既象征着耶稣受难也象征着白人通过暴力对黑人身份的规训。作为基督教耶稣的受难场域，它是白人对黑人进行宗教殖民的伦理范式。他们通过圣经的宗教的神圣性向黑人灌输肤色偏见是上帝的旨意，因此黑人必须通过忍受类似耶稣在十字架上的痛苦，才能获得上帝的救赎。同时，在美国内战之后的重建期间，三K党通过在十字架上对黑人实施私刑来确保自己对黑人的统治地位，十字架对于黑人来说具有了一种仪式化的恐惧意义，它将白人与上帝等同起来，但是这些世俗的上帝只会阉割他们的身体、摧毁他们的生存斗志，不会救赎他们的灵魂。为了摆脱白人文化的桎梏，赖特在布鲁斯的狂欢中找到了一种恶魔般的世俗力量来颠覆长期被宗教伦理和种族主义伦理仪式化的禁忌。他以黑人英语的方式给他的主人公赋予了"恶魔"的行为伦理方式，并与他的三个化名查尔斯·韦伯、阿狄森·乔丹和莱昂内尔·雷恩之间形成爵士"转义"的互文性的命名组合，进而喻指了主人公以世俗的冲动和快感来重新解读黑人男性身份的意义。它首先颠覆了被长期仪式化的黑人身份的伦理范式，进而对《土生子》中的"托马斯"姓氏进一步解构。"戴蒙"命名组合说明时代的进步需要更新黑人男性的身份伦理，无论是宗教的神话仪式、世俗的暴力仪式还是被妖魔化的大众文化模式，都无法阻挡黑人男性追寻做人的尊严和自我的完整性。尽管克劳斯·戴蒙采取了一种极端的暴力方式重建他个人的男性伦理身份，他的行为是不道德的、去伦理的，但是他在临死前的忏悔和他对健康人伦关系的憧憬给了读者一种新身份秩序的方向和期待。

赖特指出黑人民俗代表了整个种族争取自由的记忆和希望，这些形式虽然没有以绘画和雕刻的形式镌刻下来，但它在日常语言的流动中传承了黑人表现希望和绝望最强有力的形象符号。它是美国黑人生活的集体意识。① 黑人音乐中的布鲁斯气质集中体现了黑人文化的精髓，赖特将布鲁斯音乐的叙事功能、修辞功能和它变化却永恒的生存主题与身份问题融入自己的文学写作中，借用布鲁斯的杂糅性和包容性对欧美主流文学创作形式进行黑人化的改良和创新，使其小说自成一体，成为一曲跟随时代脉动变奏的男性布鲁斯。赖特用"黑人种族自己的经历中的那些冲动"作为书写非裔美国文学的素材，在小说中充分地展现了黑人个性化地"抗争、生存甚至死亡创造的价值"。②

---

① 参见 Richard Wright. "Blueprint for Negro Writing", Hazel Arnett Ervin, ed., *African American Literary Criticism*, 1773 – 2000. New York: Twayne Publishers, 1999, p. 85。
② Ibid., p. 86.

第二章 《土生子》中黑人生存困境的布鲁斯呐喊

1940年出版的《土生子》是一部北方都市题材的犯罪小说。故事情节很简单，它讲述了从南方移民到芝加哥的黑人青年别格·托马斯迫于母亲和家庭生计的压力，来到白人资本家道尔顿家当司机。当天晚上他失手杀死了玛丽·道尔顿小姐，在之后的逃亡过程中，他又谋杀了自己的女友蓓西，最终被白人警察逮捕并接受法律的制裁。这样一部通俗小说为什么始终能成为评论界青睐的文学经典，还被誉为"黑人文学中的里程碑"？[①]

评论界对此众说纷纭，学者们从政治、社会、种族、文化心理特征对这部小说进行多视角的评析，但这些评论多集中在种族歧视和它是如何迫使黑人犯罪这一社会问题层面上。以美国评论家欧文·豪（Irving Howe）为代表的文化批评派多以美国文化的双重标准为切入点，来论述美国的畸形文化使黑人公民处于一种无根状态并带来致命的文化创伤，其恶果势必是由黑人与白人共同付出血的代价。更多的评论则依据赖特撰写的"别格是怎样诞生的"和《土生子》中别格·托马斯的内心独白，侧重分析别格杀死白人玛丽的必然性，以此声明黑人诉诸暴力是一种反种族主义压迫的生存手段。

尽管这些评论都从种族主义恶果的现象层面分析了别格的杀人动机，却未深入挖掘三个多世纪来以种族殖民政策为内核的美国社会伦理机制与黑人生存伦理间的悖论关系以及这种伦理关系与黑人犯罪间存在着的内在关联性。本章将重点辨析《土生子》所展现的社会文化伦理环境与主人公别格·托马斯连环杀人动机间的本质联系，以期说明这部小说是赖特精

[①] 董衡巽等：《美国文学简史》，人民文学出版社1986年版，第333页。

心谱写的布鲁斯小说。它道出了黑人的心灵呐喊[1]；它真正触及美国以种族歧视为内核的 WASP 社会体系的不人道本质，以黑人平民最深层的心灵创伤和最显性的暴力冲动反转了所有读者以为当然的伦理惯性，叩开了所有人的良心之门。[2]

第一节　幽闭空间里的暴力伦理

聂珍钊教授认为"文学伦理学批评重视对文学的伦理环境的分析。伦理环境就是文学产生和存在的历史条件。文学伦理学批评要求文学批评必须回到历史现场，即在特定的伦理环境中批评文学"。[3] 因此深入考察《土生子》的创作背景，了解其处在怎样的伦理秩序以及它在文本中反映出的伦理环境对于了解别格的悲剧的成因和这部小说的伦理意义至关重要。

自 20 世纪初至 30 年代末，南方黑人大规模向北方迁徙，美国也进入了一个高度城市化的进程。随着黑人人口的激增，他们遭到了白人种族歧视者的强烈抵制和阻挠，黑人根本无法住进白人社区，于是北部城市出现了种族聚居区，也被称为黑人地带（Black Belt）。尽管城市黑人人口在成倍增长，但黑人聚居区的区域面积却没有增加。为了解决这一矛盾，白人

---

[1] 根据证明美国黑人音乐家、音乐评论家温顿·马萨利斯的观点，布鲁斯是歌者对某物的哭嚎，确切地说是哀号。它涵盖了各自极端的经历，不夸大也不自怜，它承诺更美好的时光会到来。因此，布鲁斯触及的是人们的内心深处，它充满关于人生的爱与痛、死亡、屈辱和优雅这些悲喜交加的现实（该阐释可参见［美］温顿·马萨利斯和杰夫瑞·沃尔德《这就是爵士》，程水英译，南京大学出版社 2011 年版，第 52 页）。赖特在《土生子》中以别格的爱和痛、死亡、屈辱以及他对有尊严地活着的渴求等基本生存命题触及了几个世纪黑人生存苦难的深层机理。别格的暴力冲动将黑人对于如何生、如何死的生存诉求以激进的芝加哥布鲁斯的旋律呐喊出来，迫使读者不得不直面种族主义歧视给整个美国社会伦理体制带来的恶果。诚如布鲁斯对善与恶、好与坏的包容一样，别格最终的选择是一种向善的伦理取向，这修正了其之前的暴力行为对社会秩序的危协和破坏，这种结尾像布鲁斯歌曲一样给读者一种希望，一种承诺更美好时光会到来的希望。

[2] WASP 是"白肤色—安格鲁—萨克逊—清教徒"的缩写形式。WASP 美国霸权文化体制是以白人、安格鲁萨克森人、清教徒为文化中心的。鉴于此，这种文化体制下的社会协作关系所保障的必然仅限于该集团的共同利益。在此基础上建立的"话语体系"必然建构了一套为确保白人集团利益，能合法剥削和压迫黑人的强权话语。事实上，在南北战争结束后，美国已经形成了这种"话语体系"。它具有使奴隶制合法化以及让奴对奴隶主唯命是从的双重功能。参见 Addison Gayle, Jr. *The Way of the World*. Garden City, N. Y.：Doubleday, 1976, p. 32。关于 WASP 体系，笔者将在第三章中作重点论述。

[3] 聂珍钊：《文学伦理学批评：基本理论与术语》，《外国文学研究》2010 年第 1 期，第 19 页。

房地产商将原本破旧的公寓隔成一个个格子间,安装上简易的炉灶,再以公寓套间的价格租给大批新来的黑人家庭。赖特自己作为一个从南方移民到芝加哥的黑人,深知北方城市贫民窟就是"人间地狱"。赖特将美国黑人的经历和痛苦记录在了社会报道性的散文集《一千二百万黑人声音》之中。他注意到"从20世纪20年代至30年代十年间,芝加哥的黑人地带的人口超过十二万五千人,我们面临无尽的煎熬和物价的飞涨"。① 他认为贫民窟的格子间就是滋生怨恨、焦虑、疾病、犯罪和死亡的温床。

> 在这些格子间里,拥挤的空间和持续的混乱给各种侵犯妇女儿童的犯罪或侵犯任何一个经过黑暗走道的陌生人的犯罪提供了一个诱人的场所。我们被封闭在钢筋水泥的生活环境中,噪音是那么大,以至于淹没了犯罪的枪声。
> 这些格子间向这些绝望的、不幸的人们相互投掷的是那令人无法忍受的近距离,它增加了潜在的摩擦,滋生无休止的对骂、指责和怨恨,扭曲人们的性格。②

赖特高度关注社会问题给黑人带来的生活困难和精神困境,他吸收了美国自然主义文学的创作手法,在展现社会环境与人物命运间的关系的同时呈现出了主人公在困惑中的探索,以此迫使读者反思社会价值和批评主流文化伦理的道德沦丧。赖特像美国自然主义文学家德莱塞一样,将小说作为一面镜子映射了他们那个时代的鲜活的生活,它毫无取舍、毫无改变地向我们呈现出来"拓片""切片""摄影""记录"式的复制生活。③

一 幽闭空间里的暴力取向

《土生子》一开场就生动地展现了别格以及他的家人、朋友一起床就面临的生活困境,它如一个"截面"记录了黑人是如何在芝加哥黑人地带这个"人间地狱"中煎熬求生的。一阵闹钟声将读者带进了别格一家四口拥挤的格子间中。两张床占据了大半的空间,刚刚起床的母女俩要穿衣

---

① Richard Wright. 12 *Million Black Voices*. New York: Thunder's Mouth Press, 2002, p. 93.
② Ibid., pp. 106-108.
③ 转引自方成《美国自然主义文学传统的文化构建与价值传承》,上海外语教育出版社2007年版,第175页。

服，别格和他的弟弟鲁迪只能"移开目光，凝视着房间远处的一个角落"。① 就在此时，一只一尺多长的黑色大老鼠突然出现，母女俩顾不上穿好衣服被吓得缩在床角，别格兄弟俩作为家庭的男性竭尽全力地围杀老鼠。赖特浓墨重彩地描绘了别格与老鼠的人鼠大战，让人身临其境。

  一只黑色大老鼠吱吱叫着，一下跳到别格的裤腿上，用牙齿牢牢咬住不放。

  "他妈的！"别格恶狠狠地悄声说着，猛地一转身，用尽全身力气把那条腿踢出去。由于动作猛，使劲大，那只老鼠给甩了出去，一下子撞到一面墙上。它立刻就地一滚，重新跳起来。别格一闪身，老鼠扑了个空，落到一条桌腿边。别格咬紧牙关，举起铁锅，他不敢扔出去，怕打不中。老鼠吱吱叫着，转过身去，跑着兜了个小圈子寻地方躲藏，它又一纵身，蹿过别格身边，撒开干燥、尖利的爪子飞快地奔向木盒的一边，接着又奔向另一边，寻找那个洞。随后它转过身，用两只后脚站起来。

  ……

  老鼠害怕得肚皮不住地颤动。别格向前迈了一步，老鼠发出一阵厉叫，声音长而细，像是一曲表示抗拒的战歌，它的两只珠子似的黑眼睛闪闪发光，它的两只小小前爪在空中乱抓一气。

  别格扔出铁锅，铁锅从地板上滑过去，没打着老鼠，咔嚓一声撞在墙上。

  ……

  老鼠蹿过地板，又停在木盒边，迅速地寻找那个洞，随后它又用后脚站起，露出长长的黄牙，厉声尖叫着，肚皮直哆嗦。

  别格瞄准着，重重地哼了一声，让铁锅飞了出去。木盒砸坏了，碎木横飞。母亲尖叫一声，用两手捂住脸。别格踮着脚尖走过去，窥视一下。

  "我打中啦，"他咕哝着说，放松了咬紧的牙关，咧嘴微笑。

  "老天爷，我打中它啦。"

---

① ［美］理查德·赖特：《土生子》，施咸荣译，译林出版社2003年版，第2页。本章所引用的《土生子》文本均出自此书，不单独成段落者将仅用引号提示，不再逐一标注。

第二章 《土生子》中黑人生存困境的布鲁斯呐喊

他把那只碎木盘一脚踢开，老鼠平躺着的黑色尸体暴露出来，两只又长又黄的獠牙清楚地露在外面。别格拿了一只鞋，拼命敲老鼠的脑袋，把它敲碎，一边歇斯底里地骂：

"你这个狗娘养的！"①

别格歇斯底里对着死老鼠的头猛砸的这一幕让人惊悚不已。它投射出幽闭的空间给别格性格注入了极度的焦虑和不安情绪。按照罗洛·梅的观点，焦虑可以被看成"因个人努力与世界产生关系而引起的"，当个体在对抗外来的"危险处境"的焦虑时，会产生一种心理暗示或行为反射；这就是一种"病症"。从这个意义上来说，病症的形成是源于抵抗和逃离焦虑，即"病症被创造出来以避免焦虑像警钟般响起的危险处境"。② 由此可见，当别格在感到外来的真实"危险处境"时，他采取的这种极端的暴力行为是他表现出的一种急于逃离焦虑的病症。抑或是说，暴力是这个有活力的黑小子向外释放恐惧和愤怒的一种冲动行为的反射。③ 正如布瑞格诺（Brignano）所说，别格表现出的是他"对整个可能摧毁他的世界的直接的条件反射的行为"。④ 这是由入侵他狭小的生存空间的老鼠带给他恐惧感和焦虑情绪的一种外化的行为取向，或是人处于自然丛林法则的求生本能的行为反应。

丛林法则主要表现为弱肉强食、优胜劣汰、适者生存的自然选择的结果。"丛林法则是自然界一切生物生存竞争的基本法则，是维护自然秩序的规则。"⑤ 由于黑人的生存境遇几乎被剥夺了一切自主创造的可能性，他们的生存本身时时受到威胁。无论是在白人的公共空间里，还是在黑人的贫民窟中，他们每天面临的甚至是你死我活的血腥斗争。赖特那样细致

---

① [美]理查德·赖特：《土生子》，施咸荣译，译林出版社2003年版，第4—6页。
② [美]罗洛·梅：《焦虑的意义》，朱侃如译，广西师范大学出版社2010年版，第126—127页。
③ 根据文学伦理学批评中对冲动这一术语的解释，冲动是自由意志的表现形式，往往从非理性意志转化而来。冲动是一种感情脱离理性控制的心理现象，主要依靠本能推动，有时也依靠激情推动，带有强烈的情绪色彩。而非理性意志在文学伦理学批评方法中往往与理性意志相对，主要指人的一切感情和行动的非理性驱动力。
④ Russell Carl Brignano. *Richard Wright: An Introduction to the Man and His Work*. Pittsburgh: University of Pittsburgh Press, 1970, p.122.
⑤ 聂珍钊：《文学伦理学批评及其他——聂珍钊自选集》，华中师范大学出版社2012年版，第21页。

地描写老鼠为了生存表现出对别格一家造成威胁的强大生命力,同时又不遗余力地生动刻画别格和老鼠的人鼠之战。其目的就是表现出在别格的伦理意识里,生存才是硬道理。他甚至更信奉动物界的丛林法则,并以此来对抗白人强加给黑人的种族伦理。从这个意义上来看,残酷的生存环境放大了像别格这样的黑人青年男性身上兽性因子的自由意志,而抑制了人性因子的理性意志,导致他出现了理性情感向自然情感的转化的取向。① 或者说他的自由意志使他在行为抉择上更趋向于表现出一种人的动物性本能。② 因此,别格依赖暴力来减缓和抗拒焦虑的行为取向体现出他自由意志的失控。自由意志是兽性因子的体现,所以他的兽性因子在一定程度上具体表现出一种以强欺弱的伦理取向。

当别格感到了焦虑给他带来的不适,并在他情绪中蔓延时,这种情绪诱使他身体中的兽性因子进一步占据他的意志、支配他的行动,导致他的自由意志失控,行为上更倾向于表现出人的动物性的一面。由此可见,他在对抗焦虑的过程中,焦虑情绪的不可控性让他产生了急切地将自己的焦虑转嫁给他人的意愿。这充分地表现出他以暴力来与社会伦理抗衡的无意识状态。这也就可以充分解释为什么即便是在别格极度报复式地"敲碎"了外来入侵的这只大老鼠的头之后,他仍然不觉得解恨,还需要继续将自己的焦虑和愤怒的情绪转嫁出去。

当他用报纸包着死老鼠准备扔出去时,脑海中突然闪出用老鼠吓吓胆小的妹妹维拉的想法,便挥动死老鼠直到把维拉吓晕过去才罢休。别格对妹妹的恶作剧再次证明了幽闭的狭小空间对他性格的扭曲。他无法在这个格子间里获得隐私,他感到憋屈。他需要在比他柔弱的妹妹那里炫耀自己的男子气概,以此转嫁自己的焦虑。可他妈妈的一番唠叨和指责将他再次

---

① 在社会伦理学中,自由意志源于一种自然的人性论。赖特的哲学观念受到了斯多葛派对人性和理性观念的影响。自由意志是人的"宇宙本性"和人的本性。所以,赖特在塑造别格时,将其环境的迫使下跟随生存本能意志的行为取向表现出来了。参见强以华《西方伦理十二讲》,重庆出版社2008年版,第21页。

② 根据聂珍钊教授的观点,在文学伦理学批评里,斯芬克斯因子是用来解释人在经过伦理选择之后仍然善恶并存的术语。人作为个体的存在等同于一个完整的"斯芬克斯因子"。该因子是由人性因子和兽性因子两个部分组成。这两种因子有机地组合在一起,其中人性因子是高级因子,兽性因子是低级因子,因此前者能够控制后者,从而使人成为有伦理意识的人。人的所有伦理行为都受到他身上的人性因子或兽性因子的影响和制约,因此人是一种伦理的存在;而斯芬克斯因子是理解文学作品的核心。参见《文学伦理学批评:伦理选择与斯芬克斯因子》,《文学伦理学批评及其他——聂珍钊自选集》,华中师范大学出版社2012年版,第21、26页。

拉回充满挫败感的现实生活。"你要是有点儿男人气概,我们就不会住在这个垃圾堆里啦……连救济署给你找到了工作,你都不肯去,直到后来他们威胁说,要不给你食物,让你活活饿死!别格,说老实话,你是我这辈子见到的最没出息的男人!"

"最没有出息的男人"这句话实际上包含了别格的母亲以及大多数黑人女性对黑人男性气质的认定方式。她对儿子的男性伦理身份的期待依然是按照美国父权制文化体制的伦理标准,她希望儿子能成为一家之主,并肩负起一个男人应该承担的家庭伦理责任。但是,所谓别格的"没有出息"的状态实际上是大多数黑人男性们所面临的伦理身份的困境——他们面对的是以白人男性为主导的父权制文化体制和种族隔离政策的悖论性伦理对黑人男性的行为期待。换句话说,托马斯太太对别格作为男子汉的指责本身就是一种悖论。

作为一个女人,按照约定俗成的男性中心主义的社会认知方式,托马斯太太对别格的期待似乎合乎伦理。她并没有对别格提出很高的要求,也只是单纯地希望家庭中的成年男性能承担起社会对男性身份规定的一种基本的伦理责任,即男人应该承担起养家糊口和保护家人的伦理责任。但是她的期待和指责同时又成为一份响亮的证词,证明了这些对于美国白人男性来说最基本的伦理责任一旦落实到黑人男性身上时,他们在履行这些责任时却举步维艰。这其中一个主要的原因就是黑人男性的亚文化身份导致经济地位的不稳定性。特别是对于像别格这样跟随父母从南方农村到北方都市求生的年轻黑人,他们刚刚脱离在南方土地耕种的佃农身份,自身的文化水平和技术能力无法适应北方都市高度发达的机械化、工业化的技术要求。他们的就业机会和就业工种就如他们的生活空间一样受到限制和幽闭。他们在就业上根本竞争不过那些原本就在城市里土生土长的同龄人,更别说与白人男子在择业上获得平起平坐了。自然他们也无法在经济上独立支撑黑人家庭的正常运转。从这个意义上说,美国都市中的黑人地带就是黑人的新"监狱",是"没有审判的死刑,不是对某一个黑人的攻击而是无休止地攻击我们所有人的大众暴力的新形式"。[1] 可以说,美国主流文化的男性伦理期待和黑人男性遭遇到的现实的身份困境已然从家庭空间

---

[1] Richard Wright. 12 *Million Black Voices*. New York:Thunder's Mouth Press,2002,pp. 106 - 108.

上阉割了黑人男性,因为这种伦理期待抹杀了黑人在大众文化中约定俗成的男性身份的伦理特征。他们在家人的怨恨中自怨自艾,无法获得一个男人的"完整感"。

更可悲的是,别格的母亲没有意识到她对自己儿子的男性期待是在强其所难。自然,她对别格无法履行男性伦理身份的相应责任大为失望,也免不了时常抱怨别格。母亲的抱怨让别格觉得自己在这个家没有归属感,"他对家里的生活厌烦透了。一天到晚尽是嚷嚷、拌嘴"。在这个家宅空间中他无法获得一个男子汉的基本的尊严和自信。所以,"他憎恨这个家,因为他知道她们在受苦,而他自己却无力帮助她们。他知道一旦让自己充分体会她们在如何生活,以及她们的生活有多么可耻和悲惨,他就会恐惧和绝望得失去自持"。这一切让他觉得自己很无能。

当他意识到家是一个抹杀他男性的尊严的空间时,他必然会去追寻新的生存空间。对空间流动性的追寻是非裔美国文化对自由欲望的一种表达方式,这在布鲁斯歌曲中可以被充分地表现。他们对自由的歌颂往往表现在集体对开放空间的占用上,特别是表现男性自由主题的布鲁斯音乐往往是表现对空间禁锢的突破,即突破疆域的局限性。在南方布鲁斯中,门廊是对家宅空间的解放,而在北方则是对南方吉姆·克劳法则高度集权化种族控制的自由想象。

然而,当别格真正从南方移民到芝加哥大都市以后,他发现家还是那样地压抑,北方的自由只属于黑人区以外的白人。作为黑人他依旧被囚禁在黑人贫民窟的狭隘空间中苦苦挣扎,无法获得男人的完整感。面对无法改变现实的无奈,想要逃避空间的压抑感,别格宁可在黑人区的大街上感受城市的喧嚣,去感受拒绝他却不断诱惑着他的都市欲望。于是他去找他的那群黑人伙伴们。只有和他们一起吹吹牛,甚至谋划些打家劫舍的事儿,才能让他偶尔觉得自己像个男人。

母亲的抱怨的确也刺激了别格的雄性斗志,激发了他一种强烈的生存欲望。在丛林法则生存伦理的驱动下,他的伦理意识再次受到了兽性因子的控制和支配。他希望做些尝试来展现自己的男性气质。这不仅仅是为了生存,还是为了表现出自己强势的一面。于是他想到的是去试试运气,看能不能超越那条一直以来否认他的存在的种族隔离界限。这可能是他实现自己男人梦的第一步。

反正他是一个一穷二白的黑小子,他憎恨白人,觉得是白人把他这样的黑人囚禁在那个令人窒息的"地狱",他希望自己能像个男人一样去和白人较量一番。这也是他常常和其他黑人小伙子们在一起做的男人梦——大家一起冲到白人区去打劫一番,来改变一下他们在黑人区什么也做不了的僵局。他想去打劫白人区犹太人布鲁姆的商店,但是毕竟是去白人区打劫,他一个人干不了。于是,他去弹子房找到格斯他们三个人,他们几个人原来就是这么商量策划,并在黑人区成功地打劫过店铺。

事实上,别格内心也很清楚,入侵白人疆界去打劫一个白人,这对于黑人男性来说,就是一种伦理禁忌。[①] 所以,当他向伙伴提出建议之后,特别是在 G.H 和杰克爽快地答应和他一起去干之后,他就后悔了。此时,伦理禁忌带给黑人身心的摧残唤醒了他的伦理意识。因为无论是在报刊媒体上,还是在他妈妈平时的唠唠叨叨里,或是在他们小伙伴的聊天中,他听到的就是如果黑人胆敢做出任何违反白人设定的种族禁忌的行为,等待他们的不是残酷的私刑就是牢狱之灾。而且,他的爸爸就是死于一次白人大规模镇压黑人的骚乱中,这也是他妈妈不辞辛苦地把他和弟、妹带到北方求生存的原因。别格马上意识到如果大家真的听从了他的建议,他们就真正地触犯了种族禁忌。其后果无异于飞蛾扑火、以卵击石。他们的行为不过是黑人反抗不公平种族伦理体制的历史长河中微不足道的一滴水珠罢了,甚至它都可能在没来得及激起任何浪花之前就被白人的暴力淹没。此时,别格把所有的希望都寄托在格斯的身上。他害怕格斯也这么痛快地答应,这样他们就得真的行动了。他知道自己的这种建议道出了平时哥儿几个对突破种族疆域的幻想,格斯也很想去白人社区那边干一票来证明自己。如果格斯也一拍即合的话,那么他的建议就不是说说而已了,而是真刀真枪地实干。

别格在等待格斯回答时"胃里的肌肉都揪紧了"。格斯看出了别格的害怕,并当众说了出来。这让别格觉得自己的男性尊严受到了挑战。此时,弹子房在空间上给他带来了压抑感。这种感觉与他作为黑人男性什么都做不成的自我怨恨和羞愧感交融为一体,于是他整个人再次被暴力冲动

[①] 尽管人类文明之初维护伦理秩序的核心因素是禁忌——禁忌是古代人类秩序的基础,也是伦理秩序的保障。但是,白人利用立法权进行种族隔离体制,并在种族间明确地规定了一系列的种族禁忌。白人因此可以在社会秩序、法制和意识形态乃至生活的方方面面牢牢地压制黑人的反抗,从而达到有效地、持续地维系白人利益的最大化。在下一章节中笔者将会对美国种族伦理禁忌与欧洲父权制伦理体系的关系进行更加具体的阐释。

控制。他痛揍了格斯以泄愤，可这还不能让他获得满足，于是他亮出刀子以武力逼迫格斯去舔刀尖。"他跨出一大步，动作优美得像一只跳跃的野兽，随后伸出左腿，把格斯绊倒在地。格斯翻身想爬起来，扑到他身上，那把已经打开的刀子高举在手。"当他看见"格斯的嘴唇颤抖着，泪水顺着他的脸颊淌下来"时，却得意得"歪扭着嘴唇狞笑着"。他对格斯的行为呼应了他之前对自己妹妹维拉的态度，读者从中可以看出别格的男子气概已经被他生活的幽闭空间所扭曲。只要当他感到自己男性身份受到质疑，感到狭小空间让他艰于呼吸，兽性因子就会在瞬间控制别格的意识，使他再次迅速地滑向人的动物性那一极，成为一个失去理性思考能力，只能用暴力维系自己生存权利的"亚人"。

别格误杀玛丽其实也是他黑人男性身份被狭小空间幽闭后表现出的一种极端的暴力伦理。或者说，当双目失明的道尔顿太太突然出现在玛丽的房门口时，别格突然意识到自己作为一个黑人男性夜半时分出现在白人小姐卧房已经触犯了白人与黑人间最大的伦理禁忌，此时自己如同一个囚徒被囚禁在了玛丽的狭小卧室空间中无处藏身。他立马"屏住呼吸，被那个朝他飘过来的可怕白色人影吓得心胆俱裂"。

此时，对别格来说，道尔顿太太的出现给他的刺激就如同他家的那只老鼠，她是他狭小生存空间的入侵者。当然他更清楚对于白人来说自己才像那只老鼠，是白人空间的入侵者。毕竟他作为一个黑人男性，此时待在一个年轻的白人小姐的卧房中。他很清楚一旦玛丽的声音真把道尔顿太太引到床前，自己无异于背上对白人女性实施性侵犯的罪名，那就百口莫辩了。白人会像他自己杀死那只老鼠那样不留余地地杀死自己。顿时，他被白人可能用私刑杀死他的恐惧感笼罩着。这种情感不仅控制了他全部意识和行动，甚至完全支配了他自主性的神经系统，控制了他的呼吸能力。情急之下，他忙用枕头严严实实地掩住玛丽的口，结果导致她窒息身亡。可见别格长期压抑的生活空间和种族间的伦理禁忌在他的意识中形成了一种条件反射性的行为惯性：一旦他感到自己所处的空间受到入侵，其求生本能就被无意识地激发出来。当他的生命或尊严受到威胁时，恐惧感就会占据他的意识，他身上斯芬克斯因子中的兽性因子就被激发、放大，其动物的求生本能也驱使着他的自由意志无限膨胀，他自然也就铤而走险、不计后果地用枕头去捂住玛丽的嘴。从这个意义上来说，别格杀死玛丽的理由与他在自家那拥挤的空间中杀死老鼠的原因如出一辙。

对于很多读者来说，别格误杀玛丽的情节看似不合逻辑，其实这是作者赖特精心设计的。他就是要让读者心生疑虑：当人们质疑为什么一个瞎子都能让别格害怕得失手杀人时，便接近了这部小说的悲剧根源——白人对黑人男性伦理身份设立的性禁忌才是驱使别格杀死玛丽的罪魁祸首。对于每一个美国的黑人男性来说，他们打小就清楚地知道一旦被怀疑与白人女性间有"性关系"，不论出于什么原因，无论是否属实，他们必然会被白人处以或"阉割"或"杀戮"的"私刑"。对"私刑"的极度恐惧足以让很多成年的黑人男性失去理性、做出非理性的行为选择[①]，这种恐惧感甚至也成为他们为了生存而杀人的最充分的理由。别格杀死玛丽的这种条件反射式的暴力行为就是一个典型的例证。

从这个意义上说，别格杀死玛丽是种族主义伦理环境的必然导向。别格的杀人行为反映出具有历时性黑人种族心理特征——对白人的恐惧和憎恨。同时，它作为一种证词证明了黑人对白人的恐惧和憎恨绝非个人意识的产物。几世纪以来黑人屈辱史以"集体无意识"的形式被投射到人的思维及行为方式中，这种复杂的情感具有迫使人丧失理智犯罪甚至杀人的功效。此外，赖特还在小说中借媒体之口道出"私刑"在美国的公开性，它早已渗透到社会伦理观念及行为方式中。别格被捕后，《论坛报》在大篇幅谴责他杀害玛丽的罪行时反复重申"性禁忌"的社会行为中的伦理权威性："在这南方，我们牢牢地把黑人控制在他们原来的位置，我们要让他们明白，他们只要碰一下白种女人——不管她是好女人还是坏女人——他们都休想活命。"当时美国从法律法规到伦理规范都纵容白人对黑人肆意迫害，这些伦理习俗实际上在法律宣判别格有罪之前就已经将他置于死地了。这些白人针对黑人男性的伦理准则才是驱使别格杀人的原动力。

尽管别格也知道自己是因为对白人的恐惧而误杀玛丽，但是他更愿意认为是自己因为对白人的憎恨而谋杀了她。他从这次犯罪中获得了一种打破禁忌的快感，抹去了长期积压在他心头那份交织着对白人的恐惧、怨恨和对自己不得不遵循伦理禁忌间的那些无奈的、复杂的情感。于是，他残

[①] 从文学伦理学批评视角来看，非理性指一切不符合理性的价值判断。非理性的价值判断导致的非理性的行为，往往通过非理性意志表现出来。参见聂珍钊《文学伦理学批评导论》，北京大学出版社2014年版，第251页。

忍地肢解、焚烧了玛丽，以他熟悉的白人对待黑人常用的手段来实施伦理报复。他肢解她是因为白人常常以"阉割"来肢解黑人男性，他焚烧她也是因为白人常常用"火刑"来焚烧他们。"私刑"是别格潜意识中最痛恨的伦理方式，所以一旦禁忌解除，他就会采用反禁忌的极端手段，以其人之道还治其人之身。

二 布鲁斯语境下的暴力书写①

如果说别格杀死玛丽源于他伦理意识中对触犯"性禁忌"的后果的过度反应的话，那么他杀死蓓西则是他失去了禁忌约束后的一种暴力升级和自由意志泛滥的惯性冲动。别格的行为是出于动物求生本能的自然需求。他自己也承认"在杀死那个白种女人以后，再杀别人就不困难了。我用不着多伤脑筋就杀了蓓西。我知道非杀死她不可，就把她杀死"。

为了使自己能更安全地逃跑，他趁着蓓西熟睡时，毫不留情地用砖头打死了她："他一再地举起砖头，直到它落下去时就像砸在一堆黏湿的东西上面……这堆湿东西的唯一生命就是砖头砸上去时发出的刺耳的撞击声。"为了不被人发现，他又将蓓西的尸体扔进了通风井。他如此残忍地对待蓓西不禁使人联想起在小说开场时他砸死了那只硕大的黑色老鼠的情景：他"拿着一只鞋，拼命地敲老鼠的脑袋，把它敲碎后还歇斯底里地骂：'你这个狗娘养的！'"之后他把死老鼠用报纸一包扔进了垃圾箱。赖特在情节的处理上用到了布鲁斯的"呼与和"的复述和应答。

赖特希望读者在辨析别格复制暴力的行为取向中明白：别格谋杀蓓西与他杀死老鼠的动机如出一辙，一旦他发现任何可能妨碍他继续生存的威胁，他就会表现出"丛林法则"中"弱肉强食"式的暴力冲动，并迅速采取行动来消灭一切可能的威胁。赖特的血淋淋的、再现式的场景记录方式使环境与人物命运的发展趋势保持一种显性的关联性。这说明赖

---

① 在赖特看来，"暴力行为是黑人对那些扭曲自己生存环境的人的一种绝望的回应"，这种交织在他们生活中的困境使他们无法在他们出生、成长的美国本土上获得人的完整感和归宿感。赖特在小说中刻画了别格用自己的暴力回应着社会对他的漠视，他的残忍中透着无法实现梦想的绝望和无助。当社会的暴力作为规训黑人的手段时，这种暴力如社会发出的呼唤，别格以自己的行为做出了回应。这种行为尽管存在道德缺失的现象，但是反映了社会暴力与黑人暴力间的呼与和的密切关系。此处，笔者将别格的暴力置于布鲁斯语境之中进行伦理探究。赖特的观点可参见 Richard Wright. *American Hunger*. New York: Harper & Row, Publishers, 1977, p. 45。

特在小说创作技巧上的确受到了美国自然主义文学创作的巨大影响。从别格复制杀鼠方式来谋杀蓓西可以充分地体现出别格的自由意志的失控。他为了生存，完全脱离了理想的束缚，陷入自然主义的泥淖，任凭原欲泛滥，让他从人沦为了兽。为了突出他身上的斯芬克斯因子的兽性因子对他行为的控制以及人性因子的式微，赖特还精心地设计了别格在杀死蓓西之前对她的强奸行为，从而在自然主义的镜像特征中展现出别格已经完全被肉欲占据了意识，同时生存意识和获取快感的本能驱使他迷失在自由意志之中。在别格的暴力冲动不断升级的过程中，读者也清楚地认识到了一个可能导致人性堕落的事实，即人类在失去了伦理禁忌的约束后，其自由意志将会激发他身上的兽性因子，人便因此误入道德危机的黑洞而失去了其身上最基本的人性善良和美德。别格可谓这样一个典型环境中的典型人物。

不过，赖特借用的只是自然主义手法之外形，其内在依旧被赋予了黑人布鲁斯生存伦理之精华。别格的这种行为取向进一步地揭示了社会环境的不道德本质。当他无法在自我认知与社会行为规范间建立一种正常的理性关系时，其行为也势必被导向仅受感性或动物性支配的冲动趋向之中。这是赖特对美国黑人布鲁斯男性主题的即兴创作。他以别格痛苦的呻吟和暴力的呐喊揭示了黑人的深层灵魂已经被现实的生活状态割裂。就像布鲁斯音乐人在音乐中寻找抗议的话语方式一样，赖特在小说中客观而真实地再现了残酷的生活事实，他在黑人面对的两种文化中表达着"传统形式的特质和不同的道德基础，来推动黑人的抗争"。[①] 事实上，赖特就是要用别格不道德的行为来质疑美国主流文化的道德性，从而开创一种在自然主义生存环境中反思性的伦理对话。

从传统道德的视角来看，这部小说的故事情节中没有残酷的种族迫害，相反讲述了黑小子别格先后杀死了白人小姐玛丽和他的女友蓓西的故事。别格病态的暴力冲动似乎不仅不能表现黑人男性气质，相反别格很符合被白人长期歪曲的野蛮的、半兽半人的犯罪分子的形象。那么赖特为什么要塑造这样一个极端的反英雄人物？

赖特自己在《别格是怎么诞生》中其实给出了答案。他注意到黑人

[①] Stuart Hall & Paul du Gay, ed., *Questions of Cultural Identity*. Trowbridge: Sage Publications Ltd., 1996, p.118.

几乎不会出现在白人的报纸杂志上，除非是报道他们杀人越货。① 同时美国都市生活又从心理上分裂了黑人的个性。"第一，身处怪异的生活环境之中，他疏离于本民族的宗教和文化。第二，他对从报刊杂志、广播电影以及一切反映美国生活的流光溢彩的主流文明的呼唤做出回应和回答。"② 赖特就是要用白人司空见惯的黑人坏小子的形象去还击白人对黑人长达几个世纪的身心的蹂躏和使其性格的扭曲。他所采用的叙事方式正是黑人传统中最常用的"转义"修辞。黑人美学理论家郝思顿·贝克给了这种叙事方式一个形象化的术语名称即"形式的掌控"。③ 这是一种黑人美学的叙事策略，当他们在重复白人主人的话语时，其实黑人早已将白人的话语进行了"转义"，并对其赋予了新的含义，这是他们与白人文化抗争的一种表意方式。

　　赖特就是要让白人看到他们可以用编造的谎言去歪曲黑人，他们可以隔离黑人不侵犯自己的空间和权力。白人在构建的伦理体系里从未以人的方式对待黑人，黑人特别是黑人男性却不得不承受男性主导文化和狭小空间以及有限选择对他们身为男人的文化阉割和伦理趋势。所以，黑人在面对白人对自己的蔑视时，也能不被白人察觉地去歪曲白人的意图，特别是白人想要控制的意图。赖特利用了这种黑人传统的叙事策略，让白人以己之矛攻己之盾，使他们看清以种族政策编织的白人神话王国之网并非无所不能的天网。这张网的确可以将黑人幽闭在都市一角，成为"笼中困兽"，但还有一批别格这样的黑人，他们敢于抗争不公。如同被别格追杀的那只老鼠，明知自己的后路已断，仍然要殊死一搏，看看能否有破网而出的可能。在别格重复的血淋淋的暴行中，白人不得不重新思考他们习以为常的伦理是否道德，不得不意识到别格的暴力行为就是被他们种族禁锢的伦理所逼出来的。

　　对于别格来说，暴力是他对无法实现的欲望的一种外化的伦理病症。每当他面对因幽闭空间诱发的恐惧和焦虑时，他就无法理智思考，暴力成为他释放被幽闭的焦虑和挫败感的条件反射式的唯一伦理。按照

---

　　① Richard Wright. "How 'Bigger' Was Born", in *Richard Wright's Native Son: A Critical Handbook*. ed., Richard Abcarian. Belmont: Wadworth Publishing Company, 1970, p. 20.

　　② Ibid., p. 19.

　　③ Houston A. Baker Jr.. *Modernism and the Harlem Renaissance*. Chicago: University of Chicago Press, 1987, p. 49.

拉康的观点,"欲望与缺失有关。它不是指缺失这个或那个,而是指人类本身存在所固有的缺失"。拉康把欲望固定的形式称为"菲勒斯"(Phallus)。它最初被用来指涉男性生殖器。在拉康的概念中是一种"超验的能指",是一个可以带给主体完整感却又无法被主体真正拥有的"能指"。它作为父权的象征符号,总是呈现出一种缺失的样态,表征不能得到满足的欲望。拉康还指出,尽管症状是由于缺失而引起的无意识的隐喻,它是一种精神病理学的病症,但是它不可能被真正消除,但当一种症状消失时,它必然会导致另一种症状的产生,主体需要症状来维系自身,一旦症状消除,主体可能会崩溃瓦解。因此对于主体的建构来说,病症是一种不可或缺的心理因素,它是一种内心斗争的妥协,只有主体将这种妥协以语言或行动外化释放时,它才能在被压抑的欲望中继续生存。[①]

《土生子》中表现出黑人男性青年想实现真正男性气概,以及获得被认可的男性的"完整感"的强烈愿望。但在当时美国那样的文化伦理环境中,别格的肤色注定使他永远无法获得完整感,他只能压抑这种欲望。但是在他选择压抑欲望的同时,从心理上他需要找到一种语言或行为的方式来释放这种压抑感。于是,暴力作为一种自由意志失控的伦理症状,不管它是多么地病态,但它成为美国文化的病症。它将几个世纪的伦理盲点赤裸裸、血淋淋地公之于众。

从自然主义的视角来解读,赖特将别格的命运与他生活的伦理环境紧密地联系在一起。不过这不只是对自然主义的仿写,这部小说更是赖特的一种布鲁斯化的自然主义书写。他以黑人生活区中的别格及其家人的生活片段复制了充满威胁和混乱的、物欲横流的资本主义世界。他展现了黑人的真情实感,表现出了黑人家庭、社区以及黑人—白人在各自伦理关系中纠结的苦难。而突破这些苦难困境的僵局的方法是建构一种新黑人形象去解构几个世纪以来刻板化的旧黑人形象。不可否认,别格的行为拷问了每一个美国公民的良心,质疑着历史文化对黑人他者化、妖魔化的伦理惯性。正如赖特所言,"别格是错位的社会的产物",是"美国的产物",是

[①] 此处拉康的观点参见 Jacques-Alain Miller, ed., *The Ego in Freud's Theory and in the Technique of Psychoanalysis*, 1954-1955, Trans. John Forrester. Cambridge: Cambridge University Press, 1988, pp. 223-225。

"它的土生子"。赖特需要的文学效果正是迫使其读者"不再用同情的眼泪去面对"那些由种族隔离行为给美国人民带来的恶ей[①]；而是让读者在震耳欲聋的、真实的、愤怒的黑人情感中去重新思考美国文化伦理体制的现状和未来。

第二节　伦理身份的命名代码[②]

"对于非洲裔的美国黑人作家来说，姓名不仅仅起到塑造人物、体现作者态度和深化主题的作用，还能为他们重建和改造自我以及破碎家庭史提供重要的线索。"[③] 赖特也充分利用了命名符号的隐喻性来指代小说人物不同的伦理身份。

一　玛丽·道尔顿

赖特以玛丽·道尔顿（Mary Dalton）为一种命名符号明确地标明了她的肤色和社会身份，使之具有文化隐喻性。她的名字和形象是对当时美国意识形态投影的必要补充。"玛丽"是一个白人女性常用的名字。它来自圣经，有着深厚的宗教渊源，是圣女玛丽（Virgin Mary）的名字。所有的基督教众都将玛丽视作圣洁、无辜、慈爱的化身；她不仅孕育了挽救人

[①] Richard Wright. "How 'Bigger' Was Born", in *Richard Wright's Native Son: A Critical Handbook*. Richard Abcarian, ed., Belmont: Wadsworth Publishing Company Inc., 1970, pp. 21, 30.

[②] 伦理身份是文学伦理学批评方法中的重要术语。从起源上说，人的身份是进行自我选择的结果。自然选择是从形式上解决人的身份问题，即从形式上把人同兽区别开来，从而获取人的身份。伦理选择是从伦理上解决人的身份问题，不仅要从本质上把人同兽区别开来，而且需要从责任、义务和道德等价值方面对人的身份进行确认。文学作品就是通过对人如何进行自我选择的描写，解决人的身份的问题。在文学文本中，所有伦理问题的产生往往都同伦理身份相关。伦理身份有多种分类，如以血亲为基础的身份、以伦理关系为基础的身份、以道德规范为基础的身份、以集体和社会关系为基础的身份、以从事的职业为基础的身份等。在现实中，伦理要求身份同道德行为相符合，即身份与行为在道德规范上相一致。伦理身份与伦理规范相悖，于是导致伦理冲突，构成文学的文学性。根据文学伦理学批评对身份的界定，只要是身份，无论它们是指社会上的身份，还是家庭中的身份、学校中的身份等，都是伦理身份。文学作品无论是描写某种身份的拥有者如何规范自己，还是描写人在社会中如何通过自我选择以获取某种身份的努力，都是为人的伦理选择提供道德警示和教诲。参见聂珍钊《文学伦理学批评导论》，北京大学出版社2014年版，第263—264页。

[③] 甘振翎：《非洲裔美国黑人文学的命名现象》，《福州大学学报》2003年第2期，第83页。

类的耶稣基督，并将她源自父母的圣洁、善良的天性遗传给了她的儿子——人类的救世主耶稣。她赋予耶稣生命以消除人类一切丑恶和原罪，是维系神—人的纽带。追溯美国文化发展史"白色"皮肤与基督教义是以 WASP 为中心的主流文化的标志。由此确立的文化特征达到了使"白色成为一套没有标记和无形的文化行为"的伦理规范效应。[①] 此外，WASP 文化将"安格鲁·撒克逊人"[②]，即美国领土上的第一批白人，视为"土生子"，他们在享有高贵的社会地位，并能最大限度地享受现代文明所提供的精神上的自由，政治上的民主平等，物质上的丰足，社会知识的多样化等。可以说，在传统文化概念中，"土生子"一词已构成了一种高度隐喻的文化符号，其所指的是诸如金钱、权力、美女、高楼大厦、报纸杂志、电影传媒等一切现代文明的组成元素。"玛丽"这个名字也因此兼备了文字和文化的外延，它使这位出身高贵、年轻漂亮、有进步思想的白人小姐当仁不让地成为了 WASP 正统文化的象征；然而，赖特为什么要让这样一位朝气蓬勃的白人小姐成为别格手下的受害者？

首先，她的名字和命运形成了悖论。她名字是她的社会阶级和文化属性投射出的伦理身份的象征。它隐喻了她可以享受美国文化所赋予白人的自由、民主、平等的公民权。然而正是她的伦理身份与她个人超越种族伦理禁忌的举止最终迫使别格为求自保而误杀了她。因此，她的名字隐喻了她是其伦理身份的牺牲品。赖特以此挑衅和消解了白人文化传统赋予白人身份的伦理特权，让读者认识到白人同样饱尝了他们亲手酿制的伦理恶果。在他们对黑人进行内部殖民的伦理环境中，白人一方面为自己构建了民主、自由的美国公民特权身份，另一方面却又用种族主义政策将对黑人的统治法律化、伦理化。当生活在自由意识王国的白人小姐玛丽与被束缚在种种伦理禁忌的黑人男性别格相遇后，美国社会长期以来的伦理矛盾一触即发，并成为将两人导向悲剧命运的导火索。

在大众文化的影响下，玛丽表现出 20 世纪初很多白人青年知识分子希望消除阶级差异、种族歧视，让每个人都能过上民主自由的生活的共产主义思潮的倾向。可她因为长期享受白人身份带来的特权而忽视了历史对

[①] 张立新：《美国文学与文化中的"白色"象征意义》，《外国文学评论》2002 年第 1 期，第 115 页。

[②] [美] A. T. 鲁宾斯坦：《美国文学源流》（英文本）（一二卷），外语教学与研究出版社 1998 年版，第 703 页。

伦理习俗的影响力。尽管她意识到主流文化从意识形态上确立了白人/黑人、统治者/被统治者、高级/低劣、鄙视/仇视的二元对立的并置关系是不对的，她天真地希望以自己的行动去改变这种不人道的种族关系。她一再向别格表达"我是站在你这一边的""我们会成为朋友"等友好的愿望。她也有意识地像对待自己朋友那样去平等对待别格。但是她忽略了她的这种行为与她所生活的伦理导向是反其道而行的。她不知道现实中种族隔离的空间架构早已在白人与黑人对待自身和对方的观念中形成了固有的文化成见和伦理惯性，其导致的恶果就是，"白人被隔绝在其白人性之中，而黑人深陷其黑人性之中"。[1]

以种族主义为内核的文化伦理机制造成他们被分别禁锢在非平衡发展的、相互疏离的生存假定模式中。当他们拒绝将自己封闭在种族主义的高塔中时，他们打破了原有的伦理导向，致使他们变成这种体制的牺牲品。当玛丽用白人的伦理去对待别格时，她打破了白人—黑人的伦理关系，使别格不知所措地陷入伦理两难。在他的伦理意识里，黑人是不能随便拒绝白人的要求的，这是一种伦理禁忌。如果拒绝玛丽的邀请就成为了这种禁忌的违反者，这会让他丢掉工作，失去养家糊口的生存机会，但如果他接受她的邀请与她近距离接触又将使自己陷入了被误认为触犯"性禁忌"的更大的伦理困境。玛丽被杀归根结底是种族间的疏离导致的。这一点别格比玛丽更清楚，所以，当他意识到自己误杀了玛丽时，他没有一点内疚感。因为别格和她相处的每一分钟都更加深了他对自己的肤色的羞辱感，越发清楚自己永远不会拥有和这位白人小姐一样的机会。无论是她温柔的声音还是亲善的语言都给别格带来躁动和不安，甚至激起他的反感。种族差异化的生活方式使他无法正确对待白人的友善甚至加倍地仇视它，他无一例外地把整个白人世界视为恐惧的对象和仇视的敌人。他的这种态度放大了种族隔离，从空间上到伦理意识上以种族记忆形式在黑人心灵深处加以烙印——整个黑人种族都被屈辱地看作一个无头、无脸、没有个性、更无灵魂的模糊群体，黑人妇女无理由地被奸污，而男人则被阉割或私刑。白人可以任意割裂黑人的头颅、心脏、生殖器，甚至他们的灵魂。所以当别格无意杀死玛丽后，他

---

[1] F. Fanon. *Black Skin*, *White Masks*. Trans. Charles Lam Markmann. New York: Grove Press, Inc., 1968, p. 9.

更愿相信自己是蓄意谋杀。

其次,赖特借"玛丽"这个名字的文化双重含义展示了黑人不会永远屈从于低微的社会地位,它证明了畸形文化体制使白人和黑人都身临险境。事实上,WASP文化打造的白人神话使他们自我陶醉,并未意识到黑人对他们除了根植记忆深处的恐惧还有深入血骨的仇恨。以致无论玛丽多么努力地想要成为黑人的朋友,她的出身和肤色却已根植了种族压迫的原罪,必然使她成为黑人所恐惧和仇视的另类。她所熟悉的生活经历和社会教育也使玛丽无法想象在美国这个文明、民主的国家里黑人如何过活。她还天真地认为"他们(黑人)准是像我们一样生活,他们是人"。在她的概念中,黑人也应该和白人一样享受汽车、洋房、金钱、美食等一切现代文明所带来的幸福,然而她所谓的人类生活只属于白人世界,她无法想象别格和他的种族在黑色的地狱中如何煎熬度日。这个地狱却正是她的祖辈、她的种族为黑人一手打造的。与圣经中那个永远完美无瑕,生来圣洁无辜的圣女玛丽相比,玛丽·道尔顿这个名字是对她所代表的种族的一种嘲讽及对其文化权威的消解。它讽喻了白人中心主义漠视人性以及基本的人类生存原则,以违反伦常行为给自己埋下了不可规避的孽根,最终不得不以玛丽这个纯洁的灵魂来洗刷几百年的罪恶而获得救赎。

二 别格·托马斯

赖特以别格·托马斯(Bigger Thomas)给主人公命名,不仅为其主人公提供了符号化的文本身份,还表明别格是美国文化对有色人种实施权力规训的怪胎。他的名字和他的命运早已定格在WASP文化模式之中,具其种族历史性和鲜明社会时代性之综合特征。在笔者看来,这种独特的比喻型的美学命名方式是赖特在传统WASP文化对黑人一片否定的诋毁声中另辟蹊径的文本"转义",是他那个时代的创举。这种修辞技巧有针对性地消解了WASP文化霸权范式。

"托马斯"(Thomas)这一姓氏很快使读者联想到斯托夫人笔下的"汤姆叔叔"。这个姓氏原本传递了白人向黑人表达同情、指责种族歧视的态度,但它自问世以来成为白人规训黑人的文化身份符号。赖特给别格冠上"托马斯",他的种族身份便被符号化地标识出来。细心的读者马上会联想起赖特的短篇小说集《汤姆叔叔的孩子们》中那些反抗种族主义压迫的南方黑人的悲剧命运,从而很快意识到别格·托马斯也是一个汤姆叔叔的孩子。只不过,他是从南方移民到北方的黑小子而已。

在 WASP 社会结构中,"托马斯"就是"黑人性"(Blackness)的代名词,它指涉了黑人血统永远无法企及完美的"白人性"(Whiteness)。① 在白人自我神话的伦理语境之中,黑人种族是一个先天愚笨、先天奴性、先天野蛮的劣等种族的身份属性,他们的存在是为了凸显和放大白人的"智慧""高尚"和"文明"的身份属性。从这个角度来说,"托马斯"是黑人种族伦理身份的代码,它是白人在美国内部进行文化殖民统治的文化产物和伦理标准。白人从意识形态到日常生活对黑人规范和隔离,规定了黑人必须将白人视为主人,并保持遵从他们一切命令的文化奴隶的身份。因此作为一个伦理身份的代码,"托马斯"表征出了黑人种族在美国社会中是受白人压迫的二等公民。他们的存在被社会无视,他们只能在无望的顺从中沮丧地度日如年。

贫民窟的格子间根本无法给黑人家庭提供温饱。别格和其他黑孩子们宁愿待在街道上感受阳光的温暖,也不愿意待在封闭的格子间中,靠那点可以忽略不计的、微弱的暖气取暖过冬。尽管他们知道隔离线外的白人区的面包比黑人区的又新鲜又便宜,但是他们别无选择地只能在黑人区以高价购买在白人区卖剩下的几乎发霉的面包。尽管这是白人强加给黑人的伦理规范,但是作为黑人他们不得不接受这种被白人禁忌化、成文化的伦理方式。黑人就只能这样生活在城市的一角,这让别格对白人世界又怕又恨。

事实上,对于像别格这样从南方到北方求生的黑小子来说,适应北方都市生活比适应南方严酷的种族歧视的乡村生活更难。因为北方的伦理环

---

① 美国在法律上规定了"一滴血"政策,即凡是具有黑人血统,哪怕是一滴血,在社会身份属性的认定上就被划分为黑人种族。"黑人性"最早是白人以肤色为标准用于歧视黑人的一种泛称,等同于被称为"吉姆·克劳"的黑乌鸦特性。白人为标榜其肤色和种族的优越性,利用话语权将黑人的种族存在性定义为"黑乌鸦性",即通过吉姆·克劳伦理法则迫使黑人接受自己是低人一等的"亚人群"。20 世纪初,黑人知识分子对"黑人性"赋予了全新的含义,将它作为术语与"白人性"并置在一起,后被更多地用于指涉那些能代表黑人文化优良传统和种族自豪感的文化特征和行为取向。在 20 世纪 60 年代的黑人艺术运动蓬勃发展的推动下,"黑人性"这一术语开始频繁地运用到各种黑人文学和艺术批评之中。它主要是用来强调黑人的主体性以及作品中表现出的黑人艺术的独特性。它强调黑人文化灵魂和传统,寻求黑人文化的自主性,致力于建构黑人文学批评的独特模式。"黑人性"自 20 世纪 60 年代起还是黑人美学中的重要术语之一。

境与南方的伦理环境发生了一些外在的变化——"黑人生活的意义不再是基于如私刑、吉姆·克劳法则、无尽的暴行等外部事件的判断,而是变成了一种受到百般阻拦的心理之痛"。① 北方都市生活让那些熟悉种族压迫的黑人更加不知所措,因为那些他们熟悉的危险信号在新的种族歧视的伦理环境中被隐藏起来,但是来自社会对他们的漠视以及他们有限的生存空间和生存手段又让他们对自己受歧视的处境心知肚明。他们甚至会更怀念被南方白人的否定,因为否定起码还是一种反向的承认方式,而在北方白人对黑人的漠视让他们几乎无法找到自己的存在感。别格对白人的恐惧变成了一种莫名的焦虑。

这种焦虑让别格害怕与白人打交道。这种害怕的惯性让他在临去道尔顿家前,还匆匆赶回家,为的就是拿上一把枪。他觉得只有带上武器才安全。刚刚踏进白人社区,别格的脑子里就闪现出在电影院看到的那些既熟悉又陌生的关于白人生活的片段。他终于可以自由地走在白人的地盘上,亲自感受一下现实与电影的异同。这份真实感让他兴奋。可当他来到道尔顿家门口的那一刹那,他所有的兴奋劲顿时消失了,并被一种莫名的恐惧感取而代之。"他停住脚步,站在一道防护宅子的黑色高铁栅栏外面,觉得心里堵得慌。所有在电影院里的那些感觉已一扫而光,现在只剩下恐惧和空虚。"这种恐惧来自他"托马斯"的伦理身份。所以当道尔顿先生说话时,别格不自觉地表现出一副无知黑人形象,这也是一种黑人见到白人时的常规伦理惯性。

> 自从他进了这个宅子以后,他一次也不曾把他的眼睛抬得跟道尔顿先生的脸一般高。他站在那儿,稍稍弯着膝盖,微张着嘴,弯腰曲背,眼睛看东西也是浮光掠影的。他心里有数,在白人跟前,他们就喜欢你这副模样,倒不是有人谆谆教导过他,而是白人的态度使他感到他们喜欢你这样。②

别格平时最厌恶自己的妈妈和女友被白人呼来喝去却还表现得唯唯诺诺的样子。但是当他面对白人时,他的生存伦理让他有意识地在白人面前

---

① Richard Wright. *American Hunger*. New York: Harper&Row Publishers, 1977, p. 45.
② [美] 理查德·赖特:《土生子》,施咸荣译,译林出版社 2003 年版,第 52 页。

扮演听话的孩子或忠诚的汤姆。抑或是说，他的行为方式就是一种伦理惯性。恩斯特·卡西尔指出："符号化思维和符号化的行为是人类生活中最富于代表的特征。"① 由此，赖特借用"托马斯"的文化内涵揭示了黑人不知不觉地被该文化范式导向成为了社会边缘化零身份的"顺承者"②，他们甚至从思想上将黑人天生低贱的图像内化，形成其具有美国特色的种族特征。"汤姆叔叔"伦理造成了别格不自觉地用白人的标准去衡量自己和他人。别格从白人对待黑人的态度中学会了以强欺弱、以暴制暴的生存法则。可见，白人长期以来对黑人实施的种族暴力像一颗邪恶的种子在别格内心生根发芽，并茁壮成长。它如影随形地左右着他的思想和行为。如前所述，别格在对待比自己弱势的黑人女性和伙伴时，为了显示自己的男子汉气质，他就拿白人欺压黑人的方式对待身边的家人和同胞——即谁让他不高兴，他就用暴力威胁他、征服他。他用暴力和蛮横展现的强势男性话语方式折射出他对主流的白人父权伦理的盲从。

别格（Bigger）在英文中指代相比较事物中较为强大的一方。在此文本中它构成赋予寓意的符号素，它既揭示了 WASP 文化的欺骗性，又体现了美国民族所倡导的追求民主、自由，反对一切殖民主义的民族精神的革命性和进步性。别格作为新黑人形象，否定的不仅是俯首帖耳、逆来顺受的汤姆叔叔这一传统黑人形象，还使读者了解到新一代黑人是思维敏捷、敏感易怒、有暴力倾向的、有鲜活个体意识的觉醒者。当他们面对社会漠视或扭曲的认同时，为了得到合理的身份认同，他们所能做的就是不惜任何代价包括用暴力形式向社会证明自我价值。他对 WASP 文化伦理范式的一切挑衅则体现了具有黑人特征的美国民族精神。笔者认为赖特以别格这一命名符号化地界定出黑人身份归属上的美国性特征，它是一种对 WASP 文化革命性的颠覆。

作为黑人的代表，别格以自己的行动追求自由、平等是美国民族精神使然。他们作为社会人，一直受到美国民主、自由、平等的民族文化的熏陶，但被剥夺了通向一切民主、自由的可能。他们学会以欺骗的手段来反抗欺骗，即使他们自知并非白人天生的奴仆，也早已学会扮演被社会认可

---

① ［德］恩斯特·卡西尔：《人论》，甘阳译，上海译文出版社1985年版，第35页。
② ［美］大卫·理斯曼：《孤独的人群》，王昆、朱虹译，南京大学出版社2002年版，第245页。

的角色来欺骗其统治者。就在他杀死玛丽后,他受到了道尔顿太太、白人侦探的轮番盘问,可是他一直采用着"汤姆叔叔"策略,让白人提问,自己只回答"是的、先生!""是的、太太!"然后装出一副一无所知的天真样子。别格的这种心态和行为表现出黑人早已学会将仇恨掩藏起来,甚至为了生存还戴上讨好白人的伪奴性面具。然而,当扮演这种预制的角色时,他们对自我的憎恨感和白人的仇恨感强烈碰撞。或杀死白人或杀死自己就变成以别格为代表的新黑人的二元选项,所以他杀死玛丽就成为偶然行为中的必然结果,是他向否定他的社会发出的另一种否定之声。

赖特用 Bigger 符号化表明了黑人必须拒绝盲目认同白人霸权文化,并通过别格的进步性揭示 WASP 文化的欺骗性。

第一,他拒绝用宗教麻醉自己,他憎恨母亲和族人"对不符合自己要求的东西都视而不见"。他知道宗教是白人剥夺黑人享有自由和民主的一种思想武器,它所倡导的"人性本恶"和"原罪"等观念只能使黑人自我卑贱意识进一步内化,导致黑人在精神上的错位、失去种族凝聚力。

第二,赖特借别格拒绝道尔顿太太送他去夜校学习的态度,直指美国的教育体制功利主义特征;指出它是绝对物质控制的互补性文化压迫手段。黑人学者卡特·伍德森将白人实施的霸权文化斥为"奴役黑人心理的邪教育(Mis-education),认为种族偏见的教育只会将黑人学生引入歧途,让他们看不起自己的种族和文化,产生极度的自卑心理。[1] 在美国,话语权只属于白人,学校只是他们将黑孩子们集中管理、不让他们给白人添乱的社会工具。大多数黑人都像别格一样无法获得足够的或正确的教育,沦为失语的边缘人群。即使有些黑人能接受大学教育,他们也不过是被规训为白人权力的卫道士。一旦他们胆敢发出表达黑人正受着残酷压迫的声音,白人统治者就会毫不犹豫地将他们投入大牢。这种文化导向下,黑人势必没有钱、没有地位,也没有前途,他们因找不到认定自我实现的方式而转向暴力或犯罪。

另外,以种族歧视为内核的 WASP 文化模式导致了白人—黑人两套相互矛盾的伦理体系。它们的矛盾性让大家意识到长期沉默的群体集体化的病态心理必须找到一个疏导它的发泄口,这突如其来的暴力证明了美国的文明是别格杀人的原动力。它所倡导的自由、民主、平等促使别

---

[1] 转引自王希《多元文化主义的起源、实践与局限性》,《美国研究》2000 年第 2 期。

格这样的黑人进行为争取自我价值认同而以暴力形式去反抗 WASP 强加给黑人的所有暴力、侮辱、痛苦及不公。赖特以此明示尽管暴力不是黑人从自我憎恨转为自我肯定的有效方式，但它起码是黑人自我证明的革命性的手段。这可谓他那个时代的文学创举：他挑衅了美国民主神话，表明了黑人必须坚持自身价值的重要性，并宣称黑人的一切行为包括血腥暴力都是美国所谓自由、民主、平等的民族精神的另类表现形式。所以，在我们挖掘别格（Bigger）的符号意义时，也不得不承认 WASP 文化范式在否定黑人的同时却证明了他们与白人具有伦理身份上的共性——美国性。

第三，别格最终自愿服法标志着他真正成熟地认识到个人与社会的关系。这是社会伦理的必然导向，更是他人性复苏的一个新起点。别格从犯罪到认罪的过程展现了恶劣的生活环境将他逼入困兽的绝境。为了活着，他的确被他身上的兽性因子左右过自己的行为，欺凌弱小、杀人越货。尽管他选择以个人的暴力行为去对抗社会伦理体制的不公是不道德的，但这也是别格被功利化的白人伦理体制逼迫产生的一种求生本能的选择。别格最终选择认罪服法而不是诬陷他人而苟活；这说明他身上的人性因子最终战胜和控制了他的兽性因子，他克服了自然界的求生法则和弱肉强食的丛林法则的生存伦理。抑或是说，他的转变过程是他从男孩向男人成长嬗变的一种过程，说明他身上的人性因子开始能够控制和约束其兽性因子的影响，从而使他成为有道德意识的人。这是他人性因子的复苏的一个过程。别格的伦理选择证明了黑人同样能够做出克服伦理冲突、扬弃自身兽性因子，发现和找回自我的人性因子这样一种向善的人性选择。这说明了黑人是与白人一样的人。

赖特通过别格·托马斯姓名隐喻的伦理悖论让读者明白无论黑人表现出顺从还是叛逆，都是他们用以对主流文化的抗议方式。他的行为让白人看到了黑人的两面性：一方面尽管他们为了生存可以按照白人规定的社会伦理，佯装服从以取悦白人，其实它不过是黑人消极反抗的行为方式。它与白人以宗教、传媒及宪法赋予每个公民追寻美国梦的理想一样，都是用来麻痹黑人的反抗情绪的，它的欺骗性是不言而喻的。正如美国黑人作家鲍德温所说，那些对白人笑、天天去教堂，从不抱怨的人（黑人），那些白人有时会觉得很逗、很可怜甚至是白人喜爱的人们（黑人）才真的让他们（白人）感到不安。黑人在长期的吉姆·克劳法则建构的伦理秩序中学会了"撒谎、偷盗和掩饰"来达到自己的目的。[①] 另一方面，别格以血的事实正告白人，为了生存黑人对白人的恐惧和仇恨同样可以随时转变为极具攻击力的暴力冲动，激发他们做出困兽犹斗的自卫反抗。从他矛盾的行为中我们可以看到白人神话早已作茧自缚，黑人已经学会了用"形式的掌控"去调停白人的谎言。别格表现的方式就是对白人伦理的复制与修正，即以谎言对谎言，以暴力还暴力。

当然必须承认，赖特无法摆脱时代的局限，消极地认为黑人的命运是预制的。故他笔下的别格·托马斯并不能成为领导黑人获得自我认同感的英雄，他对种族歧视的反抗也是有局限性的，其行为只是一种无意识的状态下自我实现的个人行为，而他最多只能充当其种族中某个具有进步思想的个体意识觉醒者的角色。所以说，赖特通过隐含在别格名字中的进步性和局限性说明黑人性和美国性双性合一的黑人属性；借此表征惨死于种族迫害的汤姆叔叔的命运是 WASP 文化烙在整个黑人种族身上既定的社会化命运模式——他们作为黑奴"汤姆"的后代，身处多元文化却被限定在单一文化的生存样态是不具备选择性的：无论是沉默地坚守被文化认可的忠顺良民的传统形象，还是像别格这样富有反抗精神、勇于以生命为代价去尝试把握自己命运的新黑人形象，他们作为被统治阶级、白人权力的受害者的命运模式都无法变更。

第三节　布鲁斯化的伦理关系网

"布鲁斯音乐是一种动态和混杂的表演形式，它持续地在新的形式和样态中保持自己的特性。"[②] 随着布鲁斯音乐的传承和流变，它自身形成了多维度的可持续更新的"布鲁斯网"状体系——"它以展现黑人社区普通生活作为主题，联系黑人口头传统，具有其他歌唱或乐器表现的音乐新时代特征。这些主题包括了不公的对待、男人与女人间的关系，以及当

---

① 参见 James Baldwin. "Many Thousands Gone", in *Critical Essays on Richard Wright*. Ed. Yoshinobu Hakutani, Boston: Massachusetts: G. K. Hall, 1982, pp. 107 – 119; Richard Wright. "My Jim Crow Education", in *The Conscious Reader*. Ed. Caroline Shrodes New York: Macmillan Publishing Company, 1985, pp. 707 – 715。

② Tony Bolden. *Afro-Blue: Improvisation in African American Poetry and Culture*. Burbana and Chicago: The University of Illinois, 2004, p. 40.

情绪低落时给予安慰的美好时刻"。① 在布鲁斯音乐的传播和接受中,"布鲁斯网"的理念被逐渐运用到黑人文学和美学修辞体系中,即将布鲁斯所涵盖的所有内容视为一个理解非裔美国文化的网络——它"起到一个连接体、导体和阶级、文化、地域混杂体的功能"。② 黑人美学家贝克将其定义为"布鲁斯母体",即它是持续输出和输入的交点,是一张交织的网,纵横交错的冲动流动在其中。非裔美国布鲁斯编织了这样一张生机勃勃的网。③ 因此"布鲁斯网"或"布鲁斯母体"是观察非裔美国文化伦理观念的一个窗口,它强大的包容力和持续的变化性充分地展现了黑人民族内部的伦理关系和行为取向。

作为一个非裔美国作家,赖特在叙事上也混用了"布鲁斯网"的表征功能。他把小说人物间的伦理关系以及他们各自的伦理取向,用混杂的"布鲁斯网"的"转义"形式表征出来。赖特曾在《白人,听着!》中论述了黑人民俗对美国黑人文学的影响,他将包括了民间话语、灵歌、布鲁斯、劳动号子以及民间传说等所有与黑人方言表述相关的表意方式统称为"无法言表的形式"。他认为这些形式是黑人逃离"世俗痛苦"的表意方式。④ 或者说,赖特将黑人在音乐民俗中的表意方式视为黑人的一种生存伦理,一种在现实社会中鼓励自己活下去的动力。在某种意义上,赖特所说的"无法言表的形式"实际上与当代布鲁斯理论"布鲁斯网"的这种表征体系有异曲同工之效。由于文学作品中的人物间伦理关系的研究实际上是研究文化对不同个体投射的身份期待和个体对这种期待做出的正向或反向的行为反应,所以"布鲁斯网"这一术语可以被借鉴到对赖特小说人物关系的伦理研究之中。本节将从《土生子》这部小说中不同人物的表意习惯和伦理取向中粗线条地提炼小说人物所表现出的情感和情绪,这是布鲁斯气质和黑人的生存哲学的反映。

一 黑人家庭伦理之痛

灵歌是历史最悠久的黑人音乐形式。它是一种宗教歌曲,生动地记录

---

[1] Washington Project for the Arts, et al., *The Blues Aesthetic: Black Culture and Modernism.* Washington D. C.: The Washington Project for the Arts, 1989, p. 15.

[2] Tony Bolden. *Afro - Blue: Improvisation in African American Poetry and Culture.* Burbana and Chicago: The University of Illinois, 2004, p. 43.

[3] Houston A. Baker Jr., *Blues, Ideologies and Afro - American Literatures: A Vernacular Theory.* Chicago: University of Chicago Press, 1987, pp. 3-4.

[4] Richard Wright. *White Man, Listen!* New York: Greenwood Press, 1978, p. 123.

了黑人从非洲横跨大西洋后在这个充满敌意的生活环境中生存下来所经历的一切悲痛和憧憬。这些奴隶的子孙们将自己在这种异域文化中的苦痛谱写成布鲁斯——一种情感丰富而忧郁的民谣形式。[1]《土生子》中的黑人女性的不可言状的苦楚以及她们各自选择精神安慰剂来逃避苦楚的生存方式就是一种灵歌伦理。南方黑人家庭伦理文化是以黑人母性为主导的伦理方式。由于男性黑奴的劳动力带来的经济效益,他们经常被转卖,很难一直和自己的家人生活一起。黑人女性的命运更悲惨,她们被圈养在庄园中,被奴隶主视为生产和养育更多奴隶的生殖工具。她们在不得不承受奴隶主对她们身心的蹂躏的同时,还得在种族和性别的双重歧视的生活环境中养育孩子、煎熬求生。在一种完全没有安全感的生活环境中,她们一代代承袭了牺牲一切代价只求能保全一家人性命的生存伦理。可身体的苦痛同样需要精神的安抚,大多数黑人女性因此都是虔诚的教徒,她们在宗教的憧憬中缓解身体的苦楚。

她们中大多数人只能靠依附于对灵歌和基督教的信仰作为自己忍受黑人女性悲惨命运的希望源泉。佃农体系的巨大经济剥削和统治使她们在面对贫穷和种族压迫时采取一种被动的顺从态度,她们希望自己这一世的顺忍臣服可以换取死后在天堂的自由和快乐。

小说中托马斯太太就代表了南方黑奴的后代。她的丈夫在南方一次白人对黑人的大规模镇压中被打死后,她只得一个人拉扯着两个儿子、一个女儿从南方来到芝加哥的黑人区求生。本以为北方会像传说中那样是黑人的自由之乡,可是来到芝加哥的贫民窟,一家四个成年人挤在一间格子间里,生活得靠救济所的怜悯。狭小的空间让托马斯太太觉得自己生活得连猪都不如。唯有在每天做饭时唱唱灵歌或布鲁斯才能让她超越空间的禁锢,获得一种情感的慰藉。而被她唱诵的歌词就是她的生活伦理。

生活像山上的铁路,
一个勇敢的司机在驾驶,
我们从摇篮奔向坟墓——

---

[1] Richard Wright. Forward for *Blues Fall This Morning* (Paul Oliver, Cambridge; New York: Cambridge University Press, 1990), p. 13.

必须保证安全，畅通无阻……①

　　这首灵歌的歌词反映了托马斯太太恪守"安全地活着"的生存伦理。贫民窟的日子让她将全部的希望寄托在救济署给别格的新工作上。她指望着别格能像个男子汉那样成为一家人的经济支柱，这样全家人的生活条件才能有所改善。然而她对男子汉的定义是基于传统南方女性的生存伦理的。对于一个来自密西西比的黑人女性，她对于别格和他弟弟帕迪的期待就是做一个能保护家庭、养家糊口的男性。他们只要能维系一家人基本的生存条件即可。她害怕儿子张扬的个性。她担心太有个性的男孩将来会害死他自己还会连累家人。在她的生存伦理里，只要白人给黑男孩一份工作就行，顺从、屈服是活着的代价。

　　托马斯太太承袭了南方黑人女性的家长作风，她们"惯于引导自己的孩子像个木偶一样周旋在白人布置给她们的烦琐的家务事之中"。② 为了全家人能在这个城市贫民窟中活下去，为了别格不会有一天遭受白人私刑或杀戮，她将自己从南方承袭下来的黑人求生伦理传授给别格，希望他能像大多数南方黑人男性那样接受自己生来卑微的黑人身份。她要求别格辍学去道尔顿家当司机，她希望日渐长大的别格可以承担她死去的丈夫的家庭责任。她固执地认为只要别格具有了养家糊口的经济能力，他便可以替补缺席的成年男性的伦理身份，修复他们这个不完整的家庭。她坚守自己的生存伦理，将自己对生活的无助和绝望转嫁到了对儿子替补缺席成年男性的精神寄托上。可是她对别格的伦理导向实际上已经成为了白人进一步压迫黑人男性、贬损和阻碍他们男性气概形成的帮凶。她的这种伦理导向反映了南方黑人女性意识中对黑人男性的生理成熟的渴望以及心理成熟的恐惧。从这个意义上来说，托马斯太太代表了都市黑人社区中一大批被白人至上伦理束缚的黑人家长，他们在孩子成长中进一步地灭绝和阉割了黑人男性精神气质发展的可能。

　　赖特以包容各种矛盾元素的布鲁斯叙事方式表现出托马斯太太作为黑人母亲的无奈和担心。这个无助母亲的矛盾心态再现了黑人民族的集体创

---

　　① ［美］理查德·赖特：《土生子》，施咸荣译，译林出版社2003年版，第11页。
　　② Butler E. Brewton. *Richard Wright's Thematic Treatment of Women in Black Boy*, *Uncle Tom's Children*, *Native Son*. Palo Alto: Academic Press, LLC, 2010, p. 113.

伤——奴隶制对黑人身体的蹂躏造成了他们对白人集体无意识的恐惧。这种恐惧伴随着举步维艰的生活一代代地规训着黑人去做白人听话的孩子。托马斯太太生怕自己的儿子做出挑衅白人权威的事,所以她反对别格和格斯那帮黑小子混到一块,他们曾经因一起抢劫被送到劳教所。她提醒别格:

> 总有一天,你会后悔你现在这样生活……你要是继续跟你的那伙人鬼混,不走正道,将来会有你意想不到的结局。你以为我不知道你们这伙人在干些什么,其实我都知道。绞刑架就在你正在走的这条路的尽头,孩子。好好记住这一点。①

与此同时,赖特又如同一个布鲁斯歌手,在托马斯太太的苦楚中娓娓地注入了布鲁斯中最忧郁的吟唱——一位黑人妈妈的绝望的母爱。她之所以那样地逼迫别格辍学去当司机,目的却只有一个——"我可以给你们弄个好地方。你们可以过得舒服些,用不着过猪一样的生活"。这句话道出了一个黑人母性最朴实也深层的痛苦和无奈。她作为一个被种族歧视和性别歧视压得喘不过气的黑人母亲,知道凭借一己之力是无法让孩子们脱离"猪一样的生活"。作为被社会压在最底层的黑人女性,她只能指望黑人男性,因为她知道他们活在一个男性话语主导的伦理环境之中。她得逼迫别格,因为别格已经长大,他起码可以进入一个男性话语空间。尽管在这个狭小的空间,别格得小心翼翼地扮演白人快乐的儿子,也比她这样一个年老体衰的黑女人有竞争力。由此,细心的读者也能在其中读出一个母亲的无助。

为了麻痹自己对生活的绝望,托马斯太太靠宗教来排遣现实的苦闷。她向上帝祷告做一个虔诚的基督徒。在她生活的格子间里,唯有幕帘后的厨房可以替代南方的教堂,她在厨房做事时,唱着歌来缓解生活的压力,她唱道:

> 主啊,我要做个基督徒,
> 在我的心中,在我的心中,

---

① [美] 理查德·赖特:《土生子》,施咸荣译,译林出版社2003年版,第9页。

> 主啊，我要做个基督徒，
> 在我的心中，在我的心中，
> ……①

在别格入狱之后，她知道别格因为杀了白人小姐是不可能活着走出监狱的。当她见到别格时反复问道："我还能为你做些什么？"其实这句话也可以看作她与上帝的对话。她作为一个贫贱的黑人母亲，每天从早到晚给白人洗衣服，就是为了能把孩子平平安安地拉扯大。原本指望别格的工作可以改善一家人的生活，可儿子却成了杀人犯。她知道这个以白人利益至上的伦理环境中绝不可能让一个谋杀白人女性的黑人男子活下去。她无法阻止儿子最终得被送上电椅的命运。所以在祈求上帝无果之后，她来祈求自己的儿子，希望儿子至少能像自己一样相信上帝，这样起码他们还能在另一个世界相遇。

> 听着，孩子，你可怜的老妈要求你答应她一件事……心肝，在你周围没人的时候，在你独自个儿待着的时候，跪下来把一切都告诉上帝。求他给你指引方向。现在你只能这么做啦。儿啊，答应我你会去找他。
> ……
> 啊，我在为你担心。我控制不了自己。你有你的灵魂需要拯救。只要我想到你不求上帝帮助就离我们而去，我活在人世间一天，就一天不得安宁。别格，我们在这世界上过过苦日子，不过我们是在一起过的，对不对？②

母亲对别格示爱的方式显得多么可怜！似乎对于黑人来说，生活的磨难已经使他们失去了爱的能力，只能通过共同信仰上帝，爱才能得以表达和传递。这是多么的悲哀！她对上帝和儿子的祈求以及无法得到回应的无助，正是黑人灵歌对黑人内心的一种婉转的、痛苦的呻吟。

比起托马斯太太老一代的南方移民，别格的女友蓓西逃离生活的无奈

---

① ［美］理查德·赖特：《土生子》，施咸荣译，译林出版社2003年版，第37页。
② 同上书，第317、318页。

和痛苦的方式是世俗的，而非宗教的。她和别格一样不相信宗教，烈酒和性是她麻醉自己从艰难生活中逃逸的安慰剂。对于蓓西，别格是她生存下去的幻想，她的痛苦可以在别格那里以酗酒和性的方式得到释放。因此她与别格之间从一开始就是一种物欲的伦理联系。蓓西在帮别格送信前曾悲叹生活的不公：

> 别格，求求你！别这样对待我！求求你啦！我活着就是干活，像一只狗那样干活！从早到晚。我没有一点幸福。我从来不曾有过幸福。我什么也没有，可你还要这样对待我。瞧我一向待你有多好。现在你却要把我的一生毁了。为了你，只要我做得到的，我什么都做了，可你竟这样对待我。求求你！别格！
> ……
> 老天爷，别让这样的事在我身上发生！我可没干过什么，不该让这样的事落在我的头上！我光是干活！我没享过福，什么也没有。我光干活。我是黑人，我干活，我不冒犯任何人……①

蓓西的这段独白是源自非洲传统的布鲁斯表达方式，它充满节奏感和布鲁斯的伤感。她的陈述中包含了黑人女性歌手演绎的布鲁斯的主要元素——铁石心肠的爱人、生活的无助、繁重的工作以及身为黑人遭受的"罪"。蓓西在叙述中不断地重复着"干活""没有过幸福"，它如同一首布鲁斯挽歌唱出了她的生活除了干活还是干活的悲叹与苦楚；她也恸哭这生活对于黑人女性如同"一张无法控制的毁灭的集聚各种力量的网"将她们牢牢束缚。她们承受着常人无法承受的心痛、贫穷和绝望。

可惜别格对蓓西忧伤的诉说充耳不闻，因为他伴随着这类诉说成长，身陷痛苦之中的他早已变得麻木。唯有否决这种痛苦，对它们视而不见、听而不闻，他才能减缓作为男人的无助和绝望。他和蓓西一样需要酒精和性才能证明自己是活着的男性。因此，他和蓓西之间的伦理关系基础是性爱和彼此利用。别格自己坦承"我从来没爱过任何人……人都得有个女朋友，因此我找了她"。他也知道蓓西不是真的爱他，"他给她钱，买酒喝"，于是他们间便形成了一种她要酒，他要她的关系，或者说"他们之

---

① ［美］理查德·赖特：《土生子》，施咸荣译，译林出版社 2003 年版，第 195 页。

间只存在一阵阵肉体上的寻欢作乐，仅此而已"。别格从一开始就没有想过带蓓西一起逃跑，因为"他从书报上读到过男人如何因女人被捕，他不想这样的事在他身上发生"。然而为了筹集逃跑资金，他还是要利用蓓西，希望她去帮他取赎金，就像他之前让她去赫尔德太太家偷银器，去梅西太太家偷收音机。可见他从未将蓓西当作平等的生命去尊重她、爱护她，而是像白人男性一样把黑人女性视为发泄自己性欲和达成自己愿望的工具。从他对待蓓西的方式可以折射出长达几个世纪的种族歧视下社会伦理机制严重地扭曲了黑人男性的伦理观。在它的误导下，别格认为"黑人女性是最最下等的，没有人甚至包括他（别格）会真正地关心她们"。

别格不假思索地杀死蓓西还暴露出黑人种族内部已存在的伦理危机。由于黑人男性最初经常被白人奴隶主随意转让、赠送和变卖，他们日益淡薄了为人夫、为人父的家庭意识和伦理责任。即使他们能和家人待在一起，大多数黑人男性也必须忍受白人奴隶主将自己的妻子或母亲当作制造更多奴隶的生殖工具。一旦他们胆敢反抗，就会遭致或被卖掉或被杀死的厄运。久而久之，黑人男性也慢慢地感染了白人男性可以随意欺凌女性同胞的伦理行为，并在黑人种族内部形成了以白人为中心和以男性为中心的双重伦理范式。于是当黑人男性意识到白人不把自己当人看又苦于无法改变自己的命运时，他们往往将对自我的憎恨转嫁到黑人女性身上，不仅不把她们当人看，还一味地以暴力或性来宣泄自己的痛苦和压力。黑人的家庭关系也因此变得比较松散，他们之间失去了基本的情感关爱和伦理责任，性行为甚至成为维系部分黑人成年男女关系的唯一纽带。正如别格的律师麦克斯所言："爱情产生于稳定的关系、共同的经历、忠诚、献身、信任。"别格和蓓西的伦理关系表现出了黑人家庭内部不稳定的伦理关系的本质：

> 他们有什么可以希望的？没有共同的理想把他们的心结合在一起，没有共同的希望指引他们的脚步走共同的道路。哪怕是在相亲相爱的时候，他们也都孤独得出奇。他们光是肉体上相互依靠，他们也痛恨这种依靠。他们相处的短暂时刻只是为了解决性爱。他们相爱的程度不亚于相恨的程度，或许他们相恨的程度还超过相爱的程度。①

---

① ［美］理查德·赖特：《土生子》，施咸荣译，译林出版社2003年版，第422页。

从这个意义上来说，蓓西的悲剧是黑人女性的历史悲剧的投影。这种深刻的被种族主义内化的黯淡生活对黑人心灵和伦理已经造成了致命的恶疾。它是赖特以黑人女性的悲剧谱写的超越历史的布鲁斯。它触及了布鲁斯最深沉的、最隐晦的人性渴望。别格杀死蓓西同样是一则伦理教训，它警醒黑人种族——他们内部的伦理关系已经被看不见的种族歧视和性别歧视"漂白"。他们在承认白人对自己压迫时，又将被内化的"歧视偏见"投向家庭成员和亲人。这种被"漂白"的偏见不仅无法缓解他们的生存困境，还会加剧他们彼此的憎恨并加速自我的毁灭。

赖特希望通过别格和蓓西以及他身边的女性相互折磨，无法正常地示爱的伦理关系进一步地表现出种族主义将整个黑人民族导向了一种不道德、去伦理的伦理怪圈，让他们除了饱受白人欺压，还相互折磨。就像黑人女性和白人结成同盟去贬损和阉割黑人男性气概的健康发展，同样，别格这些黑人男性又和白人结成同盟欺凌黑人女性。

来到北方都市的黑人比南方农业耕种的黑人更痛苦。他们一方面被隔绝和禁锢在拥挤的、令人窒息的空间里，就业机会则是少之又少。另一方面，他们耳濡目染着大都市的繁华。这种所谓的文明刺激，让他们头晕目眩，渐渐在脱离了坚守宗教信仰的愚昧的同时，也失去了维系社区和家庭伦理的精神纽带，他们因为自己肤色被挡在物欲横流的都市繁华之外，绝望地、没有目的地活着。赖特透过这种无法言说的布鲁斯之痛告诉他的同胞——"在美国黑人的生活之中，直至今天，他们的家庭关系依然很薄弱"。① 即使白人不把黑人当人看，黑人应该学会尊重自己并尊重同胞，应该在族群内部构建一种有凝聚力的伦理关系。显而易见，赖特借着别格的孤独与苦闷书写出了赖特自己对和睦家庭伦理的渴望。

二 黑人男性的街头抗议

由于美国公民权的构建基础是"依附于白人男性的男性权力"，而黑人男性，无论是自由身还是奴隶，都被禁止像白人男性那样行使自己的权力。黑人男性因此不可能享有白人男性的权力，他们是一群亚男性。他们

---

① Richard Wright. Forward for *Blues Fall This Morning* (Paul Oliver, Cambridge; New York: Cambridge University Press, 1990), p.16.

也不可能真正获得美国公民的待遇。① 在《土生子》中，赖特将这些都市贫民窟黑人男性青年对于自己男性身份的不确定性的痛苦浓缩在街头他与黑人伙伴的"脏话游戏"之中。在他看来，这种民俗艺术是黑人男性间的一种交流方式，使之出现具有一种超越伦理的意义。因为它可以用来"嘲弄生活""鄙视正当的、神圣的、公正的、智慧的、正直的、正确的以及道德高尚的一切"。②

这些黑人小伙子耳濡目染的就是白人男性的权力以及这种权力背后的快感。可他们是一群没有什么文化、没有太多就业机会的黑小子。现实生活让他们觉得自己是被判了无期徒刑的都市局外人。这些没有工作、没有未来的黑小子们找不到发泄荷尔蒙的地方。于是街头、学校和黑人社区中的各种娱乐场等成为让他们分享梦想、激情和快乐的心灵疗伤所。这时他们痛快地超越种族疆界的禁锢、修复着被美国文化伦理阉割的男性气质。他们在一起常常以语言游戏来模仿白人、调侃白人，以暂时获得一种和白人男性平等的满足感。其中，在街头玩扮演白人的游戏是黑孩子们最喜欢的一种方式，他们在游戏中扮演许多拥有实权的白人领袖，以白人嘲讽黑人的方式嘲讽白人，获得了一种情感上的自治和以牙还牙的痛快。

当别格从他那个拥挤的、压抑的家来到街上遇到格斯后，便建议格斯和他一起玩"扮演白人"的游戏，以缓解他压抑的情绪。一开始格斯觉得这种老游戏没意思，不想玩。可最终奈何不了别格的坚持，两人开始扮演有军事实权的将军，幻想着自己能够派出大批军队"用坦克、毒气、飞机和步兵进攻"。这种享有权力魅力的游戏让他们感到满足。他们演完后"哈哈大笑起来，一半是笑自己，一半是笑伸展和耸立在他们前面阳光中的巨大白人世界"。接下来他们又扮演金融大亨摩根随意抛售股票、操控金融市场。

"是的，摩根先生，"别格说，眼里流露出假装的奉承和尊敬

---

① Gail Bederman. *Manliness and Civilization*: *A Cultural History of Gender and Race in the United States*, 1880-1917. Chicago: Chicago University Press, 1995, pp. 20-21.

② 参见 Richard Wright. *White Man*, *Listen*! New York: Greenwood Press, 1978, p. 123。本节中的术语 Dirty Dozens 是笔者所译，有学者将其译为"骂娘"。这种街头话语游戏在黑人音乐中呈现一种杂糅的艺术表现力，是都市布鲁斯的衍生物，在爵士乐、饶舌嘻哈和朋克乐中都能找到这种"脏话游戏"的形式。

第二章 《土生子》中黑人生存困境的布鲁斯呐喊　89

神气。

"我要你今天早晨在市场里抛售两万股美国钢铁公司股票，"格斯说。

"什么价钱，先生，"别格问。

"什么价钱都成，"格斯装出不耐烦的样子说。"咱们手头这号股票太多啦。"

"是，先生，"别格说。

"今天下午两点打电话到我的俱乐部来，告诉我总统有没有来电话，"格斯说。

"是的，摩根先生，"别格说。

两个人都做着手势，表示已把电话挂了，随即他们都笑弯了腰。

"我敢打赌，他们就是这样子说话的，"格斯说。

"我不会觉得惊奇，"别格说。①

最后他们开始幻想着总统是怎样打电话给内阁，要求召开内阁会议来镇压闹事的黑人的情景。

"嗯，你瞧，黑鬼们在全国各地闹事，"别格说，憋着不让自己笑出来。"咱们得想办法对付这些黑鬼……"

"哦，要是讨论黑鬼，我一定出席，总统先生，"格斯说。

他们把想象中的电话挂了，靠在墙上哈哈大笑。②

别格和格斯对总统镇压黑人的游戏是在戏仿白人对黑人种族镇压的随意性。同时他们的对话也说明了生活在美国的所有黑人都在内心孕育着一种反抗，这是白人害怕的，所以他们需要用强权来镇压。在这种权力的游戏之后，带给别格的是更大的空虚和对极度无奈的现实的愤懑。他觉得自己就像生活在监狱之中。

别格说："我向上帝发誓，我就是受不了。我知道我不应该想这

---

① ［美］理查德·赖特：《土生子》，施咸荣译，译林出版社 2003 年版，第 20 页。
② 同上书，第 21 页。

件事,可我没法不想。每次我只要一想起来,就觉得好像有人拿了烧红的铁塞进我喉咙似的。他妈的,瞧!我们住在这儿,他们住在那儿。我们是黑人,他们是白人。他们什么都有,我们什么都没有。他们干啥都成,我们干啥都不成。就像关在监牢里似的。有一半时间,我觉得自己像是在世界外边,扒着篱笆眼儿在往里瞧……"①

别格觉得自己生活在监狱之中的感受被他和格斯靠着的"墙"这一意象衬托出来。这些墙和他们生活的城市一角,让读者产生视角化的想象——他俩如同监狱里放风的那些被判无期徒刑的犯人,倚着高墙梦想如何越狱而获得自由。

别格玩笑—快乐—愤懑—沮丧的情绪变化,宛如一曲布鲁斯娓娓道出了这些黑孩子内心的"难以置信的矛盾性"。② 一方面他们对什么都能拥有的白人的羡慕嫉妒,另一方面他们却不得不忍受无法真正成为像白人那样的男人的无奈和羞辱。历史学家丹尼尔·布莱克指出:"男性气质在非洲传统中被认为是根植于男性的行动而非他的自我意识。所以当白人不给黑人男性机会去表现自己时,他们知道这是白人男性盗取他们男性气质的一种行为。"③

只有在扮演白人的游戏中,别格和他的伙伴,才找到了行动的方式来展现自己的男性特征,并拥有了男性的权力。其实,他们自己也不知白人男性是否真的像他们想象的那样说话、做事。他们只能用从电影里和杂志上听来或看来的言说方式模仿白人的行为和语气,他们对白人男性的羡慕和憎恨的矛盾情绪也投射出黑人男性在定义自身的男性气质时对主流文化的社会伦理赞赏和颠覆的矛盾取向。在别格和他的好友们用独特的黑人方式去表现白人话语时,这实则是一种源自黑人布鲁斯文化的话语方式。他们的行为让人联想到非洲神话中那只意志的猴子。根据小亨利·路易斯·盖茨的观点:"埃苏是阐释和双声言说的本质和功能的一个象征,而意志的猴子则是一个象征,是一个'转义',其他多个独特的黑人修辞'转

---

① [美]理查德·赖特:《土生子》,施咸荣译,译林出版社 2003 年版,第 21 页。
② Richard Wright. Forward for *Blues Fall This Morning* (Paul Oliver, Cambridge; New York : Cambridge University Press, 1990), p. 13.
③ Daniel P. Black. *Dismantling Black Manhood: An Historical and Literary Analysis of the Legacy of Slavery.* New York: Garland Publishing, Inc., 1997, p. 104.

义'就编码于它之中。"① 他们表现出了布鲁斯文化中特有的叛逆性特征。别格与他黑人朋友的交往以及生活的方式代表了新一代都市青年的反历史、反种族、反文化的叛逆的布鲁斯伦理倾向。

三 白人吟唱的伪布鲁斯

"扮黑脸滑稽表演"（Black-face Minstrelsy）是一种白人化的黑人音乐游戏，它是表现黑人深层痛苦的布鲁斯音乐体系的对应衍生物。它是起源于19世纪北方都市的一种戏剧形式。白人将自己的脸涂成黑色以舞台歌剧等形式来展现黑人奴隶制给黑人与白人间建立了一种愉快的、正当的、自然的社会关系以贬损黑人形象，来达到取乐的效果，并起到了进一步固化白人至高无上的权力的文化功效。"扮黑脸滑稽表演"是一种普遍的、文化的、公共的杜撰，它成为北方美国人生活的中心，以至于我们几乎无法意识到它特殊的影响力。② 道尔顿一家人和小说中其他的白人的伦理取向则体现在白人模仿黑人的音乐形式之中。这种音乐形式的产生、流传反映了白人在文化的各个层面都将黑人视作原始的、野蛮的他者，它刻意地在自我神话基础上对黑人性进行反向的文化塑造，它造成了许多白人误以为黑人是一群喜欢被白人照顾的快乐孩子的幻想。这种文化模式和它投射的伦理规范潜移默化地误导了像道尔顿一家和白人共产党员简和麦克斯这些人。

这类人属于北方都市中一批比较开明的、希望友善对待黑人的白人代表。但是他们同样被种族隔离的疆域禁锢在自己对黑人的想象界之中。道尔顿一家人都没有意识到自己的友善是对别格作为一个黑人男性存在的最大侮辱和贬损。当别格来到道尔顿家见道尔顿先生和太太时，道尔顿太太便当着他的面和道尔顿先生讨论是否送他去学校读书。她希望给别格提供一个相对自由和相互信任的环境，可是他们的对话不仅没有给别格带来任何舒适感，甚至让他觉得自己很无知、完全不知所措。

"我认为，应该让他感到他可以自由地信任他的环境，这在感情

---

① [美]小亨利·路易斯·盖茨：《意指的猴子》，王元陆译，北京大学出版社2010年版，第3页。

② Eric Lott. *Love and Theft*: *Blackface Minstrelsy and the American Working Class*. New York, Oxford: Oxford University Press, 1993, pp. 3-4.

上是很重要的,"女的说:"根据救济署送来的档案材料里的分析,我想我们应该立刻激发起他的一种信任感……"

"可是太突然啦,"男的说。

别格倾听着,眨巴着眼睛,完全给搞糊涂了。他们用了些难懂的奇怪字眼,他听了觉得毫无意义,它是另一种语言。……这使他感到不安、紧张,仿佛周围有什么力量和精灵存在,他虽感觉得到,却看不见。他觉得自己好像奇怪地瞎了眼睛。①

当道尔顿让他拿出救济署给的介绍信时,他手忙脚乱地在身上到处找。这种处境让"他真恨自己。他怎么会有这样的表现和这样的感觉?他很想一挥手,把这个使他产生这样感觉的白人干掉。要不然,他就想把他自己干掉"。

道尔顿先生的友善不是他熟悉的那种鄙视或仇视。显然,道尔顿先生的态度与仇视黑人的白人种族主义者截然不同。这相反让他不知道该如何应对。因为在美国文化中黑人拒绝白人的要求就是触犯伦理禁忌。可是他们提出的要求与别格可以想象的生活相去甚远,他甚至没有做好思想准备去接受。这激发他意识深处的隐痛,他从来没有体会过一个真正的人的完整性。

道尔顿小姐玛丽的出现则更让别格无所适从。一见面,玛丽就问他"参加了工会没?"玛丽的开明对于别格来说就是雷池。他在电影里看到的所有与工会、与共产党相关的人都是坏人,是和黑人一样被美国主流否定的群体,这让他很不安。最让别格受不了的是玛丽对他这个种族的好奇心,一会儿问东一会儿问西。玛丽对待他的态度是把他当作平等的人在对待,好像"跟她生活在同样的世界里"。这是在贫民窟生活的别格从未期待能在任何白人身上获得的感觉。"听她讲话时,一种隐隐约约的自由感是跟这样的严峻事实混淆在一起的:她是白人,有钱,属于另一个世界,这个世界里的人告诉他什么可以做,什么不可以做。"玛丽的存在和对他的友好只能衬托出别格生活空间的狭小和选择的有限性。

为了表现出自己的友好,玛丽当晚就把自己的男友、共产党员简介绍给别格认识。简为了表示对别格这位黑人同胞的尊重,一见面就让别

---

① [美]理查德·赖特:《土生子》,施咸荣译,译林出版社2003年版,第50页。

第二章 《土生子》中黑人生存困境的布鲁斯呐喊

格不要称自己先生就叫他简就行了。这让别格感到恐惧。这与他小时候的南方经历和自己在贫民窟电影院里的关于白人对待黑人的方式过于大相径庭了。玛丽和简为了进一步表现出是愿意和黑人交朋友的,他们主动提出由简开车载别格去黑人区的餐厅一同就餐。尽管别格很不愿意,但他知道当面拒绝白人的要求是一种伦理禁忌,所以他不得不局促地坐在简与玛丽的中间,他觉得自己"仿佛坐在两堵隐隐约约的大墙之间"。

> 他感觉到自己的黑皮肤。他觉得当时自己的肉体已不复存在,他已成了某种他所痛恨的东西,成了耻辱的象征,这象征他知道是跟黑皮肤紧密相连的。这是阴暗处、无人区,是把白人世界与他所在的黑人世界隔离开来的地界。他觉得自己赤身裸体,通身透明,他觉得这个白人在帮着践踏他、戕贼他以后,现在又把他高高举起来欣赏玩弄。在那一刻,他对玛丽和简怀着一种无声的、冷酷的、说不出的仇恨。①

当汽车快要驶入黑人区时,简和玛丽都感叹晚景的美丽。简建议别格抬头和他们一起欣赏"天空"和"水","别格瞧着,并不转动脑袋,他光是转动眼珠,连绵不绝地伸展在他一边的是——大片巍峨的建筑物,点缀着无数格子间似的小块黄光"。

此处,赖特从这对白人恋人和别格看到的风景并列地展现了种族隔离对两个民族看世界的角度的影响,他们对都市的认识是与他们的居住方式和居住环境密切相关的。玛丽和简从未生活在黑人地带拥挤的格子间中,他们开放的种族共融的思想使他们有能力去欣赏一切都市的美丽。可对于别格来说,黑人区是囚禁他们自由,甚至夺取了他们欣赏自然美景的能力的一个个"格子间"。别格眼中的城市没有美丽可言,它"是一种破碎的、混乱的进程,一个陌生的、可能毁灭他的地狱"。②

在别格看来,简和玛丽对别格的这些话语和举止就如同他们唱的黑人

---

① [美]理查德·赖特:《土生子》,施咸荣译,译林出版社 2003 年版,第 73 页。
② Robert Butler. "Farrell's Ethnic Neighborhood and Wright's Urban Ghetto: Two Visions of Chicago's Southside", in *MELUS*, Vol. 18, 1993 (1), p. 103.

歌曲《轻轻地摇，甜蜜的马车》（Swing Low, Sweet Chariot）①，他们连曲调都没唱对，还起劲地拉别格和他们一起歌唱。所以，别格才不愿陪着这对不懂黑人的白人疯子玩这种游戏。他是对的，这对年轻的恋人以他们自己对黑人生活的想象勾画着黑人社区的形象。无论他们站在怎样的阶级立场，他们多么渴望帮助黑人得到公平待遇，但他们是在受种族隔离线保护的白人区长大的，他们受到的是"人人平等"的待遇，所以他们根本无法想象黑人生活的悲惨，更别提去真正地理解他们了。玛丽和简对待别格的态度就像是"扮黑脸的吟游艺人"，尽管他们把脸涂黑，但是改变不了他们的肤色以及这种肤色给他们的优越感去主观臆断黑人是在过着怎样的生活。他们甚至天真地以为和黑人一起吃饭、一起唱圣歌，黑人就会视他们为朋友，就会对他们掏心窝。

而老一辈的道尔顿先生和太太以为自己做了慈善事业，对黑人给予了帮助，黑人就会对他们感恩戴德。他们根本就没有意识到是自己将别格这样有血有肉的青年变成了都市一角的困兽和恶魔。当别格的律师问道尔顿先生为什么不把他手头白人区空置的房子租给像别格这样的黑人，或直接将自己的慈善经费减除而降低黑人的房租时，他的回答让所有的读者看到了道尔顿的道德伦理观实际上是以白人利益为中心的。他甚至没有想过自己的做法是在剥削黑人。

"那么您为什么不把那些（白人区的）房屋租给黑人？"
"嗯……呃……我——我——我认为他们不喜欢住在其他地方。"
"谁告诉您的？"
"没有人。"
"是您自己得出这样结论的？"
"是的。"
"听说您拒绝把市内其他地区的房屋出租给黑人，这是真的吗？"
"哦，是的。"

---

① 《轻轻地摇，甜蜜的马车》是一首表达思念故乡的黑人灵歌。简与玛丽没有经历过黑人的痛苦，不知道黑人背井离乡、从南方迁居北方的艰辛与无奈，更无法从黑人歌曲中体会出黑人对自己南方家乡又爱又恨的复杂情感。这首歌曲在他们听来不过是一曲快乐轻松的小调罢了。更可笑的是他们连曲调都记不清，就开始邀请别格和自己一起唱。这不仅不可能达到他们预期的拉近种族关系的目的，反而会让别格更反感。

第二章 《土生子》中黑人生存困境的布鲁斯呐喊　95

　　"为什么?"
　　"嗯，这是老习惯。"
　　……
　　"嗯，我认为黑人们住在一起会更快乐。"
　　……
　　"道尔顿先生，您捐了几百万帮助黑人。请问，您干嘛不对那些连个太平门也没有的公寓少收些房租，而把那笔钱在您的慈善经费里扣除?"
　　"嗯，少收他们房钱是不道德的。"
　　……
　　"哦，是的。那样我就等于用低价压我的竞争者了。"①

　　所以，道尔顿家人对待黑人的友善同样如同"扮黑脸的吟游艺人"，他们以自己的伦理道德观在想象黑人文化，想当然地表现黑人思想，然而他们所吟唱的是一种伪布鲁斯，是缺乏黑人经验、无法触及黑人心灵的滑稽模仿。
　　在小说里所有白人中，别格的律师是最接近黑人内心的苦楚的（然而他仍然是以白人的视角看待黑人的生活）。他滔滔不绝地从社会学、心理学、历史、文化、阶级等各个方面作了客观的分析（然而这些分析都建立在一种可视的、可感的白人的实证的基础上）。他言辞激进，看到了别格的暴力冲动以及他对待白人的恐惧和憎恨是所有美国黑人的种族情绪。他精辟地总结了黑人在文化殖民语境中生成的种族心理（但是这段话仍不乏空洞的教条主义倾向）。不过，赖特借这位律师之口道出了北方城市贫民窟中黑人的心声。

　　　　把别格·托马斯乘一千二百万，除去环境和脾气上的差别，再除去完全受教会影响的那些黑人，你就得到了黑人民族的心理。不过你一旦把他们当作整体看，你的目光一旦离开了个别的人而转向他们全体，一种新的性质就呈现出来。作为集体，他们不仅仅是一千二百万人民，事实上他们构成了另一个国家，受压迫，被剥夺了一切，在这

---

① [美]理查德·赖特:《土生子》，施咸荣译，译林出版社2003年版，第347—349页。

个国家里面当俘虏，没有政治、社会、经济和财产的权利。①

必须承认，在麦克斯的帮助下，别格开始认识到自己应该去做一个人，而不是一个半人半兽的怪物。他甚至开始重新思考自己与黑人以及自己与白人的伦理关系。别格试图敞开心扉地告诉麦克斯为什么他会去杀人。但是，每次和麦克斯的交流别格都感到失语的痛苦。最终他意识到麦克斯也是"瞎"的，他知道自己的问题并不能像麦克斯那样理想化地仅从政治立场或种族主义去解释，因为问题的根结在于人们总是以自己的行为习惯来做出价值判断。可见，赖特刻意地以麦克斯败诉来说明即使是有进步意识的白人也暂时无法改变黑人的伦理困境。尽管麦克斯是一个有变革意识的白人，但受到他的伦理身份和相应的伦理意识的局限，他绝不可能像在根深蒂固的传统文化的伦理范式中求生的黑人那样，真正地看清白人如何从法律规章到伦理规范上对黑人采取的赶尽杀绝的方式和手段。因此，麦克斯对于别格以及其他的黑人来说还是一个很愿意去表现黑人艺术的、有职业道德的"扮黑脸的吟游艺人"而已。

值得一提的是，尽管麦克斯这位白人律师最终没能真正理解像别格这样都市底层的黑小子，但是他在《土生子》中是一个不可或缺的文学形象，别格对麦克斯态度的转变丰满了别格的形象维度，也提升了这部小说的伦理价值。麦克斯是读者认识别格悲剧的伦理意义的关键人物。一方面，别格是一个文化程度低、社会经验贫乏的黑人青年，他不可能理性地思考并阐明不合理的社会伦理秩序与自己罪行间的内在关系。这个重任也就自然落在了麦克斯的身上了，这更符合当时的伦理环境和他们各自的伦理身份。从这个意义上说，这个部分是《土生子》这部伦理悲剧的高潮。另一方面，麦克斯的共产党员和白人的双重身份表明了白人种族内部对现有社会秩序的另一种态度。他的形象是符合第一次世界大战后欧美社会意识形态的变化规律的。共产主义思想在此时期正作为一种新的思潮冲击着现有的社会伦理秩序，这意味着构建一种更具合理性的社会新秩序的可能和趋势。麦克斯作为这种新秩序的代言人，在与检控官伯克利这个旧秩序的卫道士在法庭上的公开辩论展现了这一时期美国新旧秩序间的冲突。他站在人性的视角上，不带种族偏见地从美国文化体制内部去发现和揭露现

---

① ［美］理查德·赖特：《土生子》，施咸荣译，译林出版社2003年版，第418页。

有旧秩序的弊端,揭示伯克利辩护词中的种种谎言,以一种对话的方式获得听众,激发他们反省现有的伦理环境的不合理性,并思考怎样才能真正地改变现有的文化模式和伦理范式。

应该说设计这种白人间对话模式是赖特身为黑人作家的无奈和机智。因为他清楚地知道同样的话如果是黑人嘴里说出来的,这些话是不可能引起白人关注的,更何况如果话是从别格这个已经被白人定性了的黑鬼杀人犯的口中说出来,又怎么可能会达到一石激起千层浪的效果?麦克斯的辩护词真正让人们明白别格·托马斯是与1200万黑人的种族心理紧密联系在一起的。他的话迫使白人在重新审视别格的罪行后,去反省美国文化伦理机制存在的欺骗性,进而破除了长期潜伏在美国文化中重复的谎言。毕竟麦克斯代表的是一种潜在的、新兴的、未被现有伦理机制接受的秩序可能,尽管他的辩护的确触及了美国文化体制与伦理机制最脆弱的神经,但他也救不了别格的命。以伯克利为代表的现有伦理秩序的维护者绝不甘心让他们经过了几个世纪处心积虑所形成的种族禁忌成为一纸空文的,他们必须用司法手段严惩别格,才能控制他们的既得利益。

赖特认为布鲁斯音乐是无数目不识丁的黑人创造的"不加修饰的、粗野的,却难以忘怀的民歌形式",它们几乎是"生活、爱情、性、行动和希望的宣言",而"希望"作为布鲁斯的一种核心的元素传递出一种类似"涅槃重生的悲壮和喜悦"。[①] 在赖特的精心塑造下,别格·托马斯的短暂的一生就浓缩了这种布鲁斯气质,他作为黑人文学中的一个全新的黑人男性形象,成为继艾伦·洛克"新黑人文化运动"后的一个标志性的时代符号。他代表了新一代黑人城市贫民的不安、躁动,他们将暴力作为与他人交往的一种话语方式,以犯罪的方式证明了自己作为黑人的在场性。抑或是说,别格以暴力为自己男性主张来表现自己的男性气概,从而"使自己以及他所要求的正义不会遭到忽视"。[②] 同时,别格最终选择了接受死刑而不是去诬陷简而苟活,证明了他为了获得人的完整性而表现出的男性的德行——"理性的、反思的、有意义的"品质。这是别格对自己之前因幽闭的空间而产生的自发性的暴力行为的一种反思性的修正。在他

[①] Richard Wright. Forward for *Blues Fall This Morning* (Paul Oliver, Cambridge; New York: Cambridge University Press, 1990), pp. 21, 15.

[②] [美]哈维·C. 曼斯菲尔德:《男性气概》,刘玮译,译林出版社2008年版,第3页。

选择勇于面对死亡时，他改变了长期被白人妖魔化的、刻板化的黑人男性流俗形象。读者从别格的选择中看到了他从一个男人的自发性的暴力冲动到反思并自我修正的成长道路，了解到他自发性的暴力冲动源于都市的诱惑和社会对黑人的漠视这些不可调和的矛盾，而他的死亡是他成长必须付出的代价。

　　赖特以布鲁斯式的重复性变奏的艺术表现力对白人长期刻板化地扭曲黑人男性进行了文学上的"转义"。① 他独具匠心地将美国白人眼里司空见惯、每天出现在新闻报刊上的黑人都市罪犯题材作为这部小说的布鲁斯主旋律，他在这个老生常谈的话题中注入黑人独特的叙事"转义"功能，赋予了全新的即兴创作活力，反转了被白人丑化和扭曲的黑人男性的传统形象。当读者跟随赖特的描写洞察到别格的犯罪动机时，美国几百年奴隶制沿袭下来的去伦理的社会文化环境对黑人男性伦理行为误导也跃然纸上，不辩自明。别格最终的伦理选择和悲剧结局可谓这部小说的点睛之笔。别格的选择让读者看到了一种脱离兽性束缚的日渐成熟的黑人男性青年，他的选择也给其他黑人一种启示，要真正获得人性的完整不是靠盲目暴力地反抗。赖特将别格的困惑投掷给读者，让他们反思社会伦理的公正性和道德性，同时也反思怎样做才能真正维系社会秩序的稳定和和谐。在白人—黑人以及黑人—黑人各种伦理关系网中，这部小说将布鲁斯反转主流文化的调停性对话功能隐含其中，大大提升了这部小说的社会伦理价值和叙事张力，让读者不得不为之叹服！

---

① 这种"转义"是美国黑人文学传统中的一种布鲁斯美学方式，有学者称它为"爵士转义"。通过爵士、布鲁斯、圣歌的隐喻来解码，它被视为一种方言和一种生活方式，是生活在美国的非裔美国人独特的历史和经历的产物。参见 Alfonso W. Hawkins Jr., *The Jazz Trope: A Theory of African American Literature and Vernacular Culture.* Maryland: The Scarecrow Press, Inc., 2008, p. 16。

第三章 《黑孩子》中种族伦理关系的布鲁斯吟唱[*]

尽管在《土生子》中赖特成功地塑造了别格·托马斯，别格以暴力手段证明了自己黑人身份的文化在场性，并说明他的暴力行为是对受到种族隔离的狭小空间幽闭后的伦理病症。他的犯罪的偶然性和必然性可谓一石激起千层浪，但是别格杀死玛丽的伦理根源的历史成因在小说中表现得不够充分，这让很多保守派的白人读者依旧觉得黑人的本质是野蛮的。于是在继《土生子》取得成功后，赖特有意识地将对美国黑人生存困境的思考和创作延展到一个历史的维度。他历经5年潜心创作，发表了他的又一代表作《黑孩子》。它是赖特以自己童年和青少年时代辗转于南方各地的所见所闻为蓝本创作的一部自传体小说。[①]

这部小说以赖特个人的生活经历为视点，展现了南方的黑人男性生活在各种各样的被白人规训的伦理禁忌之中，稍有不慎，便会招致私刑或杀

---

[*] 美国南方布鲁斯是黑人自耕农在南方四处寻找生存机会时结交朋友、抒发情感的一种重要手段，其主要是以吟唱的方式来抒发情感。歌者常常传唱自己辗转于各地的所见所闻，他们或叙述，或评价，或抗议黑人南方生活中的种种不公。他们在抒发自己苦闷的同时，记录和传承黑人种族的民俗文化。赖特的这部小说在叙事风格上与吟唱南方布鲁斯的方式相似，不仅记录了南方黑人生存的艰难困苦，揭示和评价了黑人男性受到"男孩"塑型的文化伦理归训的历史和社会成因，最重要的是他还像传统的南方布鲁斯歌手一样，在叙述苦难时修正了白人对黑人男性气概的贬损，以自己的成功给读者带来了生活的憧憬和希望。

① 国外部分评论家常将这部文学作品归为赖特的自传。但是笔者认为将该小说视为自传体小说更妥。原因有二：其一，其中部分情节并不完全是赖特的个人经历，他是将他童年时代对南方黑人生存方式和生存哲学林林总总的认知加以提炼、加工，并提升到一种历史的叙述的高度的文学创作。其二，这部作品中的确存在部分虚构情节，它与非裔美国传统自传有所不同，称之为自传小说也可回避之前批评界对其自传文学真实度的拷问与质疑等相关问题。这部小说实际上是他早期短篇小说集《汤姆叔叔的孩子》的部分南方黑人经历的重写，所以这部小说并非严格意义上的个人记录，而是更贴近概括和提炼南方黑人生活的小说。参见 Richard Kostlantz. Politics in the African American Novel. New York: Greenwood Press, 1991, p.85。

戮的厄运；在南方生活的男孩们在成长的过程中是如何逐渐学会了通过撒谎、偷盗、斗殴、走私贩酒等不道德的手段以谋求生存。这部小说揭示出白人制定的吉姆·克劳法则是黑人所有不道德行为的根源所在。这套法则是继奴隶制后最有效的一套对黑人伦理方式进行规训的法则；它肆意地以各种暴力私刑残酷地威胁和镇压黑人的反抗以达到消磨黑人斗志、瓦解黑人内部稳定和睦的社会关系的目的。它作为司法保障和意识形态渗透的文化机制，使黑人被迫接受了被白人任意支配的生存方式。因此，赖特将这套生存伦理称为吉姆·克劳法则下的生存伦理。事实上，《黑孩子》这部小说就是赖特在自己早年著名的短篇小说《吉姆·克劳法则下的生存伦理》的基础上改编和拓展而成的。①

和《土生子》一样，小说的书名《黑孩子》是一个高度的隐喻符号。这个标题通过黑色和男孩两个词语确立了小说是基于对种族和性别的书写，即它是以黑色人种的男性为叙事的主体。它除了从字面意义上说明了这是赖特的成长的书写与记录，更是针对白人、男性的欧洲父权文化伦理体系的意指，从而表征了"黑男孩"是白人利用文化影响力、政治统治权和经济控制力在父权神话中强加给黑人男性的一种伦理身份。

较之"土生子"模糊的种族属性的男性观念的书写，黑男孩是对白人男性权威话语的一种挑衅和解构，它是一种布鲁斯式的、复合的、多层次、多声部的抗议。首先，赖特声讨了那些以父亲自居的白人们，掀开了白人家长制伦理体系欺骗性的面纱，表明了白人对黑人男性去雄性的暴力语言是构建该体系的核心元素。他希望白人读者透过"黑男孩"这一病态的伦理身份去反思生成该伦理的社会文化环境是否合乎道德和人性。其次，他也毫不留情地问责了黑人爸爸们在家庭伦理关系中的失职，还表达了对身为受害者的黑人女性家长不自觉地维护这套伦理体系的同情和批评。他希望让黑人读者看清因为盲目接受吉姆·克劳法则对黑人家庭关系的和睦以及种族内部的团结所带来的毁灭性灾难。最后，他以自己成功地

---

① 《吉姆·克劳法则下的生存伦理》是赖特在20世纪30年代写的一则短篇小说，它被收录在他的成名作《汤姆叔叔的孩子们》第二版之中。这篇小小说喻指了美国南方黑人在吉姆·克劳法则的种族残酷暴力的威胁下，日渐克制自己与白人抗争的欲望，成为白人父亲暴力监管下的永远不能成年的"大男孩"。它的发表迅速引发了文学评论界对美国南方伦理是否合乎道德这一话题的热议和反思。但它毕竟是一篇短篇小说，在南方的家长制的伦理法则对黑人人性的集体摧残的深度和广度上，短篇小说远不及长篇小说的包容性大。赖特就是在对《吉姆·克劳法则下的生存伦理》充实内容、完善情节的基础上创作完成了《黑孩子》这部小说。

逃离南方、张扬独立个性、拥抱自由、追寻自己作家梦的事实让所有读者看到了破除"黑男孩"这一身份伦理模式的可能。这种层层推进的方式是在黑人布鲁斯民俗叙事方式中较为常见的"呼与和"的形式[①]，即在歌曲的不同乐句的叙述时进行重复的变奏和断奏，起到提出问题并对问题给予解答或修正性、批评性的应答的功能。因此"呼与和"的形式也成为黑人文学作品中一种常见的种族文化间的对话方式。

这部小说的书名就是这部布鲁斯小说的主旋律。它以"呼"的形式将在美国历史和现实中的身份伦理的混乱性作为一个问题醒目地抛给了所有的读者，引导读者在小说的具体文本中去发现不同的"和"的内容，并在这些内容的差异性中，看清黑人那些看似不道德的行为都是缘于家长制伦理体制对他们不道德的规训。这种布鲁斯命名和叙事方式不仅拓展了小说的抗议主题，还让小说呈现出布鲁斯式的隐性的、反主流话语的表意特征。赖特像一位布鲁斯歌手，在陈述白人歪曲黑人的谎言时，通过质疑它、回应它甚至夸大它，来揭开谎言的面纱。布鲁斯作为一种反主流文化的话语形式，它是黑人在极度压抑的、必须戴着面纱才能言行的环境中伴着音乐表达个人对自由的追求和向往的话语形式——是徘徊在接受与抗议间的舞动[②]。布鲁斯表意的双重性时时提醒着黑人：他们的生活环境实为一种悖论。他们在面对白人的暴力、运用着白人的语言的同时，以自己的情感方式意指和解构了白人的话语权威。在布鲁斯吟唱出白人对黑人的不道德的暴力高压时，也唱响了获得自由、展现个性的抗议之声。

赖特在《黑孩子》中充分地运用了布鲁斯书写黑人痛苦，记录了白人规训手段的残暴，意指了白人权力的实效性。他利用布鲁斯流动的空间性的叙事手法将南方的暴力伦理史微缩到他的个人成长经历之中，将南方传统种植园黑人文化与都市文化交融在一起，从日常生活的琐碎中投射出黑人在封建农业向资本主义城市化快速转型中不同的选择和共同的痛苦。赖特在书写历史性与共时性的黑人伦理两难时，还以个人在文学之路上取

[①] "呼与和"的形式在 20 世纪初哈雷姆文艺复兴运动时被逐渐引入黑人诗歌和小说的创作之中。赖特也深受该运动的影响，特别是在《黑孩子》中，赖特通过运用"呼与和"的对话形式渐进式地展开种族间、家庭成员间的各种伦理关系间存在的问题，并以自己的行动来梳理历史成因和解答现实问题。

[②] 参见 R. A. Lawson. *Jim Crow's Counterculture*: *The Blues and Black Southerners*, 1890 – 1945. Louisiana：Louisiana State University Press, 2010, p. 9.

得的成功颠覆了黑人男性只能在白人面前屈辱地扮演大男孩的白色神话。①

第一节 白人家长制伦理机制的历史反思

自美国奴隶制时期起，白人就开始将他们对黑人的监控统治方式从强权政治的规训方式渐进地转换为看似合乎伦理的、特殊的类似家长与孩子的社会伦理关系，从而使黑人在意识形态的渗透过程中自觉接受白人的统治。如前简述，赖特创作的《黑孩子》从书名到内容都是针对白人父权制文化机制进行的抗议性书写。他不仅将黑人与白人种族间特殊的社会伦理关系隐喻在其书名中，还以吉姆·克劳法则对黑人生存伦理的制约为视点，追溯了这种伦理生成的历史背景和文化成因。所以，该书也是美国南方种族主义演化进程的历史缩影。赖特通过一个历史维度来回顾和质询了基于种族、性别压迫的白人家长制，并将矛头直指那些以父亲自居却毫无人伦关怀的白人男性以及他们所采取的各种暴力专权。

一 白人家长制伦理关系的基石

美国的奴隶制是"人身奴役和种族压迫的产物"。② 自美国种植园时期开始，白人为了维护社会生产结构的稳定性，他们利用自己在政治上的话语权，以立法的形式确立了白人以奴隶主的身份来统治、支配黑人奴隶。为了规避法律手段的时效性，这些人将自己的肤色、种族和宗教信仰结合起来构建了一个"白肤色—安格鲁—萨克逊—清教徒"（简称WASP）为主体的白人神话王国。根据罗兰德·巴特（Roland Barthes）的定义，"神话是一套在具体表征社会关系化建构中组成的象征意义的体系"；"神话设置了概念（所指），心里表象（能指），以及具体的表征（符号）构成的一个整体"。③ 在白人自我构建的白人至上的

---

① 在白人打造的白色神话中，黑人处于孩子的智力水平，他们无法像白人那样以理智和知识去思考，所以他们也不可能写出真正的文学作品。赖特个人在文学事业上取得的成功就是对该神话最有力的意指和解构。

② 李剑鸣：《美国的奠基时代：1585—1775》，人民出版社2002年版，第207页。

③ Roland Barthes. *Mythologies*. Trans. Anntte Lavers. New York: Noonday Press, 1972, pp. 109, 114.

神话中，他们从审美心理和文化期待上将所有与白色相关的概念美化，从而建构了一种将白色作为压倒一切的权力符号体系。这种白人权力随着审美的普及和文化的传递日渐转化成为一套为白人利益服务的伦理代码。这种神话模式保障了白人至上的公民优先权，同时，从审美到文化认同上，将黑人的肤色和他们的奴隶身份符号化地等同起来，即黑人作为奴隶是不配享有公民权的、智力低下的群体。按照这种文化伦理的建构逻辑，上等白人公民把黑人奴隶看作孩子并严加管教已经是一种最仁慈的关照了。渐渐地，白人与黑人间形成了一种特殊的类似家长与孩子的社会伦理关系，它从社会文化伦理层面规定了黑人是需要白人家长监管的孩子的伦理身份。由此可见，基于清教伦理和安格鲁—萨克逊白人家长制的社会文化伦理，实际上是一种将黑人他者化、妖魔化的文化内部殖民模式，即在白色权力的凝视下，黑人丧失了其主体性。他们被异化成白人眼中的"黑鬼""孩子"，变成了种族刻板印象的表征，最终被迫接受"黑孩子"亚成熟的伦理身份。

实际上，WASP文化模式是英国"安格鲁—萨克逊"文化的殖民延伸。由于早期美国是英属殖民地，生活在美洲大陆的许多清教徒主要来自英国，并深受"安格鲁—萨克逊"殖民文化的影响。他们称白人是"上帝的选民"，白人肩负着拯救和解放新大陆包括印第安人、黑人等所有"非文明群体"的神圣使命。[①] 英国著名作家、诗人约瑟夫·鲁德亚德·吉卜林（Joseph Rudyard Kipling，1865—1936）在他的诗歌《白人的负担》（*The White Man's Burden*）中就强烈地反映出了这种"白人种族优越论"的思想。他将世界上其他非白人种族比作"又急躁又野蛮，又愠怒/一半像邪魔一半像小孩一样的人们"[②]，将这些人视为白人的负担，需要白人肩负起拯救他们的责任。在当时，吉卜林所自持的家长式的白人责任感很快在美洲大陆的白人移民之中被广泛接受并传播，"上帝的选民"和"白人的负担"等理念为白肤色—安格鲁—萨克逊—清教徒们奴役黑人、掠夺印第安人找到了合理合法的依据，并将这种理论依据染上了浓厚的宗教和文学色彩。他们以所谓的负有责任感的"家长身份"，打着顺应天

---

① "上帝的选民"源于《旧约全书》，它源于上帝选择以色列人为自己的选民，拯救他们脱离埃及法老的奴役。

② 豆瓣网，http://www.douban.com/note/123394997/。

命，遵循人道主义、浪漫主义和骑士正义精神等口号在美国社会中构建了"白人种族优越论"的白人共同体文化概念，确立了他们所谓的社会伦理身份。

"白人种族优越论"实为一种文化驱动力，从意识形态上将美国社会伦理关系构建成一个等级分明的"种姓"金字塔。（如下图）

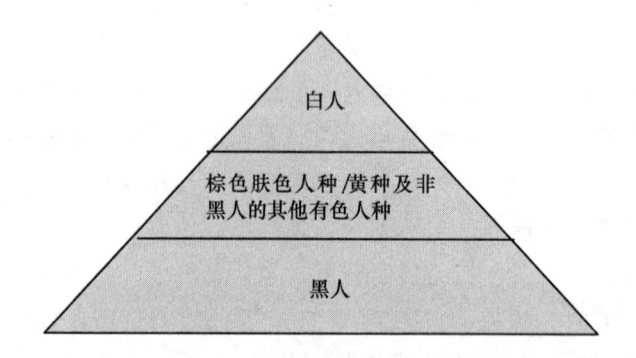

```
         白人
棕色肤色人种/黄种及
 非黑人的其他有色人种
         黑人
```

作为家长，白人被置于该体制的金字塔尖上的人上人位置，拥有极大的权威，他们与其他种族的社会伦理关系就如同家长与家庭成员间存在的支配与被支配、统治与被统治的不平等关系。而黑人在白人自我构建的社会大家庭中被置于底层，被视为"永远长不大的孩子"，他们需要白人家长永远地照顾。白人还在教科书中强化黑人是"温顺"而"快乐"的"孩子"，说他们总是唱着歌去劳动。[①] 白人在将他们与其他种族的伦理关系家庭化、责任化的过程中，白人越强调自己对黑人富有责任，黑人劣等种族的文化理念就越完善，越容易被社会各种族接纳内化。久而久之，黑人只能以家庭成员的方式采取被动地适应的态度，渐渐习惯自己的卑劣地位，习惯顺从谦卑。就这样"家长制种族主义"的文化殖民机制不断得到内化，成为社会决定论的文化核心价值。它从意识上、心理上到社会现实各领域都保障了白人的权力空间，在这个空间里，白人将他们对黑人血腥的政治控制有效地转化成为有责任心的家长对可能误入歧途的孩子行使监管权的一种家长权力机制。家长制的文化机制是白人自编的一套权力话语的代码。赖特认为它就"是一组随意性的残酷、野蛮的仁慈、和蔼的

[①] 转引自陈志杰《顺应与抗争：奴隶制下的美国黑人文化》，中国社会科学出版社2010年版，第21页。

专政的代码,它凝结在控制这个国家黑人与白人关系的美国传统之中,并生根、发芽、蔓延至今"。① 家长制也成为白人规训黑人看似合理的一套伦理法则。

赖特6岁时听说白人殴打一个邻家黑男孩时的心态和他妈妈对这件事的解释。这可看成种族主义白人家长制压迫黑人的一个很好的例证:当左邻右舍的黑人传说有个"黑"孩子遭到了一个"白"人严厉地殴打时,赖特觉得那个"白"人有权打那个"黑"孩子,因为赖特天真地假定,那个"白"人肯定是那个"黑"孩子的父亲……据赖特理解,父亲是唯一有权打孩子的人。② 可妈妈告诉赖特那个白人并不是那个"黑"孩子的父亲,甚至连亲戚都不是;但她警告他,如果不想被白人打,"那你就不要在街上乱跑"。尽管妈妈的话让幼小的赖特迷惑不解,却让他开始明白在南方这片地域上被白人监管和鞭打是黑人的生活常态。这也是黑人不得不遵循的生存规则。

这个例子揭示出了暴力就是WASP家长制体系的基本话语方式,或者说,鞭打是白人与黑人间的一种常规的交流方式。有研究者认为:"在美国不仅形成了一种独特的、富有诗意的与暴力相关的主题和理论,而且形成了一种与暴力紧密联系的文化与习俗。"③ 赖特在《黑孩子》中对这种畸形的文化殖民方式提出了声讨。它不仅是研究20世纪初美国人身份伦理对黑人的全面否定的史料的补充,赖特对真相的直白的叙事还清晰地表达了这种神话体制从行为方式、传统承袭和仪式呈现等方面将黑人的身份伦理他者化、妖魔化。赖特希望读者从道德伦理的本质辨清黑人与白人两个群体复杂的社会关系,它微缩了几个世纪美国种族社会伦理的最深沉的真相。简言之,暴力也因此被视为维系美国社会人与人、人与社会之间的伦理关系及道德秩序的基础伦理。在这种文化的滋养下,白人认为他们有权采取各种暴力行为来维护自己的家长地位和荣誉。这也成为美国南北战争后白人对黑人种族暴力升级的主要文化基石。

---

① Richard Wright. 12 *Million Black Voices*. New York : Thunder's Mouth Press, 2002, p. 18.
② [美]理查德·赖特:《黑孩子》,程超凡译,长江文艺出版社1985年版,第26页。本章所引《黑孩子》文本均出自此书,不单独成段落者将仅用引号提示,不再逐一标注。
③ 张立新:《文化的扭曲——美国文学与文化中的黑人形象研究》。中国社会科学出版社2007年版,第237页。

二　白人家长制的本质

在奴隶制被废除后，南部白人为了保障白人至上的社会经济地位和文化伦理身份，通过书面和非书面的形式确立一套严格的种族交往规则，这些规则被称为吉姆·克劳法则（Jim Crow Laws）。它们明确规定获得了解放的、处于"自由"状态下的黑人在南部社会中所应处的位置，从而将劣等地位强加给黑人。这些都是以黑人天生在智力上、文化上和性情上都无法跟白人相比为前提的。其中还特别以法律形式确认了严禁种族混合，特别是以混血或种族间通婚形式出现的种族混合。来自对美国白人人口的全国抽样调查说明，在相当长的一个时期里，吉姆·克劳法则将美国法律也割裂出两套适用于不同种族的社会契约，并被广泛接受——特别是在南部居民中。吉姆·克劳法则成为了一套在白人间广泛普及的成文禁忌，并从社会意识形态到物质生活等方方面面设立了很多种族间的禁忌来规范黑人的伦理行为。这些禁忌有效地确保了白人父权伦理秩序的稳定性。

禁忌是古代人类秩序的基础，也是伦理秩序的保障，[1]尽管在人类文明之初维护伦理秩序的核心因素是禁忌。然而吉姆·克劳法则是实现白人利益最大化，这使南方成为一个特殊的伦理环境，生活其中的黑人被束缚在各种伦理禁忌的禁锢下，他们发现自己的每种行为都有可能打破白人所谓的禁忌。等待他们的则是白人血腥的私刑。私刑是美国南方白人维护种族禁忌时采用的最常见并且最有威慑力的一种权力话语方式。[2] 据柯尼斯的观点，密西西比流域的白人特别强调自己的安格鲁—萨克逊血统，南方种植业的工人、山区贫民、白人农民则联合起来剥削和欺骗黑人。以三K党（Ku Klux Klan）为首的恐怖组织在此期间积极活动，势力迅速扩张。他们采用私刑的方式之多、范围之广已严重地阻碍了美国黑人男性身心的正常成长。据报道，"从1882年到1962年的80年间，美国有4736人遭到民众私刑，其中3442名为黑人，1294名为白人。六分之五的私刑事

---

[1] 聂珍钊：《文学伦理学批评及其他——聂珍钊自选集》，华中师范大学出版社2012年版，第10页。

[2] 美国的私刑可以追溯到美国独立战争时期，某些白人群体开始以临时人民法庭的形式对英国殖民军或侵害该集体利益的犯人公开审理并处以刑罚。"私刑"便成了民间组织自发地处决被他们认定有罪的一种盛行的"代法律形式"。私刑在许多小说家的作品中都有体现。马克·吐温曾戏称美国是"使用私刑的合众国"，而且他还指出私刑是美国许多地区惩治罪犯和复仇惯用的手段。

件，发生在几个落后的南方州……在一些案例中，黑人被处以私刑的原因五花八门，如拒绝脱下军队的制服、学习白人的样子走路、雇用律师来保护权利、偷肉、企图偷鸡、招募佃农去非洲、宣称种族平等。有时候一个眼神就会给黑人带来杀身之祸。甚至有时候人们完全不知道被施以酷刑的黑人究竟犯的是什么罪……"① 事实上，自重建时期开始，对于黑人来说法律变得可畏而不可信，犯罪与无罪的含义已经名存实亡，因为他们的肤色就是犯罪的代名词。而吉姆·克劳法则是一种蓄意以种族隔离为基础的社会秩序，南方再次被塑造成一个基于性、种族和宗教的坚不可摧的白人神话王国。

特别是性，它已经成为白人与黑人间不可超越的一种种族禁忌。"从最初的伦理来说，禁忌主要是针对乱伦的禁忌，即禁忌在有血缘关系的人之间发生性关系或者发生屠杀，这主要是对父母子女以及兄弟姐妹之间的乱伦关系和相互残杀的严格禁止。"② 但是，白人为了确保他们种族的纯净度，利用了欧洲的父权制文化意识和他们掌控的立法权制定了种族禁忌，确立了种族间的伦理秩序。黑人男性不得与白人女性性交就是一种成文的禁忌。在白人男性的父权意识里，黑人与其他族裔都是他们的子民。那么白人男性与其他族裔的社会伦理关系即父子关系。一旦白人发现其他族裔的男性特别是黑人男性与白人女性间有"性关系"时，这就被视为儿子对母亲性侵犯的乱伦，这是绝对的禁忌。他们通常以民众私刑的方式处死这些禁忌的破坏者。这不仅惩治了那些违禁者的犯罪行为，更是对其他活着的人的最有效的威慑。

在小说中，赖特同学的哥哥鲍勃就因触犯了性禁忌而受到了私刑的迫害。"他们（白人）说他在旅馆里跟一个白人妓女胡搞"，所以白人有权用私刑来惩戒他。白人惯于通过指证黑人男性的性违禁，以此来阉割黑人男性的生殖器或在阉割后将其绞死、烧死。这些惩戒行为慢慢被仪式化，白人的权力因此得到具象化的提升和神化。鲍勃被阉割并被枪杀的悲剧命运是笼罩在南方成年黑人男性头顶上挥之不去的阴影，它也是白人父权制伦理法则摧残黑人身心的有力证据。生活在南方的黑人都深知日落时一个

---

① 甘露：《美国的民众私刑浅探》，《和田师范专科学校学报》2008年第5期，第35页。
② 聂珍钊：《文学伦理学批评及其他——聂珍钊自选集》，华中师范大学出版社2012年版，第15页。

人在白人社区街边被逮到的恐怖。这种情况是美国黑人困境的一种地域性的象征。[1]

从政治和种族的话语权的视角来看，对黑人男性性欲的歪曲与指控早已成为白人维系其父权地位的一种畸形的陈述方式。所以不论出于什么原因，无论这种性关系是否真实存在，白人男性都会采取"阉割"或"杀戮"的私刑来维护他们父权的绝对威严。白人对鲍勃的处置在美国南方是合乎伦理的。私刑是白人民众履行和强化白人伦理的集体行为，他们通过暴力来强化集体的权威，即他们"把黑人男性的生殖器从其身上割掉，暴徒们强有力地否决了黑人男子最父性的象征和男子汉符号，打断了男人男性生殖器所代表的特权，从而通过肢解这种反常行为收回黑人男性可能获得的公民权"。[2]它实际上是"精英阶层控制下属，尤其是自认为高人一等的白人控制低人一等的黑人的工具。美国南方男人通过这种群体暴力行为来维持自己的等级特权"。[3]

这种私刑的场景，在赖特的《大男孩离家》和《土生子》中都被生动地反映出来了。在《大男孩离家》中，大男孩的朋友也叫鲍勃，他被白人处以私刑，身体被肢解后被活活烧死。鲍勃的死是一种象征，表征了在支配性社会中指控一个男孩违法的性欲并将其私刑就如同年轻的黑人男性的成年礼。[4] 在《土生子》中，当别格谋杀玛丽的事实被媒体曝光后，《论坛报》在大篇幅谴责他杀害玛丽的罪行时，反复重申"性禁忌"的社会行为中的伦理权威性："在这南方，我们牢牢地把黑人控制在他们原来的位置，我们要让他们明白，他们只要碰一下白种女人——不管她是好女人还是坏女人——他们都休想活命。"[5] 白人对性禁忌的定义和歪曲都表明了，在20世纪初基于WASP文化的话语体制从法律法规到伦理规范都纵容白人对黑人肆意进行种族迫害。它在黑人民族中形成了一股强大的恐惧和恐慌感，达到了让黑人男性对白人统治者言听计从的政治目的。所以说，黑人男性的"男孩"身份是白人以文化、宗教、经济等多元共谋的

---

[1] Richard Wright. "The Ethnics of Living Jim Crow", in *Early Works*, New York：The Library of America，1991, p.232.
[2] 黄卫峰：《哈莱姆文艺复兴研究》，外语教学与研究出版社2007年版，第283页。
[3] 同上书，第276页。
[4] 参见 Kimberly S. Drake. *Subjectivity in the African American Protest Novel*. New York：Palgrave Macmillan, 2011, p.53.
[5] [美]理查德·赖特：《土生子》，施咸荣译，译林出版社2003年版，第299页。

伦理规训。

白人除了扮演黑人的家长，还扮演着死神。赖特这样写道："鲍勃已经被白色的死神抓去，这白色死神的威胁笼罩在南方每一个黑人男子的上空。"他们为了维护自己的父权，除了阉割黑人男性的生殖器，还常常私下聚众处死那些被认为侵犯了他们利益的黑人男性。在他们看来，"如果你是黑人，你将不可能像成年人那样做事，白人使这一定义行之有效，并惩罚和重新定义一切独立自主的行为"。[①] 赖特的姨夫霍金斯也是白人父权制规训话语的殉难者。因为他开的餐馆比白人挣钱，这不仅在经济上对白人男性构成了威胁，还使白人男性感到其拥有的家长式的绝对权威受到了挑衅，所以他们枪杀了霍金斯并霸占了他的财产。霍金斯的死是黑人凄凉生活的写照："没有葬礼。没有哀乐。没有居丧期。没有鲜花。只有沉默不语、饮泣吞声、低声细语和恐惧不安。我不知道霍金斯姨夫是什么时候埋葬的或埋在哪里。家人甚至不让玛吉姨妈看，她也不可以对他的财产提出任何要求。"小赖特幼稚地问他的妈妈"为什么我们不能反击"，在恐惧的威慑下，她条件反射地扇了赖特一记重重的耳光来让他保持沉默。童年生活中那些熟悉的人因为私刑突然消失在赖特的生活中，逐渐让他懂得白人家长制伦理早已否定了黑人男性成年的可能。"在这个国家里，黑人被置于一个被认为不能成为男子汉的位置上。"[②] 这也让他意识到："如果我走错一着棋，死刑就会等待我。"这是因为："我没有见到的白人的暴行比我所了解的更能有效地支配我的行为。现实的经历使我看到了真正发生的事情的实际轮廓……它的恐怖和血腥都可能降临到我的头上，那么我就不得不把自己所有的想象力都放在这件事上面……在我和我生活的世界之间造成一种疏离感。"从赖特的这段心理独白可以看出诉诸暴力的私刑是南方地域中美国黑人男性在成年的过程中的必经仪式，面对随时可能发生在自己身上的暴力，那里的黑男孩都在努力克服恐惧的情绪中渐渐成长，这就是所谓的"吉姆·克劳法则"。

这套法则时时警告黑人，他们在做每件事时都得要特别小心翼翼，

[①] Elizabeth J. Cinergy. "Richard Wright's Struggle with Fathers", in *Bloom's Modern Critical Interpretations*: *Richard Wright's Black Boy*. New York：Chelsea House an imprint of Infobase Publishing, 2006, pp. 117 – 126, 119.

[②] John Lowe, ed., *Conversations with Ernest Gaines*. Jackson：University Press of Mississippi, 1995, p. 30.

因为他们总是在伦理两难中被迫抉择。赖特真正亲身体验白人种族主义对黑人的摧残和排斥是他在杰克逊的一家眼镜店里工作时。尽管赖特的老板是从北方来的一位比较开明的白人，愿意给他一个机会成为一名配镜师。可是，这个店里的两个白人伙计雷诺兹和皮斯从未真的打算教会他配眼镜的手艺，而是想方设法把赖特排挤走。他们是地地道道的南方白人，并且认为一旦像赖特这样的黑鬼学会了手艺，就相当于给了黑人一次与自己竞争的机会。低廉的黑人劳动力将成为这些白人贫民最大的竞争对手。不仅如此，一旦像赖特这样的黑人在这个领域中立住了脚，这将有利于黑人男性从经济上获得自立，并因此成为一个能与他们抗衡的男子汉。他们不愿给赖特一个像成年人那样做事的机会。为了维护自己的利益，他们不惜采取卑劣的手段将赖特逼入伦理两难的陷阱，迫使他主动辞去工作。

一天，雷诺兹和皮斯耀武扬威地来质问赖特是否直呼皮斯的名字而没有尊称他先生。赖特马上意识到他们是有意把他逼到无路可走的地步，而且自己极有可能会像鲍勃一样受到这两个白人的私刑处置。因为在南方传统中，男性往往将暴力与荣誉联系在一起。他们特别注重自己的荣誉是否受到侵犯，而且他们认为暴力行动是彰显自己力量、恢复名誉的最佳手段。"在南方的社会，荣誉代表着作为男人的自豪感——男子汉的勇气、身体的力量和骑士的道德风范。男孩子从小就被告知要毫不迟疑地保卫自己的荣誉。"① 尽管赖特从来没有直呼过皮斯的名字，但他已经掉进了侵犯白人男性荣誉的伦理禁忌的陷阱之中——如果他承认他确实直呼皮斯的名字，"这就等于承认自己有罪，这可是一个黑人对南方白人的莫大侮辱"。皮斯必然会为了维护自己的荣誉而对赖特采取任何暴力手段。但如果他直接否认自己从未这样做，就等于说明雷诺兹在说谎，这同样是将雷诺兹置于失去名誉的边缘，赖特自己同样会受到暴力的惩罚。事实上，雷诺兹此时正舞动着钢条在质问赖特了："你没有喊过他皮斯？如果你敢说不，我就用这根钢条把你的五脏六腑掏出来，你这狡猾的黑婊子养的！你说是白人在撒谎而自己想逃之夭夭。那是办不到的！"所以，无论赖特怎么解释，他已经侵犯了白人的荣誉，这触犯了黑人对南方白人的伦理禁

---

① 张立新：《文化的扭曲——美国文学与文化中的黑人形象研究》，中国社会科学出版社 2007 年版，第 237 页。

忌。暴打已经是对他最轻的惩戒了。要是他胆敢继续坚持为自己的清白辩护，势必会激化种族间的矛盾，等着他的可能就是白人暴民的私刑。那么说不定他比鲍勃死得还惨。此时，他唯一能做的就是求饶并保证马上放弃这份工作。

雷诺兹与皮斯的行为反映出，白人男性不允许任何黑人对其直呼其名——这也是他们维护家长权力的一种方式。在他们看来，这就是黑人儿子在侵犯白人父亲的名讳。他们对黑人采取极端的惩治来维护自己的荣誉。他们的行为是在南方种族主义的意识形态的外在表现，或者说他们的行为是南方为了在地域空间上确保白人利益，做出种族隔离行为的具体表现。赖特在遭到白人无端的贬损和污蔑后更加明确了自己的生存空间和应该遵循的生存伦理。"在南方存在着两个分离的世界，白人世界和黑人世界，这两个世界从来没有交点。私刑是一种极端恐怖的行为方式，被用来把黑人赶回他们'合适的'距离。"① 这说明被白人规范的本来就很狭小的黑人生存空间，在很多时候还会被许多贫穷的白人以莫须有的罪名将黑人男性从就业空间中排挤出去。这不禁让读者再次联想起赖特的姨夫霍斯金的成功和死亡。

这些事件都说明了白人不给黑人任何拓展生活空间和改善生存环境的机会。在父权制意识形态和种族偏见的驱动下，就连白人贫民也早已良心泯灭，他们不仅不同情黑人，反而以欺凌他们为排解生活苦闷、维护自己特权的一种心理需求。在白人暴力的威胁下，黑人也只能别无选择地做他们的"乖孩子"了。由此可见，南方私刑的泛滥实际上是一组白人精英维护自己统治权力的政治手段。"当白人精英激励白人劳动者以种族团结的方式加入仪式性地惩罚'危险'的黑人时，私刑为白人精英避免黑人与白人劳动人民政治联合提供了一种完美的解决方案。②"

在《黑孩子》中，赖特别具匠心地将布鲁斯叙事融入小说的叙事结构之中。他通过自己在不同成长阶段经历的相似性，将这些事件形成一种"呼与和"的复调形式，从而赋予小说中第一人称的叙事者一种自由交流

---

① Kenneth Kinnamon & Michel Fabre. *Conversations with Richard Wright*. Jackson：University of Mississippi, 1993, p. 65.

② Jeanette Covington. *Crime and Racial Constructions*. Lanham：Rowman &. Littlefield Publishers, Inc., 2000, p. 4.

的声音。① 他将自己求职中亲历的名字事件与他记忆中困扰祖父一生的名字事件分别放置在小说的不同章节之中。它们就如同硬币的两面，在文本上形成了"呼与和"的复调形式。这样，一方面他表达着自己无法融入白人和黑人社会的孤独感，另一方面反复地再现了白人与黑人间不可调和的矛盾和家长制的白人神话对黑人男性身心的重创。

赖特的祖父曾在南北战争中参战，可由于白人对黑人的惯性歧视，不负责任地胡乱登记了他的祖父的姓名，导致他的祖父战后无法得到政府允诺的抚恤金。之后无论他写多少信去申诉要求应得的权利，都被白人置若罔闻，这成为困扰他一生的伤痛。然而，在这个家长制的 WASP 文化体制中，白人的名字却神圣不可侵犯，他们绝不允许黑人对他们直呼其名。即便黑人没有这样做，但凡被假定如此就是罪大恶极、违反禁忌。相形之下，黑人的名字一文不名，即便是真的被弄错了，他们也会归咎于黑人自己的愚笨。对于黑人名字的"不命名"现象是美国奴隶制文化伦理的一种惯性。而他的祖父不断地写信去要求自己的权利，说明黑人已经开始意识到"……初原的、长期不被承认的自我"受到社会伦理的过度压抑，然而其最终没有结果则进一步地说明了以种族主义为内核的白人神话早已蒙蔽和麻木了白人的良知。

通过赖特祖孙两代人经历的名字事件可以看到，白人对自己的名字与对黑人名字的两极化的态度，在文本上形成了充满张力的"呼与和"的复调对话形式，它反复地再现了白人与黑人间不可调和的矛盾和父权制的白人神话对黑人男性身心的重创。在"呼与和"的对话中，赖特揭示了父权制白人神话中一个客观存在的盲点——它通过贬损黑人的姓名来贬损他们的存在；同时通过神化自己的姓名来强化自己的权威。由此，赖特控诉了白人构建所谓的"家长—孩子"的伦理关系，这不仅是基于血腥暴力的规训，更是肆意在贬损黑人生存的前提下神化自己的权威。不仅如此，赖特还借这些事讽刺了白人伦理禁忌的悖论性。如果黑人与白人女性的性行为是乱伦，如果黑人男性对白人男性的名字的直呼也是伦理禁忌，

---

① 赖特在小说叙事结构上吸收了黑人布鲁斯音乐的叙事风格。在传统的乡村布鲁斯中，乐器给了音乐表演者另一种"声音"去言说，这种布鲁斯是基于一种"呼与和"的形式结构，它确保了布鲁斯演奏者无论多么孤独，都能一直交流下去。参见 R. A. Lawson. *Jim Crow's Counterculture: The Blues and Black Southerners*, 1890 – 1945. Louisiana：Louisiana State University Press, 2010, p. 53.

那么白人对黑人的私刑则是亲人间的相互屠杀。白人自己在设置种族间伦理禁忌时,已经自相矛盾地证明了自己的行为本质是不道德的、不合乎伦理的。赖特也就此激发读者反思,黑人是否真正如白人所说是受到他们监护的"孩子"?这一伦理身份是否是一种合乎伦理的身份?

第二节 黑人家庭伦理关系的误区

尽管包括杜波依斯、埃里森和鲍德温等美国黑人评论家都批评《黑孩子》缺乏民族自豪感。乔伊斯也指出,从社会学视角来看,《黑孩子》是一种危险实践,它展现了在社会力量的影响下黑人行为与社会期待的一致性。[1] 然而,赖特作为一个南方成长的黑人,他看到了社会伦理对黑人家庭伦理的负迁移的作用力。在他的成长中,赖特表达了他对长期受到吉姆·克劳法则规训的黑人家庭伦理的冷静地反省的态度。这也是他在《土生子》后创作《黑孩子》的文学目的。他希望进一步阐明很大一部分黑人的思维方式以及吉姆·克劳法则的相关伦理化,它造成了处于高度都市化进程中的新一代黑人青年更大的伦理困境。他们面对的不再是黑人团体化的农业家庭伦理,而是如何去适应疏离的、孤独的都市生活对他们的诱惑和否定。赖特却不是单纯地一味指责黑人家庭缺乏亲情或爱心,黑人之间缺乏团结和互助。他希望从黑人贫困并缺乏正常的家庭关爱的伦理关系中探讨种族主义体制对其造成的精神贫瘠和不能修复的情感创伤。这是布鲁斯在陈述痛苦时独有的反主流文化的情感冲击力。

赖特在《黑孩子》中还将白人与黑人的社会伦理关系融入布鲁斯式的"呼与和"的模式之中——即白人家长式的规训暴力和黑人家庭家长教育孩子适应吉姆·克劳伦理的家庭暴力。这两种暴力伦理的对话形式激发了读者在文本中寻找和体察吉姆·克劳法则如何吞噬和扼杀黑人男性气质的良性发展。用暴力规训黑人,让他们做白人听话的孩子,私刑等暴力伦理在黑人的心里留下了一种不可抹去的文化创伤,它时时提醒黑人如听话的孩子一般去回应白人家长的要求。在白人的呼唤下,黑人男性都被调

---

[1] 根据美国学者艾德伍德·玛格丽丝的观点:"赖特让他的读者陷入一种老套的阅读期待——也是赖特在整本书中极力改变的成见,即所有的黑人都差不多,行为方式也很相像。"参见 Edward Margolies, *The Art of Richard Wright*, Carbondale: Southern Illinois University Press, 1969, p. 19。

教成了"汤姆叔叔"式的奴性男子,缺乏与白人抗衡的勇气,只能在宿命论的安慰下自怨自艾。在小说中,赖特深刻地辨析了黑人文化创伤与他们的生存伦理悖论间的显性关系并检讨了其中存在的问题,力图找到一种可以阻碍种族间模式化的"呼与和"对话模式的恶性循环,以布鲁斯对"和"的急性变奏加以调停,以自己在求知的道路上对美国黑人文化的反思否定和意指了传统黑人对白人家长制伦理的回应方式,检讨了黑人在固化的回应模式中存在的问题,并警醒黑人改变话语方式,在主流文化中寻求一种新的声音来表达诉求。这应该被视为赖特这部小说的积极意义所在。

赖特通过自己在美国南方的成长经历,在谎言、暴力中弄清了儿时似懂非懂的种族间的差异的本质以及家长制种族主义政策对黑人精神气质致命的摧残,所有这一切在黑人中生成了一种集体无意识的文化创伤。它的源头是在"白人优越论"文化基础上的社会关系,并直接在社会意识形态中形成了把与白人与黑人相关的所有元素二元对立化的思维方式——即白人高尚、黑人卑微,白人强大、黑人弱小,白人享有宪法赋予的一切公民自由竞争的权力,黑人被视为"劣等人"在工作中受到歧视、侮辱甚至隔离。美国学者小豪斯顿·A. 贝克在《批判的记忆:公共领域、非裔美国书写、美国的黑人父子们》中描述了白人在 WASP 文化的熏陶下养成了高人一等的优越感。

> 他们通过向我们(黑人)展现我们如何卑下来获得这种优越感。他竭尽全力,我指他用到每一种方式,来贬低我们,使我们贫穷和愚笨。然后他又转过来假装我们确实愚笨。看看他们的动画、电影、开的玩笑。他用在我们身上的名字,"黑鬼""男孩""女孩""傻宝"。他编的关于我们的故事让他感觉良好。他把我们贬为如猿猴一般。他把自己描绘成万能的上帝!他让我们看起来像猴子,是为了让我们尊称他为人的时候倍感紧张……①

这种二分式的思维惯性主要体现在社会及生存空间上的隔离。种族隔

---

① 转引自 Houston A. Baker, Jr., *Critical Memory*: *Public Spheres*, *African American Writing*, *and Black Fathers and Sons in America*. Athen and London: The University of Georgia Press, 2001, p. 11.

离政策渗透到美国各个公共领域，在地缘上区分南方和北方、黑人区和白人区、黑人学校和白人学校、黑人职业和白人职业等社会空间的支配权，从而实施将黑人全方位的空间隔绝。从地缘上对种族生活空间的规划实质是一种政治话语形态，它通过割裂黑人日常生活的空间减少他们自由选择的机遇，从而有效地监控他们的思想和行为。一旦发现黑人有越界的行为倾向，白人可以在第一时间严加惩治，达到规训黑人让他们继续听从指令的目的。如前所述，赖特的霍金斯姨夫和他在眼镜店的遭遇就是受到白人在就业工种上的排斥的典型案例。这种监管方式使黑人男性在与白人打交道的公共空间里小心谨慎地扮演着"大男孩"的形象。本节拟从这一视角出发，阐明种族隔离实为一种空间化的政治话语模式，它巩固了家长与孩子的种族伦理关系。显而易见，公共空间中的黑人男性的支配权被剥夺、男性气质被贬损，这常常使他们在回到黑人空间后寻找比他们更弱势的群体来转嫁他们的耻辱和愤懑，以此重新树立他们的男性权威。然而他们粗暴地滥用权力又影响到黑人家庭的和谐及社团内部的团结，这样更有利于白人控制和管理黑人。

一 滥用权力的男性家长

赖特以《黑孩子》为名，从男性话语的视角挖掘黑人种族内部的矛盾，辨析矛盾的历史文化成因，指涉了美国家长制文化体制和种族隔离政策的悖论性割裂了黑人正常的男性气概，扭曲了他们的个性的健康发展。对于那些在生存空间上被隔离、身体时时遭受白人暴力侵害的黑人男性来说，最不堪的是面对美国主流家长制对男性的基本期待与要求——身为成年男性必须具备养家糊口、保卫家园的社会能力。事实上，由奴隶制演化而来的美国社会秩序或伦理秩序是建立在以通过相互协作、暴力排他等手段确保白人利益集团特别是白人男性基于集团的一种畸形的、白人至上的父权化伦理秩序。它要求所有男性以父亲和丈夫的伦理身份承担起养家糊口和保护家人的伦理责任。可是这种责任一旦落到所有权利都已经被剥夺得干干净净的美国黑人男性身上，他们履行起父亲这一角色时就举步维艰。其中一个主要的原因就是黑人男性的亚文化身份导致经济地位的不稳定性。

黑人男性在社会各领域受到排斥，他们的就业机会和就业工种的选择空间极度狭小，他们无法在经济上独立支撑黑人家庭的正常运转，这使主流的父权伦理秩序对男性家庭伦理角色的期待变得高不可及，因为美国文化从未真正将他们作为成年男性来定义。黑人男性也因此无法构建一种健康的、正常的男性伦理身份。鲍德温道出了黑人男性的这份无奈和焦虑："这些文明的准则在你出生时首先排斥你，而当你逐渐长成男人时它们又将你囊括在内……在这种文明中一个不能赡养妻儿的男人不能称其为男人。"① 他的话折射出黑人男性不得不徘徊在相互矛盾的两股张力之间，即来自社会公共空间对黑人身份的贬损与来自黑人社区内部空间对成年男性的高期待值的矛盾之间的挣扎与徘徊。他们在生存空间快速转移时往往迷失在伦理身份错位的认知中，不能正确地认识和构建伦理身份、承担其基本的伦理责任。从这个意义上说，美国社会对黑人男性两极化的期待实为雄性地阉割了他们伦理身份。《黑孩子》塑造的成年黑人男性都或多或少存在着这些问题。

赖特的生父就是无法正确认知自己的伦理身份和承担相应伦理责任的黑人男性代表。他是一个生长在南方种植园的农民，种族主义的压迫使他离开自己熟悉的土地，拖家带口来到城市谋生。② 然而身为成年男性承受的经济和文化的压力日渐使他失去了为人父、为人夫的亲情与爱心，最终抛家弃口地逃回了南方种植园。他对家庭的失职从一个侧面反映了白人家长制种族主义政策剥夺了黑人男性的话语权，摧残了他们形成健康的男性气概的可能。在赖特的记忆中，父亲曾是全家的中心，那时他在一家杂货店当夜班守门人。

> 白天，当他睡觉时，我是不能吵闹的，只是在我得知这一点后，他才了不起和令人敬畏了。我们家里发号施令的是他，在他面前我是从来不笑一笑的。我常常战战兢兢地偷偷溜进厨房，观望着他那庞大

---

① 转引自 Harry Mackinley Williams. "Understanding the Bag the Cat Is In: Father and Son in Richard Wright's *Black Boy*", in *Journal of African American Men*, Vol. 2, 1995 (2Fall), p. 92.

② 赖特的父亲是从农村到城市务工的，这是美国20世纪20年代的一个社会趋势。根据杰克奎林·约翰斯的研究，19世纪末到20世纪初，美国百分之九十的黑人人口生活在南方，其中百分之八十都生活在农村。赖特的父亲就是其中最典型的黑人农民的代表。他们除了务农，什么技术都没有，因此即使他们迁徙到南方城市，甚至北方，他们也只能靠体力劳动挣钱养家。然而大量黑人农民涌向城市后，种族歧视对黑人工种的限制，使他们在本种族内部竞争。随着来自外部的白人歧视、黑人内部的恶性竞争以及家庭人口不断增加等问题交织在一起，黑人男性徘徊在"养家糊口者"和"失业者"的两难伦理身份之间。

的身躯萎靡不振地坐在桌子边。我以敬畏的心情注视着他从马口铁桶里把啤酒取出来一饮而尽。他要吃很长时间,吃得好多好多,还叹叹气,打打嗝,然后闭上眼睛,把头贴在塞得饱饱的肚子上打起瞌睡来。他很肥胖,鼓鼓囊囊的肚皮老是叠在腰带上面。对于我来说,他始终是个陌生人,不知怎么总是有些疏远。①

赖特笔下的父亲形象说明了黑人成年男子在其家庭伦理角色中的矛盾性:他们拥有如上帝一般的权威却又如孩子般的任性。由于家长制的文化体制内化到黑人的意识形态中,使他们认为一个成年黑人男性在家庭中举足轻重,他们在自己的家庭空间里拥有类似在公共空间中白人拥有的家长支配权,他们拥有家庭秩序的制定者和维护者的伦理身份。他们从心理上也需要在私人空间树立权威身份,以此来抵消来自 WASP 文化伦理体制对他们精神上的迫害与阉割。支配权让这些男性在家庭中放纵自己的欲望,这也是他们心理疗伤的一种方式。赖特的爸爸通过长时间的吃喝来满足他的食欲,然而这不能消解社会外部压力给他带来的压抑感,所以他会在吃的过程中叹气,最终通过睡觉来逃避现实中的压抑与苦闷。赖特通过家庭中不正常的人伦关系批判了美国的南方给黑人提供狭小的生存空间:"太小以至于无法培育具有人性的人,特别是具有人性的黑人。"② 从农村到城市求生的黑人男性被有限的生存空间压抑得无法呼吸,他们居住的格子间扭曲了他们的性格,他们失去了最基本的伦理责任意识。都市狭小的生活空间在"我们(黑人)的个性中注入了压力和焦虑,让我们中很多人失去奋斗的勇气,抛下妻子、丈夫,甚至孩子一走了之,以便能最好地去改变自己的生活方式"。③

这一场景指涉了黑人男性长期抑制自己的情感导致他们生活在充满怨恨的个体空间中,他们病态的怨恨情绪使他们徘徊在自我憎恨和自我放纵的两极间,不能与家庭其他成员建立正常的伦理关系。根据社会伦理学家舍勒的定义:"怨恨是一种有明确的前因后果的心灵自我毒害。这种自我毒害有一种持久的心态,它是因强抑某种情感波动和情绪其不得发泄而产

---

① [美] 理查德·赖特:《黑孩子》,程超凡译,长江文艺出版社 1985 年版,第 9—10 页。
② Kenneth Kinnamon & Michel Fabre. *Conversations with Richard Wright*. Jackson:University Press of Mississippi, 1993, p. 65.
③ Richard Wright. *12 Million Black Voices*. New York:Thunder's Mouth Press, 2002, p. 93.

生的情态，这种'强抑'的隐忍力需要通过系统训练才能养成。这种自我毒害的后果是产生出某些持久的情态，形成确定样式的价值错觉和与此错觉相应的价值判断。"① 父亲从公共空间的卑微身份回到在家庭空间行使男性的绝对权威，这种强烈的反差使他产生了伦理身份的错位，将白人对他的鄙视和冷漠转嫁到家庭空间中听他摆布的妻儿身上，用白人摆布他们的那一套摆布自己的妻儿。等到孩子们长大，他们又延续父亲的这一套代代相传，继续折磨着自己的家人，进入了一个不可逆转的伦理关系怪圈。

作品通过童年时的赖特一旁观看父亲独自占有食物这一幕家庭实录暴露了黑人家庭中一种畸形的亲情关系，即家庭成员间没有任何以交流滋养的联系，他们只是独立存在的个体。② 赖特从孩子对食物的饥渴感的视角剖析了黑人男性怨恨心态的另一个社会成因。他们从小生长在冷漠的、缺乏爱、缺乏交流甚至缺乏分享的家庭关系之中，随着孩子身体的饥饿感的延续，他们对父爱和亲情的饥渴感也日益加深，久而久之他们在冷漠的亲情中自我毒害、自怨自艾，在黑人社区内部建构了屈从权力和暴力的怨恨之维。

赖特父亲的离家出走还客观地揭开了美国城市神话的谎言面纱。在19世纪末20世纪初美国的工业经济迅速发展，城市发展需要大量的劳动力，北方以及许多大力发展工业的南方城市开始编制被赋予自由和机会的城市谎言。它吸引无数黑人离乡背井到城市另谋生路。然而大量没有技术的黑人农民涌入城市后发现他们的生活比在农村更糟。离开南方以农业协作建立起来了黑人社团的保护，而来城市谋生的黑人的社会空间更小，他们只能单打独斗，时时受到失业威胁。这使许多黑人男性间为了生存相互竞对、相互敌对，怨恨生活，继而仇视同胞。这样一来生活在城市里的黑人男性更加孤独，他们也更容易离家出走逃避责任。这一情景呼应了《土生子》中别格在都市空间中的那种焦虑和恐惧的情绪，并阐明了黑人男性的挫败感足以让他们做出许多违反常伦的选择。

赖特在成年以后理解了他爸爸抛家弃子的行为：我的父亲是一个到城

---

① [德] 舍勒：《舍勒选集》（上），刘小枫编译，上海三联书店1999年版，第37页。
② Tara Green. *A Fatherless Child*. Columbia and London: University of Missouri Press, 2009, p. 47.

里谋生又在城里梦想破灭的黑人农民,他在城里的生活一直毫无希望,总是处于乱糟糟的困难境地,于是他最后逃离了城市。赖特父亲的选择从一个侧面说明了美国的种族歧视无论是在农村还是在城市都使黑人男性无力成为能独当一面的男子汉,甚至迫使他们选择退居到不负责任的孩子状态的一种文化创伤。美国社会学家达维逊·果敦这样解释:"这些男人们觉得,要为子女们去挣这样一笔收入是无能为力的,与其天天在家对着令自己感到失职的子女,还不如离家出走。"①

当家庭中的父亲缺席时,黑人社团中的成年男性充当了代替黑人家庭中缺席的生父,扮演了"社会父亲"这一伦理角色。② 他们是黑人男孩从小接触的成年男性,他们也自然而然成为这些没有生父的孩子们的行为偶像。他们如何展现自己的男性气质和父性影响和决定了这些孩子的男性气质和父性气质的发展趋势。在《黑孩子》中,赖特从不同角度展现了他的社会父亲身上都或多或少有着一份不负责任的男孩气,从而进一步地暴露了黑人男性在他们的成长过程中很难得到正确的、符合道德伦理的精神向导,以致黑人男性一代代地生活在逃离生活困境或乱用父性特权的行为取向之中。

神父在黑人社团中很受尊重,他们一直被黑人视为他们的精神父亲。可是赖特笔下这位精神之父一旦进入黑人社区或家庭空间,他就将上帝的权威性移植到家庭之中,放大并享受这种权力,其大男孩的伦理身份暴露无遗。面对晚餐中美味的炸鸡,他完全忘记了身为神父对妇女和儿童应尽的伦理关爱。他不做任何谦让,放纵自己把鸡统统吃光。他的行为不仅吞噬了一个饥饿男孩对美食的渴望,更毁掉了男孩对宗教的美好憧憬。

在赖特记忆中唯一带有父亲亲切感的霍金斯姨夫同样具有不成熟的大

---

① [美] L. 达维逊、L. K. 果敦:《性别社会学》,程志民译,重庆出版社1989年版,第169页。
② "社会父亲"是社会学范畴的身份术语,它是与"生理父亲"相对的一个社会伦理关系的身份术语。它被用来界定在儿童成长过程中对他们起到言传身教功能的社会男性群体。特别是在美国,大部分城市的黑人家庭结构是由单亲妈妈和孩子组成,在家庭中生父常常处于一种缺席的状态,黑人孩子在成长过程中主要是从社区中成年男性、家庭中的兄长和自己男性伙伴那里学习和认知怎样做一个男人。他们模仿的对象都被视为社会父亲。参见 Michael E. Conner & Joseph L. White, ed., *Black Father: An Invisible Presence in America*. New Jersey: Lawrence Erlbaum Associates Incompany, 2006, pp. 6, 56。

男孩气质。虽然他友善地接济赖特全家，在经济上表现得更像可以承担家庭责任的父亲。他也很喜欢赖特，尽量从物质上满足小赖特。可他明知6岁的赖特不会游泳，还驾着马车载着赖特到密西西比河中把他吓得半死。从这件小事可以看出他骨子里还是以欺凌弱小来展现自己强大的大男孩的任性。霍金斯这种孩子般的恶作剧最终使他从此失去了小赖特将他视为男性家长的敬仰与信任。

  在赖特的记忆中，他甚至没有与家庭中其他男性正常交流过。舅舅们与他最常规的对话方式就是用皮鞭抽打他。由于赖特本身比较执拗，不愿意像家里的其他成员那样笃信宗教，加上他经常坚持按照自己的意愿行事，让家中的舅舅们觉得自己的权威地位受到了挑衅。他们直接拿起皮鞭对赖特不分青红皂白地一通乱打，希望通过暴力征服幼小的赖特，让他就此听话。然而他们使用家庭暴力的行为本身，从一个侧面反映了三百多年的种族歧视政策对黑人身心的摧残，使他们已然失去了用以维系和睦家庭伦理关系的基本能力。黑人男性从他们的"白人家长"那里了解到暴力让人屈服的威力，他们为了维系自己的家长地位，也诉诸暴力来证明自己的强大。殊不知这些行为已将暴力的种子播种在了他们的孩子的灵魂深处，于是这些黑孩子们长大成人后，很容易步他们的后尘继续用暴力来跟自己的孩子们交流。赖特通过描写他童年时与家中成年男性不愉快的相处经历，诚恳地检讨了黑人男性自身存在的种种性格缺陷与诟病，他将矛头直指黑人种族的内部伦理关系，审视了本民族内部关系间存在的种种矛盾，展现了缺乏父爱和责任心的男性家长是黑人男性无法成熟的另一个主要原因。总之，黑人男性表现出孩子般的任性和模式化的情感沟通都和种族政策阉割男性人格、剥夺他们公共话语权等有着显性的关联，但他们将大男孩的形象内化而不是去修复和重构黑人男性气质也是黑人种族的一种悲哀。这也是赖特哀其不幸、怒其不争的创作之源。

  诚如美国学者罗伯特·洋（Robert Young）所认为的，《黑孩子》让读者明白了尽管一个有色人种经历的压迫是一种历史真相，但它不是一种自我解释，因此这种经历应放在它与社会习俗的关联中去看待。[①] 赖特描述自己从童年到青年的南方成长经历，展现了白人对一代代黑人的男性气

---

 ① 参见 Robert Young. "The Politics of Reading Richard Wright: *Black Boy* as Ideology Critique", in *The Western Journal of Black Studies*, Vol. 19, 2005 (4), pp. 694–701, 689.

质刻意地扭曲与贬损,这是在对文化高度调停框架下进行的一种布鲁斯式的叙述。吉姆·克劳法则将暴力作为白人自我神化的话语体系的核心代码,渗透到了美国伦理秩序骨髓里。它在规训黑人接受"孩子"伦理身份的同时,从心理上严重阻碍了黑人男性气概和人格的发展与成熟,使许多黑人男性意志消沉、颓废,甚至甘愿退缩在冠以"黑男孩"符号化的亚成长状态。又如哈克·R.迈德胡比蒂(Haki R. Madhubuti)对黑人男性在社会中的危险性的评述:在美国"从男孩向男人发育成长的过程就是一种令他麻痹无能的过程"。[①]

二 传承暴力的女性家长

在南方种族主义的高压下,女性家长在抚育孩子生理上成长的同时,还以暴力的方式抑制男孩们心理成长。因为她们深知在南方,黑人男性的主体性意识是最危险的,不仅会伤及男孩的性命,甚至还会给全家带来灭顶之灾。

在《黑孩子》中女性家长象征着精神的麻木、饥饿和逃逸,同时也象征了身体上的保护和生存[②]。黑人女性家长考虑得更多的是整个黑人家庭和社区的存亡。她们认为抑制孩子的个性发展就是对他们最大的保护。女性家长对孩子的暴力管教充分地展现了她们对种族主义的恐惧。她们对孩子的责罚和相互间的争执进一步书写了南方黑人生存环境的恶劣。恐惧感已经让黑人家庭失去了示爱的能力,更可悲的是,联系家庭的纽带正是刻在她们心头无法言表的痛苦和恐惧。赖特在小说里描写了外婆和安迪姨妈的争执:"外婆和安迪姨妈不仅仅对我又骂又打,她们之间也常常为一点点宗教信条见解的分歧,或者一些她们称为违反道德准则的行为争吵和打斗。"

在南方黑人家庭中,黑人妇女作为黑孩子的主要监护人和管教者,在家宅空间中具有一定的权威性和支配权。她们特殊的伦理身份的形成同样与美国奴隶制的历史文化根源息息相关。由于黑人女性的生理结构与黑人男性不一样,较之黑人男性,她们一直都与白人保持着更稳定的社会关联

[①] Haki R. Madhubuti. *Tough Notes*: *A Heading Call for Creating Exceptional Black Men*. Chicago: Third World, 2002, pp. 4 – 16.

[②] Butler E. Brewton. *Richard Wright's Thematic Treatment of Women in Black Boy*, *Uncle Tom's Children*, *Native Son*. Palo Alto: Academic Press, LLC, 2010, p. 15.

度。从奴隶时期开始，她们就承担帮白人做饭、看孩子、缝纫等各种烦琐的家务事；她们的身体能给白人男性取乐，还能为白人制造更多的奴隶。即便她们年老无力，白人也会允许她们留在自己庄园里，让她们帮助对白人更有利用价值的年轻女黑奴看管孩子。这些年长的女性则在黑人的大家庭中成为拥有支配权的一家之主，并以自己一生积累的求生法则养育和管教黑人儿童。长此以往黑人社团中就确立了一种母权制的家庭关系。然而这种家庭关系与南方父权制种族主义大环境相左，使需要抚养孩子的黑人女性更是举步维艰。赖特刻画了他身边一群可悲的女性家长的生活困境，阐明了白人男性权威话语方式和受吉姆·克劳法则约束的伦理关系对黑人民族特别是黑人女性心灵的毒害。她们自觉不自觉地扮演着苦难历史的叙述者、残酷生存的见证者、屈辱文化的传承者的角色，与此同时，孩子在她们的调教下学会了忍受暴力和利用暴力求生的本领。

  赖特在书的开篇就描述了拥有家庭权威的黑人及女性抑制她们孩子身心成长的管教方式。赖特的祖母病了，待在家中的他和弟弟被迫保持安静。弟弟恪守教训并劝赖特玩时不吱声。赖特责令弟弟住口，却引来了妈妈的制止。"别大嚷大叫，你听见没有？"她低声说，"你知道外婆有病，最好保持安静！"这一幕情景化地再现了外婆在这个家庭中的权威地位，同时由另一位女性家长贯彻着这种权威。可4岁的赖特因为无聊，他在好奇心驱使下点燃了窗帘，险些烧死了自己和家人。之后等待他的是妈妈的痛打，他被打得失去知觉，大病一场。在病中赖特一直梦见像母牛丰满的乳房那样晃动着的白色大口袋，发自内心地恐惧大口袋里的液体会把他弄得湿透。赖特的梦反映了他在心理上对母爱的拒绝，他对装着类似牛乳液体白色袋子的拒绝表明他潜意识中将母亲的鞭打和白色的压迫联系在一起。这是一种精神创伤的外化象征。赖特在这样场景的处理中隐喻了另一层含义，黑人女性的暴力管教是白人种族主义对黑人暴力镇压的内化形式。她们已经将外部社会的暴力话语转化为家庭惩治孩子的好奇心和冒险精神的权威话语。换言之，毒打孩子成为黑人母亲们维护家庭秩序，教会孩子向权威屈服，日后以在暴力为内核的种族主义体制下求生的方式。埃里森对这种家庭暴力是这样谈及的："南方黑人家庭保护孩子的唯一方法就是暴打——一种在黑人与白人的关系中滋生出的暴力的顺势疗法。赖特所挨的打就是为了孩子好的一种管教方式；这种好是被孩子们所拒绝的，因此使（黑人）家庭关系处于一种恐惧和敌意的暗流中。"① 从这个角度来说，她们又成为了白人种族主义的维护者。《黑孩子》从家庭教育方式中深刻地检讨了黑人种族世代对白人逆来顺受的内因：当慈祥的母亲只能以暴力手段来保护她们的孩子免受白人侵害时，这种爱是何等的畸形，这种示爱的方式又何等无奈？

妈妈对赖特的鞭打和耳光在《黑孩子》中反复出现，它如同布鲁斯式的吟唱，叙述着暴力对孩子心灵的扭曲和毒害，叹息着这些痛苦的无药可解，孩子在复调式的苦楚中"除了学会忍受就只能另寻安慰了"。在南方的黑人母权制家庭中，当孩子"感觉自己受到被母亲拒绝时，他不会转向父亲寻求安慰，而是转向祖母或另一位姨妈"。② 令人惋惜的是，由于赖特个性中表现出过度的好奇心和叛逆性，家庭中的女性家长们也不过是重复着他妈妈的角色，以鞭打等暴力加以威胁和惩戒。

令读者印象深刻的应数赖特的外婆给他洗澡的一幕。不懂世事的小赖特对外婆提出吻一下她的屁股。这本是孩子渴望得到家长爱抚和亲昵的一个幼稚的请求，却不想引来所有家长轮番对赖特进行暴力教育。外婆听到赖特的请求的瞬间如同受到电击，猛地一把将他推开，"把湿毛巾举过头，然后对准我（赖特）赤裸裸的脊背猛力地抽打下来"。她一直把他打到跪伏在地上。然后赖特的妈妈出现了，当她得知小赖特说了这种话后，不假思索地拾起毛巾追着赖特打。赖特企图逃命躲藏，这时外婆搬来了外公，并威胁他"你是不是要我把枪拿来？"最终，妈妈在厨房里用软枝条狠狠地教训了赖特一顿。尽管妈妈最终选择用软枝条而不是毛巾打赖特，这一细节的变化说明妈妈还是很爱赖特的，这顿打只是为了给他一个教训。

外婆和妈妈对不知性为何物的小赖特会反应如此激烈，从另一个方面反映了黑人对强加在他们身上的强奸罪的恐惧和对因其遭致的私刑的畏惧。这种情节的处理是黑人传统的常规叙事方式的一种。正因为"性"是被南方吉姆·克劳法则严格禁止的话题，在南方一个黑皮肤的孩子对一个白皮肤的女性提及"性"，就意味着私刑和死亡。全家对小赖特如此激烈的反应，可以视为黑人群体对私刑根深蒂固的极度恐惧。赖特对祖母提

---

① Ralph Ellison. *Shadow and Act*. New York: Random House, 1964, pp. 85–86.
② Ibid., p. 85.

出这种要求在大人看来表现出了他的一种性倾向，这让熟知吉姆·克劳法则的女性家长们极度不安，她们希望通过猛力地鞭打给赖特一个深刻的教训，以彻底去除他幼小心灵里那可怕的不良倾向。

由此可见，这些女性家长对私刑的恐惧已经夺去了她们正常表达亲情和感受亲情的能力，全然不能理解小赖特对亲情、对爱的渴望。不难想象白人对黑人男性肆意地强加罪名并随意处以私刑的伦理方式已从外在的暴力形式内化成了恐惧的心结。从叙事方式上看，赖特童年时在他的女性家长们这里学到的违反"性禁忌"的教训与他之后他所说的鲍勃因为与白人妓女厮混被处以私刑在结构上生成了遥相呼应的布鲁斯式的复调，从而有力地证明了黑人在家庭中遭受的暴力，微观地反映了社会这个大范畴中黑人所接触的社会暴力。从黑人女性家长以暴力的形式教训儿子的方式中，赖特揭示了"最具有危害力（或影响力）的控制来自黑人社团内部施加的影响。在白人统治的世界，黑人们为了生存和自保，自觉地适应白人制定的规则，并且训练自己的后代去适应和接受"。[①] 赖特在家长的恐惧中日渐明白，"岁月和时光现在开始以更清晰的语言讲话了。每一次经验都有其自己的含义"。这一情景再次重复了《土生子》中别格因为对可能被认定强奸玛丽而失手杀死玛丽的事实，并对此做出了一种历史性的回顾。

在众多女性家长中，赖特的艾迪姨妈可能是最缺乏爱心的人了。作为教会学校的老师，她却缺乏源于宗教的博爱和源于知识的宽容。相反，她被生硬的宗教教旨和固化的种族主义偏见麻痹了情感与亲情。当她在学校发现赖特桌下有胡桃皮时，便认定是赖特所为，还不由分说地当众批评他。当赖特分辨不是自己所为时，她坚持让赖特当众指认出吃胡桃的人。作为一位老师，她在课堂上的行为正变相地教会孩子们如何为了自身利益而出卖他人。这违反赖特的交友之道，所以他保持沉默。他的举动在艾迪姨妈看来侵犯了自己身为老师和小姨的权威，她鞭打赖特以教会赖特"懂些规矩"。

在她的鞭打下，赖特放弃了不出卖同学的原则，告诉了艾迪姨妈是谁在课堂上吃了胡桃。可是这并没有使他免受责罚，艾迪姨妈又以他曾对她

[①] 王卫平：《解读〈黑孩子〉〈美国饥饿〉中的"隔离（distance）"主题》，《外语教育》2008年第8期，第172页。

第三章 《黑孩子》中种族伦理关系的布鲁斯吟唱　125

撒了谎而继续鞭打他。在艾迪姨妈暴力的管教下,赖特被激怒了,拿起刀反抗。从艾迪姨妈教育赖特的方法与手段中,可以看出正是南方黑人家庭和学校的暴力才孕育出黑人间不团结、撒谎、为求自保出卖他人以及以暴制暴的不良品质。埃里森认为《黑孩子》反映了黑人的个体品质和真实情感。它"阐释了由外部暴力和内在恐惧构成的个人品质是自相矛盾的。个人的温情与他的冷漠相伴,厚道与残忍相伴,关心与怨恨相伴。可当面对一群白人暴民处置强奸犯的高呼时,那个表现出个性的人(黑人男性)在瞬间抵消了这些截然相反的东西"。① 可见这些女性家长已经接受了白人为他们塑造的角色,学会了压抑自己对吉姆·克劳法则种族歧视的社会关系的不满,并有意无意地变成了帮助白人镇压自己同胞的帮凶。她们在黑人家庭范围内,训练孩子从小远离好奇和冒险,这样才能避免他们长大后做出超越黑人社区疆界的行为而招致私刑的危险。②

更糟糕的是,她们暴力示爱的方式在孩子的心里滋生出了叛逆情绪。当赖特被迫以刀子进行反抗时,这一事实已是不辩自明的了。这件事与之前他人生的第一次打架的经历再次在结构上呼应。这些事实的反复呈现都说明了黑人女性家长们不仅教会了孩子们怎样在家庭暴力中屈服,还教会他们怎样利用暴力在黑人社区公共空间中求生存。赖特在爸爸离家后就得到食品店为全家购买充饥的食物,起先他的钱被一群大孩子抢去,但是妈妈要求他必须承担起这个家庭责任,并给了他一根棒子去回击那些欺负他的人。赖特以暴力的方式不仅为自己和全家获得了维系生活的食物,还获得了社区内公共空间的支配权。

> 我(赖特)惊恐失措地挥舞起棍子,只觉得棍子啪地一声砸在一个男孩头上。我又挥舞了一下,打着了另一个脑袋瓜,接着又打了一个……那些男孩都抱头鼠窜,一个个以完全不相信的眼光惊讶地注视着我……那天夜晚,我赢得了到孟菲斯各条街道上去的权力。③

赖特笔下的黑人女性家长们,出于对生活的无奈、出于对暴力的恐惧、

---

① Ralph Ellison. *Shadow and Act*. New York: Random House, 1964, p. 90.
② Ibid., p. 91.
③ [美]理查德·赖特:《黑孩子》,程超凡译,长江文艺出版社1985年版,第20页。

出于对孩子的担心，以暴力手段教育她们的孩子们学会如何在白人社会求活路以及如何在黑人社会求生存，然而暴力却在这些男孩幼小的心灵里培植了推卸责任、离家出走的种子。等到他们成年后发现自己无力承担家庭重担，童年时对家庭暴力的反感和厌恶的情绪就加速了黑人男性成为不负责任抛家弃子的角色。这反过来再度加深了黑人女性的苦难和怨恨。根据埃里森的观点，这些女性家长对孩子的暴力管教反映了在黑人家庭和社群中的一种被打上明确种族主义烙印的"前个人主义"倾向。由于黑人是以种族来界定的，根据肤色的不同，黑人种族的"大众群体"与其他"大众群体"被分离开来。因此，某一行为几乎不针对黑人个体。他是以一个被排斥的群体中的一个物种而非一个人来看待的。他知道他从未独立地存在过，而是仅仅存在于他人（白人）希望通过他的存生，使这个黑人种族生成一种感同身受的苦难。[①] 这些黑人女性家长在"前个人主义"意识的驱动下，用暴力示爱，殊不知她们这种暴力的教育方式不仅维护了白人吉姆·克劳法则所规训的伦理关系，还在一定程度上认同了白人对黑人男性形象的妖魔化歪曲，并帮着白人在黑人群体中强化和维系这种形象。

　　赖特以自传体形式的小说生动地将发生在隐私的、家庭范围内的暴力与南方的政治管理方式和公共仪式的残酷性结合在一起。当暴力超越了空间的场域而作为一种伦理或者说是一种话语方式表达了它的时效性和权威性时，这种公共的恐怖进一步地营造了一种让私下暴力繁衍发展的条件。如果高压化的种族主义的社会秩序是为了让它更顺利地发挥功效，家庭的独裁主义以及它所要求的暴力便都笼罩在这种恐怖的阴影下。[②] 它暴露了黑人家庭结构中的两个巨大的缺陷——以暴力管教对黑人男性造成的心灵创伤以及它日后对整个黑人家庭的负面影响，将20世纪美国黑人所生存的伦理环境和充满悖论的种种伦理关系赤裸裸地呈现在读者面前，迫使他们在哀其不幸、怒其不争的同时，不得不反思社会伦理秩序中种族主义具有欺骗性的去伦理性本质和黑人种族内部所缺失的反抗性、阳刚性和凝聚力。

　　[①] 根据美国人艾德伍德·布兰德（Edward Bland）对"前个人主义"的解释，他认为"前个人主义"的黑人社区阻碍了黑人自我防御的个性发展，这使黑人缺乏个人主义的独立品格。此处转引自 Ralph Ellison. *Shadow and Act*. New York：Random House, 1964, p. 84.

　　[②] Paul Gilroy. *The Black Atlantic：Modernity and Double Consciousness*. Cambridge：Harvard University Press, 1993, p. 175.

第三节　家长伦理模式的意指与修正

由于白人从政治经济文化等方面全方位地对黑人进行家长式的监管，大多数的黑人学会了"猴子埃苏"对白人话语的意指的求生本领。[①] 根据小亨利·路易斯·盖茨对非洲神话中周旋于大象和狮子间的猴子埃苏的研究，他发现生活在美国种族主义歧视下的黑人为了生存，常常采用含沙射影地说话、尖刻地抱怨、用甜言蜜语哄骗、用刺激性语言嘲弄，以及说谎等方式替换掉了白人习以为常的暴力话语中象征性的"能指"的相关的概念，从而削弱或修正了白人权利话语对黑人的规训的实际效果。盖茨称之为"恶作剧精灵"的生存哲学。

这种生存哲学在很多布鲁斯歌曲和黑人自传体文学中得到充分的体现，即"形式的掌控"的欺骗哲学。[②] 根据美国黑人美学家贝克的考证，这种修辞方式源于美国早期黑人奴隶与白人主人间的交流方式，这种交流方式渐渐在黑人日常话语中成为一种主要的言此意彼的言说方式。早期的黑奴几乎都是文盲，为了迷惑白人，黑人以重复白人的话的方式假装顺服。同时他们利用了自己文盲的劣势地位故意误读或差异性地去重复白人英语，实际却以黑人自己的语言方式反转了白人对语言的掌控形式。在黑人社群内部的俚语表达中重新获得了语言形式的掌控权，并达成他们族群内部共识的语义内涵。赖特认为"有色人种总的来说是都是好演员……他们生活的环境激发了他们内在的几乎无意识地去掩饰他们最深沉的反应，以免引起那些人怀疑自己的真实想法而遭致惩罚"。[③] 对于他们来说这种行为不是不诚实，而是一种谨慎、智慧，可以为自己免除不必要的伤害。

一　以"形式的掌控"求生

南方对于黑人来说就是一种特殊的伦理环境，暴力是白人维护伦理秩

[①] 参见美国小亨利·路易斯·盖茨《意指的猴子》，王元陆译，北京大学出版社 2010 年版，第 32 页。

[②] Houston A. Baker, Jr., *Modernism and the Harlem Renaissance*. Chicago: University of Chicago Press, 1987, p.49.

[③] Richard Wright. *The White Man, Listen!*, New York: Greenwood Press, 1978, p.43.

序的核心话语方式,而谎言则成为黑人在南方伦理环境中求生的最基本的反暴力话语。如果黑人特别是黑人男性,在成长过程中不能在暴力中学会忍受,就得以撒谎、偷盗、扮小丑等方式谋求生活。抑或是说,暴力与谎言是黑人在这种特殊生存环境中的基本伦理。不仅如此,这使南方伦理环境中黑人的行为具有了空间化、区域化的特征,即黑人在与白人相处的公共空间和只有黑人的私人空间有着判若两人的行为方式。

> 我们不论谁都对白人又痛恨又害怕,然而,一旦有个白人突然出现,我们假装露出无声、恭顺的微笑……白人为我们划下一道我们不敢逾越的界线,我们承认那条界线,因为这关系着我们的饭碗问题。但是在我们的界线范围之内,我们自己也划出了一道界线,它包括我们谋生的权利,虽然要获得这种权利我们要受到侮辱和失去尊严。①

电梯男孩肖弟就是一个为了生存,可以在与白人相处的公共空间扮演"大男孩"角色的典型代表。赖特这样描写他:"他讲究实际,明白事理,爱读各种书报杂志,为自己的民族感到自豪,对它受到的冤屈感到愤愤不平。然而在白人面前,他总是扮演着最低三下四的小丑角色。"肖弟甚至可以为了从白人那里得到两毛五分钱,甘愿扮小丑把自己的屁股让白人踢。赖特质疑他怎么能为了这点儿小钱,就可以这样不要一点尊严。他却不以为然地对赖特说道:"听着,黑鬼,我的屁股硬邦邦的,可两毛五分钱却很难得。"可见,黑人男性已经习惯为了生存去接受白人对他们肉体上的欺压。他们既然改变不了白人对经济的绝对控制权,他们就不得不向现实生活低头,甚至为了钱可以牺牲自己的男性尊严。肖弟熟知白人与黑人间的对话是建立在暴力基础上的,所以他甘愿通过白人习惯的暴力方式承担被人踢的暴力惩罚,这样可以让他得到活命的钱。毕竟,经济保障是生存的基础。

其实,肖弟选择放弃尊严而获得实际利益的行为代表了大多数南方黑人的基本生存伦理。其中折射出了黑人种族的布鲁斯求生哲学——他们采

---

① [美]理查德·赖特:《黑孩子》,程超凡译,长江文艺出版社1985年版,第280—281页。

取看似顺从的、白人能接受的行为方式来让自己获取更大的生存空间。他们是采取了大多数黑人在他们民间文化中普遍流行的形式掌控这种欺骗哲学,即以看似顺从的行为或语言来欺骗白人,让他们以为自己掌握了话语的控制权,但通过黑人对白人英语独特的修正性模仿替换掉白人习以为常的暴力话语象征性的能指的相关概念,而形成一种黑人内部达成共识的抗议话语。简言之,黑人常常以"形式的掌控"这种言此意彼的言说方式在看似对白人恭维的话语中修正了该话语对黑人的规训效应。诚如赖特在《一千二百万黑人的声音》中的疾呼:"我们外表的伪装承载了美国对我们三百年压迫里熟悉的方方面面。在黑人劳工、厨子、电梯员的谎言背后是交织着痛苦和希望的让人心绪不宁的死结,它汇聚了许多时空的绳索的缠结。"[1]

虽然肖弟的行为代表了大多数南方黑人的基本伦理取向,但赖特在这部小说中前半部分描述了自己买狗的经历,以此说明自己对待钱和尊严的态度。赖特在小说中设计了自己和肖弟面对饥饿和钱的两种态度,在结构上再次形成呼和的重复性的修正。这种差异性的重复是黑人文化传统和艺术传统的表现方式——当在重复中出现差异时;如果这种差异是积极的,它就不仅仅是重复而且是一种进步;可如果是负面的重复时,它则表现一种退化。

童年时的赖特不得不接受妈妈的要求去把自己的小狗"贝蒂斯"卖掉,换取维系家人糊口的钱。可当他发现真的有白人愿意出钱买自己的狗时,却以那位白人女士只有97分钱而不是1美元为借口,把自己的小狗抱回家了。自己虽然饱受饥饿的困扰,但作为孩子的他抗拒了1美元可能给他带来的食物的诱惑;他在与白人打交道的公共空间中可以成功地拒绝白人的善意。赖特通过自己拒绝南方黑人伦理的方式和态度证明除了欺骗、扮小丑,黑人也可以选择其他的方式去改变和修正现有的伦理秩序。肖弟作为一个已经成年的黑人选择牺牲尊严换取糊口的小钱,他对待生存的态度与赖特的妈妈是一样的,首先是活命而后是尊严,一个成年男性与一个孩子的不同态度,再次体现了生存的压力使黑人孩子在成长的过程中不得不放弃尊严,因此,赖特在小说的文本上构成了一种退缩性的差异重

---

[1] Richard Wright. 12 *Million Black Voices*. New York: Thunder's Mouth Press and the New York Times, 2002, p. 11.

复，以激发读者去思考黑人到底生活在一个怎样泯灭人性的、去伦理的社会环境之中。

为了进一步证明黑人男性的成年过程并不是一种积极的进步过程，而是一种逐渐失去人性的退化过程，他记录了自己如何从一个为了尊严坚持己见的孩子变成一个以撒谎和违法来度日的大男孩的转变过程，从而再次从情节上呼应了肖弟的"形式的掌控"欺骗生存伦理。早在杰克逊时，赖特自己好像总是学不会如何在充满吉姆·克劳伦理规范的南方生活。他总是以美国宪法赋予其公民的权利和义务来行事。总是为了自己的理想而做出一些对于黑人来说越界的事情。他拒绝学校安排他教书的诱惑，坚持在毕业典礼上读自己写的演说词，而不为了讨好白人朗读校长写的演说词。他这样做是希望正正当当地做事。他的朋友格里格斯知道后常劝告赖特接受校长的安排，否则赖特是在拿自己在杰克逊的前途开玩笑。其实黑人可以通过伪装、欺骗白人来反抗白人，这不违背黑人的求生法则。他告诉赖特因为你得吃饭，所以"在白人面前，你要先思后行、先思后言。你的行为在我们自己人看来是非常正确的，可白人的看法就不同了"。这件事中无论是校长的行事方式还是格里格斯对赖特的劝告再次说明了黑人从非洲文化的传统中学会了猴子埃苏的本领。在美国，特别是在南方，为了实现自己的理想和满足自己的愿望，黑人孩子还得学会撒谎和偷盗。

在读完高中后，赖特走上社会希望自食其力地生活。他尽量坚持从道德的逻辑上坚持真理、不撒谎、不偷盗。随着他不停地到处打零工，他逐渐发现在南方的黑人在种族歧视下根本无法养成这种美德。偷盗等违法手段成为维系他们生存下去的基本方式。黑人服务生靠私贩酒水挣点外快、黑人女佣靠偷些食物贴补家庭、看门小伙靠倒卖回收电影票挣点零钱。他日渐知道无论他怎么起早贪黑地干活，他都凑不够去北方的路费。可在南方，别说实现他的作家梦，就连找份正式工作都难。于是他不得不向生活妥协，也开始靠偷盗、欺骗来挣够路费。他安慰自己，"偷窃并不违反我的道德标准，而只是违反他的（白人的）道德标准；我认为，一些事情都被用欺骗的手段操纵着，都对他有利，所以，我为了抵制他的生活方式而采取的任何行动都是有理由的"。

赖特在《黑孩子》中展现了黑人为了在种族主义的南方求生，如何生活在一连串的谎言和欺骗之中。诚如赖特对他父亲的评价"在他之上的白人种植园主从未给过他一次学习忠诚、感情、传统等词含义的机会"。他希望通过展现一个充满谎言和欺骗的黑人世界告诉白人,南方不像它自我神化的那样了解"黑鬼",也不像神话所描述的那样黑人能在其中有"一席之地"。他以此声讨白人权利话语对黑人构建健全人格形成的阻碍。在去伦理的生活环境中,黑人男性被迫以非洲神话中猴子埃苏的求生哲学,展现了构建在暴力基础上的 WASP 话语体系,对黑人男性气概和人格构建的致命影响,同时也说明了白人在构建"家长制"伦理模式时也将自己囚禁在 WASP 话语权利的幻象之中,成为了黑人传说中的那只自负的狮子。这种写作方式就是非裔口头文学传统中的面具化的叙述。

正如美国文论家小豪斯顿·A. 贝克在《现代主义和哈雷姆文艺复兴》中对顿巴《我们带着面具》的评述:"黑人掌握吟游诗人的面具是迈向松散的非裔美国现代主义的第一步。"[①] 或者说,黑人得戴上面具,按照"形式的掌控"去扮演预设的伦理角色。他们以白人期待的小丑模样去欺瞒白人是他们几个世纪在南方承袭下来的生存伦理。这里赖特从自己对道德概念的转变和对怎么才能在南方生活下去的生存观的转变再次呼应了《土生子》中别格为什么见到道尔顿家人时会装出一副"傻宝"的样子来。即使是在别格杀死玛丽之后,他继续用装傻的方式骗过了道尔顿家人、侦探等白人的轮番盘问。可见,黑人常常是通过戴着"形式的掌控"的那副白人习以为常的面具去欺骗他们,这是黑人从非洲文化中汲取的生存哲学,即以不道德对抗不道德而达到超越伦理疆界的目的。不仅如此,赖特还以自己对道德认知的改变真实地展现了所谓的黑人不道德的价值观的成因。这也是赖特以布鲁斯调停性的方式抗议社会积弊的一种艺术表现方式。当然批评社会只是赖特在这部小说中的一个目的,其另一个更具有文学价值的艺术效果在于,他以对自我身份的探索和自我价值的实现,调整自我与社会的关系的过程,并以自己的成功修正了黑人只能是一个"无知的孩子"的社会伦理身份。

二 以知识摆脱伦理束缚

以自己的成长经历,赖特展现了他的烦恼源自独立个性的养成和对知识的渴望。为了获取更多的知识,赖特渴望读书。可是南方只有白人才享

---

① Houston, A. Baker, Jr.. *Modernism and the Harlem Renaissance*. Chicago: University of Chicago Press, 1987, p. 17.

有阅读的权利。为了达成自己的目的，赖特不得不以欺骗的方式借来图书。他得到了一位白人同事的帮助。他是爱尔兰移民并且是天主教徒，所以他不像土生土长的南方白人清教徒那样鄙视黑人，反而比较同情黑人的境遇。赖特装作一个为白人跑腿的一无所知的黑孩子，并伪造便条签上了他同事的名字。当他读完门肯写的《序言集》时，他意识到语言可以成为武器，他那被现实生活压抑的写作冲动再次被激发出来，他渴望读书、渴望找到观察世界的新方法。读书让赖特逐渐了解了美国文化、美国白人的生活，让他不再感到白人世界的陌生。从此读书成为了他的爱好，他也从此有了一个明确的目标——去北方实现自己的作家梦。

大量的阅读让赖特明确了自己作为一个黑人男性在南方的前景是可悲的。如果他选择像祖父那样去团结其他黑人与白人公开抗衡，（历史已经证明）他不可能在这种较量中有任何赢的机会。如果他像其他成年男性一样娶妻生子安于贫贱的生活，那么他许多内心的东西就被泯灭了，他将永远生活在自我憎恨之中。他还可以选择像他的父亲那样沉浸在酒色之中来逃避现实。或者选择如哈里逊那样通过打架来向其他黑人转移自己的憎恨，通过武力来解决自己身为黑人的种族困境。如果这样，他就成为了另一个"别格·托马斯"。然而这些选择都只能让赖特继续承受无法成熟的"黑男孩"的伦理身份。[1] 这一切是他痛恨的，这种对黑人男性精神的压抑激发了赖特在《黑孩子》艺术创作上运用布鲁斯"转义"修辞，他希望将"童年的一些小事串起来并把他们写下来；而我的主要目的是对我生活的环境给予一个价值判断"。[2] 同时这也是对之前《土生子》中别格·托马斯悲剧命运的修正。

他的人生和成功之路是苦涩的，这份成功是以疏离外部社会转向内在的精神世界的孤独为代价的。赖特在结尾处写了向北方进发，这给了读者希望，并期待他最终能找到生活的意义。他将自己塑造成为另一个"哈克贝利·芬"，希望尝试自己独立的能力，体验自主行为的刺激与冒险。去北方实现自己的作家梦，体现赖特迈出了"决定性的一步，跨入了成

---

[1] 以上几种生活选择的具体内容参见美国理查德·赖特《黑孩子》，程超凡译，长江文艺出版社1985年版，第311页。

[2] Keneth Kinnamon. *The Emergence of Richard Wright*. Urbana：University of Illinois Press，1972，p. 65.

熟之门"。① 他以知识驱赶了宗教、贫困以及种族歧视在黑人男性成长道路上的阴霾，以自己的成功告诉白人父亲们，黑人男性可以像白人男性那样以知识构建自己的男子汉气概，告诉他的黑人父亲，他可以在没有父亲的家庭中长成一个堂堂正正的男子汉，不仅可以凭借性激情来证明自己是个男人，还能以知识和理性来控制自己的欲望并实现自己的理想。这是一种让自己日益成熟，并成为真正意义上的男子汉的良方。小说的结尾成为充满悲伤的布鲁斯叙述中最和谐的尾声——充满希望和梦想。它也为黑人如何培养个性与提高品行来修正白人父权话语方式提供了一种方式。读者期待他能像哈克贝利一样获得参与社会、实现自我价值的机会，并在期许中反思美国以父权制为核心的家长制社会伦理方式的时弊。

这部小说反映了黑人渴望成长又害怕成长、希望获得自由又不知如何应对窘困前途的困境。它以艺术的净化力和感召力引导黑人直面白人社会的种族压迫、种族内部的矛盾与怨恨、生活中的烦恼和挫折，进而排遣心中的焦虑和恐惧，学会在社会化的过程中实现个人价值和改善社会地位。赖特的成长是一个时代的缩影，是社会的一面镜子，它反映了那个时代的特征和社会环境特征。它从黑人的精神追求、价值观念和生活方式中折射出那个时代的精神特质。

赖特以知识分子的责任，为1200万黑人代言，大声控诉WASP文化伦理秩序对黑人男性伦理身份的非人道与去伦理的压迫、扭曲与贬损，让白人从他们的文化惯性中看到其中的暴力与罪恶，希望白人在他振聋发聩的控诉的回声中反省自己的原罪，同时，更看清他们自己其实也生活在自己编织的权利神话的幻境之中——这一事实本身对社会的安定具有隐性的危害。

《黑孩子》远远超出了自传文学的传统意义。赖特以自己成长经历为背景，以自己对南方黑人苦难的理性认知为依托，对制约黑人男性身心发育的白人父权文化与黑人缺乏父性伦理责任的事实进行声讨与问责，将社会生活中的林林总总进行提炼加工，通过自我塑造一种新的黑人男性形象给他们男性的发展空间提供了一个新的视角。正如他所说："我没有能力去改变外部的客观世界，我就在我的内心世界去改变。因为我的环境是如此赤裸和凄凉，为了满足自己饥饿的、苦闷的渴望，我得赋予它无限的潜

---

① 芮渝萍：《美国成长小说研究》，中国社会科学出版社2004年版，第6页。

能并改善它。"① 赖特用艺术的手法展现了南方种族主义对黑人男性气质的扼杀,他的目的是反击白人虚构的"快乐的黑人",因为这种模式化的形象长期被用来最大限度地弱化种族压迫。② 他的这部自传体小说不仅充分地表现了黑人的最深沉的情感,还将自己对自由的憧憬和突破疆域的限制作为最响亮的布鲁斯即兴变奏,将小说推向高潮后得到广泛接受,让读者继续思考那些隐性的社会问题——道德为何物?伦理为谁服务?

赖特把为那些失去话语权的"黑男孩"的代言视为黑人知识分子的责任。他在这部自传中部分地虚构了他的童年,使之浓缩了黑人男孩成长过程中所有无法言表的痛苦。正如赖特自己所说:"我想精确地再现当下南方黑人的生活,它的整体影响,一种公分母概念。我运用了我经历的、观察到的和感受到的一切,并结合了我的想象力将其塑造得吸引其他人的情感和想象力,因为我相信只有写作才与人类生活、道德、政治或拟称之的任何东西密切相关。我认为任何写作的重要性在于它能感知生活的深度。它从中获得价值。"③ 他要用个人的成长经历向所有黑人证明——每一个美国黑人男性都具备自我重塑的能力,问题在于他们是否敢于声讨他们的白人父亲以及问责自己的黑人爸爸,或他们是否敢同一切可能将他们囚禁在亚成长状态的境况抗衡,并能孜孜以求地追寻知识和真理,在修正不合理的社会文化秩序的同时构建健康的伦理身份。

赖特将他童年青少年时的亲身经历与亲眼所见、亲耳所闻的事情艺术地组合与重构,在文本结构上呈现布鲁斯式的"呼与和",在复调式的低吟中道出了美国文化中暴力的根源和功能。他对家长制伦理话语的辨析,阐明了黑人在美国种族主义环境中的不可视性。他在层层剥离和暴露白人强权话语的欺骗性和暴力化的实质后,被文化定义的黑人主体的不可视性清晰可辨,其结果改变了社会的性质并强调了它的历史性。④ 在赖特笔下的南方伦理环境是一种看似合理与普遍的虚构的神话,它是等级序列般的伦理范式的自我建构。赖特通过布鲁斯音乐的表述方式,艺术化地建构了

---

① 转引自芮渝萍《美国成长小说研究》,中国社会科学出版社 2004 年版,第 82—83 页。

② Michel Fabre. *The Unfinished Quest of Richard Wright*. Trans. Isabel Barzun. Urbana and Chicago: University of Illinois Press, 1993, p. 279.

③ Keneth Kinnamon & Michel Fabre, ed., *Conversations with Richard Wright*. Mississippi: University Press of Mississippi, 1993, p. 4.

④ Robert Young. "The Politics of Reading Richard Wright: *Black Boy* as Ideological Critique", in *The Western Journal of Black Studies*. Vol. 4, (2005) 4, p. 694.

一种历史的记忆和道德的叙事，从而反转了白人主义文化的强权效用，在黑人性的本质反思中抗议了白人虚构的道德和畸形的体制。

　　他独特的艺术创新使这部小说进一步修正和补充了《土生子》所开创的边缘—主流的对话模式。它一方面公开地批评了以家长制种族主义对黑人身心压迫和性格的扭曲，另一方面他还在这部小说中反思了黑人种族被白人几个世纪不断地妖魔化的内因，检讨了黑人家庭中错位的伦理关系、对权力的滥用和误用与他们悲惨生活的种种因果关系，深层次地揭示了黑人边缘化的生存处境对美国社会以及黑人种族家庭带来的弊端。赖特在指涉 WASP 文化伦理价值观对美国黑人的误导以及种族内部潜在的伦理危机的同时，还向天下昭告美国种族问题的根源在于社会文化秩序和个人伦理道德不能正确地引导和规范黑人的社会行为。这必然将误导他们跌入万劫不复的深渊。如果黑人想要在这一深渊中涅槃重生，他们除了首先让白人明确和反省自己的不道德、去伦理的行为本质，还需要在黑人家庭内部修复基于暴力的对话方式和示爱方式。如果黑人能以家庭的力量培养孩子的自信与品德，辨清真理的方向，完善自身的品质，这个种族才能真正地改变一直处于"孩子"的伦理身份这一处境，才有希望迈向成年礼的通途。

第四章 《局外人》中颠覆西方传统伦理的爵士宣言[*]

自1953年《局外人》出版问世，就招来了许多尖刻的批评。1953年5月23日发行的《芝加哥周日读书论坛杂志》直接用《赖特在流浪汉的长廊中又添一个怪兽》为标题激烈地抨击了小说的主人公克劳斯·戴蒙（Cross Damon）。他被赖特塑造成一个冷漠的、以自我为中心的杀人恶魔；并尖刻地指责他所有的行为似乎都违反了社会所认可的道德伦理观念，他的罪行几乎不可能得到任何人的同情和原谅。[①] 阿那·邦当斯（Arna Bontemps）认为赖特"将作品与萨特的存在主义混为一气，这毁了他的创作天赋"。[②] 黑人剧作家洛林·汉斯伯里（Lorraine Hansberry）对赖特的指责更猛烈，他认为"《局外人》大肆宣扬残忍和空虚；他（赖特）否认了

---

[*] 爵士乐是美国黑人在城市化进程中诞生出的一种美国音乐形式。它强有力地表达了黑人对自由的向往和对身份的认知，并成为在都市中艰难求生的黑人艺术家颠覆传统、追求自由的个性宣言。爵士是布鲁斯音乐中最具个性化的舞台表演形式，它有着心碎的旋律和歌词，并配上欢快、舞动的节拍。舞台乐队成员借助不同乐器和演唱形式将快乐的节奏与悲伤的情感交融在一起，集体配合和相互映衬下展现各自的独特音乐魅力。从某种意义上来说，爵士乐是舞蹈和音乐所形成的一种破除传统、标榜个性的音乐表述。这种表述在一定程度上有赖于舞蹈的感染力，所以它也是一种行为化的陈述。歌者在音乐和舞蹈的杂糅中宣称自己的生活态度：它关乎生活的现实——当魔鬼与天使坐在一起的时候现实是什么。爵士是歌手带着严肃的现实感应对人生的阻碍，而其最打动人心的就是在流动的韵律中去激发听众与它一起去发现突破阻碍的各种可能。因此，爵士在音乐世界里创建了一种新的伦理秩序，协调了对立的事物，在流动的韵律中去回应时代的文化问题，并表达出歌手对自由的个性化阐释，它是一种关乎态度的宣言。参见［美］温顿·马萨利斯和杰夫瑞·沃尔德《这就是爵士》的第三章和第四章（程水英译，南京大学出版社2011年版）。

[①] 详见 Rio Ottley. "Wright Adds for New Monster to Gallery Dispossessed", in *Chicago Sunday Tribune Magazine of Books*, 1953（March 23）, p. 3.

[②] Arna Bontemps. "The Three Portraits of the Negro", in *Saturday Review*, 1953（March 30）, pp. 15–16.

我们争取自由的现实,也毁了他自己的才能。赖特在巴黎的日子让他失去了和美国种族的联系"①。

进入20世纪60年代以后,随着美国黑人文艺运动的兴起和发展,评论界日渐开辟出新的视角来解读《局外人》,这些评论逐渐脱离了狭隘的族裔文学视角,向欧美哲学形而上学的批评拓展,其中赖特的传记作家法国人米切尔·法布堪称领军人物。他的论文《理查德·赖特和法国存在主义者》第一次比较全面地辨析了赖特的存在主义思想的成因。② 他系统地考察赖特对存在主义的接受过程。他认为赖特在法国期间与萨特、西蒙和加缪等左翼作家的友谊使他对法国存在主义思想非常了解,而海德格尔的《存在与在》则是赖特的"存在主义圣经",尼采、克尔凯郭尔和海德格尔的观点是赖特创作这部小说的存在主义源头,所以赖特笔下的克劳斯是一个否定上帝的反英雄。法布的观点为更多学者提供了将《局外人》与欧洲的存在主义小说进行深入比较研究的空间,他们开始将研究重点转移到挖掘在这部小说中赖特到底受到哪位存在主义哲学家的影响更大以及它与哪一部小说的相似度更高。其中,谷伯嘉信③、简妮福·杰逊·沃拉兹(Jennifer Jensen Wallach)④ 莎拉·F. 瑞耶(Sarah F. Relyea)、保罗·吉尔诺等学者都在该领域做出了实证性的文本研究,并都提出《局外人》的确是赖特有意识地以欧美存在主义文学哲学思想引导下创作的小说,它的文学地位不亚于《看不见的人》。⑤ 虽然他们都注意到了存在主义作为一种文学创作理念,是赖特对于黑人以及他们所代表的受压迫人民的生存本质的思考,但这些评论或过于注重意识形态的政治语境,或过于倚重哲学的理论支持,都没有真正进入非裔美国黑人文学传统以及审美风格里去

---

① Lorraine Hansberry. "Review of *The Outsider*", in *Freedom*, 1953 (April 14).

② Michel Fabre. "Richard Wright and the French Existentialists", in *MELUS*, Vol. 5, 1978 (2), pp. 39 – 51.

③ Hakutani, Yoshinobu. "Richard Wright's *The Outsider* and Albert Camus's *Stranger*", in *Mississippi Quarterly*, Vol. 42, 1989 (4), pp. 365 – 378.

④ Jennifer Jensen Wallach. "The Vanguard of Modernity: Richard Wright's *The Outsider*", in *Texas Studies in Literature and Language*, Vol. 48, 2006 (3), pp. 187 – 219.

⑤ 《看不见的人》发表于1952年,被评论界公认是美国第一部存在主义风格的长篇小说。拉尔夫·埃里森的创作方法带有显性的黑人民俗风格,是一部典型的美国黑人存在主义小说。可是,《局外人》中表现的欧洲存在主义哲学思想更显而易见,它反映的黑人生存问题被深深地隐藏在了这些欧洲哲学思想下,其中的非裔美国传统艺术和文化需要评论界更细致地解读。

挖掘赖特所独具的非裔美国风格的小说艺术。① 批评界的盲点正好给本章提出了一系列很好的问题——如果赖特不是对欧洲存在主义的盲从和仿写，那么在《局外人》中赖特运用了哪些非裔美国文学的传统元素来改良和重构自己的小说？这部小说是否真的缺乏艺术价值？它的主题是否已经偏离了赖特早期小说的伦理关怀？

带着这些问题，本章将着重从黑人文学传统的"爵士转义"的表意方式来分析长期被批评界忽视，却又实实在在地深藏在《局外人》中的非裔美国文学的艺术特色，并结合文学伦理学批评方法来阐释克劳斯犯罪行为是赖特长期以来伦理关怀的一种爵士宣言——黑人是西方文明的隐喻。

第一节　社会暴力与传统伦理的"爵士转义"②

一　隐性的社会暴力

像别格和小赖特一样，《局外人》的主人公克劳斯·戴蒙是一位黑人男性，他同样受到了社会暴力的威胁，只不过20世纪50年代的社会环境将种族主义的暴力隐藏起来，使之更不易辨察，但它可知可感。或者说，尽管这种暴力没有《黑孩子》中南方吉姆·克劳法那样公开地、血淋淋地控制和威胁着黑人的生存空间，但是它对黑人的心灵的威慑力仍无处不在。事实上，赖特早在《土生子》中就开始刻画和展现社会隐性的暴力对黑人伦理选择造成的误导。别格就一直煎熬在一种看不见的社会暴力之中，可是他找不到谁才是真正对他施暴的主体。暴力主体的不确定性使他

---

①　很多学者研究的《局外人》都是基于1953年版的。但那个版本的小说实际上是赖特在出版商的要求下从741页缩减至620页，这的确使赖特的创作意图无法明确地展现出来；从而使这部小说读起来更像是对存在主义小说的仿写。鉴于此，本章将选用1991年版由美国图书馆出版的《理查德·赖特后期作品》中收录的《局外人》作为细读的研究文本，深入挖掘这部小说中被评论界忽视的非裔美国文学元素。经由美国人安若德·拉普萨德编辑的这部小说还原了赖特的创作初衷，从而使这部小说的非裔文化特征更加鲜明可辨。因此本章将重点解读赖特如何将非裔文学和文化的传统元素与欧洲存在主义小说相结合，创作出了反映黑人生存困惑的文学作品。

②　"爵士转义"作为一种黑人文艺修辞手法，有学者将它划归在黑人方言的"布鲁斯转义"修辞中。因为爵士乐与布鲁斯以及黑人方言是一脉相承的，所以这些修辞手法的使用从本质上是一致的。如贝克将黑人修辞"转义"放在网状的布鲁斯母体中研究，盖茨将其作为黑人修辞中意指的方式进行研究。因此本章节中将根据具体的阐释将"爵士转义"与"布鲁斯转义"互换使用。

找不到可以反抗的具体目标，但他的内心时时涌起要以暴制暴、以牙还牙的冲动。当这种反抗暴力的冲动变得漫无目的时，别格的反抗必然造成害人害己的后果。《局外人》在一定程度上可以看作《土生子》的一种续篇。克劳斯是一个长大了的别格，他继续与那些看不见的隐性暴力抗争着。在《局外人》中，赖特进一步刻画黑人特别是黑人男性受到的隐性的社会暴力的控制，它是黑人家庭的情感折磨以及白人社会对黑人的无视下织成的一张看不见的密网。这种无形的网让人产生莫名的焦虑和畏惧，紧紧地束缚着人们对美好生活的梦想。

自奴隶时期开始，由于经济原因，黑人家庭成员长期以来需要相互依靠才能共同生存下去。这使生活在男权社会中的黑人女性将自己对生活的无助和焦虑投射到她们的丈夫和儿子身上，这种转嫁痛苦的焦虑驱使女性们用宗教、眼泪、身体和儿女来捆绑身边的男性。这些纠结的情感和无法言表的焦虑实际上变成了一种看不见却杀伤力极强的家庭冷暴力。小说的主人公克劳斯原本也是一个有追求的黑人青年，他白天攻读芝加哥大学的哲学学士，晚上在邮政工作养家糊口。可是随着他三个儿子的出生，债务缠身的他日益感到自己无法应对家庭的各种关系，也难以承担自己应负的伦理责任，家庭生活成为了拖拽他远离梦想的绊脚石，家就是个监狱；他就像一个被判了无期徒刑的犯人，一方面他感到未来的日子没有了希望，但另一方面他禁不住渴望有朝一日能重获自由。

克劳斯生活在这种隐形的家暴中备受煎熬。他的妈妈和《土生子》里托马斯太太一样将自己对儿子的希望寄托在宗教上。她时时处处以基督教的伦理来批评儿子的所作所为，让克劳斯觉得自己被一种不可言状的焦虑控制，那就是"畏"。克劳斯一直受到"畏"的情绪和行为的控制。"畏是他妈妈给他的第一份命运的礼物。不是生理意义继承而是从他妈妈精神上继承的与生俱来的情绪"。[①] 他的妻子格蕾丝以三个儿子要养育这个理由将克劳斯微薄的工资牢牢掌握在手中。为了支撑一家人的生计，克劳斯总是旧债未清新债又来。这样一来，即便克劳斯多么厌倦他们的家，也不敢轻易地和她离婚。因为他如果离开这个家，几年之

[①] Richard Wright. "The Outsider", in *Later Works*. New York: Literary Classics of the United States, 1991, p. 385. 本章所引用的《局外人》文本均出自这部小说，不单独成段落者将仅用引号提示，不再逐一标注。

内即使他没日没夜地在邮局工作还债,他甚至还是连吃饭的钱都没着落。要当一个有责任感的丈夫和父亲对于克劳斯来说真是"行路难难于上青天"。克劳斯费尽心机地制造自己有无意识的家暴倾向的假象,他假装在一种梦游状态暴打妻子,而事后却毫不知情。格蕾丝对此又怕又无法指责他,最终同意与克劳斯分居,他也算是计谋得逞。可生活的苦闷让克劳斯和别格一样只能依靠酒精和性爱来麻醉自己。他转而受到未满16岁的少女朵特的诱骗,和她同居并使她怀上了孩子。这使克劳斯本来紧张的家庭关系更是雪上加霜。如果他不能与妻子离婚,就没法与朵特结婚,那么他会以与未成年少女发生性关系被控入狱。如果要想让他妻子格蕾丝同意离婚,他必须答应将现有的一切财产给她,并再到邮局借800美元的款子。他的妈妈是个虔诚的基督徒,根本无法接受克劳斯这种不负责任的生活方式,对他一味地指责。他感到这三个女人已经在精神上和经济上把他压榨得一贫如洗、苦不堪言。生活的琐碎和情感的孤独使克劳斯远离了青春年少时的大学梦,更别提做一个顶天立地的男子汉了,他对生活的绝望甚至让他想到了自杀。

尽管克劳斯没有勇气选择以自杀结束这种没有希望和未来的生活,但是现实已经将他变成了一个行尸走肉,如他的同事摸着他那双冰凉的手时和他开玩笑的一句话:"他们应该叫你'死亡先生'。""死亡先生"这个绰号预示着克劳斯生活在一个毫无生气的、扼杀生命的环境中。克劳斯对生命的意义和男性尊严的理想在家宅空间的冷暴力下,日复一日地冲洗并正在褪色消亡。

身为黑人,克劳斯不可避免地受到来自白人对黑人的漠视,这是另一种击碎他对梦想的隐形暴力。生活的事实告诉他这是一个白人的世界,他和白人社会的交道就是借债还钱。他的老板看似温和,每次克劳斯需要借钱,他都痛快地答应,然后,像个父亲一样教育克劳斯为人夫、为人父的责任。然而,克劳斯却将老板的伪善看得真真切切。他清楚老板之所以痛快地答应借款给他是因为低额的本金与高额的利息间的利润空间。而且他欠债越多,他的老板才可以各种借口要求他免费加班,这样一来,克劳斯实际上变相成为了老板的"奴隶"。他痛恨老板芬尼的"白肤色,不是出于种族原因,但的确是因为他是白人,安全而淡定,可克劳斯自己却做不到"。他的这段心理独白会马上让读者意识到克劳斯是一个长大了的别格。别格也曾有过类似的心理,"我们是黑人,他们是白人。他们什么都有，我们什么都没有。他们干啥都成，我们干啥都不成"。①

尽管克劳斯不像别格是出于种族自卑而憎恨白人，但他依然恨自己没有机会，不可能像他这位白人老板那样安居乐业。克劳斯所表现的憎恨实际上依旧是长期困扰黑人的肤色憎恨导致的心理反应。② 芬尼越是在他面前表现得像个成熟稳重的绅士，他就越发觉得自己作为黑人男性的悲哀，并产生深深的自我憎恨感。最让克劳斯不能忍受的是，芬尼几乎没有称呼过他的名字，而是笼统地称他"你们这群在南区惹麻烦的有色男孩"。芬尼这样说不仅否认了克劳斯成年男性的男子汉气概，还否定了他作为一个独立存在的人的事实。这表现出芬尼身为白人无意识的优越感。他时时摆出一副白人父亲的慈善形象，看似关心黑人的话语中却透着骨子里对黑人的漠视和瞧不起。尽管克劳斯对芬尼的态度很不满，挫败了他男人的自尊。可是经济上的贫困让他不得不忍辱偷生地继续充当芬尼的"男孩"。

更糟糕的是，他受到的是来自家庭和社会隐形的暴力的打压，它们交织在一起让他躲避不及、无处藏身。尽管他得低三下四地从芬尼那里把钱借到手，可他没有权力随意地处置这笔钱。他得乖乖地将钱交给他早已不爱的妻子格蕾丝手上，听任这个他已经不爱的女人来支配他用血汗和尊严换来的钱。其实格蕾丝对克劳斯也没有了爱，她只是将自己的丈夫视为一个养家糊口的机器，也从未真正地尊重过他。这让他在家庭中完全失去了为人夫、为人父的权威和尊严。他觉得自己在外面被白人老板牢牢控制着，回到家又被一群女性家长们苦苦相逼着。为了维系自己的生活，无论是在老板还是在妻子或者他的妈妈面前，他都得乖乖地当"儿子"，顺从地听命于他们。

---

① [美]理查德·赖特：《土生子》，施咸荣译，译林出版社2003年版，第21页。
② 肤色憎恨（Color Hate）。非裔美国文化中黑人总是在低于白人生活的场域中生活，这使他们对肤色特别敏感，并因为自己的肤色产生一种憎恨情结。长期被社会漠视，却又身处在美国的繁华梦幻象之中，黑人怀揣着与白人一样的梦想，挣扎着将自己意识到的差别埋藏在内心深处。这种差别感让他们感到孤独和恐惧。白人对黑人的歧视已经成为美国文化的一部分，这种畸形的文化使黑人将这种对肤色的憎恨内化，同时在心理上变成一种情结，他们内化的肤色憎恨让他们习惯了用他人憎恨自己的方式自我憎恨。在他们无助地挣扎在这种不可逆转的自我憎恨时，人性中最基本的自尊迫使他们竭力去隐藏这份自我憎恨，因为他们不希望白人发现他们已经被白人的强权所征服。他们的生活已经受到了白人态度的控制。可是越是要隐藏和压制这种肤色憎恨时，黑人又会不自觉地去憎恨任何可能激发他这种肤色憎恨的人和事。因此肤色成为黑人无法摆脱的生理现象，而肤色憎恨则成为因扰黑人生存以及与他人正常交往的心结。参见 Richard Wright. *American Hunger*. NewYork：Harper& Row, Publishers, 1977, pp. 6 - 7。

他这样没有尊严地活着让他觉得自己被这个社会抛弃了，因为这一切都与他在书本上看到的男性的自由、男性的权利大相径庭。他曾经寄希望于通过攻读大学学位改变这种生活，可惜他读的那些存在主义哲学书籍和西方文化的精神所倡导的独立个性、自由人性的观念对于他来说太遥不可及。他觉得现实中的自己活得太憋屈。不论是在公共空间里还是在家宅空间中，他从未获得过一个成年男人应有的尊重。对于他来说，除了性方面，他身为男人的雄性气质早已在被他人的漠视中阉割掉了。这种极度的压抑作为一种反作用力，使他在面对性和自由的诱惑时，不假思索地、无所顾忌地沉迷和享受哪怕短暂的却能满足欲望的快感。只有在这种快感中，他才能获得短暂的男性的完整感。可见，在美国社会中，几个世纪沉积下来的对男性的伦理期待与对黑人的伦理期待的悖论性已然渗透到包括黑人家庭伦理关系的各种社会关系之中，这些社会关系形成一张无形的暴力之网，黑人男性在分裂的伦理身份的期待中被撕裂、阉割，而变得因无力反抗而意志消沉、堕落沉沦。

二 克劳斯对传统伦理的否定

自20世纪初起，爵士乐不仅反映了城市化、迁徙、种族、性别以及阶级关系等大众美国文化的变迁，其本身也成为美国文化的一部分来展现社会关系，其焦点集中在政治之争和社会之争，以及美国黑人的奋斗经历。爵士即兴创作的随意性被许多非裔美国作家和诗人移入文学创作之中，作为一种特殊的黑人文学修辞形式——"爵士转义"。通过爵士、布鲁斯、圣歌的隐喻来解码，它是一种方言和生活方式，它也是生活在美国的非裔美国人独特的经历和历史的产物。[1] 这种音乐元素的植入为文学创作提供了一种边缘与主流文化的交流方式，或者称它是非洲和欧美文化碰撞和融合的交互性的对话模式。赖特曾在《土生子》和《黑孩子》的文本叙事中不同程度地运用了这种布鲁斯和爵士表意方式。在《局外人》中他也不例外地将其引入小说的结构框架变化和文本内容的"转义"之中。如果说在《土生子》和《黑孩子》中更多的是表达一种黑人生活的压抑与悲愤，是一种布鲁斯的叙述，那么《局外人》中赖特更多地运用

---

[1] Alfonso W. Hawkins, Jr. *The Jazz Trope*: *A Theory of African American Literature and Vernacular Culture*. Maryland: The Scarecrow Press, Inc., 2008, p. 16.

了都市爵士乐的"转义"功能,增强了城市小说的现代主义艺术风格。

"爵士是通过即兴艺术的创造性尝试,它可以超越疆界。它的力量在于个性化的隐身行为——它是针对挑衅的创造,是一套以愉快回应自由价值观的行为方式"。根据默里的观点,因为即兴演奏具有布鲁斯习语的功能,所以"爵士是作为所有布鲁斯表述中的行为的陈述"①,在即兴演奏中音乐的无根性和不连续性等特征与人们在现代世界中存在的特征保持一致,这让人们知道如何调整自己以适应各种分裂和变化。赖特在《局外人》的小说结构之中,应用了爵士的即兴演奏特征,在一定程度上拓展了基于空间自由的小说文本。②

小说最显著的"爵士转义"特征就体现在赖特精心设计了克劳斯·戴蒙与他的三个化名查尔斯·韦伯、阿狄森·乔丹和莱昂内尔·雷恩,其间形成了差异化的重复,在修辞上呈现出一种"爵士转义"的叙事特征,进而喻指了主人公多变却不可逆转的悲剧命运。克劳斯的这三个化名都与爵士乐有着或隐或显的关系,从本质上可以看作对克劳斯·戴蒙名下命运变奏性的即兴创作。克劳斯为了实现自己的自由,隐去了自己的真实身份,以化名超越社会伦理的疆界,他采用的三个化名是对他在克劳斯·戴蒙名字下的一直受到社会伦理和责任禁锢的爵士化的释放和解码,并以三个不同的身份重新演绎和编码了他的命运。事实上,这种"转义性"的命名也是赖特对他主人公命名的重视,这其实也是他一贯的文学风格的延续。他一直认为:"黑人是美国最恰当的隐喻。"他指出:"我们黑人民族,我们的历史遗迹和我们现在的状况是美国形形色色生活经历的一面镜子。我们所想的,我们所展现的,我们所忍受的就是美国的全部。"③

克劳斯(Cross)这个名字就体现了非裔美国文化的传统和特色。它

---

① Alfonso W. Hawkins, Jr. *The Jazz Trope*: *A Theory of African American Literature and Vernacular Culture*. Maryland: The Scarecrow Press, Inc., 2008, p. 16.

② 由于从长期的奴隶制到南北战争后重建时期大举推行的吉姆·克劳法则再到大迁徙时北部城市实施的所谓"隔离并平等"的以白人中心主义的种族政策导向,在历史上形成了一条延续性的、明显的、不可跨越的种族疆界,它有效地隔离了黑人进入主流社会的各种机会。这种疆域的划定和种种伦理禁忌的设置都让黑人生活在一个分裂的、充满矛盾标准的现实中。为了获取生存的权力、创造更多的与主流社会进行抗争的机会,音乐,特别是爵士乐成为20世纪都市黑人的一种话语方式和生存样式。他们在音乐中尝试超于种族疆界的控制,并将他们在音乐中的尝试开展到生活的其他领域。参见 Alfonso W. Hawkins, Jr. *The Jazz Trope*: *A Theory of African American Literature and Vernacular Culture*. Maryland: The Scarecrow Press, Inc., 2008, p. 16。

③ Richard Wright. *White Man, Listen*! New York: Greenwood Press, 1978, p. 146.

是黑人文化对白人英语语义的解码再编码的"转义"过程。Cross 在英语中是"十字架"的意思，而且"十字架"作为一种象征体，无论是在欧洲文化传统还是在黑人文化体系中都具有丰富的宗教、种族和哲学内涵。所以，从这三个层面上小说主人公的这个名字隐喻了克劳斯可能基于种族、基督教和存在主义理念的伦理选择的趋势：它预示了克劳斯否定和规避传统伦理的行为取向。

  第一，克劳斯这个名字表征了他作为黑人男性的种族伦理取向。克劳斯的妈妈给他取名克劳斯，是从"基督受难的十字架"这层基督伦理教义中取义的。这说明他的妈妈希望他认命。如同基督受到肉体和精神的摧残，身为黑人在人世间饱尝的痛苦宛如耶稣基督被钉在十字架上所承受的苦难，因此等待上帝的救赎是他们唯一的可以摆脱痛苦的机会，这是不可逆转的上帝的旨意。不仅如此，克劳斯的"十字架"意义对于非裔美国人来说是死亡的象征，是白人三K党聚众对黑人处以私刑的执法台，是黑人男性被阉割和杀戮的场域。三K党的十字架是一个流动的场域，在该场域中对黑人男性肉体的肢解不仅是对种族间伦理禁忌破坏者的惩戒场域，更是对黑人旁观者进行仪式化规训的精神场域。白人故意让在十字架上被阉割后的黑人男性回到他们的群体中，以他去势的身体为一种灵魂的病毒，在黑人群体内部传播黑人男性成年需要付出的代价，让他们恐惧成年，从而在伦理行为上不敢有任何违背白人意愿或侵犯白人权威的尝试。对于黑人来说，十字架象征了几个世纪奴隶史投射在他们身上的"亚人群"的伦理身份。它就像一个世代承袭的诅咒，每个非裔美国人在脖子上被挂上了沉重的十字架，他们稍一不慎就可能招致被绑在十字架上，在一群白人暴民的怒视中被活活烧死的厄运。因此，无论是从基督教义还是从种族共识，"克劳斯"的十字架意义作为一个显性的社会暴力符号，从思想到行为上都束缚和捆绑着克劳斯从男孩蜕变成男人的可能。

  值得一提的是，早在《土生子》中赖特就描写了十字架就像一种病毒，侵蚀着黑人的心灵。前来狱中探望别格的黑人牧师送给他一个十字架，并告诉他十字架是耶稣拯救世人的象征，希望别格忏悔认罪，获得上帝的宽恕。但是当别格看到白人暴民在他监狱门口点燃十字架的那一刻他"猛然醒悟过来：这个十字架不是耶稣的十字架，而是三K党的十字架。他有一个救苦救难的十字架挂在脖子上，他们却在烧另一个十字架告诉他说他们恨他"！① 通过别格的心理活动，赖特已经告诉了读者，十字架对于黑人男性来说不是让他们接受黑人原罪的观点就是白人暴众施暴的象征，它都是白人规训黑人臣服的宗教工具。由此可见，克劳斯这个名字是赖特精心选择后的命名，它作为一个互文性的命名符号，标志着克劳斯和别格一样因为拒绝强加在他们身上的十字架，违背了以白人基督为中心的主流文化和伦理标准，所以他们的命运也必将不可避免地走向悲剧。

第二，"十字架"的基督教义是救赎和重生的象征体。它是一个预示克劳斯与过去苦难生活决裂并开始新生活的象征符号。在这层命名含义下，赖特给克劳斯注入了摆脱黑人男性无法成年的伦理束缚和追求新生活的愿望。在从邮局借款回家的路上，克劳斯乘坐的地铁出轨，很多人在这场车祸中遇难，他也受了伤。在逃离地铁的混乱当中，他的工作服正好留在一个和他身材相当的黑人男性身边，因此在统计车祸遇难人数时，他的名字也被列在了遇难人的名单上。当他在咖啡馆的广播中听到报道自己死讯的新闻时，一种自由的直觉在他的脑海中闪过。他不断地问自己：

> 这不是一个重新开始的小机会吗？开始一种全新的生活？如果这个世界上所有人都认为他死了，这不正好解决了他所有的问题……不知道怎么可能让他假死的报道变成真的？他必须与他知道的一切决裂，创造一种新生活。②

他的这些问题都表达出他希望和自己的过去决裂，不会再与过去生活有任何瓜葛的强烈愿望。这样他就可以"名亡实存"地活着，这是一种不受任何人、任何法制、任何道德伦理约束的自由的活法。这样他就可以彻底地挣脱以"克劳斯·戴蒙"建立的社会关系网对他的束缚，彻底脱离干系，从此可以去追求属于他个人的、自由的全新生活。他告诉自己"这不是因为种族的原因，这是每一个男人面对自由的自然反应"。从这

---

① [美]理查德·赖特：《土生子》，施咸荣译，译林出版社2003年版，第359页。
② Richard Wright. "The Outsider", in *Later Works*. New York：Literary Classics of the United States，1991，p. 452.

个意义上来说,克劳斯有意地选择社会性死亡。①这个选择可以帮助他卸下一切社会关系中他所必须承担的经济的、伦理的、社会责任的重担。这些重担在车祸之前如同一张无法挣脱的蛛网,紧紧地把克劳斯包裹得艰于呼吸。

赖特运用了非裔传统的命名艺术,在基督教义中找到了赋予克劳斯与旧的自我决裂并去创造新生的寓意作为依据。从克劳斯选择社会性死亡的过程中可以看到他的选择不仅仅是一种肉体的重生更是一种精神的自由。"十字架"的宗教预言消解了被历史文化固化的非裔美国男性的伦理身份——在各种有形的或无形的社会暴力的重创下忍辱偷生地做个乖乖儿。从这个意义上,"克劳斯"一词就是赖特精心构思、巧妙安排的一个命名性的"转义"。它修正了美国主流强加给黑人男性的男孩身份,克劳斯"社会性死亡"表明了黑人男性告别男孩这一社会伦理身份的一种决心。在他看来,死亡就是希望。当他看见被误认为是自己的那个人被下葬以后,他知道这种死亡意味着希望。"当所有程序礼毕,教堂的门关上……那一刻自我仅仅意味着希望中的希望。"

第三,19世纪末20世纪初,尼采反基督的哲学思想为十字架赋予了新的象征意义。尼采在《论道德谱系》的第一章中指出道德斗争史的中心就在耶稣上十字架这一历史事件中。他将"十字架上的上帝"解释为价值转换的原则性行动,推翻的是"贵族的价值等式(善=优越=强大=美=受神宠爱)"。他认为世界上没有什么诱惑人、陶醉人、麻痹人、使人堕落的力量能与"神圣的十字架"这个象征、"十字架上的上帝"那恐怖的自相矛盾、上帝为了人类的幸福把自己钉在十字架上这种无法想象的最后的残忍行动相提并论。②十字架也因此被视为上帝以暴力为依托的权力具象。"克劳斯"一词作为第三道预言,预示克劳斯之后会像十字架上的上帝一样沉醉在权力和暴力的诱惑之中,他的选择也是自由意志的选择。因此,"克劳斯"一词象征着现代主义意识形态所倡导的自由意志与

---

① "社会性死亡"是社会学范畴的一个概念。这个术语是指一个人彻底消失在以自己的姓名和它相关的社会形象建立的社会关系网中。对于这个社会关系网中的人来说,消失者无异于死亡。因此,如果一个人脱离了他所属的社会关系网,在社会学范畴内就可以被称之为"社会性死亡"。

② 参见德国尼采《论道德谱系》,周红译,生活·读书·新知三联书店1992年版,第18、20页。

权力欲望对传统伦理的破坏力。它在语义功能上传递出西方现代理念正在颠覆传统宗教观念的伦理变化取向，因而也增强了这个名字能指意义的时代内涵。赖特在这种别具匠心的命名艺术中道出了克劳斯的所有选择不仅受到种族主义偏见的历史导向潜移默化的影响，更是战后西方文明道德危机的必然。他的选择不仅仅是非裔美国黑人心理结构的表征，还是现代西方人在追求自由实现自我的过程中对自我价值的一种普遍的误读。

现代哲学大肆宣扬因为"上帝"彻底否认了人性所以人们应该否定上帝的理念。许多像克劳斯这样社会最底层的人们其实不了解西方哲学为什么否定传统宗教的社会功能和历史作用，可他们也盲从地否定上帝。这种否定其实是在解除信仰上帝对自己道德行为的约束。可当他们失去精神禁忌的约束后，他们用世俗的眼光看到的是上帝无所不能的权威，这种权力的威力不仅催使他们强烈地爱慕和追求权力，甚至让他们产生了自己可以成为上帝的错觉。

克劳斯没有父亲，他的母亲天天让他谨记自己是上帝的儿子。久而久之，在他的心目中将上帝模糊的形象与不确定的父亲形象等同起来，并投射到自己身上。他在圣经中读到，"上帝以自己的形象创造了人"。上帝的无所不在和无所不能使其具有了裁决人世间善恶、建立和摧毁现有秩序的无上权力。暴力是上帝做出选择和显示权威的方式，暴力是其救赎世人、普度众生的方式。基于这种理解以及克劳斯对现代哲学特别是存在主义哲学的认知，他将上帝形象和权力进行了一种人本中心论的逆转——如果上帝是以自己的形象创造人，那么他克劳斯已经具有了上帝的形象。如果十字架上的上帝可以用暴力的方式来救赎人世间的罪恶，那么他同样可以像上帝一样，去选择、去判断，甚至以暴力去毁灭旧秩序重建新秩序。特别是当他目睹所有的亲朋好友将那具被误认为是"克劳斯·戴蒙"的尸体下葬之后，他已经可以确认"克劳斯·戴蒙"这个人已经"实实在在地、合乎法律地、合乎道德地死了"。他跳出了一切可以约束他的伦理体系。他是这个社会的局外人，但同时他也能自由地出入这个社会，这让他进一步地产生了自己就是上帝的错觉。他对自己的生活状态是这样看的："做一个像主人般的上帝！如若不然，就做一块没有感觉的磐石！"他的这种态度表明他将自己视为一个可以任意出没在世俗世界的看不见的上帝。换句话说，如果真如现代人所相信的，上帝已经死了，或者他在世人的生活中缺席了，那么他克劳斯乐意代替上帝，成为上帝展现权威的代言人。从他选择作为局外人的那一刻，他实际上做出的是一种尼采式的反基督的选择。

克劳斯将自己等同于上帝这一错觉从一个微观的内心视点反映了现代西方人虚无的精神世界。他脱离社会伦理的约束使他的伦理身份变得不确定，因此他作为这个社会的局外人也可以是任何人。不确定的伦理身份造成的伦理混乱给了他成为一个不受现实伦理约束的个体的机会和可能，让他感到了前所未有的自由和权力，这和他之前处处受压抑的生活截然相反，这种反差让他感到自己生存的空间是一个独立于所有意识形态影响因子的自由疆域。这个空间如同突破疆域控制的爵士乐创造了一个只属于乐手个人的精神空间，在那里一切白人公共空间或是黑人宅家空间中不可逾越的限域和标准都失去了规训的效力。一切都可以按照他克劳斯个人的喜好来重新定义。于是他的社会身份也可以随遇而变，与这些身份相应的伦理规范也自然而然表现出一种暂时的、不确定的、流动的时效性。或者说，他可以随意地以某种虚假的身份参与到世俗的社会活动之中，可一旦他感到这个身份相应的困境对他造成束缚时，他可以迅速随意改变身份，那么一切原有身份带来的困境就迎刃而解。总之，他既可以做这个社会的局内人也可以做个局外人，一切都在于他的选择。因此他的存在也变得模糊、不易界定。他的生活从他选择社会性死亡的那一刻变得失去了存在的意义，或者说当实实在在的克劳斯·戴蒙的社会关系网消失的那一刻，过去那固定的社会参照系也随之消失，一切变得流动不居。可是作为一个没有社会依恋、没有道德追求、没有精神信仰的人，他获得的那种绝对的自由感必然让他产生出一种虚无感。因为他实际上生活在"道德真空"中，为了证明自己的存在，这类人往往会表现出"施虐狂"或"受虐狂"的行为取向。[①] 因此，他的名字克劳斯预示了主人公的重生是个人自由主义欲望的选择。他们为了个人的自由打破旧的秩序，但是他们在自由意志和权力欲望的驱动下建立的新秩序必然是非道德的，也必然将自己的命运引向悲剧的轨迹。

综上所述，赖特在克劳斯的命名的三层预言中表现出了克劳斯从一个暴力的逃避者变为一个逍遥法外的施暴者的命运轨迹。他的命运是别格·托马斯命运的升级版，他比别格受到更多的隐形的社会和家庭暴力的压迫

---

① 详见 Ralph Harper. *Existential Experience*. Baltimore: The Johns Hopkins University Press, 1972, pp. 28–33。

和禁锢，他身为男人的男性气质受到更大程度的抹杀和阉割。这种去势的焦虑让他将自己视为了最男人的男人——上帝，主宰他人命运的父亲。同时，他身上又具有许多黑人男性的致命软肋——失语。克劳斯和别格一样失去了与家人沟通的能力，失去了表达爱的能力。他们只剩下暴力作为一种话语来证明自己还是在世界上的一个男人。他们两者的不同在于别格使用暴力是动物生存的自然本能，他在恐惧中处于自我保护的反抗，是在斯芬克斯因子中兽性因子作用下为了生存盲目冲动的伦理选择。克劳斯诉诸暴力不是完全被兽性因子的自由意志牵引得无法自拔，而是深受西方自由主义哲学批判精神误导后的一种非理性的选择。他以为做一个现代西方人首先是否定传统和否定上帝。可惜，作为一个黑人，克劳斯却从未有机会理解其真正内涵，他对存在主义的误读和做出的错误决定再次证明一部分黑人知识分子已经变成了被西方霸权文化和殖民文化割裂的个体。因此，他有意识地将社会对他的漠视转化成一种优势，他利用人们对黑人的有色眼镜以及在这种目光下对黑人的漠视为自己获取更大的生存空间。他采用暴力去回应社会的方式则是他对西方宗教、上帝存在价值的误读和误判的结果。暴力作为他维系自我建构的虚假的社会关系的一种方式，已经不再是别格的生存意义，而是获得身份的一种手段。因此他对暴力的使用是一种非理性的伦理选择，他对社会产生的危害也因此比别格所造成的影响要大得多。[①] 赖特通过克劳斯以及这个名字中"十字架"对黑人而言的多重矛盾的含义喻指了一个事实——克劳斯是一个现代—传统、白人—黑人、自由—压抑、集权—个人的二元伦理体系中生成的恶魔，一个忧郁的恶魔。同时它作为一个命名符号意指了主人公之后以不同化名建立的社会身份的去伦理性和他反伦理性行为发展取向，并顺势指向了他的姓氏戴蒙（Damon）的隐喻性，即他的命运势必如其姓和名的矛盾含义所预示的那样走向堕落与沉沦的不归路。

[①] 正是由于克劳斯是有意选择以暴力来与社会建立各种关系，以上帝自居去讨还身边的公正，他的残忍和暴力表现出一种极端的、漠视他人存在的冷漠，他才变得像个恶魔一样无法获得读者的同情和怜悯，《局外人》也因此备受指责。但是克劳斯极端的暴力选择却真实地代表了一部分因社会漠视转而仇视社会的弱势群体。20世纪末和21世纪初频频出现的校园枪击案和连环杀手都或多或少和克劳斯的某些犯罪心理特征有相似之处。他们不需要社会的同情，也不需要社会去自审，他们就是以自己的暴力和他们的生命证明自己的存在。这种丧失人性的人比被兽性因子控制的人更可悲，也更可怕。

第二节　布鲁斯恶魔的"爵士转义"

一　人向魔蜕变中的"爵士转义"

当克劳斯从物质空间退场，逃离到他追求的精神空间；随着他所有社会关系的完结，成为这个社会的局外人；他也成为了一个孤独的、与世界疏离的个体。从这个意义上说，他成为了一个布鲁斯英雄，一个遭遇虚无的英雄。按照阿尔伯特·默里的观点，布鲁斯英雄"不仅是因为他追求情感的个人特征，更是因为他的行为和他生活的环境是一体的，如果他们不是一直出于某种即兴爵士演奏的状态或是某种首当其冲的困境，那么这一切就是一种虚无"。①由此看来，克劳斯可以被视为一个虚无的布鲁斯英雄。他的布鲁斯情感和命运都被隐喻在了他的姓氏戴蒙中。

西方学界一致认为克劳斯的姓氏戴蒙（Damon）是英语 Demon 的变体，即为恶魔。同时，在熟知布鲁斯习语的人群中，Demon 还指向其近义词 Devil，让读者自然地联想到这个 Blues Demon 即 Blue Devils②，从而将克劳斯的个人情感和他的命运紧密相连——一个极度抑郁的人将会沦落为一个疯狂的恶魔。这里赖特应用了"爵士转义"来隐喻克劳斯·戴蒙是西方文化的孽果。为了展现克劳斯从人向魔的堕落过程，赖特将克劳斯在假死后使用的三个化名与布鲁斯和爵士音乐关联起来。如本书第一章所述，黑人文学中常常用到像灵歌、布鲁斯、爵士等音乐中的"转义"和意指功能来表现主人公的情感困境。为了进一步分析克劳斯是怎样从一个

---

① Albert Murray. *The Hero and the Blues*. Columbia: University of Missouri Press, 1973, p.101.
② Blue Devils 是一个布鲁斯术语。它常常被用来指涉这个术语主要是指人被压抑到极限的忧郁和痛苦的情绪。黑人常常通过载歌载舞的聚会来宣泄这种极度忧郁的情绪。特别是进入20世纪初以后，美国黑人随着都市化的过程中，社区的布鲁斯狂欢舞会成为他们一种公共社交形式，他们在集体的交流中以不同即兴演奏和表演方式来尽情地释放那些被压抑的忧郁情感。这是黑人男女在一起消除痛苦的一种方式。但对于笃信基督教或是清教的基督徒，这些参加聚会的人不是抑郁的恶魔就是上街的鬼魂。特别值得一提的是，这一术语常被译为"极度忧郁"，是一种意译的方法；但笔者此处采取的是直译，主要为了保留 Devil 这个词语的宗教特色以及白人在谈及黑人的大众娱乐时存在的种族歧视特征。这样能进一步突出赖特在创作小说的过程中，常常将黑人塑造成类似恶魔般的人物并直接威胁到白人的生命和社会治安。他的这种创作意图就是用白人的偏见去回击白人，让他们直视种族偏见带来的恶果。这种表意方式就是黑人传统中的"形式的掌控"的典型代表，起到以己之矛攻己之盾的表意功效。详见 Albert Murray. *Stomping the Blues*. New York: McGraw-Hill Company, 1976, p.23。

第四章 《局外人》中颠覆西方传统伦理的爵士宣言　151

暴力的受害者变成一个疯狂的施暴者的沉沦过程,本小节将着重分析克劳斯的真名与化名间蕴含的种种关联和伦理语境,从而揭示克劳斯的种族身份和他在社会关系中被预设的伦理身份的矛盾实质上是非裔美国文化和欧美白人主流文化冲突的必然。如果他不能从根本上摆脱这种矛盾的困扰,他的命运也必如鲁迅描述的:"沉默呵,沉默呵!不在沉默中爆发,就在沉默中灭亡。"

克劳斯的第一个化名"查尔斯·韦伯"是他在酒吧中播放的爵士乐中获得的灵感,它源自著名爵士鼓手的名字"克里克·韦伯"。克里克·韦伯是20世纪30年代哈雷姆区家喻户晓的黑人音乐家,他的布鲁斯、爵士、布鲁斯—灵歌流动的韵律感成就了他别具一格的曲风,他被公认为最符合20世纪30年代摇摆乐(Swing Music)时代的黑人乐手。巴特·科瑞尔在《鼓手:爵士的心跳——摇摆岁月》中指出:"如雷鸣般的、充满强烈震撼力的鼓声,克里克的音乐充分地利用了前人未发现的、轻视的技巧,他将爵士鼓作为诉说力量的源泉和图释聚焦的方式。"他认为克里克的音乐给听众带来一种狂喜。[1] 克劳斯在酒吧里昏暗的灯光下听着"令人癫狂的爵士乐",他感到黑人被环境压抑的情感在爵士乐中得到了宣泄。

> 忧郁的紧绷感和欲望的音符跟他很像,不仅由于它们是由黑人创作的,还因为它们来自于那些被他人拒绝却又不得不与拒绝他们的人共同生活的人们的内心深处。那些音符带给人们一种执迷不悟的、令人害怕的狂喜,这让他的情感陷入充满快感的,想要抛弃一切的情绪之中。[2]

这首爵士乐中所表达的黑人生活在"被他人拒绝却又不得不与拒绝他们的人共同生活的"境况的忧郁情绪。他们在行动上尽可能地放纵自己而获得快感与他们受到漠视的痛苦密不可分。这种情绪与克劳斯一方面希望抛弃一切开始新生活,另一方面又不得不考虑以什么身份与社会建立伦理关系的矛盾心情极为吻合。当黑人感到情绪极度压抑时,他们会听爵

---

[1] Burt Korall. *Drummin' Men*: *The Heartbeat of Jazz*: *The Swing Years*. Oxford, Oxford University Press, 1990, pp. 8, 29.

[2] Richard Wright. "The Outsider", in *Later Works*. New York: Literary Classics of the United States, 1991, p. 457.

士、唱布鲁斯或跟随音乐舞蹈。克劳斯从"魔力四射的"爵士乐中获得了"那种执迷不悟的令人害怕的狂喜"和带给他"充满快感的抛弃一切的情绪"。他在这种情绪的冲击下，迷失在被快感牵引的暴力冲动之中。事实上，身体语言也是黑人音乐中不可或缺的一个重要组成元素。这可以追溯到最早的黑人音乐舞蹈形式，它和吉他、鼓、大号、萨克斯等乐器一样，是黑人表现压抑情绪的媒介。此外，在黑人文学传统中布鲁斯、爵士等黑人音乐形式常被作为背景音乐以渲染和刻画主人公的性格或指涉他的行动取向。从这个视角来看，赖特将克劳斯暴力冲动进行爵士化的处理，对克劳斯来说暴力如爵士乐中的鼓点，刺激着他去行动，这是一种音乐反射。

当克劳斯以"查尔斯·韦伯"的化名藏身在妓院并憧憬着自己的自由时，他却意外地遇见了邮局的同事乔。乔一眼就认出了他，还责备克劳斯自己在妓院逍遥快活，却让大家为他的死讯遗憾悲伤，太不近人情了。听到这些话，他的第一反应就是乔肯定会泄露他假死的秘密，他便毫不犹豫地拿起酒瓶砸晕了乔，并将他从楼上的窗户中抛出摔死。虽然这次谋杀不是蓄意的，而是一次偶然的暴力冲动的结果。当他回忆自己是怎样杀死乔时，他才意识到自己的行动几乎是下意识的。因为"他几乎还没意识到，一切就已成定局"。克劳斯似乎将暴力当作了他的一种身体语言，暴力已是他对压抑自己情绪的一种爵士表演。抑或是说，克劳斯在暴力行动中获得了一种疯狂的快感，这就如同克里克爵士乐中摄人心魄的鼓声催人随乐而舞。爵士乐的内在本质就是"通过即兴变奏来超越疆界。当一系列的价值观念挑衅创造和自由时，它的力量能在个性化的行动中生机勃勃地展现出来"。①

尽管暴力行动是克劳斯对爵士乐的误读，但是对于克劳斯来说，此刻他杀死的不是某个具体的、他认识的乔或者其他人，而是杀死一种阻止他重获新生、争取自由的可能。他是在用爵士化的暴力去逆转自己一度被冠以"男孩"的伦理身份。尽管杀害他人是不道德的，但克劳斯所争取的是突破疆域的限制，表现了自己是一个生机勃勃的人的存在本质。此刻，对于他来说暴力就是一种身体语言，是他来解构抹杀了他男性气质的

---

① Alfonso W. Hawkins, Jr. *The Jazz Trope: A Theory of African American Literature and Vernacular Culture.* Maryland: The Scarecrow Press, Inc., 2008, p. 16.

传统伦理道德的一种反伦理的行动。

不可否认,克劳斯抛妻弃子、杀死同事的行为从另一个侧面反映了黑人社团不稳定的伦理关系。这源于白人对黑人几百年的暴力压迫,在黑人心中投下了暴力的种子,通过一代代人复制、生成,黑人习惯了不顾一切地用暴力去维护个人的生存机会,哪怕是牺牲自己族人的利益。赖特是用克劳斯的暴力冲动来对黑人特别是黑人男性生活方式的一种理性的批判。在赖特看来,暴力给整个黑人的生活染了色。它在最亲密的关系中内化重生,暴力在黑人家庭和社团中是证明自我和维护权威的有效手段。暴力使黑人伦理关系松散、伦理意识薄弱。这些早在《土生子》和《黑孩子》中,赖特就已毫不留情地批判了家庭暴力对黑人男性行为取向的误导。

此外,爵士从功能上还具有在当下条件中即兴地"宣扬个性和身份"的作用。[①] 赖特在这里也应用了爵士乐即兴变奏的本质特征。他让读者意识到,克劳斯希望以克里克·韦伯的身份对旧的那个自己进行即兴的再创造,活出不一样的自己。赖特此处继承与发扬了"爵士转义"的叙事方式。最重要的是,诚如爵士乐鼓手演奏乐曲的激进强音,这次谋杀给克劳斯之后的生活定下了随机性的、暴力冲动的主基调,并表明了失去稳定社会关系的克劳斯已经走上了一个狂暴的恶魔的不归路。

他的第二个化名"阿狄森·乔丹"同样是一个具有"爵士转义"特征的名字。它源于另一个爵士乐手路易斯·乔丹。[②] 他早年也是克里克·韦伯乐队的一员,20世纪30年代末自己组建乐队,成为一名家喻户晓的歌手。凡是熟悉爵士乐的人很快就能从他对克劳斯化名的命名中看出端倪,并意识到赖特将这两个化名间的联系蕴藏在克里克·韦伯爵士乐队之中。"阿狄森·乔丹"是克劳斯从芝加哥逃往纽约的火车上胡乱编的一个名字。此处火车更加彰显了这个名字的爵士特征。火车在布鲁斯和爵士乐中是一个重要的意象,它象征着过去与未来的联系以及通向自由的路径。

---

① Alfonso W. Hawkins, Jr. *The Jazz Trope: A Theory of African American Literature and Vernacular Culture*. Maryland: The Scarecrow Press, Inc., 2008, p. 199.

② 美国的路易斯·乔丹早年是克里克·韦伯乐队的主要成员之一。20世纪30年代后期,他离开这个乐队组创了乔丹乐队。他创作演唱的乐曲包括布鲁斯、爵士、节奏布鲁斯还有摇滚。他的歌曲的曲风多变受到很多白人听众的好评,赖特还为他的乐队写过歌词,所以赖特对他的爵士乐风很了解。参见 Herzharft, Gerard *Encyclopedia of the Blues*. Trans., Brigitte Debord. Fayetteville: The University of Arkansas Press, 1997, p. 105。

而纽约进一步使火车的意象与乔丹这一化名的隐喻关系跃然纸上,因为纽约的哈雷姆从 19 世纪末 20 世纪初起就被美国黑人誉为自由之都。所以"阿狄森·乔丹"同时隐喻了克劳斯的过去和他对未来自由的向往和追求,这个名字本身就成为了一个爵士乐的隐喻"符号"。

克劳斯在以阿狄森·乔丹这个名字住在 Hattie 家听到爵士乐时,他深深感到"布鲁斯—爵士乐是他情感的家园"。这种心情巧妙地写照了他与黑人文化的深层次的、不可割裂的文化属性。

> 他开始感到这种音乐让负罪感节奏性地飘扬起来,让那在被他人禁止和轻视的伪装中留存的令人害怕的快感,以切分音的形式迸发流淌。他感到黑人们是怎样被迫在这片不是他们的出生地的土地上过活,他们(黑人)被注入的异域基督教和白人法律的非难,这些非难激发了他们的内心深处那些被宗教和法律扼杀的憧憬和渴望。他意识到布鲁斯—爵士是被清教伦理禁锢而生成的一种抗议艺术;这与他内心深处的对于他和母亲间的伦理关系的叛逆意识极为相似。他很清楚令他母亲窒息的东西已经被置于他的内心深处,她使他不停地关注她在这个世界上所厌恶的一切东西。布鲁斯—爵士是人们在表达拒绝、转向狂喜的一种轻蔑的姿态;它是一种愉快地表达与道德无关的音乐语言,一种心满意足地无视法律的炫耀,一种无辜的罪犯的创造。①

克劳斯对爵士乐的这段心理独白不仅表达了爵士乐对他个人情感的释放,而且它本质上是辅助性的文本,它传递了克劳斯希望超越道德、法律,宣扬犯罪的行为冲动。通过布鲁斯和爵士乐来表现主人公心理活动的表意方式是一种黑人文化传统。克劳斯在这里回顾布鲁斯—爵士对黑人生活的意义,宣扬它超越伦理束缚的艺术价值,都是他身为黑人的文化属性中生成的叛逆心理。这个姓氏将他与黑人群体紧密地联系起来。他在音乐中提出了黑人以自己的方式"嘲弄生活","鄙视正当的、神圣的、公正的、智慧的、正直的、正确的以及道德高尚的"属于白人的社会伦理,

---

① Richard Wright. "The Outsider", in *Later Works*. New York: Literary Classics of the United States, 1991, pp. 511–512.

这体现了黑人民族表意方式中具有的超越伦理的特殊的意义。①

此外，布鲁斯—爵士中流淌的伤感增添了克劳斯的"社会性死亡"选择的悲壮感和叛逆性。它给了他一种情感的依靠去拒绝这个曾经否定和抹杀他成年男性气概的社会。这是布鲁斯音乐中最具有感召力的一种表述方式，无论它看似伤感或看似轻快，它的本质是一种叛逆性的颠覆，颠覆一切对黑人民族或生存本质的否认。对于美国主流文化来说，布鲁斯是一种非道德的语言，是黑人表述自己在双重文化夹缝中形成双重人格和承受的双重苦难，他们必须从音乐中去寻求一种不道德，以此抗争现实社会体系中的不道德伦理。因此，此处的布鲁斯—爵士不仅从背景音乐上，还从情感上烘托了克劳斯摆脱"男孩身份"的决心，与他之前的行为和化名都形成了呼应，同时也预示着他在音乐的叙述中找到了去反抗一切压迫他的历史依据。他也因此不择手段地抗争那些长期以来压抑黑人男性成长空间的各种伦理法规。由此，赖特利用了布鲁斯对伦理秩序解码、编码的功能，对克劳斯的第二个化名乔丹进行了黑人叛逆传统的梳理，从而证明现行的社会伦理和隐形的社会暴力严重扭曲了黑人的男子汉人格，他们在暴力中宣泄，从而进一步烘托了戴蒙的这个忧郁而暴怒的恶魔形象。

克劳斯滑向恶魔的另一层喻指意义被包含在了他的第二个化名的名"阿狄森"中。Addison 源于医学名词"阿狄森恶性贫血"。这种病患由于肝肾功能障碍导致严重贫血，全身皮肤呈古铜色。这种病隐喻了克劳斯反基督、反伦理而笃信存在主义的个人自由是一种文化贫血的病态表现，是他非裔美国人的伦理身份中互为悖论的伦理规则所引发的一种对文化的疏离感。身为男性黑人知识分子的赖特对此是深有体会，他这样写道：

> 作为生活在一个以白人为主体的西方基督教社会中的黑人，我从未被允许以自然和健康的方式融入这种文化和文明之中。这种身为西方人和黑人的矛盾产生了一种心理距离，或可以称之为在我和环境之间的距离。②

---

① 赖特在《白人，听着!》中特别谈到美国黑人文学受到黑人民俗的影响，他将包括了民间话语、灵歌、布鲁斯、劳动号子以及民间传说以及黑人街头的"脏话游戏"的民间的生活方式和艺术形式称为"无法言表的形式"。它们是黑人智慧的结晶，是他们抗议和超越白人伦理束缚的方式。参见 Richard Wright. *White Man, Listen!*, New York: Greenwood Press, 1978, p. 123.

② Richard Wright. *White Man, Listen!*, New York: Greenwood Press, 1978, p. 79.

赖特所描述的这种黑人心理距离，实际上是传统黑人布鲁斯歌谣以及城市爵士乐在表现"孤独""绝望"等情感方面具有普遍性的写意方式。这种情感也是解释克劳斯选择假死的另外一个有力的心理要素。克劳斯与环境间的距离使他瞧不起自己种族的文化而急于拥抱和融入"西方文明和文化"中。他对存在主义的学习和理解，使他希望退居在"道德真空"。可是当他从自己所属的种族文化中退场时，他便失去了获得精神上完整感的可能，他将自己封闭在了他自己的情感困境之中。克劳斯的不可言表的孤寂感是一大批他那个时代黑人男性的内心写照。他的困境已经证明"虚无已经占据了都市黑人的内心"。[1] 为了逃出精神的荒原，这些黑人男性建造了一个非道德的空间去实现自我价值。

在这个空间里，克劳斯成为一个无根之人，也使他无法真诚地去帮助任何人或对任何人负责。于是，他时时处于矛盾情感的煎熬中，即他一方面强烈地希望并竭尽可能地去摆脱一切责任的束缚，但另一方面他依旧受到内心深处因为不负责任而引起的负罪感的折磨。同时，为了摆脱这种复杂的情感煎熬，他无法控制自己对女性的性欲望，他需要在性带给他的快感中证明自己的存在。可惜的是，这种矛盾的情感让他迷失在性欲的泛滥之中。

克劳斯的堕落之路就是始于他听任欲望的驱使而放纵自己。在性欲的诱使下他一次次远离自己的人生目标：因为欲望，他与格蕾丝结婚；因为欲望他成为三个孩子的父亲；因为欲望他使朵特怀孕，使自己陷入了家庭、经济、法律等结成的一张充满矛盾的蛛网中。他也日益失去了以伦理约束和规范自我行为的基本道德。他所做出的非道德的选择是一种向内转的疏离式的逃避。情感的疏离是一种强大的异己的力量，为他提供了一个既没有希望又没有绝望的"道德真空"。因此，克劳斯将自己置于死地而后生的一种"向死而生"的选择。[2] 这契合了他的姓氏戴蒙对基督教道德伦理的意指和挑衅。他所做的一切就是将布鲁斯说唱中的"脏话游戏"行动化了；或者说，他以自己的实际行为展现了黑人音乐的叛逆性，同时他的这种行为方式其实是现代人精神空虚的典型的表现。从这个意义上来

---

[1] Richard Wright. *White Man, Listen!* New York: Greenwood Press, 1978, p.138.
[2] 很多学者将克劳斯的选择视为克尔凯郭尔式的选择。他们认为克劳斯对欲望的选择和对传统道德的背弃是一种克尔凯郭尔式的精神疏离，是一种进入道德真空的存在。这一点笔者也很认同。不过不能忽视的是，克劳斯这种选择倾向与他非裔美国人的双重意识和双重视角也是密不可分的。

说，克劳斯是一个迷失在美国都市欲望中的另一个别格·托马斯。甚至克劳斯比别格更可悲，所以他的化名 Addison 在这里用来指涉克劳斯的意识状态，他的存在主义观念势必使他与其所属的群体分离，他也不可能从他的黑人文化中获取正确的人生态度，这使他处于一种类似一个濒临死亡的阿狄森贫血症病人的绝望之中。

赖特希望从克劳斯所代表的知识分子的个体形象投射出西方文化的诟病，他们以黑人独有的双重视角观察和体会着西方现代文明给人们精神带来的虚无感。① 他的悲剧展现了美国黑人在以双重意识应对美国文化伦理时所形成的一种畸形的分裂人格。从这个意义上来说，他所使用的一切姓名都表征了美国黑人，特别是在北方都市成长的新一代黑人的精神困境，因为他们的人格在"本质上是持久的分裂"的。② 诚如赖特在《白人，听着!》中所声明的：我不是有意识地选择成为西方人，我已经被塑造成了西方人。早在我有自由选择以前，我就已经被塑造成为一个西方人了。它始于我的童年，而且这个过程还在继续。③

克劳斯的第三个化名莱昂内尔·雷（Lionel Lane）源于美国第一位爵士乐电颤钢琴演奏家莱昂内尔·汉普顿（Lionel Hampton）。④ 他早年是"芝加哥守卫者"乐队的鼓手，回到纽约组建了莱昂内尔·汉普顿管弦乐队，这个乐队中的很多歌曲都是在汉普顿的指导下创作的，他们在美国和

---

① 随着赖特对存在主义和心理分析的认知的日渐加深，他开始关注西方黑人知识分子的境遇——一个黑人男性试图逃离稳定的、实在的身份，包括种族身份。这也是他在《局外人》中力图表现的问题。当克劳斯真正地逃离了之前的生活，他进入一个新空间。在这种空间中，他发现美国共产党急于招募黑人扩大政治势力，根本就不审核被招募者是否具有坚定的政治信仰。他们的政治动机带有强烈的功利主义目的，而非真正地抱着共产主义的崇高理想去解决黑人种族的具体社会困境。事实上，即使在共产党政营中，同样存在白人对黑人身份的漠视。克劳斯觉得美国共产党的这种急功近利的招募方式正好给他伪造模糊的、不稳定的社会身份提供了一种可能。然而，不稳定的社会身份必然导致身份伦理界定和判断上的模糊和不确定性。这样一来，克劳斯的伦理身份也变得混乱而不确定。这导致他在面临行为选择时做出非理性的伦理选择。在上文中，法官郝思顿就阐述他对美国黑人的双重视角的观点，他还清楚指出黑人在现实生活中的很多问题都是源于他们的双重视角，克劳斯就是利用了他的双重视角将自己从现有的伦理体制的束缚中解脱出来。但是作为一个社会人，他不确定的伦理身份又使他在行为上失去了约束自己的准绳，而最终越走越远，堕入伦理失控的罪恶深渊。

② Wright, Richard. *White Man, Listen!*, New York: Greenwood Press, 1978, p. 79.

③ Ibid., p. 81.

④ 莱昂内尔·汉普顿（Lionel Hampton）他早年在芝加哥卫报旗下的男孩乐队做鼓手，后到洛杉矶、纽约发展，成立了 Lionel Hampton 管弦乐团，于 20 世纪 30—40 年代家喻户晓，后来他组建了"比个乐队"。

英国都有很多乐迷。莱昂内尔可以随意地在鼓声和电颤钢琴间即兴演奏，在舞台上可实现对传统鼓乐和钢琴曲的变奏。他的"爵士转义"风格使他的曲风变化莫测、轻盈流转，让台上的爵士乐手和台下的观众热情互动，这场演出没有舞台和观众间的区分，更没用乐者和听众的差别。

和克里克、乔丹一样，莱昂内尔也是乐队的灵魂人物。这个化名隐喻了克劳斯希望在自己的掌控中创造一个全新自我的欲望。同时，莱昂内尔从芝加哥辗转到纽约实现个人音乐梦想的路径也与克劳斯现实个人自由和男子汉梦想的迁移方向保持一致。这样一来，克劳斯—查尔斯·韦伯—阿狄森·乔丹—莱昂内尔多重身份的转变和互换具有了莱昂内尔爵士曲风的语境——流动不拘、自由变换。这也可以凸显出克劳斯在自我营造的"道德真空"中自由地进行局内人—局外人身份的转变。他给自己赋予了爵士乐队灵魂人物的即兴创作的天赋。"爵士是作为所有布鲁斯表述中的行为的陈述"，它"是一种激情，推动鼓舞乐者以非传统的、不依惯例的以及不妥协的活力和积极性来完成一曲音乐"。① 在克劳斯的音乐视域中，暴力成为他行动的代名词，是他对自由的一种激情表演。可惜他的误读没有将他变成一个以行动为中心的行动人而成为一个名副其实的"死亡先生"。因此，这第三个化名如同一条线，把克劳斯的命运导向和伦理选择以及在小说中的各种真名、浑名和化名串联起来了。从这个意义上说，这个化名就是死亡、恶魔的代名词。

事实上，这个名字的选取从一开始就蒙上了死亡的阴影，它象征克劳斯在选择这个名字时就已经戴上了死神的面具。

> 他拂去了飞落在墓碑上的雪花，看着墓志铭：
> 坚信我们的主、救世主、耶稣基督的二度降临，安息吧，阿门……
> 克劳斯拿出笔从笔记本上撕下一张纸抄下了这个死者的名字和生日；他对"基督二度降临"的这种感性的表述有些怀疑；不过管他娘的，抄下来再说；这不会有任何坏处。……毕竟，他找到的这个身份是很安全的；他希望找到一个适合他常态的面具，他能安心地戴着

---

① Alfonso W. Hawkins, Jr., *The Jazz Trope: A Theory of African American Literature and Vernacular Culture*. Maryland: The Scarecrow Press, Inc., 2008, pp. 29, 5.

这个面具重新开始生活。①

在这个小小的场景中，赖特再次点明了克劳斯想要像耶稣"二度降临"人间开始新生活的欲望和作为黑人不得不面临的困境。他可以抛弃克劳斯的所有社会关系，可以随意地在人前以不同的名字出现，但是作为一个得继续在这个社会中活下去的人，他必须选择一个名字来固定自己的社会关系。而他选择一个和自己年龄相仿的黑人死者的名字再次呼应了他因为另一个黑人小伙子的死亡而成为了一个法律和道德上死亡的新人。他的新生是建立在他黑人同胞的死亡的基础之上的。因此他的化名中的暴力和死亡的气氛变得白热化了，这也再次昭示他变成一个暴力的滥用者的必然趋势。

克劳斯的破坏力来自他身为美国黑人独有的双重视角对欧美主流意识形态的误读。双重视角这个术语是赖特在《白人，听着!》中提出的，他指出，双重视角是"西方文明和我的种族身份的产物"。② 这个术语源自于杜波依斯的"双重意识"这个概念。当他们将自己视为美国人时，他们是在按白人的标准做出判断；同时他们又是黑人，是在美国最受歧视的种族，受压迫最深的种族，他们从非洲祖先那里继承的审美观和生命伦理让他们看到活着的价值和希望。"双重意识论"明确地指出了非裔美国黑人的意识状态被两种互为悖论的文化割裂，因此他们的心理结构也是复杂的、对事物是敏感的。在此基础上，赖特强化了"双重意识"对美国黑人思想和行动的影响力在于他们看待事物独特的、复合的视角——他们首先是从西方主流的观点去审视和批判，这实际上是白人自我中心论的观点，即一种从自我到他人的视角；同时作为受到WASP文化殖民的亚文化人群，他们又具备了从他人反观自己的观察视角。克劳斯的双重视角意识使他明白自己的这种双重视角正好可以帮助他以不同的假身份周旋于白人和黑人的固化的思维和行为方式之间。

在西方现代主义怀疑论的滋养下，克劳斯更容易接受存在主义的哲学概念。第二次世界大战后，很多知识分子都不再相信集权主义化的意识形

---

① Richard Wright. "The Outsider", in *Later Works*. New York: Literary Classics of the United States, 1991, p. 535.

② Richard Wright. *White Man, Listen!*, New York: Greenwood Press, 1978, p. 78.

态。存在主义所倡导的个人行动和个人抉择批判了战争的集权主义的强权政治，标榜了个性化存在的可能。这种思潮也因此快速风靡欧洲。① 克劳斯的个人行为中就充分地表现出强调个性，彻底否定集权主义的伦理取向。克劳斯发现对于功利主义化的美国政客而言，共产主义和法西斯主义一样是他们强化个人权力的一种政治工具，而非帮助无产阶级摆脱压迫并获得自由的革命信仰。芝加哥共产党党委会的重要成员吉伯特·勃朗特就是一个典型的政客。尽管他看似平易近人，让大家直呼他的昵称吉尔，可是他那副趾高气扬、全知全能的样子给克劳斯留下的第一印象就是"他的行为仿佛他就是创造人类的上帝"。

吉尔的那种优越感使他无视他身边的人，包括他的妻子伊娃。他把身边的人和事都看作他强化自己权力的工具。他和妻子伊娃结婚纯属政治目的，他不仅谈不上爱妻子，连对一般女性的基本尊重都谈不上。他需要的只是一个服从他意志的木偶。他招募了黑人青年鲍勃，让鲍勃帮助他招募更多黑人无产阶级，使他在党内做出更大的政绩。可当他一发现鲍勃不再完全听命于他时，他就和另一位共产党党委会的领导成员杰克·希尔顿商量向移民局举报鲍勃非法移民的身份。鲍勃向党坦露了他个人的秘密原本是为了表现自己忠诚于美国共产党的决心。但是，吉尔和杰克是容不下那些敢于挑衅他们权威的人，更何况像鲍勃这样一个非法移民还是个黑人。所以他们毫不留情地出卖了鲍勃，也背叛了鲍勃对党的信任。他们就是要看到鲍勃被遣送回英国的特立尼达拉岛的后果——终身监禁的牢狱之灾。

克劳斯目睹了鲍勃如何恳求吉尔，希望吉尔能说服党委会出面帮助他脱离困境却被吉尔冷漠拒绝的全部过程。不论鲍勃如何祈求，无论他表现得多么的绝望，吉尔都表现出一副没有人情味的神的模样——高高在上、

---

① 在法国，萨特、西蒙、加缪等学者将存在主义哲学文学化后，存在主义文学创作成为当时法国文坛的一大亮点。赖特在文学中展现存在主义哲学思想也是受到了这些法国存在主义作家的影响。不过他的目的却与这些存在主义文学家不同，他不是去宣扬存在主义与个人存在的选择间的关系。相反，他所希望的是借这种文学形式来反映一个事实：不是所有适用于白人的文化形态和意识形态都适用于黑人，可黑人无可选择地置身这些文化和意识形态无处不在的影响之中，他们的选择实实在在地受到了影响。黑人的选择在一定程度上代表了西方人的选择，却又有黑人的无奈，因为他们特殊的肤色和他们的伦理身份，他们必然对这些主流的文化和意识形态存在着一定程度的误读，在面对困境时做出选择也往往是一种错误的、非理性的选择。克劳斯的恶魔般的行为和悲剧命运就是源于被西方文化误导后的错误伦理判断。这一观点也是本章节的论述重点。

第四章 《局外人》中颠覆西方传统伦理的爵士宣言

漠然处之，好像一切是鲍勃咎由自取的。克劳斯意识到美国共产党也是"白人的政党"，它保护的也只是白人的利益。至于黑人和其他无产阶级不过是这些白人政客加强个人权利和政治实力的工具。当克劳斯问吉尔为什么看到如此可怜的鲍勃而不伸出援手时，吉尔的话让克劳斯一下子明白了其虚伪的本性。吉尔说道："他就是个反革命，所以党就应该毁了他。"吉尔的话和他一贯宣扬的解放受苦受难的无产阶级以及共产主义的使命是解放全人类，让所有人过上自由平等的生活的政治主张截然相反。他就是一个道貌岸然的伪君子。他和那些公开剥削黑人无产阶级的资本家没有区别，甚至比他们更虚伪、更卑鄙。克劳斯从吉尔对鲍勃谈话的口吻中听不出任何对战友的怜悯之情，有的只是冷冰冰却强有力的"权力"。

从吉尔开始对鲍勃的热情吸纳到最后冷漠背叛的态度转变中，克劳斯看到了自己未来的命运。他明白自己不过是吉尔的一张党票，如果他胆敢像鲍勃那样对吉尔的命令执行不力，吉尔就会像背叛鲍勃那样背叛自己，这是他惯用的杀鸡给猴看的伎俩。可是如果他真的像个奴才一样听命于吉尔，那么他当初选择抛弃家庭、隔断一切与克劳斯相关的社会关系的社会死亡的选择就变成了一种徒劳。因为如果他听命于像吉尔和希尔顿这样漠视他人生命的人的话，他就又回到了听命于他人的生活轨迹中，他又得在虚无中煎熬度日。只不过他的老板从芬尼变成了吉尔和希尔顿。而且他很清楚，如果一个人的内心长期受到强权的压抑，他必然需要找补点什么，他必须去压迫和欺凌比自己更弱势的人才得以缓解，那么他最终也可能变得和吉尔一样冷漠无情。

可是吉尔在他面前表现出的那种权力的力量如同"在泥沼深处一朵正在绽放的黑色之花的花苞……这就是为什么威胁是常见的手段，为什么从未给予过任何实质的褒奖"。克劳斯从吉尔和希尔顿等人的行为中看到了"一个想成为上帝的人"的权力欲望。这种欲望实际上是从工业革命到第二次世界大战一直以来笼罩在西方人生活上空的权力意志的外相。西方文明的核心是一种强权文化，是一种集权主义。他们通过将弱势群体边缘化、他者化来构建自己的权力王国。西方的工业文明史实际上是帝国主义文化的侵略和殖民史。

> 每天众多的南方黑人对南方白人唯命是从；众多的南非人对强加在他们身上的白人权力默默顺从；众多的德国人听命于希特勒；在大

多数情况下，某些奇异的理由让不计其数的人为听命于他人而凿凿辩护。纳粹试图赋予国民华丽的标题、非经济的奖赏以及竞技的快乐等各种方案来捕获他们的追随者的忠诚。①

从克劳斯的这段内心独白中可以看出他作为一个非裔美国人对西方文明和集权主义的清晰认识，这都归功于他独有的双重视角。这也说明他采取的行动并不像别格那样都是为了生存的暴力冲动。相反，克劳斯是一个有思想的和有判断力的黑人知识分子。他站在黑人劣势的社会伦理身份上，不仅能看到西方文明权力意志的狂热，更能体会被权力意志践踏的悲苦。他看到的美国共产党如果一直被这些白人政客占据主要领导地位，那么共产主义已经不再是一种人类解放的理想，而是白人强化自我权利、让黑人等无产阶级身陷囹圄的政治陷阱。这些崇尚功利主义和权力意志的白人领导对人性的漠视实际上与残酷的法西斯主义者没有本质区别。② 因此，他更坚定了独自一人生活在这个社会中，不听命于任何人，不向任何事物屈服。他发现只有上帝和神才真正具有创造力，凡人都是假借上帝的名义来支配他人。因此如果他想获得完全的自由，活得像个男人，他就得做自己的主人，掌握自己的命运。他发现权力确实有魅力，而且他作为克劳斯的身份已经随着他的社会性死亡而消亡，他比谁都更有条件成为任何人，因为他没有身份的约束。他的这种自由和他随意以各种身份出没于社会各个角落的能力使他具备了像上帝一样判断正误的决断力，有了自己就

---

① Richard Wright. "The Outsider", in *Later Works*. New York: Literary Classics of the United States, 1991, p. 579.
② 赖特此处借用克劳斯的对美国共产党员行为的质疑来揭示了自20世纪40年代中期起美国共产党中部分领导人滥用权力歪曲共产主义的人道关怀，将政党变成自己获取权力、树立权威的阵营这一现象。赖特认为这种现象反映了美国白人从本质上是歧视黑人的，同时整个国民不论是白人还是黑人都受到精神饥荒的困扰。他在《美国饥荒》中表达了自己对真正的共产主义的热衷以及对那些利用共产主义的功利主义者的质疑和痛恨。当他接触共产主义文学时，他感到一种从未有过的惊喜，"这个世界上确定存在着一种有组织的追寻，为那些受压迫和孤立的人群的生活去追寻真理"。但当他加入芝加哥共产党并在其中作为主要领导人工作一阵子以后，他发现很多加入共产党的人都带有实现个人利益的不纯目的，一部分人为了自己的生存或利益，会以党的名义去诬陷和责令他人的政治目的。这使赖特对美国共产党无法真正实现共产主义而极度失望，所以他于1946年公然脱离美国共产党，只身前往法国，和法国左翼作家一起积极投入亚非拉独立运动的各种政治活动之中。他对美国共产党不能真正实现解放受压迫人民的失望可以在《美国饥荒》的第四至第六章中清楚地读到。这也就解释了为什么赖特塑造的克劳斯会杀死美国共产党中的那些白人伪君子了。

是上帝的幻觉。他甚至觉得自己可以像上帝一样以自己的方式来匡扶正义。他把暴力的滥用和他自比上帝的幻觉混为一谈，他的行为也是非理性的、有意识的伦理选择，因此他身上的兽性因子被无限放大，其恶魔本质也变得极端的可怕而让人无法原谅。

他充当上帝的机会终于来了，他当然不会错过以暴力彰显权威的时刻。当他看见法西斯分子赫顿和吉尔在吉尔家的客厅打得你死我活的那一刻，原本打算去救吉尔的克劳斯突然改变了主意。一时间他感到眼前的这两个人是一样的可恶，他们都曾经践踏过他人的生命和尊严，所以他们应该为自己曾经犯下的过错付出生命的代价。于是，他拿起橡木桌腿把这两个人统统打得血肉模糊，直至打死。当他回忆这一幕时，他意识到自己"虽然不是预谋的，但确实是故意地杀死他们……像赫顿和吉尔对鲍勃一样，他也可以这样对赫顿和吉尔。他认为自己就是在扮演警察、法官、最高法庭和执行官的角色，——一切发生在那迅速而可怕的一瞬间"。可见，此刻在他的意识深处已经完全将自己视同上帝，他要用上帝的权威为那些被赫顿和吉尔无视的人讨回公道。他这是替天行道。他回想自己的抉择时内心充满了"自豪感"，这给他带来的自我膨胀的快感也让他更痛恨自己。因为他意识到"他们的病（对权力意志的追捧和对他人生命的无视和漠视）已经传染给他了"。此刻的他已经将自己追寻自由的美梦击碎。"他已经成为了他想要毁灭的，变成了那已经被他杀死的怪物。"或者说，他意识到自己已经彻底偏离他所追寻的人性，自己的意识已经完全被"空虚"占据并无法理性地思考，他已经变成了一个被权力欲望驱使的恶魔。如果说他陷入家庭伦理纠葛和经济困境是因为他受到身体的、本能的性欲的驱使，此刻的他则着魔般地迷失在权力的欲望之中，他甚至完全丧失了人性善的一面。

从克劳斯对自己所作所为的反思可以看出他虽然痛恨西方文明对他人人性的贬损，但是这种文化宣扬的权力意志的魅力却让他无法抗拒。因为他是那样地赤裸裸地暴露在一个充满强权、欲望等看不见的社会暴力之中。尽管他曾深深地感受过这种暴力对他的压制，而此刻他却拥有了这样一种操控他人命运的权力，他可以利用这种权力去回击曾经对他施暴的社会。克劳斯对权力和暴力的运用，如同力学原理，即社会对他施加的暴力有多大，这种暴力必将作为一种反作用力被反弹回去，当他的行为被这股力量控制时，他的悲剧也将不可逆转。他想消除社会不公的愿望越强烈，他越不能控制自己对权力的滥用。在杀死了吉尔和赫顿之后,他觉得自己具有了代替上帝的能力,他要为鲍勃以及那个被社会冷暴力逼得无家可归的自己讨回公道。他发现希尔顿和吉尔·赫顿一样是吃人不吐骨头的伪君子、真暴君,于是他精心策划谋杀了希尔顿。在他看来,"杀死希尔顿是帮他赎回自己对鲍勃犯下的罪过的一种方式,它也是改变希尔顿的那些行为,让它们变得正确的方式。杀死他是最真切地救赎他,还他公正的方法"。

他像一个爵士乐手一样,将这次谋杀变成了上一场谋杀的重复性的变奏,以更加强烈的视觉和听觉的刺激去返还曾经强加在他身上的暴力和痛苦。他在希尔顿的谋杀场景中表现出的冷酷和血腥也将这部小说推向了一种撕心裂肺的高潮,让人眩晕。他溜进希尔顿的公寓,用手枪逼迫他忏悔认罪。为了掩盖枪声,他打开收音机,调高音量。"他转动着旋钮,让爵士乐如潮水般地涌入房间。"当他看见希尔顿的血从他的太阳穴涌出时,他感到"爵士乐舞蹈的狂欢已经让这个房间天旋地转了"。

赖特这种血腥的描写配上狂欢的爵士让读者再次联想起"莱昂内尔·雷"这个化名的爵士典故。这使人将克劳斯不同的杀人场景片段蒙太奇般地随着"莱昂内尔式"的音乐飘逸流动感串联在一起,在迅速更迭中看清克劳斯从人到魔的堕落过程,是他对曾经强加在自己身上社会暴力的一种自然反射,一种癫狂的自我陶醉。尽管克劳斯用暴力阐释爵士乐的方式显得偏激,甚至在某种程度上丑化了这种黑人民俗艺术,但是他把握住了爵士乐的核心精神而"展现非裔美国人对人性的渴望和无法获得人的完整感的绝望"。

尽管克劳斯展现自己人性的方式是通过否定和侵害他人的生存权利来进行的,这是不人道、不道德的。但是,赖特毫不回避地将这一矛盾作为他这部小说的创作焦点,他希望读者认识到克劳斯的这种不道德的方式是他生活的那个社会的伦理矛盾的聚焦。同时,赖特希望读者明白:在这个社会里暴力无处不在,权力也无处不在。它们如同病魔已经吞噬了这个时代人们的良心,它以无所不包的虚无占领了人们的意识和心灵,让人们迷失在暴力的冲动和权力的欲望之中。因此,暴力行为从某种意义上成为克劳斯以即兴的犯罪来体现自己对社会伦理的认知的爵士化行动。他以这个化名犯下的两起杀人案呈现出的暴力冲动的偶然性导向其必然性的爵士乐风。从这个意义上来说,赖特将克劳斯描写成了一个无意识的爵士乐手,以自己的行为解构主流社会的道德和伦理标准，并以社会塑造他的方式反击社会。赖特把爵士乐作为一种隐喻，在爵士乐似的重复性的暴力书写中上演了克劳斯"男孩—男人—恶魔"梦起梦落的悲剧人生。可惜，克劳斯过度沉迷权力的欲望和感官的刺激让他的男人梦最终彻底幻灭。

二 人性复苏后的爵士宣言

毋庸置疑，克劳斯·戴蒙如其名字所喻，他像个恶魔给他的家人、同事甚至陌生人带来了厄运。所以评论界大多数人都认为赖特的这部小说塑造这样一位反英雄式的文化土生子无法代表非裔美国人，他的这种文学形象也似乎完全偏离了赖特早期文学的抗议性，更谈不上艺术性。但是为什么赖特要以存在主义文学的创作方式塑造这样一个恶魔般的毁灭者？这恰好是一个很好的问题，它本身是值得深思和研究的。

赖特一直认为作家的使命就是要将黑人大众特别是贫苦的黑人男性大众压抑的情感大声而有力地表达出来。正如萨义德所说："在黑暗时代，知识分子经常被同一民族的成员指望挺身代表、陈述、见证那个民族的苦难。"[①] 赖特大胆直白地承认了造成自己种族在审视欧洲文化对黑人人性的压抑和误导，同时他一直致力于从美国黑人种族内部去挖掘阻碍黑人健康的男性气质发展的动因，并将它们展现在自己的小说中。赖特将黑人男性个性缺陷的发展与缺乏伦理亲情的家庭环境，以及充满隐形的种族歧视和经济压力的社会大环境中的各种外因交织在一起，让读者能更清楚地看到黑人男性在谋求个人发展过程中的一个历史性的伦理环境——较之黑人女性而言，黑人男性承受的心理压力和他们对家庭责任的认知是从小生长在一种错位的伦理期待中导致的恐惧长大的心理情结。换言之，他们从小承受的社会和家庭的隐形压力和缺乏父亲正确导向的成长模式使他们中的一部分人失去了与人正常交流的能力。但是作为男性，他们是被社会公认为家庭支柱，他们必须在每个方面来展现出他们的性别特质和男性尊严，于是他们往往诉诸暴力来反抗那些压得他们喘不过气却又看不见、摸不着的社会暴力。他们采取的暴力反抗方式就如同自然界物质对力的反射，施加在他们身上的暴力越大，他们以暴制暴的反抗就越强烈。这是他

---

① ［美］爱德华·W. 萨义德著：《知识分子论》，单德兴译，生活·读书·新知三联书店2002年版，第40页。

们身为男性对自我的一种证明方式。这也是赖特小说创作中一个不变的主题。他在小说的最后以克劳斯的忏悔揭示了黑人社区内部不健康、不和谐的伦理关系。

> 我希望我能有办法向他人展现我生命的意义……搭建一座人与人之间的桥梁……我们必须得找出对我们自己有益处的一个办法……人就是我们已经获得的一切……我希望我能让人们见到他们真实的自己……我们与自己看到的自己不同……可能更糟,可能更好……但肯定不同……我们对于自己来说也是陌生人。[1]

在他的忏悔中包含了一个伦理诉求。它表明了人是需要社会纽带的。一种良性的纽带的形成才是人们对自己和他人负责的最好方法,也是维护和推动社会良性秩序发展的基本保障。正如他对自己人生的反思,他明白了独自一个人永远不可能获得真正的自由。因为如果一个人拒绝承担社会责任,否定社会关系对自己的基本约束,这样的人是不可能真正地了解自己的。对于这样的人,他一切所见的皆是表象,包括他自己的所作所为。赖特对个人与社会的关系的认知是源于存在主义的观点即人常常活在一种伪装中。但是赖特绝非盲从西方的存在主义观点,相反,他希望借克劳斯的悲剧告诉人们:当人们习惯了伪装时则会忽略与他人建立一种良性的社会关系。因此,一个不能对他人负责任的人则失去了鉴别和审视自己的善恶的能力。克劳斯的临终忏悔明确地表现出了对自己为了逃离个人困境而选择抛弃家庭和杀死他人的悔恨。他忏悔到:

> 一无所获……追寻是不可能独自完成的……千万别靠一己之力……独处的人一文不名……人是他永远不能违背的誓言……[2]

克劳斯意识到自己作为一个真实的人,却割断了实在的社会联系。这种选择使他日渐失去了人的社会属性,并使他日渐迷失在自以为是的上帝

---

[1] Richard Wright. "The Outsider", in *Later Works*. New York: Literary Classics of the United States, 1991, p. 840.
[2] Ibid., p. 561.

幻觉中而堕落为恶魔。他以为自己逃离了困境，却没想到跌入了更大的陷阱，将自己彻底变成了禽兽，这都归因于他违背了自己作为一个人所做出的承诺。他对人的重新认识与他母亲对人的认识相呼应——"生命就是一个承诺，儿子；上帝将生命给我们作为承诺，我们就应该将他作为承诺给他人。没有承诺的生命将毫无意义"。他在生命的最后一刻才意识到，他一直以为自己的母亲是一个宗教的盲从者，没想到自己比他的母亲更瞎，他天真地以为切断一切自己熟悉的社会关系就可以拒绝一切的压力，逃离一切的困境。可正是他对母亲盲从宗教的盲目拒绝，使他永远无法获得他所渴望人的完整性。他因为忽视了他获得的母爱而忽视了他母亲告诉他的生命的真谛。尽管他可以不相信上帝，但是他活在这个世界上便需要和他人交往。只有看到他人生命的价值才能反观自己生命的意义。

　　赖特希望通过克劳斯的忏悔反映出黑人家庭病态的伦理关系的历史语境。在从奴隶制到自耕农再到城市贫民的转型历程中，不论是出于客观原因还是出于主观原因，成年黑人男性往往在黑人家庭中处于一种暂时的在场或者经常的缺席的状态。很多的黑人男孩都是在没有父亲的家庭中成长。父亲对于孩子特别是男孩子的性格成长是极为重要的。由于缺乏一个成年男性的正确的导向，黑人男孩从小很难树立怎样才算是一个真正好男人和好父亲的正确男性观。再加上由于家庭的重担让他们的母亲无法独自承担，所以母亲们又常常过早地要求这些男孩承担成年男性的责任。然而，当这些男孩真的成年后，他们的肤色却使他们不可能被社会公正地视为成年男性并给予平等的对待。于是，他们永远生活在家庭的期待和指责之中，这一切都让他们跟随父亲的脚步，抛妻弃子去过自己的日子。就这样，美国黑人家庭一直处于这种恶性循环的家庭伦理关系网中。简言之，黑人男性一直活在一个生活的悖论之中，他们从小到大一直担当着错位的伦理身份并背负了错位的伦理期待；他们渴望成为一个男人却不知道怎样才算一个堂堂正正的男子汉。他们一代又一代地独自一人去追寻属于男人的生活和天地，属于男人的气质和个性，到头来不仅一无所获还连累家人、伤害孩子。

　　克劳斯"抛弃过去"的行为就是重蹈着他父亲的覆辙。他从妈妈的口中得知，自己的父亲是个极不负责任的男人。他妈妈刚刚怀上他，他爸爸就在外面有好几个情妇，参军后就再也没回到他妈妈身边，最后落魄地醉死在哈雷姆的街头。那时克劳斯才刚刚出生。他父亲对家庭的遗弃和对爱情的不忠让他妈妈抱憾终身，她一生对此抱怨诅咒、耿耿于怀。他妈妈对他父亲越失望,对克劳斯的期望就越高,这种子代父职的压抑让克劳斯产生了一种想象父亲那样逃离母亲、逃离家庭的心理情结。看够了母亲的痛苦和无助,也受够了母亲因为生活的焦虑而投射到自己男性身份上的精神负担。他从小面对的就是身为黑人男性的困境和责任,这些笼罩在他心灵上的苦难已经扭曲了他成为一个正常的、有担当的男人的可能,他每天都生活在逃离困境的强烈欲望之中。

实际上,克劳斯代表了一大批黑人都市青年的伦理取向。他们从小蜗居在繁华大都市的一角,在渴望和失望的矛盾情绪中目睹着另外一种不属于自己的生活。加上他们在缺乏父爱的家庭中长大,赖特曾在《黑孩子》中具体地描述过这样一个场景。在他父亲离家出走后,他妈妈不得不在外出打工时把不到6岁的他一个人留在黑人社区中。小赖特到处闲晃,来到了酒吧。在那里,他被一些成年黑人男性灌酒取乐,还让他去给妓女传些淫秽的情话。他连做人是怎么回事都还没弄清楚,就变成了一个酒鬼,而且性欲的种子也已经被播撒在了他幼小的内心深处。他以个人的事实说明了都市中的男孩不仅缺乏生父的管教,更无法得到社区中成年男性这些"社会父亲"的正确引导。他们接触的男性生活就是一种"今朝有酒今朝醉"的世俗的日子,这种生活的本质就是逃避苦难也逃避责任。其实,克劳斯对男性的理解比小赖特还可怜。实际上,像芝加哥这样的大都市拥挤的黑人社区,许多成年的黑人男性给幼小男孩的男性教育也都是负面的。由于有限的就业机会和微薄的收入,他们既不能在白人社会中立足,也很难在黑人家庭中挽回男人的自尊,所以一部分人常常选择退居在酒馆或妓院来展现自己的男性气质。这使城市社会中的黑人家庭关系更加松散,渐渐地他们就变得像克劳斯一样失去交流的能力,而只能用行动代替语言。

作为一个从未感受过父爱的孩子,他从心理上对父爱的需求更强烈。父爱需求是一个心理学术语,它被用来指男性由于对缺席的父亲的渴望将自己封闭在从生理到心理再到情感强烈渴望得到父亲认可的精神空间,他们常常无法摆脱这种精神力量的牵引而一直退避在这个空间拒绝长大成年。[1] 在这个精神空间中,男孩往往会在自己的现实生活中通过认识的某

---

[1] 参见 Michel E. Conner &. Joseph L. White, ed., *Black Fathers: An Invisible Presence in America*. New Jersey: Lawrence Erlbaum Associates Inc., 2006, p.9.

个或某些男性身上寻求父爱，并从借这些父爱特征想象中塑造一个属于自己的父亲形象。克劳斯将上帝视为了自己的父亲。在他的青少年时代，他常常想象看不见的上帝神秘的恩典"给予了他生命"，上帝"在他的上空牢牢地掌控着他的生活"。因为他从未见过生父，他对父亲模糊的形象认知使他想象上帝的脸是"某种由巨大的、压倒一切的否定形式构成的，那是一张可怕的脸。出于某种他永远不可能了解的原因上帝创造了他，将自己的一部分给了他"。所以，在他的想象中，上帝是没有具体面貌特征却具有无法抵抗的权威的男性。他将这个万人敬仰的神作为自己父亲的替代品。换句话说，如果他是上帝的儿子，那么他就具有某种和耶稣基督一样的神力，正如他的名字克劳斯所预示的。因此他对男性的认知从一开始就是背离人性的权力认知，这使他最终迷失在权力的欲望之中去判断他人的生死，成为了失去人性的恶魔。

另一个导致克劳斯男性观错误认知的因素是渗透在社会意识形态和行为取向中的暴力因子。这种暴力因子影响着一代又一代的黑人男性对自我身份的误读和建构。这种暴力因子是美国文化的根基。白人暴民为了强化白人群体化的不可侵犯的种族权威性，他们大肆采用私刑来处置黑人。这种公开的私刑被广泛地接受。白人以群体的暴力方式代替法官和执行官来处置黑人的私刑实际上是他们集体维护他们白人男性地位、彰显男性气质的一种权力话语。根据尼尔·艾维茵·贝特（Nell Irvin Painter）的观点，私刑是一种"色情的"仪式，它维系着一种暴力的关系，确保夺取黑人男性的权力来维系白人男性的经济需求。在北方的新闻报道中，白人暴民被描绘为"自律的、自我克制的男性气质的典范"。[①]克劳斯的所作所为不过是将白人暴众的所作所为黑人化、个体化。正如检控官艾利·豪斯顿所说，克劳斯·戴蒙是一个"独立的暴民"。

> 过去我们谈及"暴民"，数以千计的人跑上大街。这些暴民被完全地征服了。当暴民增长得那么快以至于你都无法看到他们时，他已经遍及了各个角落。今天，私刑暴众的强制性行为已经被植入了每一个个体的内心……每个人的行为都像一个罪犯、一个警察、一个法

---

① 转引自 Gail Bederman, ed., *Manliness &. Civilization: A Cultural History of Gender and Race in the United States*, 1880 – 1917. Chicago: The University of Chicago Press, 1995, pp. 46 – 47。

官、一个执行官。①

这里检控官是克劳斯的代言人。他的话揭示了为什么克劳斯会选择做个局外人来实现他的个人自由并希望成为一个有决断力的男人。他被暴露在一个崇尚暴力的大众文化之中，因此他在表现个人男性气概时是尚武的，他用个人暴力的方式改写了白人用群体暴力确立的男性身份的特质。他也是作为一个个体对美国种族主义集权化的反击。克劳斯的暴力行为从某个意义上表现出了突破疆界追寻自由的愿望。尽管他表现个人自由和男性气质的方式血腥、残忍。所幸，克劳斯最终意识到自己行为是对文化的误读，自己的悲剧是他盲目拒绝亲情放纵欲望的苦果。

克劳斯的反思和后悔也暗示了一种新的关系的可能性，即黑人健康地参与社会活动，建立一种正常的伦理关系。这种新的伦理关系绝不是像别格·托马斯在自我憎恨的怒火中滥用暴力，更不像克劳斯将自己从社会文化中孤立出来，置身法律和伦理约束之外，最终同样沦为一个被欲望和暴力驱使的奴隶。从这个层面上来看，《局外人》是赖特黑人男性生存主题的一种延续和发展，它和《土生子》和《黑孩子》一样，是赖特对美国社会存在问题的反思与质疑，它们不仅是对以白人为中心的主流文化的批评，同样是对黑人民族内部非正常的伦理关系以及行为方式的批评。事实上，《局外人》可以视作赖特对自己早期作品的意指与"转义"。他延续了黑人"重写演说者文本"的传统，即"在两个或多个黑人文本之间延续的意指关系是非裔美国传统中形式修正理论的基础"。② 从别格·托马斯到《黑孩子》中的赖特自己再到克劳斯，他们都或多或少地受到自我憎恨的心理情结的困扰，无法与家人或朋友建立一种亲密的人际关系，他们都孤独地生活在憎恨的阴霾之中，或沉沦或奋发。鲍德温曾说："在这个国家的黑人，从他们睁开眼睛来看这个世界的那一刻起就被教育着去蔑视自己"。③ 因此自我憎恨源于黑人民族长期在美国种族歧视以及 WASP

---

① Richard Wright. "The Outsider", in *Later Works*. New York: Literary Classics of the United States, 1991, p. 822.
② Henry Louis Gates Jr. *The Signifying Monkey: A Theory of Afro-American Literary Criticism*. Oxford: Oxford University Press, 1998, p. 27.
③ James Baldwin. "The Fire of Next Time", in *The Norton Anthology of American Literature*. Vol. 2. W. W. Norton&Company, 1989, p. 2113.

文化模式下生成的集体无意识，这种自我憎恨日渐被内化为一种黑人特质。如果他们不能找到一种精神寄托，就可能被转移到那些比自己更弱的同族人身上，或者转向社会中任何一个陌生人，成为社会的一种不安定因素。从这个意义上来说，他的姓名也自然而然地具有了黑人美学的隐喻特征：它不仅是一个西方现代文明和宗教悖论的命名符号，还是杜波依斯"双重意识"术语的具象表征。

赖特为了表现克劳斯这种多面的人格取向，在叙事上一直是以第三人称的叙事方式将克劳斯作为叙事主体，这种叙事方式同样源于黑人传统叙事的双声文本的"转义"修正的表述方式。克劳斯成为一个动态的人物（Dynamic Character）。不论采用哪个化名，克劳斯的第三人称的间接叙事方式都为读者提供了一个内视的焦点参与到文本中，发现和洞察克劳斯的真实的内心世界。这样克劳斯和他的化名间的真实与虚假的思想和情感形成呼应式的对话，从不同层面反映了他复杂的自我意识的发展。由此读者可以清晰地辨明克劳斯也从未真正地成为尔斯·韦伯、阿狄森·乔丹或莱昂内尔·雷，他只是以这些身份即兴地伪装自己以逃避过去。他以存在主义者的方式选择追寻自由意志，却讽刺性地堕入了被自由意志驱使和奴役的罪恶深渊之中。由此，赖特将克劳斯与他所有的命名合并成为一组辩证统一的矛盾命名符号群，通过它们间的互文性以及差异性证明西方文明，特别是工业化文明史对现代人尤其是美国黑人造成的一种错误的认知。由于西方文明体系是建立在对亚非国家的殖民文化的基础上的，它的本质势必是暴力和征服。所以西方的现代思潮走向两极化：一种是将一切思想、观念都转化为集权主义的权力话语，另一种是自身抵制一切权力话语实现绝对个人主义的自由价值的行为冲动。《局外人》是赖特文学创作路程上的一个新的维度，它在展现都市黑人的暴力冲动同时，以爵士超越道德疆域的呐喊方式隐射了整个现代西方的非伦理性和去道德性实质。或者说，它如同一句响亮的爵士宣言道出了黑人即西方文明的隐喻。赖特希望读者可以从黑人民族文化到从现代主义西方文明由浅及深的反思中去重新构建良性健康的人与社会、人与家庭的伦理关系。

第五章 《父亲的法则》中黑人男性主题的即兴重奏[*]

理查德·赖特的遗作《父亲的法则》是他1960年创作的。经历了《局外人》和《长梦》两部小说带给他的文学低谷的沉思后，他精心构思、潜心投入，希望这部"全新的小说"能让他的文学思想和他对人类生存本质的思考得以充分展现。[①] 高涨的创作热情激励赖特在半个月的时间里写下了将近300多页。他打算再写150—200页，可惜不久之后，他突发心脏病长辞于世。2008年为纪念赖特100岁诞辰，美国学界将赖特的这部小说的初稿整理发表，一时间引发了各大报刊的热评。[②]

评论界迅速分为两大阵营。以容·鲍尔（Ron Power）为代表的批评派，认为赖特的这部小说还处于毛坯状态，其艺术价值逊色于赖特之前的所有小说；它与赖特同时期创作的《局外人》和《长梦》等其他旅法作品一样，从主题上偏离了黑人民族主义和反抗美国种族主义的进步思想，从而使这些作品成为一堆脱离了深层美国文化背景的文学想象。这些作品也因此失去了赖特早期作品的文学魅力。另一阵营的杰出代表当数杰瑞·沃德（Jerry Ward），这批学者将这部小说置于赖特小说

---

[*] 在布鲁斯和爵士乐中，Riff是一种常见的即兴重奏方法，它通过重奏或断奏某些音乐小节，使之产生强化主题，达到使听众产生共鸣感的音乐交流效果。赖特在他的小说主题上的处理方式与Riff的演奏方法有异曲同工之妙。

[①] Michel Fabre. *The Unfinished Quest of Richard Wright*. Trans. Isabel Barzun. Urbana and Chicago: University of Illinois Press, 1993, p.513.

[②] 《芝加哥论坛报》《华盛顿邮报》《密尔瓦基新闻卫报》《波士顿环球时报》《西雅图时报》《洛杉矶时报》以及《纽约时报》等几十家报刊纷纷对《父亲的法则》发表书评。但是与该小说研究相关的学术性论文却很少，根据JSTOR, Muse, Google scholar等常用数据库检索结果，相关论文不足10篇。

群中进行综合考察,他们认为这部作品尽管没有最终完稿,存在瑕疵,但是它是"赖特美学观念的总和,也是他对冷战以及我们身处的世界未来的一种冷峻的洞察"。[1] 黑人作家、评论家乔伊斯·安·乔伊斯(Joyce Ann Joyce)进一步拓展了这一阵营的学术观点,她认为《父亲的法则》是赖特敏锐地探索人类受到都市化影响的一部与时俱进的力作。她肯定了赖特在这部小说中三方面取得的成功:他保持了探索人类灵魂与受到现代化影响的人类意识的一致性;他展示了富人的成功很容易腐蚀败坏西方白人及黑人的灵魂;他通过对一种未知的文体结构不懈的追寻增强自己的技能。[2]

笔者很赞同沃德和乔伊斯等学者的观点,《父亲的法则》应该被置于赖特小说体系中来关照它的文学价值、伦理取向和审美功能。鉴于此,本章将在黑人传统文学的"意指性转义"修辞方式和文学伦理学批评方法的坐标系中综合地探讨赖特怎样在都市犯罪小说体系中互文性意指和修正黑人男性的伦理身份这一文学主题。

第一节 《父亲的法则》中延展的男性身份主题

压抑的南方的生活经历给赖特提供了丰富的文学给养。他在生活中自然习得的黑人音乐和方言的言说方式,以及他凭借个人努力自学白人文学传统的写作方法和技巧,形成了他独树一帜的文风。赖特擅长将严肃的种族问题置于娱乐大众的侦探小说或通俗小说的文体之中,以黑人男性主题一以贯之。他以非裔美国传统中独有的"意指性转义"修辞方法凸显了黑人男性面临伦理困境的两难和他们非道德的抉择间的内在关联性,开创了边缘—主流的对话途径。对小说的命名就是赖特秉承黑人修辞传统开创个人文风的一个有力证明。

---

[1] Jerry Ward. "*A Father's Law* Review", in *African American Review*. Vol. 43, 2009 (2-3), p. 521.

[2] Joyce Ann Joyce. "Richards Wright's *A Father's Law* and Black Metropolis: Intellectual GrowthandLiterary Vision", Alice Mikal Craven, ed. *Richard Wright: New Readings in the 21st Century*. Palgrave Macmillan, 2011, p. 144.

一　父亲身份的"命名性转义"①

父亲在黑人家庭中的缺席是美国奴隶制和黑人都市化进程中一个显性的社会问题，更是非裔美国文学作品中的一个母题。根据美国学者塔拉·T. 格林对美国黑人男性作家进行的传记研究结果显示，许多黑人男性作家都成长在父亲缺失的家庭里，所以在他们的作品中黑人男性的父辈们不是彻底地在家庭中缺席，就是以父亲、叔叔、朋友、兄弟等群体的形象出现。② 父亲的身份的伦理特征呈现出"泛化的社会父亲"和"缺席的生理父亲"两种形态。③ 这种复合的伦理观念使黑人男性的父性属性变得抽象并缺乏具体的伦理标准。

这些模糊的父性气质在赖特早期作品中就已出现，《土生子》中的别格成长在一个没有父亲的家庭，他的爸爸死于一次白人对黑人的镇压。父亲的缺席让刚刚成年的别格不得不代替父亲的角色照顾母亲和弟妹。《黑孩子》中的小赖特的爸爸在进城后发现自己只会农活，城市谋生的压力让他无法应对。他最终抛弃妻儿，绝望地逃回南方农村。小赖特的黑人男性气质是从他的外公、舅舅、姨夫这个泛化的父亲群体习得的。《局外人》中的克劳斯生下来就没有见过父亲，所以他根本承担不了父亲这个职责的重担。地铁意外出轨给了他重新生活的机会，他毫不犹豫地抛弃妻儿、母亲和情妇去追求自己所谓的自由，到头来却堕落成为毫无顾忌的杀人犯。这些小说的书名的主体几乎都是以儿子、男孩或者人为关键词，在修辞上都表现出黑人父亲的不在场特性，以此隐射小说中的男性主人公缺乏正确的父亲向导的成长经历。

由此可见，《父亲的法则》在小说命名上是赖特对自己之前小说的一

---

① "命名"是约鲁巴文化中含义极其丰富的一种"转义"。"肯定性命名"被称为 Oriki，"否定性命名"被称为 Inagije。非裔美国土语传统中一个意蕴极其丰富的"转义"。在《父亲的法则》中，赖特继承了非洲传统的命名修辞方法，在书名的命名上，首次出现在场的父亲，修正了其之前小说中缺席父亲的文学形象。同时，在为小说主人公命名时，他一如既往地在小说主人公姓与名之间并存了"肯定性命名"与"否定性命名"的互为意指的命名"转义"特征。关于"命名"这一"转义"方法的具体阐释参见小亨利·路易斯·盖茨《意指的猴子》，王元陆译，北京大学出版社2010年版，第100—101页。

② 参见 Tara Green. *A Fatherless Child* 的序言部分，Columbia and London：University of Missouri Press，2009。

③ 参见 Michael E. Conner & Joseph L. White, ed., *Black Father：An Invisible Presence in America*. New Jersey：Lawrence Erlbaum Associates Incompany，2006，p. 56。

第五章 《父亲的法则》中黑人男性主题的即兴重奏

种超越性的创新：它标志着赖特文学创作思想的日益成熟，表达了他对如何界定新时期黑人男性伦理身份的全新思考。"命名是非裔美国土语传统中一个意蕴极其丰富的转义。"① 仅就《父亲的法则》的字面表达来说，赖特还将黑人男性的主体性偏移，作为修饰语指向核心客体"法则"，因此具有了双声性的黑人方言特征。具体而言，这个标题具有相互意指的三重含义。

从表层意义上看，《父亲的法则》是经过他深思熟虑之后的一部突出的创作。他一反过去多部小说中父亲缺席的常态，塑造了一个在场的黑人父亲形象。赖特突破性地尝试将缺席的父亲形象补位，成功地将黑人男性在家庭伦理中隐性的父性特征显性化。与他之前的三部小说对比，赖特用在场的、有声的父性置换了在场的、有声的黑人儿子或黑人男人。或者说，赖特在黑人男性的主题的重复中，通过表现不同身份的黑人男性的在场性，来更新他个人随着时代的进步对男性的不同定义和理解。这表达出他对黑人男性身份这一话题的延展性文学思考和时代性的主题拓展。② 这部小说也从书名上在赖特的小说体系中确立了 20 世纪 50 年代至 60 年代黑人男性在美国社会和家庭空间中伦理身份的时代进步性，它也充分地表达了赖特创作一部全新黑人男性小说的决心。

从深层意义上来看，《父亲的法则》喻指了黑人男性不可避免地模糊概念化的父亲身份引发伦理混乱的可能。书名中的两个关键词"父亲"和"法则"在赖特个人作品体系中成为一个明显的伦理标。它们把赖特个人对黑人男性的父性的思考和现实社会的立法体系联系到了一起，将小说的隐性的家庭亲情伦理和显性的社会契约伦理有机地融入小说的标题之中。此外，"法则"一词传递给读者的契约关系的联想提示了读者，父亲身份不仅是一个家庭概念还是一个基于社会导向的性别概念，它是社会对根植于力量、权力、权威一种固化的男性身份的确认。父亲和男性的双重身份表征出的是二分性伦理期待存在——家庭性和社会性。换言之，男性

---

① ［美］小亨利·路易斯·盖茨：《意指的猴子》，王元陆译，北京大学出版社 2011 年版，第 101 页。
② 这与赖特在生命的最后两年热衷俳句创作有一定的关联性。日本俳句特有的"哀而不伤"的东方禅境的包容性化解了他激进的、愤世嫉俗的文学态度，给了他更多内视的自审视角，并拓展了他只在西方心理学、哲学、各种政治思潮中汲取创作动力的文学践行之路。参见附录《理查德·赖特的俳句》。

作为父亲身份在公共空间中的伦理角色表现方式和家宅空间中对其子女行为的引导方式是有区别的,甚至存在着一定的矛盾性。

从种族书写的文学意义上来看,上述的父亲在社会空间和家庭空间的矛盾性更加突出地表现在他们的种族属性上。因为在美国文化惯性中,进入公共空间的黑人男性总是小心翼翼地扮演着被白人父亲规训的儿子这一伦理身份。毋庸置疑,摆在黑人男性面前的一大难题就是他们如何在公共空间做一个成功的父亲。

赖特希望在《父亲的法则》这部小说的命名中进一步地展现这个伦理问题,同时他在其中蕴藏了一种黑人声音的政治性扩散——对父亲的社会身份的伦理体系进行种族书写的"意指性转义"。这让读者自然而然地联想到由来已久的白人—黑人的父子关系,即一种监管和被监管的不平等关系。所以此处,赖特的最深沉的隐喻即父亲的法则是白人的法则。这些法则是不可能适合当今黑人男性发展需求的,它们甚至是黑人男性重蹈汤姆叔叔悲剧命运的源头。赖特醒目地通过这部小说书名抛给了读者一个问题——黑人男性应该以怎样的伦理法则来担当父亲?同时,赖特将这部小说的悲剧脉络深深地隐喻在模糊的父性法则之中。

二 赖特小说体系间的书名转义链

作为黑人男性作家,赖特更能洞察到长期以来种族主义历史给黑人男性带来的种种细微的、无法言表的身份焦虑。他敏锐地将这些微妙的变化作为他文学创作的新视点,这使他的小说成为一个连续体,相互呼应,它们宛如一曲反复断奏的布鲁斯,在主旋律上差异性地复唱着不同时期黑人男性所面临的困惑与抉择。从《土生子》《黑孩子》到《局外人》再到《父亲的法则》,纵观赖特小说的书名,他持之以恒的文学追求已经一目了然。正如这些书名字面意义所示,黑人男性在美国社会已经经历了一个从儿子般的男孩向成年男性甚至成熟的父亲的伦理身份的转变。

《土生子》和《黑孩子》是他20世纪30—40年代创作的革新黑人在美国文化形象的杰作。其中塑造的别格和青少年时代的赖特与哈雷姆文艺复兴时的黑人形象迥然不同,更是与被美国文化模式化的"汤姆叔叔们"差之千里,成为当之无愧的与时俱进的新黑人形象。正如书名所示,《黑孩子》是对之前的《土生子》命名性的差异性的重复。它们将小说主人公以"儿子"和"男孩"的身份呈现在读者面前,证明了黑人在社会中文化身份的在场性。他们鲜活的叛逆的个性也标志着，无论是在北方还是在南方，新一代的黑人青年再也不可能像他们的父辈那样默默地忍受种族主义对他们的否认和诋毁，更不能接受在白人父权文化中始终处于一种身份缺席的隐性地位。这两部小说应该说是赖特以黑人的意指修辞方式修正西方文学传统对黑人的文化误读。正如他自己在《别格是怎样诞生的》中所说：

> 我读他们（白人）的小说。在这儿，我第一次发现了一些方法和技巧，用它们去衡量一些事物得出有意义的结果，是关于美国文明对人的品性产生的影响的后果。我采用了这些观察和体悟的技巧和方法，通过扭曲、弯折和裁剪它们，使它们最终变成我理解黑人聚居地带那封闭生活的方法。①

一方面，赖特在书名上隐射了白人将黑人男性视为孩子，从社会伦理关系上建构了一种种族间的所谓的父子关系。另一方面，赖特又运用了黑人英语独有的"转义"修辞功能，腾空了白人英语中对儿子（Son）和男孩（Boy）的语义功能，将黑人是白人的儿子的伦理身份反向"转义"成白人是黑人的父亲，使主体从黑人儿子转向了白人父亲，即隐喻了白人是误导黑人犯罪的罪魁祸首。从而激发读者将黑人的非伦理行为与白人父权社会体系联系在一起，反思检讨黑人男性被集体归化的亚成熟伦理"儿子"或"男孩"身份本身是否符合伦理性。

如果说《土生子》和《黑孩子》是赖特对 20 世纪初新黑人运动的响应和反思，那么，20 世纪 50 年代他所创作的《局外人》则是他对黑人男性应该如何更加成熟地应对家庭矛盾和个人自由的新的伦理探索和追问。他从书名上确立了黑人男性希望能迈向成年之门的伦理诉求。尽管不论是社会原因还是个人自身的问题，黑人男性还不能融入社会主流，依然被置于文化伦理的体系之外，但是他起码以人的伦理身份确立了自己正在成长的一种新的生存动态。它也用书名的文本意指性地修正了《土生子》和《黑孩子》中的黑人儿子—白人家长的对话模式，而确立了局外人—局中

---

① Richard Wright. "How Bigger Was Born", in *Native Son*. New York: Harper and Row Publishers, 1966, p. 16.

人的对话模式。这种对话让读者意识到，小说主人公克劳斯的悲剧命运不仅批判了美国白人主导的大众文化的欺骗性，更是对黑人民族内部亟待修复的伦理问题的思考和探讨。

《父亲的法则》与赖特的早期作品从书名到主题上形成了"修正性互文"结构。和《局外人》一样，它再次从书名上对《土生子》和《黑孩子》喻指的儿子的伦理身份进行"转义"，让读者跟随赖特对黑人男性伦理身份进行思考，辨析这些男性在美国社会文化体系中儿子—成年人—父亲的伦理身份的转型的创作取向。[①] 赖特在小说叙事上表现出的那份隐性的、婉转而不失胆量的布鲁斯"意指性转义"，也是他个人在文学创作中的自我超越。他不断地去突破由自己所开创的、黑人男性孤胆英雄式的书写模式，并拓展了黑人男性伦理身份的内涵和意义。《父亲的法则》将黑人男性话题置于动态的父子关系中进行考察，拓展了黑人男性应该以怎样的男性气质去面对和承担家庭和社会对他们的伦理身份的期待这一主题的深度。该书给读者提供了一个延展性的复合视角去审视美国种族殖民史上的一块硬伤——黑人男性所缺失的父性气质。

综上所述，赖特的小说在书名间形成了一个互文性的、链状的"转义"连续统一体——他的每部新作都是对上一部或多部小说的意指性"转义"。赖特总是保持动态的眼光，在历史语境中去考证黑人男性身份观念的变化和他们受到约定俗成的伦理取向的局限和误导。不可否认，赖特紧贴时代的脉搏不断地更新了黑人男性在美国社会文化中相应的伦理身份的内涵。

第二节 在场的父亲

一 鲁迪·特纳（Ruddy Turner）的"命名转义"

和赖特其他的城市犯罪小说中的主人公一样，鲁迪·特纳的命名具有

[①] 自20世纪20年代起，赖特受到了展现新黑人形象的文学创作的影响，《土生子》中的别格、《黑孩子》中的赖特以及《局外人》中的青年男性都是他展现出的年轻一代黑人的鲜明人物形象。他们与哈雷姆文艺复兴时的黑人形象迥然不同，更与被美国文化模式化的"汤姆叔叔们"差之千里，成为当之无愧的与时俱进的新黑人形象。赖特一直在他的小说创作中展现着困扰黑人男性成熟的各种伦理困境，并以他们的命运批判了美国白人主导的大众文化的欺骗性并揭示了黑人民族内部亟待修复的伦理问题。

高度的喻指功能。他的姓氏"特纳"（Turner）在英语中有转折点的意思。赖特以特纳为姓氏不仅表达出他自己希望突破先前文学创作模式、尝试重塑"全新"黑人男性形象的勇气和决心，它还喻指了这部小说的主人公将是一个转折性人物。鲁迪·特纳被塑造为一位受人尊敬、功成名就的黑人警察，他也是赖特的作品体系中建构的第一个社会精英身份的黑人男性形象。他的成熟的男性气质主要表现在个人情绪的自控力、公共空间的认可度以及家宅空间的责任心三个方面。

第一，鲁迪·特纳的"全新"的男性气质体现了他是一个理性的、自控力较强的、相对成熟的黑人男性。尽管他和赖特之前笔下的男性主人公一样，都是从南方流浪到北方来打拼的黑人穷小子，但他具有可以将自己内心许多负面情绪转化成正能量的意志力。这让他在警察事业上得以不断发展和提升。具体而言，他既不像迷失在都市欲望中鲁莽的别格，也不像将自己完全与外部世界隔离，生活在自我世界中的小赖特，更不像为了实现个人自在的自由，而沉浸于权力与暴力的快感中的克劳斯。相反，他不仅能有意识地控制自己潜在的犯罪冲动，还有效地将这股暗流转化成帮助他缉拿罪犯的资源。"随着他缉捕的罪犯越多，他内心也越来越平静"。①

鲁迪·特纳很清楚在自己内心深处也有许多如"挑衅法律的权威"的欲望。他承认自己曾在这些欲望的刺激下也做了一些不负责任的傻事。他曾和一帮坏小子"在夜晚潜入学校，只是为了闹着玩；他也曾为了钓鱼而逃学；他在孟菲斯—奥尔良的公路上来回骑车；在遥远的阿肯色州的一个镇子上他曾遗弃过一个有了他孩子的女孩"。他有罪恶感，但理智使他明白这些不过是"男孩子愚蠢的恶作剧"，这不会让他成为"一个真正的罪犯"。甚至在懵懂年少时，鲁迪也曾有很强烈的种族意识。他和别格一样憎恨世界上所有的权威，这让他多次有犯法的冲动。他曾经诅咒让这个排斥他的世界下地狱，因为它让他内心感到精神紧张；他曾经渴望"顺手拎起从他身边经过的那些身材臃肿、衣着整洁、满脸油光的白人的衣领"。他甚至白日做梦似的幻想"自己是占领了像芝加哥这样大城市的黑人军队的首领。然后以军队的领袖的身份来告知他所有的市民，他唯一的

---

① Richard Wright. *A Father's Law*. New York: Harper Perennial, 2008, p.35. 本章节中所引用《父亲的法则》文本均出自此书，不单独成段落者将仅用引号提示，不再逐一标注。

目标就是让所有的人实现种族平等"。

值得庆幸的是，鲁迪最终走出了种族歧视在他内心投下的自我憎恨以及对白人的种族憎恨的负面心理阴影。他年少时那些挑衅法律的冲动也没有将其推向沦为狂暴的杀人犯或孤独的郁闷的黑人知识分子的伦理绝境。在理智的指引下，他通过不懈努力和奋斗，终于从一个一文不名的黑人穷小子晋升为芝加哥辖区的第一位黑人警长。如他自己所说，他把自己从一个"持枪的、孤独的黑人男性"变为了"知名的、受人尊敬的、被授予法律权限来惩治不法分子的一个人"。从这个意义上来说，鲁迪的成功表明黑人男性已经能控制自己黑人意识带来的强烈自卑和自我憎恨的心理情结，并进而实现个人的理想。这不仅是他个人的成功，也为所有黑人男性实现自己的理想树立了一个好榜样。

第二，鲁迪·特纳的个人成功还改变了白人对黑人男性是一群随时威胁社会安定的无业游民的偏见。由于鲁迪很注意自己在公共空间的形象，他凭借自己的理智、自控力勤勉积极地改善自我和他人的关系，这让他和家人在美国中产阶级生活圈子中获得了一席之地。根据萨姆瓦的观点，美国白人中产阶级代表了主流意识形态，他们"相信行动和努力工作能为个人带来所需求的一切。对具有坚强意志、坚定的信心并不懈努力的人来说，没有什么目标是可望而不可即的"。[①]所以，鲁迪的成功表现了他认同美国主流价值观并将其付诸实际行动。

在鲁迪退休前，他的友善和努力为他赢得了一次意外的晋升机会。他成为芝加哥第一位黑人警长。这对于在警界服务的黑人来说是莫大的荣誉。他居住和管辖的博仁屋社区集聚了芝加哥白人精英群体。"他们都是富人，一群艺术家和职场精英：银行理事长、总监、公司头目、出版商、政治家，还有知名的社会公众人物。"在这个白人精英社区中，鲁迪也与周边的白人邻里关系融洽。无论走到哪里，他都被公认为是一个成功的、成熟的黑人男性的优秀代表。他热爱自己的工作，过着以执行集体的法律法规为生的生活。他喜欢与大多数人相处，他尊重集体的意愿，事实上，他以持久而强烈的热情热爱着集体的法律法规。他的成功使他看到了作为一个男人的自我价值，还展现出他成熟男性气质的主体身份。他改变了黑

[①] 萨姆瓦：《跨文化传通》，陈南、龚光明译，生活·读书·新知三联书店1988年版，第93页。

人男性无论到什么年龄都被白人视为"黑男孩"的伦理身份。

从这个意义上来说，赖特刻画的鲁迪这个形象的确是他个人文学创作的转折点和新起点，鲁迪·特纳身上起码表现出了黑人男性改变刻板化、流俗化的男孩形象，并显现了逐渐转向成熟的可能。他们在以白人为主流的公共社会空间逆袭而上，破除了文化偏见，重新构建了自己的伦理身份。这也是赖特对其早期作品中书写的那种鲁莽、冲动、孤独的、一贫如洗的、长不大的"黑孩子"的人物形象的"转义"；更是赖特对其自传《黑孩子》中小赖特的自我形象的修正。鲁迪不像赖特将自己从生活的环境中孤立出去，而是以积极的合作态度使自己更好地融入工作和生活的环境中。鲁迪的成功也是赖特对黑人在美国社会环境中的一种时代性的观察与思考的文学外化，它从侧面表现出在20世纪50—60年代，美国北方都市黑人的处境已经有了一定的改善，他们在社会公共领域有了和白人平等竞争的机遇，只要黑人男性能把握机遇，他们也有实现自己美国梦的可能。从这个意义上来讲，赖特以特纳的成功作为一个典范，以此使都市的黑人贫民点燃了他们内心的上进心，激励他们去克服低下的教育背景、复杂的种族情绪等阻碍黑人成长的不利因素。

第三，鲁迪·特纳不仅在公共空间中展现了有责任感的男性气概，他还一改一般黑人男性在家宅空间中或是暴力独裁者或是责任逃避者的传统"男孩"形象。他不像大多数的非裔美国男性那样，鲁迪并没有因为自己是家庭的经济支柱而无视家庭中的女性，甚至以暴力来彰显自己的权威地位；更没有面对家庭的重任采取一逃了之的消极伦理。[①] 他尽量在家庭中扮演好一个好丈夫和好父亲的角色。

必须承认，他是一个温和的丈夫，对妻子有强烈的责任感。他和妻子艾格尼丝融洽的夫妻关系也是赖特在这部小说中的一个"全新尝试"。他们相互尊重，在生活和心理上都互为依靠。当他们的儿子汤米因为失恋而心事重重时，鲁迪欣然接受了妻子艾格尼丝的建议，他以一个父亲和男人的身份去和儿子汤米推心置腹地谈心，好帮助汤米早些走出失恋的阴影。对此，艾格尼丝感到欣慰，愉快地对鲁迪说："多好的日子！你当上了警长。而且我的丈夫和儿子成为了朋友！"她的这句话不仅肯定了鲁迪在社

---

① 赖特之前在《局外人》中塑造的克劳斯和《土生子》中的别格都是受到这类消极伦理范式影响的黑人男性代表。

会和家庭中的男性气概，还进一步树立了鲁迪的男性自信。这使他们夫妻间的交流更畅通，感情更和睦。

　　鲁迪发现汤米面临的情感问题远比妻子设想的复杂很多。事实并非如妻子艾格尼丝想象的那样——汤米可能是因被女友玛瑞抛弃而变得一蹶不振。相反，汤米是因为无法接受玛瑞患有先天性遗传的梅毒而不得不抛弃了玛瑞。当了解到这个惊人的事实后，鲁迪发现自己面临了一个男人同时又是一个父亲的伦理两难。出于男性伦理取向，鲁迪觉得自己身为男性，又是长辈，应该去帮助玛瑞，所以他亲自去探望了她，并承诺出钱帮她把病治愈。甚至在道德上，他认为儿子汤米这样抛弃玛瑞对她是不公平的。可作为父亲，他非常能理解儿子汤米的痛苦，也默默地接受了儿子与玛瑞分手的选择。他觉得自己作为一个成熟的男人都很难摆脱这样的伦理两难而带来的焦虑感和煎熬感，何况他妻子还是这样一个充满爱心的慈母。出于男性应该保护女性的意识，他决定向妻子隐瞒这件事，以免她也陷入他和汤米一样的伦理纠结之中。

　　但随着他对自己新接任的直辖区的了解和对该区连环杀人犯的深入追查，多年来养成的警察的职业敏感度让他情不自禁地怀疑起儿子汤米。他觉得汤米很可能就是自己一直在查找的连环案的真凶。顷刻间，他又一次地陷入了身为警察和身为父亲的伦理两难。身为警察，抓捕真凶无疑是他的职业伦理；而身为父亲，保护儿子则是他父性的必然。在伦理矛盾的煎熬中，他再次表现出家庭男性的一种亲情伦理抉择。出于对妻子的依赖和信任，鲁迪最终还是忍不住把汤米和玛瑞间的秘密告诉了妻子。他希望妻子对汤米和玛瑞情感关系的态度能帮助自己从各种纠结的情绪中理清头绪，进而恢复自己理性的判断力。当他看到艾格尼丝对玛瑞的包容和对儿子的理解时，他对妻子善良和理智的表现更加敬佩。他发自内心地承认："她感到恐惧，但出于女人母性的本能她控制了这种恐惧。"作为一个有家庭责任感的男性，鲁迪不仅懂得关爱妻子，更珍惜从女性平等交流中获取的智慧。

　　作为父亲，鲁迪也意识到自己与儿子间沟通不畅、存在代沟，但这并没有影响他尽力做好家庭的顶梁柱。由于他个人从南方到北方打拼的痛苦经历，他不希望儿子再受到自己在青少年时饱受种族身份、经济拮据和文化水平低下等问题的困扰。他全力在警局里打拼，希望尽可能地给儿子创造融入主流社会的机会，让儿子不会因为黑人的肤色活在自卑的阴影之中。鲁迪在经济上尽量提供充足的物质生活条件；他在芝加哥最好的白人社区购买房子，从居住环境上给儿子铺设跻身上流社会的阶梯；他还竭尽全力栽培儿子，为他提供最好的受教育的机会。他以儿子是美国名列前茅的芝加哥大学社会学系的高才生而感到无比骄傲。

简言之，无论作为一个事业型还是一个家庭型的男人，鲁迪·特纳修正了赖特早期作品中没有家庭责任感的男性贫民形象。对于赖特来说，塑造鲁迪·特纳是他在完善新黑人文学形象过程中的转折点。同时鲁迪的形象还进一步回应了评论界曾对《局外人》和《长梦》不能塑造与时俱进的黑人形象的批评。[1] 作为一个成功的、正面的公共人物形象，鲁迪超越了赖特之前小说中所有冲动的青年男性形象，他以一个成熟的、家庭型的男性形象呼应了《局外人》中克劳斯临终前的愿望——"搭建一座人与人之间的桥梁"[2]，他使人们看到了一种可能的良性的黑人家庭关系。难怪赖特将创作这部作品看作一种"精神疗法"，它除去了赖特自己在成长道路上从未得到过一位成熟父亲的引导的心理创伤，也除去了他对黑人男性哀其不幸、怒其不争的无奈。从这个意义上来说，赖特引导他的读者和鲁迪一同去面对他的家庭和职业伦理矛盾，身临其境地在这些矛盾中去洞察一个"全新的"、有责任感的黑人男性的喜怒哀乐。赖特精心塑造这个人物的良苦用心也可见一斑。

二 父亲的伦理旋涡

如同赖特的其他小说，《父亲的法则》的主题依然探讨了在白人父权体制的社会文化模式中黑人男性建构伦理身份时不可避免的误区。一直以来黑人男性被视为一群缺乏成熟男性气质的"男孩"。这种符号式的身份认知方式困扰着黑人男性，他们很难突破社会文化模式对他们的行为期待，这直接影响到他们在伦理取向上选择的行为方式。杜波依斯用"双重意识"这个术语描述了黑人从出生那一刻就受到的困扰。双重意识将黑人的伦理认知割裂成相互排斥的"黑人性"和"美国性"的双重意识

---

[1] Michel Fabre. *The Unfinished Quest of Richard Wright*. Trans. Isabel Barzun. Urbana and Chicago: University of Illinois Press, 1993, p. 466.

[2] Richard Wright. "The Outsider", in *Later Works*. New York: Literary Classics of the United States, 1991, p. 839.

之中。而所谓"美国性"就是"白人性"。① "白人性"可以被视为一整套白人特权伦理的代码。露丝·弗兰肯伯格（Ruth Frankenberg）这样定义"白人性"："白人性是一种结构优势和种族特权的在场。"② 维勒瑞·百伯（Valerie Babb）对"白人性"做了如下定义——"它不仅仅是外表特征；它还是一套基于白种肤色的特权体系"。③ 这套伦理代码被用来证明和加强白人男性的特权地位。为了进一步标榜"白人性"的优越性，白人利用话语权将"黑人性"定义为"吉姆·克劳黑乌鸦性"，即通过吉姆·克劳伦理法则歪曲黑人形象，将他们或者妖魔化或者贬损为一群愚笨的黑孩子，从而迫使黑人接受自己是低人一等的"亚人群"。随着三百多年从经济压迫到文化意识形态上的渗透，黑人男性在建构自己的伦理身份时，已经无意识地以一种"白人凝视"来审视自己，并对周遭的行为和事物做出判断和反应。他们因"双重文化"导致的模糊黑人男性伦理标准而苦恼，他们不甘心做白人眼中长不大的"男孩"，可一旦要求他们动真格地按照白人男性的标准来证明自己时，他们又感到"东施效颦"般的无奈和力不从心。

总体而言，赖特笔下的男主人公在建构自己的伦理身份时呈现两种截然相反的态势——一是他们选择像别格·托马斯那样以白人为"他者"，敌视对方给自己所造成的心理负担，狭隘地在自己的种族属性中寻找重建男性气质的元素，他们往往将自己的雄性生理本能等同为黑人性，以暴力彰显黑人雄性气质、反抗固有的黑人形象来建构自己的黑人男性身份。二是他们选择以汤姆叔叔谦逊的文化符号式的黑人身份，接受白人的文化价值观，基于"白人性"和"男性中心"的文化体系标准来构建自己的伦理身份。然而这些黑人男性往往以"白人凝视"来审视自己种族的"黑

---

① 美国主流文化倡导的美国性是建立在白人中心主义的基础上的，它作为一种行为准则从意识形态上起到规范社会秩序的作用。由于它的核心服务目标是保证美国白人资产阶级的既得利益，淡化阶级矛盾。因此，白人意识或者资产阶级意识就是美国意识的核心价值。美国几个世纪以来延续的种族政策是淡化白人内部阶级矛盾的一种手段。当黑人采用美国意识时，就是一种被白人同化的过程。这一过程被美国文化界定为美国化进程，是美国公民实现美国梦的必经之路。所以在许多情况下，美国性就等同于白人性。在本章中"美国性"与"白人性"都是指以白人特权话语下的伦理代码，它们是可以互换的术语概念。

② Ruth Frankenberg. *White Women, Race Matters: The Social Construction of Whiteness*. Minneapolis: University of Minnesota Press, 1993, p. 1.

③ Valerie Babb. *Whiteness Visible: The Meaning of Whiteness in American Literature and Culture*. New York: New York University Press, 1998, p. 9.

人性"，从而在自卑心理的作祟下或忽视或否定自身的"黑人性"身份特征。这些男性不论是盲目地彰显他们所谓的"黑人性"的雄性气质还是盲从"白人性"的男性优越感，这两种极端的伦理取向都将他们导向了一个巨大的伦理旋涡，他们或在对白人的恐惧和仇视中滥用暴力，曲解道德伦理标准；或者回避历史和种族创伤，挣扎着融入白人父权制的主流文化，他们的"白人凝视"使其疏离于黑人群体之外，甚至以白人的伦理来鄙视自己的黑人同胞。

小说中父亲鲁迪和儿子汤米就深受主流文化潜移默化的影响，并被"白人凝视"毒害。鲁迪是从南方来芝加哥大都市求生的黑人，他清楚被歧视的滋味。经过几十年打拼，他更清楚都市黑人贫民区是疾病和罪犯的摇篮。这样的生活经历在他内心深处根植了一种无法言表的对黑人生活的焦虑和不安。他的这种焦虑情绪贯穿着整篇小说，增加了小说的张力。根据罗洛·梅对焦虑的解释：焦虑是一种处于扩散状态的不安，恐惧与焦虑最大的不同在于，恐惧是针对特定危险的反应，而焦虑则是非特定的、"模糊的"和"无对象"的。焦虑的特征是面对危险时的不确定感与无助感。[①] 鲁迪的焦虑就是不可名状的模糊情绪，在实际上表现了他对自己伦理身份的不确定感。

在小说一开场，就描写了鲁迪感受到了来自家庭空间带给他的焦虑感。作为父亲——特别是一个文化水平不高的父亲，他因无法与儿子进行亲密的父子交流而感到焦虑；为人父的焦虑再次激起了对自己青春期那些没有真正实现的犯罪冲动的回忆，进一步增强他不安的情绪。随着小说的推进，鲁迪在家宅空间中的焦虑感与他公共空间中的焦虑感汇聚到了一起。凭借他多年来的警察直觉，他日渐怀疑儿子汤米。他发现汤米质疑一切法律和法规的现象和他正在追查的博仁屋社区的连环命案的凶手的犯罪心理特征有很大的重合度。于是他越来越怀疑汤米极有可能就是那个他正在追捕的杀人凶手。

鲁迪对儿子的怀疑突然间暴露了他一生奋斗并精心建构的一个成功黑人男性的伦理身份的悖论性。自他成功地融入白人中产阶级后，他一直都在回避自己实在的"黑人性"身份而实现"美国性"的伦理身份。然而，

---

① [美] 罗洛·梅：《焦虑的意义》，朱侃如译，广西师范大学出版社2008年版，第172页。

他内心深处对现实的认知始终无法让他获得真正的归属感。汤米的罪行彻底摧毁了鲁迪在公共空间中塑造和经营的美国"男人梦",并宣告他在家宅空间里同样是一个失败的父亲。

重新审视和剖析"白人凝视"在鲁迪构建男性的伦理身份时的强大的隐形功效,是考察《父亲的法则》在理查德·赖特所有作品中的整体价值的重要元素。赖特以通俗侦探小说的形式,将这对父子间的矛盾蕴藏于儿子汤米对父亲鲁迪所信奉的社会伦理观念从认同到否定的变化过程。随着这对父子矛盾日益明朗化,读者也逐渐明白了,黑人男性面临的身份问题不仅仅是简单的经济问题,也不单纯是某个家庭的问题,而是源于三百多年来黑人男性一直在相互矛盾的文化期待中错位的伦理身份的认知——他们从未获得身份认知的整体感。

特纳父子没有像别格和克劳斯那样受到经济拮据的生活压力的困扰,也不像他们那样既不能融入黑人社团又疏离于白人社会。相反,他们是已经融入白人社会的中产阶级,过着衣食无忧的生活。然而他们依然得去应对身份带给他们的危机感和绝望感。他们的身份问题说明了尽管黑人在物质生活和社会身份上都随着时代的进步得到了改善;但真正构成他们身份危机的最大威胁既不是来自经济压力也不是来自白人的歧视,而是被内化的种族歧视在他们内心产生的自我贬损和自卑感。或者说在白人中心主义的文化锻造的表征空间里,黑人在建构自己的伦理身份时无意识地将其割裂成"白人性"身份和"黑人性"身份。

在公共空间中,鲁迪的生存伦理是"是的,先生"。[①] 他绝对听命于上司,正如他对上司比尔所说:"比尔,我将为你做这件事,誓死完成任务。"他奉行的是用一切白人认为正确的、美好的伦理法则来维系和巩固他已经积累的财富和名誉。他遵循美国白人男性身份的标准塑造自己的男性伦理身份。按照美国文化伦理的标准,真正的男人更多的是以公共空间中的社会地位来判断的。衡量男性身份的标准是金钱、职业、入住的社区、孩子就读的学校、家庭的完整性等。于是,鲁迪坚信不疑地在这套伦理法则中努力打拼,并恪守这些法则作为自己毕生的追求和儿子未来美好

---

① "Yessum"是黑人在对白人作答时的一种惯性的赞同方式。不论黑人在内心是否真的赞同白人的观点,当他们和白人对话时,却习惯性地回答"Yessum",即"是的,先生"。这在黑人中已经产生了一种从潜意识上接受"白人是对的,白人是好的"的伦理观念和行为范式。

生活的保障。可他唯一忽略的是他的黑人身份——这恰恰是他和他家庭悲剧的根源所在。或者说，他所遵循的生存法则即白人的法则。无论他多么努力地去实现个人的理想，获得事业的成功，他实际又不自觉地跌回了"儿子"伦理身份的塑形，因为，他所证明的自己所谓的男性成功都是基于"白人父亲"的伦理。

赖特曾在《白人，听着！》中精辟地论述过鲁迪所代表的黑人生存伦理。赖特借用了尼采的一个术语"蛙眼"，它用来特指某人将自己摆在一个较低的位置仰视他人，这是典型的自卑心态，"蛙眼"在观察者与被观察者间产生了一种心理上的距离。[①] 赖特所指的这种"蛙眼"视角实际上就是以"白人凝视"的方式将黑人自己身上的"黑人性"他者化，并将其内化成为一种不能启齿的自卑感和羞耻感。这一点充分地体现在了鲁迪身上。

当鲁迪认为自己中产阶级的身份就是一种美国身份的象征时，他有意无意地开始用白人的标准去交友。尽管他认为艾德·赛格尔（Ed Seigel）是个很有能力的警官，但是由于他是犹太人，鲁迪刻意和他保持距离，并不自觉地称他为"犹太男孩"。他对艾德的态度就是白人对其他有色民族的态度。或者说，他在拿"白人凝视"其他种族的方式将自己与他人区别开来，获得一种优越感和特权感。他的这种视角和心态使他无法在公共空间中结识可以交心的朋友。因为对于白人上司，他在心理上是仰视和盲从的。而与少数族裔的同事交往时，他又以自己中产阶级的优越感和潜意识中的"白人凝视"，像白人歧视黑人那样去歧视其他有色种族。从这个意义上来看，鲁迪的身份仍然没有摆脱"汤姆叔叔"的文化印迹。

在他的家宅空间里，鲁迪对成功男性错误的认知导致他无法成为一个真正意义上的好父亲。他简单地认为给儿子提供丰富的物质生活和优越的生活环境就是一个尽职的父亲。尽管他时常因为自己无法在精神上和儿子沟通而感到自责，有时他甚至觉得世界上"没有什么比他和汤米之间的距离更遥远"。但他也常常以自己马上就要退休，会有充足的时间了解儿子进而抚平他们间的代沟为一个自我安慰的借口。鲁迪甚至还为此找到乔伊斯神父忏悔自己不是一个各方面都称职的父亲，希望从宗教上获得精神的慰藉和解脱。

[①] 具体表述参见 Richard Wright. *White Man, Listen*! New York: Greenwood Press, 1978, p. 27。

鲁迪相信自己是对的，因为他不愿意儿子在了解沉重和痛苦的黑人历史之后像其他黑人那样对白色充满了怨恨和恐惧；他更担心自己身为黑人的自卑感会同样出现在自己儿子身上。他希望儿子远离这种心理上的对白色的恐惧感和对黑色的自卑感。他也因此参照"白人性"的准则引导儿子汤米构建他的男性身份。于是他行使着一个保护者的角色，让儿子生活在白人社区，信奉天主教，相信血统的纯洁性和精神的纯洁性。他从未告诉过儿子美国黑人特别是城市贫民窟里黑人生活的阴暗和绝望。出于父爱，鲁迪努力为汤米构建一个公平、公正、有序的、宗教化的理想世界。然而在美国这个曾经有着三百多年种族歧视的国家里，鲁迪给儿子构建的这个没有种族歧视、充满男性优越感的童话般的城堡，实际上是完全割裂了悲惨的黑人种族历史的空中阁楼。或者说，它如同建在流沙之上的城堡，任何微创都能将其毁于一旦。

未婚妻玛瑞身患先天性梅毒这一事实对于汤米来说就是晴天霹雳。汤米根本没有办法接受这一事实。他更无法接受——像玛瑞父亲那样一个看起来很本分的人会是梅毒的传播者（而这位父亲同样和玛瑞一样是一个无辜的受害者，因为他是从他父亲那里遗传来的）。这让他感到，玛瑞生活的整个芝加哥的黑人区全部被梅毒污染，他避之不及。汤米对整个黑人区的恐惧感证实了他是一个被隔绝在他所属的黑人种族群体之外的人，他完全以"白人"的伦理标准来审视玛瑞及她从她父亲那里遗传来的病。这也可以解释为什么他甚至都不愿意再见一面玛瑞就和她分手了。

小说中玛瑞的"梅毒"就像非裔美国人身上一块不愿触碰的伤疤，它是非裔美国人历史性的种族创伤的象征体。尽管这一点对于从小就疏离黑人传统文化的汤米是无法认识到的，可鲁迪却对此一清二楚，他深知："玛瑞的生活已经被彻底地毁了。历史的阴霾投射到她的身上，而且那阴霾还会继续投射到未来她所怀的孩子身上。"梅毒其实也只不过是历史的阴霾中微不足道的一瞥。实际上，北方都市的黑人地带从来就是被疾病和死亡笼罩的人间地狱。那里是"猩红热、痢疾、伤寒、肺结核、淋病、梅毒、肺炎和营养不良的温床。那里的死亡率超过了出生率"。[1]

同时，"梅毒"还有更深层的象征寓意。赖特希望以此让读者明白黑人这种自我贬损的负面心理情结如梅毒一样，是一种遗传性和传染性很强

---

[1] Richard Wright. 12 *Million Black Vioces*. New York: Thunder's Mouth Press, 2002, p.107.

的病毒。不论它是显性的还是隐性的，如果不能治愈，都会后患无穷。它不仅投射了历史的创伤，而且将继续危及黑人的后代。正是鲁迪受到了身为黑人的自卑心理的作祟才让他那么情不自禁地用"白人凝视"去判断身边的事物，并以这种方式去教育、培养儿子汤米。从这个意义上说，汤米同样受到了遗传性病毒的伤害，而且和玛瑞一样是从出生那一刻就成为这种病毒的携带者和传播者。

无论鲁迪对黑人历史的创伤是多么心知肚明，但他并没有意识到，汤米的肤色已经注定将他的命运与黑人的历史紧紧地联系在一起了。出于一个父亲的私心，他不希望对汤米因为玛瑞的事去向汤米揭开黑人民族苦难史那块绝望的伤疤，这会毁了汤米的前途。鲁迪选择了保持沉默，而向汤米隐瞒了玛瑞的疾病实际上是黑人都市生活极为常见的现象。他以为这样就可以继续保护汤米身为名校高才生的优越感。可见，鲁迪已经无意识地认同了白人性即美国性，他将适用于白人的伦理来引导自己儿子进入主流社会。令人惋惜的是，鲁迪并没有看清"白人性"作为一种文化的在场是另外一种面具。"如果白色的面具以及它的在场表征了它始终是亲切的、仁慈的，那么这种表征所遮蔽的是危险的表征。"[①] 这一点恰如其分地验证了鲍德温的观点，"白人性是一种绝望的选择"。[②]

鲁迪这种处处保护儿子的心态实际上还是他身为黑人的那份自卑感在作祟。内化的自卑让鲁迪失去了与家人坦诚地交流情感的能力。尽管他觉得妻子是值得信赖的人，也时常与妻子交换想法。可他无法坦诚地告诉妻子自己内心的苦恼。在与儿子汤米沟通时，他则更有所保留，甚至将父子间推心置腹的交流寄希望于在他退休之后的生活。他自然不会告诉自己家人那些他年轻时犯罪冲动和越轨行为，更不可能开诚布公地告诉儿子自己对社会伦理的怀疑和质疑。他习惯了在人前总是扮演着一个正义的执法者的形象，甚至在和儿子谈话时，他都像在执行公务时一样配着枪。枪对于他来说，不仅可以保护自己的生命，更是他社会身份的象征。枪是一个意象，它说明了鲁迪在家宅空间里作为父亲的伦理身份已经让位给了他公共空间的男性身份。他是那么热衷于集体的法律，"他喜欢和大伙在一起，

[①] David R. Roediger, ed., *Black on White: Black Writers on What It Means to Be White*. New York: Schocken Books Inc., 1998, p. 50.

[②] Ibid., p. 21.

他尊重集体的共同愿望；事实上，他对集体的法律法规报以极大的、持久的热情，全身心地热爱它们"。

赖特笔下的鲁迪·特纳经过美国主流文化的塑形，他在伦理身份上和行为取向上表现出一定的矛盾性。作为一个黑人男性，他突破了黑人男性无法获得经济独立的社会身份的限制，并能自觉地承担家庭中顶梁柱的重要角色。同别格和克劳斯相比，鲁迪是一个成熟、有担当的男人，他终于摆脱了"黑男孩"的伦理身份对他事业的束缚。这是赖特这部《父亲的法则》最贴近时代的一种黑人身份的重新定位，也是这部小说的最大亮点。

但是，赖特看到的不仅仅是这种时代的进步，他更以一种黑人的敏感和作家的使命感进一步书写了新时代黑人的新困惑。他们的确可以在相对宽松的社会伦理环境中实现自己的理想，只是历史带给他们的种族创伤和他们对自身黑肤色的自卑感让他们转而被"白人凝视"全盘控制。鲁迪就是这样一个悲剧人物。当他极力维护自己多年来精心塑造的成功男性的形象时，他却失去了与儿子坦诚交流的能力。这使他在儿子面临身份困境和伦理两难时，依然无法以一个父亲的身份去做出向导，促使儿子做出正确的选择。从这个意义上来看，鲁迪依然是一个不成功的父亲。他和赖特之前小说中的黑人男性别格、克劳斯是一样的。他们被囚禁在基于"白人性"建构的伦理身份的牢笼中，失去了表达自己最真实思想的能力，成为一群孤独的失语者。而鲁迪作为父亲的失败在于他天真地认为黑人种族的历史创伤可以被人为地隐藏和否认而不自觉地跌入了"白人凝视"的伦理旋涡，不可自拔。

第三节　迷失的儿子

一　汤姆叔叔宿命的历史烙印

如赖特其他小说中的主人公一样，汤米·特纳的名字也是一个隐喻符号。Tommy 在英语中是托马斯（Thomas）的昵称，在古英语中有双胞胎的意思。可见，汤米的命运与《土生子》中的别格·托马斯形成了互文性的意指关系。他俩不同的成长经历和相同的悲剧命运再次互文性地呼应了斯托夫人笔下的"汤姆叔叔"，让读者意识到被冠以"托马斯"这个姓氏的黑人男性们很难摆脱美国白人种族烙在他们肤色上的汤姆叔叔宿命伦理。

不过,《父亲的法则》中的汤米比《土生子》中的别格幸运很多。他生长在一个中产阶级家庭,父亲给家庭提供了稳定的经济支柱,母亲更是温和慈爱。他跻身白人区,接受和白人一样的教育。他个人在学业上也很努力,成为著名的芝加哥大学的社会学系的高才生。他的成长环境几乎与大多数黑人贫民生活都相去甚远。他的生活经历和个人的成功让他几乎没有感受到过身为黑人的自卑,更不会像他的爸爸鲁迪那样在意识深处刻意地回避自己的"黑人性"。在他的意识中没有像父辈或是像别格那样受到"双重意识"的困扰,他接受的和追求的完完全全是美国主流价值伦理——一种更新版的"白人凝视"或是更新版的"资产阶级意识形态"。他所接受的也是他的爸爸鲁迪希望他接受的——美国主流的法律体系和道德伦理标准。在鲁迪看来,只有遵循白人主流的伦理价值观才能保证儿子汤米能稳步地迈向成功、获得幸福。从表面上来看,汤米的确是令人羡慕的幸运儿。

在父母的引导下,汤米还是一个虔诚的天主教徒。自打他认识了也是天主教徒的学妹玛瑞,两人一见如故。尽管玛瑞在黑人区长大,和汤米的成长环境大相径庭,但是她身上的自爱、聪慧、坚毅深深地吸引着汤米。在两人确定情侣关系后,汤米自觉自愿地以一个有责任感的男子汉的标准严格要求自己,并打算遵循天主教义的指引结婚。他们的决定幸运地得到了双方父母的支持和祝福。但是婚前的例行体检查出玛瑞患有遗传性梅毒,这个意外在顷刻间使这对情侣对未来和幸福的无限憧憬化为了泡影。

汤米内心非常清楚玛瑞的梅毒并不是她个人行为不检点惹来的,因为他俩在一起时,她还是个处女,汤米是她生命中的第一个男人。经过医生证实,玛瑞的病只是通过血清的遗传而不会通过性行为传播。她的病源于她那个老实本分的木匠爸爸。他和玛瑞、汤米一样是虔诚的天主教徒,他的梅毒也是源于遗传。这让汤米甚至找不到可以责怪的对象。汤米感到自己似乎完全迷失于对梅毒的极度恐惧的阴霾之中。他在首次跟爸爸鲁迪谈及玛瑞的病时,他毫不掩饰地坦白自己刚刚听到这一噩耗的反应:

> 爸爸,当我离开医生办公室时,就如同一个瞎子。阳光依旧明媚,但我却看不见。我认为我眼前的世界不再是我以前看到的那一个世界了!

……
　　一开始这种恐惧让我感到刺骨冰凉，随后而来的恐惧让我感到似火般的灼热。
……
　　我向上帝发誓。噢，你是无法理解的。每当我走在大街上，我前行的每一步都在颤抖。①

　　他甚至觉得这种代代遗传的病毒已经感染了整个黑人区，如同洪水猛兽般驱除不尽。他从此宁可绕行也要远远地避开黑人区，更别提让他去安慰住在黑人区与他同样痛苦的玛瑞了。只要他一想起他俩有过的性史，莫名的恐惧完全控制了他的意识并使其陷入深深的痛苦与恐惧而不能自拔。
　　这份恐惧除了源于梅毒在病理上对人健康的巨大破坏性，更大的恐惧还来自天主教对血统和忠贞的认知。天主教《牧职宪章》的解释是这样的："未婚男女以圣洁的爱培育其婚约，并以专一的爱培育其婚约。……在神圣和永恒的婚约中夫妻之爱是秩序的，有秩序的夫妻之爱就构成了夫妻之间的关系。"② 对于天主教徒来说，患有梅毒就是行为不忠的伦理犯罪，这是不可饶恕的罪。因为它破坏了培育神圣婚约和有秩序的夫妻伦理的基础。因此，患有梅毒的天主教徒甚至没有资格结婚生子。天主教徒的伦理身份让汤米从意识上关注自己血液的纯净度。他觉得自己被梅毒"玷污了、感染了、毒害了"。这让他感到自己已经不再是一个纯洁的信徒，甚至失去了在未来获得有秩序的夫妻关系的前提保障。所以在近半年的时间里，他一次又一次地到医院验血排查自己的不洁。无论医师怎样跟他解释这种遗传性的疾病不是通过性交传播的，他仍然不信，直到最后医师建议他去看心理医生才让他神经质的紧张和焦虑松弛下来。
　　不可否认，玛瑞的梅毒已经在汤米的伦理意识中打了一个难以解开的伦理结。这让他纠结于理智、情感的双重自责之中。身为一个虔诚的天主教徒和一个深爱玛瑞的男人，汤米顷刻间陷入了一种伦理身份的两难——抛弃无辜的玛瑞是对爱情的不忠，继续娶玛瑞为妻则与天主教教义背道而驰。他说服自己可以不娶玛瑞，因为迎娶一个患有梅毒的女性为妻违反了

---

① Richard Wright. *A Father's Law*. New York：Harper Perennial, 2008, p. 89.
② *Gaudium et Spes*, http://en.wikipedia.org/wiki/Gaudium_et_Spes.

天主教教义，而且现行的法律体系也规定患有梅毒的病人只有在治愈后才能结婚。可他的良心和他对玛瑞的爱让他感到内疚，觉得自己是个不道德的人。

无论怎样选择，他都背负着叛徒的罪过，都是道德犯罪。梅毒夺取了他的一切——爱情、自信和自尊，也摧毁了他曾经深信不疑的一切。他的信念在瞬间土崩瓦解，他被迫退缩到封闭的、自我怨恨的精神空间里。或者说，汤米对梅毒已经从恐惧转为了憎恨。他甚至梦见自己因为憎恨梅毒而杀死玛瑞。从理智上他清楚玛瑞是受害者，但是他从情感上觉得自己被伤得体无完肤。正如他自己承认的，"我不能因为所发生的一切而指责她，但是我也受到了伤害，这是我有生以来受到的最深的伤害"。从他的自我忏悔中，不难看出他内心受到的道德煎熬。

因此，梅毒对汤米造成的伤害，不是身体上的而是精神上的。在他看来："无论是学校、教堂都告诉我，爱是世界上最伟大的东西，爱能够征服一切……该死的，爱无法也不可能征服一切。能征服一切的是恐惧和憎恨。在你知道之前你已经在害怕了；在你还没有想到的时候你就在憎恨了。"此时，恐惧和憎恨如梦中惊雷将汤米的世界震得摇摇欲坠——他无法控制自己对梅毒的恐惧，他更恨自己无法摆脱天主教教义的道德观，最终他选择抛弃玛瑞和自己曾经憧憬的爱情。这种混杂了恐惧和憎恨的复杂情感使他浪漫的爱情美梦变成了心惊胆战的梦魇。毋须多言，梅毒摧毁了玛瑞和汤米的生活以及他们曾经深信的一切。如遗传性梅毒代代相传的毁灭力量所喻指的，"父辈们的罪也会落在儿女身上"。

二 父亲法则的本质

更糟糕的是，汤米在受到因玛瑞梅毒带来的心灵重创之后，从黑人区转向博仁屋公园社区的社会研究工作。他的调研让他进一步地感到自己一直生活在一个谎言的世界里。他看清了美国上流社会冠冕堂皇的法律、道德和价值观背后隐藏着的虚伪。一直以来，汤米受到的教育就是做一个有教养的男性。根据《世纪字典》的解释，"男人气质"（Manly）是"表示一个男性的高贵气质素养，这是表达他的男性气概的最佳概念"。[1] 汤

---

[1] 转引自 Gail Bederman. *Manliness and Civilization*. Chicago: The University of Chicago Press, 1995, p. 27。

米一直认为一个受到良好教育的男性必然过着高尚的、道德的生活。可是随着他对白人高尚社区的调研，他发现这些富人根本不像他们看上去那样的有教养、遵纪守法。财富和权力让他们欲望膨胀，为所欲为。他们利用自己的特权曲解法律甚至凌驾于法律之上，私下里干的都是些鸡鸣狗盗、男盗女娼的事。他们只不过是一群金玉其外、败絮其中的"伪绅士"。汤米曾经那样努力上进，一心想要成为上流社会的一名绅士，并将此作为实现自己幸福、证明自己的成功的梦想。富人生活的糜烂和对法律的滥用让他觉得一切的法律不过是一纸空文。汤米觉得自己还没有堕落到能如此虚伪地戴着面具去过所谓绅士化的上流男性生活。这一切对于他来说可谓釜底抽薪的致命一击——他再次失去了努力的方向和奋斗的精神支柱。他觉得自己曾经苦苦奋斗和热情憧憬的一切如海市蜃楼般化作徒劳的虚无。

此时，汤米对生活的绝望和对一切法则的否定让赖特整部小说的故事情结显得更加扑朔迷离。凭着多年警察的职业嗅觉，鲁迪发现儿子的内心已经被恐惧和憎恨包裹挤压得几近疯狂，儿子对现代道德伦理和社会现实生活的偏激观点与鲁迪正在追捕的连环杀人犯的心理特征很相似。鲁迪内心极度不安，担心自己苦苦追查的那个杀人犯就是汤米。于是他不眠不休地寻找汤米可能犯罪的动机和线索。他这样做既是忠于警长的职责，更是为了解除父亲对儿子的怀疑和担忧。

对于赖特来说，这种小说情节安排和发展是他个人在篇章结构和叙事细节上的一种全新的尝试。他一改之前以自然主义的手法真实再现主人公血淋淋的谋杀场面，而是将错综复杂的案情线索隐藏在小说不同人物间的对话中。赖特希望用这种全新的写作手法来激发读者的兴趣，开启他们敏锐的侦探潜力，让他们在千头万绪中厘清并发现凶手的杀人动机和甄别案件发展的始末。赖特把写作的重点放在辨析凶手的"犯罪心理结构"的刻画上，这一手法是一种现代主义文学作品中常见的内心世界的表现和书写。赖特在汲取欧美主流文学技巧和方法的同时，还在其中注入了凸显黑人民族特质的布鲁斯叙事方法。他以不同人的视角谈论相同话题的方式，其实就是黑人话语体系中最常用的差异性重复，读者通过辨析这些重复中的差异来读出其中的言外之意。

赖特并未像以前那样浓墨重彩地去直白地书写白人区的犯罪现象，而是借鲁迪上司比尔和他的谈话展现出来。在他接任博仁屋社区警长一职时，比尔对该社区的一番介绍直接曝光了该社区繁华背后满目疮痍的犯罪

第五章 《父亲的法则》中黑人男性主题的即兴重奏　195

事实。住在这个社区中的人个个有权有势,"只要是与他们相关的违反法律的记录,在官方档案里都被抹去了。那是他们所要的方式。他们不希望自己孩子的罪行被白纸黑字地记录在案,今后这些东西可能会被用来诋毁他们……所以,博仁屋在美国是个很好的社区——它是一个没有污点、清清白白、在人口统计中总是名列前茅的社区。但是,还有另一份没有留底的记录,它是一份在我们脑海中的记录"。据比尔介绍,在过去的6个月中,仅上报警局立案却未被记录的女佣怀孕案就有18起,2起幼女强奸案。但这些富人为了自己的名誉,将这些案件的记录都统统抹去了。更令大家不安的是连续出现的公园杀人案,它让这个社区的人没有安全感。

鲁迪作为新任警长任重道远。他急切地希望尽快抓住凶残的杀人犯,他想到和儿子汤米这个心理学的高才生讨论案情,希望得到儿子一些专业性的建议和帮助。可是,汤米却说:

> 爸爸,你在博仁屋公园社区的工作将很难开展。在那里你不可能像你以前在黑人地带那样去执法了。黑人区的人虽然违法,但他们至少还相信法律。他们偷偷摸摸地躲在黑暗的地方,紧张得汗流浃背、胆战心惊地干那些违法的勾当。当他们干坏事时他们知道自己在干什么。可是在博仁屋公园社区,违法行为却发生在光天化日、众目睽睽之下。
> ……
> 他们只是一群享受美好时光的人。他们没觉得自己犯了罪。这是问题的症结。要抓住一个没有任何负罪感的罪犯是很难的事。①

从汤米父子俩的谈话中,不难看出汤米已经抓住了白人上流社区和黑人贫民窟不同群体对犯罪的认识的本质区别,他很清楚博仁屋公园社区根本无所谓道德可言,他们早已习惯了利用自己的社会地位和自己肤色赋予的特权去解释法律和道德;他们甚至在特权的庇护下,将自己的行为视为道德的准绳,因此他们能毫无负罪感地犯罪。赖特还从另一个侧面暗示读者,汤米对白人上流社会的不道德本质是心知肚明的。他和住在博仁屋公园社区的查尔斯是朋友,查尔斯也是博仁屋连环凶杀案的受害者之一。当

---

① Richard Wright. *A Father's Law*. New York: Harper Perennial, 2008, p. 4.

汤米和鲁迪探讨查尔斯的被杀动机时，他做出了这样一番对现有法律体系实效性的质疑的陈述：

> 你问我："为什么查尔斯被杀？"在我的专业中，我们会问："为什么查尔斯不会被杀呢？"听起来很疯狂，嗯？当然，这仅仅是因为你没有听到过这种提问罢了……
>
> 谁违反了那些法律？坏人？黑帮？小偷？都不是！这些人的前辈制定了那些法律。为什么？因为他们不再真正地相信这些法律了；他们不觉得真的需要它们。这些法律不再为他们的利益服务了……这些法律的用途和意义已经不再适用于他们的生活了。所以这就是为什么我问：为什么查尔斯·赫德不会被杀呢？我不是赞成他就该被杀。我就是引起你的注意，在这个州和这个国家里已经没有任何法律可以阻碍数以千计的查尔斯·赫德被杀了。这是我想强调的。爸爸！[1]

汤米通过自己的调研辨清了现行法律和大众利益间的关系。他的这段陈述是从他社会伦理学"契约论"专业眼光出发，将法律条文作为一种公认的契约来行使其约束原则。汤米指出法律没有随着历史的进程得到更新，现有法律无法起到保障现代人利益的作用。它们因此失去了其许诺的约束力，导致社会不安定因素越来越多。如果不能从不合时宜的法律体制根源上解决问题，富人区一样会受到威胁，像赫德这样的青年被杀似乎也在情理之中。他的观点与休谟的很相似——"祖先曾经的契约不能约束当下的我们"。[2]

赖特为汤米这个人物设计这番陈词还有更深刻的一层种族意义。美国的法律都是白人制定的。他们在制定法律时首先确保了白人的优先权，使社会伦理价值目的化和功利化。因此，美国法律体制是在利己主义的契约伦理模式内建构的。他们以父亲自称，以法律为保障确立了自己家长地位的监管权。这样一来，白人对其他种族特别是黑人种族的监管和压迫不仅法制化还合乎伦理。从这个意义上来讲，美国的立法体系是政治的而非道德的，它必然因其强大的解释权削弱司法执行力度的公正性和约束力。这

---

[1] Richard Wright. *A Father's Law*. New York：Harper Perennial, 2008, pp. 71–73.
[2] 转引自程炼编《伦理学关键词》，北京师范大学出版社2007年版，第37页。

也可以解释为什么当这些富有的白人自己的利益受到威胁时，采取的是典型的功利主义态度——他们不是考虑怎样维护法律的正义，而是以抹去记录的方式以求自保名誉。所以，他们在行为方式上更是自相矛盾：一方面他们求助警察的帮助来追查罪犯，另一方面又害怕自己提供的证据和证词今后成为他人攻击和要挟自己的把柄，而不是心甘情愿地与警方合作。他们对警方的态度说明他们滥用司法的伪伦理本质。

汤米的这番陈述就是他以儿子身份对父亲鲁迪深信不疑的价值伦理观的一种否定。他曾经以父亲为榜样，从未怀疑过鲁迪为他设计的蓝图。可接二连三的打击让汤米发现这些不过是南柯一梦。无论是那些以自己的利益去阐释和滥用法律的白人，还是那些像汤米一样的人，在宗教和政治共谋的伦理道德体系里都显得那么不堪一击，注定成为这个功利主义社会的道德逃兵。他看到了人性最脆弱的一面，看到了现代人伦理道德价值体系的威胁者——恐惧和憎恨。当一个人因为恐惧逃避道德和秩序的约束时，他的自我憎恨或是对社会的憎恨足以摧毁他对法律的信奉、对宗教的信仰、对亲情的信赖。所有曾经适用于现代人祖先的法则或是约定俗成的伦理在现代都市生活的欲望和虚无中都已经失去了规范行为的元效力，成为一堆虚浮的伪概念。

对于汤米来说，一切法制的、道德的、伦理的条条框框都失去了存在的价值。如同《局外人》中的克劳斯·戴蒙，他们成为游离在美国社会的法律和伦理之外、不受约束的局外人，甚至堕落成杀人犯。当然，他们也各有不同。正如乔伊斯的论述："克劳斯的行为是愤怒后自发的行为。汤米则有别于克劳斯，他杀人是因为他感到自己被道德理念和法律法规欺骗了、背叛了。"[1] 在恐惧和憎恨的牵引下，汤米从深信不疑的那一极快速滑落到彻底地否定和颠覆自己信仰的另一极端。如果真如他向《环球时报》承认的——他杀死了一个牧师、一个教士、一个修女，还有他的朋友查尔斯，因为他是侦探的儿子。[2] 这些人的社会身份或代表宗教伦理

---

[1] Alice Mikal Craven and William E. Dow, ed. *Richard Wright : New Readings in the 21st Century*, 2011, p. 141.

[2] 因为赖特的突然离世，《父亲的法则》只写到汤米到报社公开认罪。到底汤米就是这个杀人犯，还是他敌不过自己作为道德的逃兵的自责和内疚，而采取的一种自我惩罚的方法，我们已经无法得知。可是有一点是确定的，赖特希望通过汤米对美国司法体系的批评和对自己父亲所坚信的伦理法则的挑衅，来展现威胁美国社会的现代人的心理结构。而且赖特如同一个预言家，这个世纪在美国频繁发生的校园枪杀案其实就是在这种心理结构下催生的。

或代表立法体制——汤米曾经信仰的生活的代言人。与其说汤米杀死的是某些和"法则"密切相关的人，不如说他杀死的是自己的信仰。

汤米对自己父亲鲁迪的象征性谋杀将这部小说引入高潮。鲁迪是芝加哥第一个黑人警长，他对法律的坚守和对天主教教义的恪守使他获得了白人同事的认可和承认。鲁迪认为自己毕生的追求就是以最大的热情去维护社区的共同利益。汤米的所作所为针对的是鲁迪所坚守的各种信条和法则。他所背叛的是他父亲所热爱的，他杀死的是他父亲敬仰的。他的谋杀摧毁了他父亲毕生的努力。

首先，汤米杀死了鲁迪毕生维护的公众形象，并没有留给鲁迪任何挽回的余地。因为汤米不是向警局认罪，也不是向他父亲忏悔，而是直接向《环球时报》供认了自己是连环杀人案的真凶。他不给父亲像博仁屋公园社区的那些富人一样用自己的特权抹去警方的记录的机会。他利用媒体的书写力量和威慑力告诉众人一个自相矛盾的事实：特纳警长竭力追缉的那个杀人犯竟然是他自己的儿子。这使他的父亲作为法律的维护者和执行者的高大形象瞬间淹没在大众的质疑声中。其结果也可想而知，这位接近退休年龄的警长必然在社会强大舆论压力下引咎辞职，草草结束自己的警察生涯。其次，汤米公开地认罪让鲁迪的好爸爸梦彻底破灭。鲁迪以为自己回避艰难的过去，不让儿子在成长中接触黑人的痛苦就是一个尽职的父亲。但是他无法以父亲的言传身教为儿子汤米树立一个勇敢而有担当的男性形象。他最失败的是将白人的男性气概作为标准误导了儿子，使他无法正确而理性地建构适合黑人种族的男性伦理身份。鲁迪眼睁睁地目睹自己曾经努力为儿子打造的不受黑人双重意识困扰的美国精英梦被自己的儿子汤米亲手击破。抑或是说，他的梦是被种族苦难历史中孕育的毒种给毁灭的。鲁迪累死累活地给汤米提供最丰厚的物质生活，让他远离身为黑人的自卑，却抵不过种族历史旧创的威胁。

赖特以鲁迪幼稚的父亲梦警醒所有黑人父亲如何帮助自己的孩子构建一个健康的男性气质——身为父亲应该教会孩子在历史的创伤和种族的负担下学会如何勇敢地面对困难，直面历史的伤痛，化解矛盾，做一个真正以理性为导向的男子汉。鲁迪为自己错误的黑人男性身份观付出了惨重的代价——自己的事业和儿子的生命。他的教训告诉黑人爸爸们，一个以身作则的父亲，并非竭尽己能地为儿女搭建一个种族的避难所，将他们隔绝在狭隘的空间闭门造车，以白人的道德伦理和法律法规去编织自己的美国梦。这样的方式只能将孩子们导向伦理身份的危机之中,四面受敌,甚至像汤米一样从一个名校的高才生堕落为一个杀人犯以悲剧收场。赖特也通过特纳父子面临的身份问题告诉读者这样一个事实——黑人男性在时代的进步中即便能成功地重建自我,但是要成为一个合格的父亲并正确地引导他们的子孙面对历史的创伤、摆脱现实的困境还有很长一段路要走。

汤米最终选择媒体而不是通过法律认罪来抚平自己良心的谴责。这说明他对旧秩序的绝望以及打算不留余地地去接受公众对他罪行审判的决心。他的这种选择不禁让读者想起二十年前赖特笔下的那个别格在疯狂的兽性杀戮后选择认罪来回归人性的伦理抉择。他的选择是步别格后尘的新一代黑人青年的伦理诉求。汤米的知识结构和对事物的批判能力是美国民主文化进步的一面,他在美国精英文化的熏陶下培养出的批评精神和自我意识帮助他克服了兽性因子对他行为的影响,最终回归人性。尽管他不再相信现有法律和宗教伦理,他甚至抛弃了亲情伦理的约束,杀死父亲的信仰为自己赎罪。汤米的这种选择对于他个人、他的家庭的确是个悲剧。汤米在迈向成熟之门时所付出的代价是沉重的——他在抛弃爱情、舍弃亲情,向所有他认为毁了他未来的社会进行一番血腥报复后,选择了以父亲的事业和自己的生命去赎罪。这也充分说明他人性的复苏和对新伦理约束体制的向往。无论怎样,他勇敢地向前迈进了一步,起码成为一个敢于认罪、敢做敢当的男人。

W. E. B. 杜波依斯在"双重意识论"中首次指出美国黑人一直处于伦理两难的困境之中——他们的行为被黑人意识和白人化的美国意识的悖论分裂成两套自相矛盾的伦理体系。他们时时纠结在采用哪套伦理标准作为行为准则;他们时时因为自己的黑人身份盲目地采取行动;他们憧憬自由,却不知道如何在法律的体系内争取自由。他们的暴力反抗或暴力书写仅仅是为了证明自己的存在,然而这份代价太沉重,是在拿自己和他人的生命赌自由,它必然是导向一种悲剧的结果。即使是汤米这样不受双重意识影响的新一代黑人,他们也面临已经更新的种族身份困境。他们接受的是完全白人化的美国意识,但当他们面对自己民族内部的创伤时,对历史认知的缺失让他们一方面鄙视同胞,另一方面又失去了白人美国意识的认同感,这样的伦理困境与他们的父辈相比更可悲,更难以应对。

因此,杜波依斯的"双重意识论"作为铭刻在每一个美国黑人身上的心理情结,或大张旗鼓或悄无声息地影响着他们的命运。随着历史车轮的滚动,许多黑人都像鲁迪·特纳一样凭借自身的努力摆脱了经济压力,同时城市的高速发展也给鲁迪这样一批黑人提供了跻身中产阶级的上升机会和发展空间。然而,他们在内心自卑的黑人意识的作祟下,总渴望摆脱这种自卑心魔的控制;于是他们热切地转而投身对白人化的美国人的身份的顶礼膜拜。赖特曾在《白人,听着!》中描述过这种狂热的情绪。他指出"美国的黑人是那么执着地奋斗将自己变成美国人,甚至都没有时间让自己变成其他的任何可能"。[①] 鲁迪也一直竭力通过做一个"热情忠实的美国人"来努力摆脱种族身份带给他的自卑感。但是他陷入了一种白人凝视——用白人的眼光去判断事物的正确与否,因为他将一切白人的凝视等同于美国人的凝视。他内心最强烈的愿望就是帮助儿子汤米形成一种纯美国人的凝视。为了让汤米能获得这种意识,他把家安在白人区,让汤米在白人学校就读。这样他就能让汤米远离黑人区,更不会受到来自黑人区种族自卑的绝望情绪的影响。应该说,在汤米认识玛瑞之前,鲁迪成功地做到了这一点。可惜,他没有意识到,他给汤米营造的成长环境如同一个隔离时间和空间的真空。之后,当汤米接触历史创伤的真相时,他无法接受自己身为黑人所必须面对的伦理身份危机,继而陷入极度惶恐,无法正视自己所处的现实。

汤米·特纳代表了非裔美国人的青年一代。他们不像他们的父辈一样受到双重意识的困扰,而是像其他白人一样,他们的意识中只有美国意识。他们接受的是和白人一样的伦理观念并以此为行为准绳。可他们的肤色上仍然烙印着他们种族的历史伤疤,任何与悲惨的种族主义有关的黑人生活细节都可能摧毁他们自我塑造的仅仅基于美国意识的伦理身份,从而陷入身份危机。这种危机可能将他们再次烙上像汤姆叔叔那样的悲剧宿命,这似乎成为了美国文化对美国黑人的一种诅咒。理查德·赖特迫使他的读者看清了一个事实——一个人不可能在建构他的伦理身份时超越历史背景或种族归属,因为这是最不符合伦理的身份建构方式。诚如伯特所说:"在赖特之前,没有一个人探索如此深刻的种族创伤,跟随其后的也很少达到他的想象力。"[②]

---

① Richard Wright. *White Man, Listen*! New York: Greenwood Press, 1978, pp. 40–41.
② [美] 丹尼尔·S. 伯特:《世界100位文学大师排行榜》,夏侯炳译,海南出版社2005年版,第405页。

简言之，鲁迪和汤米的父子关系反映了积聚在世代黑人男性内心深处自怨自艾的种族情结的孽缘和恶果。可见，基于种族导向的伦理体制中看不见的破坏力才是他们的悲剧的根源。赖特伴随社会发展的脉动重新审视了父子两代人各自面临的男性身份困境以及相伴而生的伦理困惑。他在小说中提出了这样一个伦理问题：在危机前，选择正确的伦理导向，给社会传递一种正能量是摆在所有黑人特别是黑人男性面前的一个伦理难题。这是赖特所有小说的主题，因此《父亲的法则》是赖特男性身份主题的再续和重写。

赖特所悲悯的是黑人男性在美国现有的伦理体系中始终无法跳出汤姆叔叔的悲剧宿命，他也一直追随时代的步伐不遗余力地揭示着种族主义历史沉积下来的、被文化扭曲的伦理问题。他希望借这些黑人男性追求自我却伤害他人的伦理悲剧让人们重新思考怎样的伦理身份才是真正适合黑人男性的。他将别格、克劳斯、鲁迪和汤米的伦理选择的误区大胆而直白地书写下来，以反复吟唱的布鲁斯复调形式演奏着黑人男性成熟的进程。他们的悲剧也是赖特的困惑和诉求——黑人男性想要真正地、成熟地、勇敢地去解决各种伦理问题，还将是一个漫长的过程，它需要几代人的努力和牺牲。因为在美国，之前的伦理道德标准也好，现有的法律制度也好，都是以白人利益为中心的话语体系，是白人的生存伦理。黑人虽然可以参照大众标准获得经济的独立和事业的成功，但是作为有色人种，他们更应该看清全盘白人化的美国伦理并不适用于受到几个世纪种族践踏的黑人。

对于赖特来说，书写黑人男性面临的身份困惑和伦理两难是他个人对美国黑人种族生存本质思考的记录。他就像一个布鲁斯乐手，"谈论着自己的问题，分析生成它的环境，然后给出自己的建议去修正它。他因此向世界展露自己的灵魂，并允许它看透他生命中必须承受的酸甜苦辣——那些让他情绪低落的艰难困苦，但是他'解决问题'的决心——如果他能有个证人，一个能证明这种系统情感和经历的人，他就成功地表现了人类经历的实在的本质"。[①] 赖特在他的小说体系中万变不离其宗地表现着那份面对困境的勇气和改变现实的执着，他的小说所书写的就是美国黑人的布鲁斯气质，是他们面对困境的生存哲学和伦理取向。

在《父亲的法则》中，赖特再次将伦理身份问题置于读者面前，正

[①] Larry Neal. "*The Ethos of the Blues*", in *The Black Scholar*, 1972（10），p. 48.

如他立志在这部小说中突破自己的创作伦理一样，他希望所有的黑人能突破汤姆叔叔的宿命伦理，从而建构一套全新的适用于美国黑人的伦理法则。毕竟，白人的伦理不可能完全适合黑人，父辈的法则已不再能适应新生代的生存需求。黑人男性在回顾历史的基础上，也应该痛定思痛地、与时俱进地重新定位自己的伦理身份。虽然赖特并未在他的有生之年盼到这样一套完全适合黑人的生存法则，但必须肯定的是，这是赖特在其生命临近终点时呕心沥血创做出的一部全新力作。小说中的特纳父子丰富了赖特作品集中的黑人男性形象，他们具有鲜明的时代个性。无论他们的命运如何，赖特都以都市为瞭望台展望了20世纪下半叶黑人男性发展的新趋势，给读者提供了一个新视角去观察都市化发展中的黑人生活。这也是赖特写作的动力所在，在他心底，美国黑人男性的成熟梦是一条漫长曲折的道路——路漫漫其修远兮，赖特在文学的殿堂中竭毕生之力上下求索！

附录一　常用术语

1. "白人性"（Whiteness）

"白人性"是族裔文学中频繁使用的一个术语。白人利用对话语权的控制，在意识形态和日常生活中制定和贯彻了与白人肤色相关联的各种政治、经济和文化特权。"白人性"可以视为一整套白人特权伦理的代码，它作为一种伦理参照系，成为社会群体必须共同遵循的伦理规范。符合白人标准的就是道德的、合乎伦理的；相反，如果不符合白人标准的，就是不道德的、野蛮的、不符合伦理的。因此，露丝·弗兰肯伯格将"白人性"定义为基于白人肤色的"一种结构优势和种族特权的在场"。① 维勒瑞·百伯将其定义为"它不仅仅是外表特征：它是一套基于白种肤色的特权体系"。② "白人性"在族裔文学批评中是一种意识形态的话语形式，它在强调白人的自由和特权时成为一种社会现象，证明了其他族裔群体特别是美国的黑人种族缺乏获得真正意义上的自由和人权的社会问题的存在性和常态性，从而突出了其他族裔特别是黑人权力的缺位。

2. "扮黑脸滑稽表演"（Black-face Minstrelsy）

"扮黑脸滑稽表演"是一种专供白人休闲娱乐的音乐戏剧形式。它是白人误读黑人音乐后产生的一种与布鲁斯音乐表演形式相对应的衍生物。"扮黑脸滑稽表演"起源于19世纪初，白人通常会用烧焦的软木灰将自己的脸涂成黑色，然后结合口技发音和对黑人动作、表情等以一种笨拙模仿的形式进行滑稽表演。他们以各种哗众取宠的方式在舞台上将黑人表现成一群对白人唯命是从、愚昧无知的快乐孩子。在1845—1900年，这种

---

① Ruth Frankenberg. *White Women, Race Matters: The Social Construction of Whiteness.* Minneapolis: University of Minnesota Press, 1993, p. 1.

② Valerie Babb. *Whiteness Visible: The Meaning of Whiteness in American Literature and Culture.* New York: New York University Press, 1998, p. 9.

表现形式成为当时最流行的一种娱乐形式之一。它不仅取悦了白人在将黑人他者化的娱乐中带来的强烈的心理上的优越感，还制造了黑人奴隶制给黑人与白人间建立了一种愉快的、正当的、自然的社会关系的文化假象。随着这种音乐形式的普及，它在大众文化中达到贬损黑人形象、进一步固化白人至高无上的特权文化功效。扮黑脸滑稽表演是一种普遍的、公共的、文化的杜撰，它成为美国人生活的常态，以至于他们几乎无法意识到它对黑人种族歧视的恶劣影响。

3. "布鲁斯气质"（The Ethos of the Blues）

"布鲁斯气质"是一个布鲁斯术语，它被广泛地运用在黑人音乐、美术和文学批评之中。根据美国布鲁斯学者拉瑞·尼尔的观点，"布鲁斯气质"能高度概括从布鲁斯中生成的表现非裔美国黑人的民族精神、文化价值和伦理取向等所有理念。"布鲁斯气质"是在黑人种族气质中最黑暗、最晦涩之处萌发的，它表现出的是一种布鲁斯冲动，而这种冲动与黑人苦难的生活密不可分，并集中反映了他们在苦难生活中共同的心境和复杂的情感。从词源来看，"布鲁斯气质"最早用来描述布鲁斯歌手在歌曲中表达出的自己的心境和情绪，并且这种情绪和心境在黑人内部能产生强烈的共鸣感。实际上，布鲁斯表演者在弹唱歌曲的过程中更多的是在和他自己探讨生存的问题和困惑，在分析自己具体的生活处境，然后尽力说服自己去修正问题。他以此向世界敞开心扉，让自己的灵魂看清自己在社会中所忍受的悲伤、心痛和喜悦——那些让他情绪低落的苦难，不过，他决心去"克服"它。表演者在布鲁斯的表达中寻找见证人，即那些能证明与自己有相同情感和相同生活经历的人。然后，在音乐带给人的共鸣感中，布鲁斯乐手成功地揭示出人类生存经历的核心因素。而他自我探讨所表现出的情绪、矛盾和困境也是黑人种族社群成员内部能清晰可辨的共同的生活经历和文化经历。

从这个意义上来说，"布鲁斯气质"是一种音乐式的集体宣言，它体现了布鲁斯音乐以及布鲁斯人面对困境和种种矛盾时的一种态度和心境。它包容性地凝练了非裔美国黑人在生活中的所有矛盾元素，无论是好的还是坏的，它如同一种历史话语，表征了黑人从奴隶—自耕农—城市贫民的社会个体以及群体为了生存所呼喊出的最卑微和最基本的生存诉求。因此，布鲁斯是在美国特殊的政治压迫的语境中生成的。它们所表征了的不仅仅是一种音乐变迁过程中一起情感和身份的矢量，更是黑人种族集体情感和生存诉求的一种心境和气质。由于布鲁斯是黑人美学和文学的结晶，它包容了在美国求生的历代黑人的情感总和以及集体的伦理选择和求生法则，随着布鲁斯美学和布鲁斯文化批评的发展，"布鲁斯气质"常常泛指与布鲁斯相关的黑人种族的品格和气质，因此它也可以被冠以"布鲁斯种族气质"，从这个意义上来说，"布鲁斯气质"是黑人生存伦理的一种核心特征。

4. "布鲁斯网"（The Network of Blues）

"布鲁斯网"是由黑人文论家小豪斯顿·贝克提出的，他以考古学的方法探索并证明了非裔美国文学和艺术与黑人音乐的关系。他认为黑人布鲁斯音乐作为美国黑人文化的精髓，如同一个强大的布鲁斯文化母体（The Matrix as Blues），孕育了黑人文学和艺术，并使其具有自我更新的强大生命力。随着布鲁斯音乐的传承和流变，这种音乐在黑人文化中形成了多维度的可持续更新的"布鲁斯网"状体系——"它以展现黑人社区普通生活为主题，联系黑人口头传统，具有其他歌唱或乐器表现的音乐新时代特征。这些主题包括了描述黑人所受的不公的对待、男人与女人间的关系以及当情绪低落时给以安慰的美好时刻"[1]。

在布鲁斯音乐的传播和接受中，"布鲁斯网"的理念被逐渐运用到黑人文学和美学修辞体系中，即将布鲁斯所涵盖的所有内容视为一个理解非裔美国文化的网络——它是持续输出和输入的交点，是一张交织的网，纵横交错的冲动流动在其中。非裔美国布鲁斯编织了这样一张生机勃勃的网。布鲁斯是一个黑人文化得以持续创新的母体，对于受到白人文化严重桎梏的黑人文化来说是一种"代码和力量"；布鲁斯还是包容矛盾、高度调停的话语，它包含了非裔美国"所有的语言"；布鲁斯作为支配性的陈述和场域，更热衷于文化考察的过程。布鲁斯作为一种历史文化的陈述，"起到一个连接体、导体和阶级、文化、地域混杂体的功能"[2]。因此"布鲁斯网"或"布鲁斯母体"是观察非裔美国文化伦理观念的窗口，它强大的包容力和持续的变化性充分地展现了黑人民族文化的价值观、他们内部的伦理关系以及他们在这种布鲁斯文化伦理体系中所采取的行为取向和

---

[1] Washington Project for the Arts, et al., *The Blues Aesthetic: Black Culture and Modernism*. Washington D. C.: The Washington Project for the Arts, 1989, p. 15.

[2] Tony Bolden. *Afro-Blue: Improvisation in African American Poetry and Culture*. Burbana and Chicago: The University Press of Illinois, 2004, p. 43.

价值判断。

"布鲁斯网"作为一个包容各种复杂的社会关系以及伦理习俗的文化存在,它是构成黑人文化和社会关系的种种因素的总和。在这个网络体系中,黑人传统艺术和民俗传统得以传承并不断地与美国主流文化碰撞融合,因此,"布鲁斯网"是充满生命力、具有说服力的黑人文化范式和存在样态。正是"布鲁斯网"在非裔美国文化的伦理习俗中具有强大的生命力,它可以被视为考察非裔美国文化动态发展的理论依据,它历时而能动地展现了黑人与白人、黑人社群以及黑人家庭等伦理关系和行为取向。简言之,"布鲁斯网"作为非裔美国文化伦理体系的母体,成为现当代黑人小说家、诗人文学取材和叙事技巧的宝贵源泉。

5. "布鲁斯习语"(Blues Idioms)

"布鲁斯习语"是黑人在布鲁斯歌曲和民俗中发展出来的一套日常习语,它是黑人用来表达自己对世俗看法的话语方式。"布鲁斯习语"除常常被运用在黑人音乐与日常生活民俗中,还被广泛运用于黑人诗歌、散文之中,并渐渐发展成一种既虚情假意、嘲讽诙谐又悲哀惆怅的情调。"布鲁斯习语"在文学作品中的运用可以产生一种叙事性与抒情性的语气,这使黑人语言常常呈现出歧义暧昧、情感矛盾、咬文嚼字等表意效果。因此,"布鲁斯习语"多层次的语义表达力以及其对各种矛盾情感的包容性大大增强了许多黑人文学作品文本的开放性和包容性,提高了读者在这种阅读中的创作参与度。这些独特的黑人表意特征不仅提升了作品的主题表现力,更能在读者群中产生共鸣性的感召力。

6. "布鲁斯小说"(Blues Novel)

"布鲁斯小说"是指小说家在小说情节的构思和展开之中充分利用布鲁斯叙事方式来塑造人物、表达情感和布局篇章。它们通过故事内容、表现技巧或展现美学、情感、心理、精神、公共社区、政治等方面的布鲁斯气质来书写布鲁斯以及传达布鲁斯哲学思想。一般"布鲁斯小说"中都或多或少地运用了布鲁斯歌词的叙事和表意方式。这类小说的重点是陈述生活的事实,体现黑人在种族压迫和城市化进程中的贫穷、痛苦、孤独、绝望以及人性的弱点,它主要表现出个体最低迷的心态,甚至刻画人类生活环境中的丑陋和卑鄙的一面,从而表现出人们是怎样面对生活的矛盾和窘境,在最坏的生存条件中怎样最大限度地去抗争并实现自我价值。换言之,与布鲁斯歌曲一样,"布鲁斯小说"在情节和叙事上会通过一些细节设计来缓解这种凝重的悲痛和郁闷。它们在展现黑人如何面对和克服生活窘境时那些交织在一起的错综复杂的情感时，强弱得当地增加了小说的叙事张力，并增强了小说的悲剧效果的艺术感染力。因此，"布鲁斯小说"和布鲁斯音乐一样是超越黑人最痛苦的人生经历的一种提炼和升华。

7. "肤色憎恨"（Color Hate）

非裔美国文化中黑人总是在低于白人生活的场域中求生，这使他们对肤色特别敏感，并因为自己的肤色产生一种憎恨情结。黑人长期被社会漠视，却又身处在美国梦的繁华幻象之中，但事实上黑人怀揣着与白人一样的梦想，挣扎着将因肤色带来的差别对待引发的焦虑感埋藏在内心深处。然而这种差别感又让他们感到孤独和恐惧。白人对黑人的憎恨已经成为美国文化的一部分，这种畸形的文化使黑人将这种对肤色的憎恨内化，同时在心理上变成一种情结，他们内化的"肤色憎恨"让他们习惯了用他人憎恨自己的方式自我憎恨。当他们无助地挣扎在这种不可逆转的自我憎恨时，人性中最基本的自尊迫使他们竭力去隐藏这份自我憎恨。尽管他们不希望白人发现他们已经被白人的强权所征服，但他们的生活已经受到了白人态度的控制。可是越是要隐藏和压制这种"肤色憎恨"，黑人又会不自觉地去憎恨任何可能激发他这种"肤色憎恨"的人和事。肤色已经成为黑人无法摆脱的生理现象，而"肤色憎恨"则成为了困扰黑人生存以及与他人正常交往的心结。

8. "黑人性"（Blackness）

"黑人性"是世界非洲文学和非裔美国文学中的一个重要术语，主要用来讨论非洲社会与文化特性的政治思潮以及由这一思潮引发的世界与非洲传统文化相关的文化运动以及文艺批评理论。自20世纪30年代起，世界各地受压迫的黑人开始有意识地在非洲母文化体系中去挖掘能表现黑人价值的种族属性。"黑人性"（Negritude）一词由此诞生，它源于法语派生词，用来界定黑人种族的属性以及民族精神。该词最早出自塞泽尔1934年发表的一首法文长诗《还乡笔记》，这首诗发表在由塞内加尔的桑戈尔、圭亚那的莱昂·达马和马提尼克的艾梅·塞泽尔1934年在巴黎创办的刊物《黑人大学生》上。桑戈尔、赛泽尔等人的观点鼓舞了20世纪30—40年代一大批欧美黑人知识分子积极在非洲母文化和非裔美国民俗文化中挖掘能表现黑人审美观、文化观和价值观的一系列元素来重建黑肤色和黑人种族自豪感的种族属性的概念。

到了20世纪60年代黑人艺术运动蓬勃发展起来，美国黑人美学家和文论家开始认识到"黑人性"这一术语在一定程度上是白人对黑人进行文化殖民过程中建构出的一种意识形态的副产品。他们在强调自己的"白人性"时，以肤色为一种合理的歧视标准将黑人他者化、妖魔化，从而达到贬损黑人的主体性，剥夺其话语权的政治目的。因此，这些美学家和文论家开始有意识地去建构一套可以独立于欧洲美学理念的黑人美学理论体系，他们渐渐用Blackness代替了Negritude来强调黑人的主体性。由此，黑人性成为彰显黑人民俗文化独特魅力，表征黑人存在的主体性的一种话语。换言之，黑人性强调黑人文化灵魂和传统，寻求黑人文化的自主性，致力于建构黑人文学批评的独特模式。自20世纪60年代起，"黑人性"成为了黑人美学中的主要术语之一。

9. "呼与和"（Call and Response）

"呼与和"是黑人音乐中最常见的一种演绎形式。它是指两个不同乐句间存在的一种延续的关系，通常情况下由不同的乐手来分别表演，第二乐句往往是对第一乐句做出直接的评论或是对第一句做出的应答。这种"呼与和"音乐形式类似于我们人际交往对话间的呼应关系。布鲁斯乐手通过对乐句歌词或曲调上的重复变奏和断奏进行"呼与和"的交流。乐手以出乎意料的对比、各种方式的重复或解答或阐释或评论，在表现生活的睿智和讽世讥俗中展现生活、表达自我。即使布鲁斯以独奏形式演绎，当乐手配以乐器演奏时，这些乐器起到了用另一种"声音"在音乐中去言说的功能。它确保了布鲁斯演奏者无论多么孤独，都能一直交流。因此，黑人歌曲在歌词和曲调上常常表现出重复性差异化的即兴创作特征。其中，"呼与和"的对话性叙事特征使得布鲁斯音乐在主题上呈现出一种延续的、修正性的、动态的表意特征。布鲁斯音乐中各种不同元素的组合都能在更新曲风的同时延续主题。"呼与和"的形式在20世纪初哈雷姆文艺复兴运动时被逐渐广泛地引入黑人诗歌和小说的创作之中，并成为美国黑人文学作品的一种主要的叙事方法。

10. "即兴重奏"（Riff）

在布鲁斯和爵士乐中，"即兴重奏"是一种常见的音乐表现形式，它通过重奏或断奏某些音乐小节，使之产生强化主题，而达到使听众产生共鸣感的音乐交流效果。起初，"即兴重奏"主要是演奏任何想象出来的即兴旋律，后来随着爵士乐的发展，它逐渐演变成一种独特的即兴演奏方式。这种重复演奏那些能让听众产生共鸣感的乐句或乐段的表演方式，不仅可以彰显乐手和歌者的个人音乐风格，还可以使演奏的乐曲得到平衡并吸引听众积极参与到音乐的互动之中。这种独特的艺术风格被一些非裔美国文人引入自己的文学创作之中，在他们自己的小说或者诗歌体系中，会持续地、更新地去重复某一类主题、表达某种强烈的情感或诉求，甚至在人物命运的处理方式上都会以不同程度的重复来强化主题、升华情感。可以说，这种情节或主题的表现方式与布鲁斯和爵士乐中 Riff 的演奏方法有异曲同工之妙。

11. "吉姆·克劳法则"（Jim Crow Laws）

吉姆·克劳这个名词的起源是在 19 世纪初，美国南方有一个叫做托马斯·达茂斯·赖斯（Thomas Dartmouth Rice）的白人演员，他以扮黑人滑稽表演为生。他用吉姆·克劳老爸（Daddy Jim Crow）作为舞台艺名，他表演的黑人大多愚笨、甘愿受到白人愚弄，他饰演的黑人形象很能符合当时南方白人对黑人的种族歧视心理。很快他塑造的笨拙的黑人形象深得白人青睐，他夸张地丑化黑人其实也是很符合当时白人种族歧视的伦理习俗。Jim 是黑人男性常用的名字，黑乌鸦则是南方农田中随处可见的野鸟。由于乌鸦的羽毛与黑人的肤色一样，白人常常将黑人蔑视为与乌鸦一样卑贱的生物。久而久之，"吉姆·克劳"一词，也就演变成了美国白人嘲笑与藐视美国黑人的代名词。

"吉姆·克劳法则"所泛指的是在 1876 年至 1965 年美国南部各州以及边境各州对有色人种（主要针对非洲裔美国人，但同时也包含其他少数族群）实行种族隔离制度的法规。"吉姆·克劳法则"是一套复杂的包括立法、经济、政治和社会实践在内的综合性伦理法则。这些法则利用立法权以种族隔离的政策强制公共设施必须依照种族的不同而隔离使用。因为解释权在白人手里，所以种族隔离被解释为不违反宪法保障的同等保护权，因此得以持续存在。但事实上，黑人所能享有的权利与白人相比往往是微不足道的，而这样的差别待遇也造成了黑人长久以来处于经济、教育及社会上较为弱势的地位。这套法则首先是基于种族的经济剥削。在法律和法规的保护下，肤色偏见和经济剥削互动地建构了一种新种族主义秩序：从白人奴隶主—黑人奴隶这种基于权利的社会关系过渡成白人资本家—黑人无产阶级的社会关系。这种秩序的平稳过渡化有效地阻止了白人资本利益的外溢，使黑人无法真正地以自由人的身份与白人在经济上抗衡，他们也自然而然地无法在政治领域获得话语权。为了确保黑人能接受这种新种族主义秩序，这套法则鼓励白人聚众对黑人挑衅者实施私刑。因为男性自耕农的流动性和威胁性最大，所以这套法则主要针对黑人男性。不仅如此，白人还在古老的欧洲父权制伦理的基础之上，延续地将白人与黑人的关系从奴隶主—奴隶变成了父亲—儿子的社会关系。由于父亲以暴力管教儿子在文化传统中被接受的伦理惯性，白人聚众对黑人施暴也顺理成章地合理合法化、伦理化了。这使南方成为一个特殊的伦理环境，白人通过经济的压力和暴力的威胁迫使黑人继续成为他们的奴隶，以此来维持原有的社会经济结构，只不过其统治方式从赤裸裸的种族剥削变成了披上法律和伦理外衣的经济和文化殖民。

12. "爵士转义"（Jazz Trope）

"爵士转义"是从爵士乐的即兴演奏以及它所呈现出的黑人民俗特征演化提炼而成的一种修辞手法。因此，研究"爵士转义"首先要厘清爵士乐的演奏风格以及其社会价值。自20世纪初起，爵士乐不仅反映了城市化、迁徙、种族、性别以及阶级关系等大众美国文化的变迁，其本身也成为美国文化的一部分来展现社会关系，其焦点集中在政治之争和社会之争以及美国黑人的奋斗经历等方面。所以爵士乐也被公认为黑人重申民主的一种艺术形式。在这种艺术形式中，黑人共同努力去表达集体和个人的生存诉求。爵士适用于表现非裔美国黑人的生存和生活经历，特别是表现他们的奋斗、他们的需求以及他们对自我价值的追求。事实上，爵士乐与黑人灵歌、布鲁斯以及黑人方言是一脉相承的。不过与布鲁斯相比，爵士文本从它的和音、节奏和表意的结构上都比布鲁斯文本更加复杂、精致。爵士文本的重音更强，它的词汇和句法比一般的布鲁斯更加绕口、表意更模糊。与布鲁斯文本相比，它更加难懂，在细节上趋于抽象而非具体。在流动的节奏设计和切分音结构、它的音意系统以及它对二元对称的拒绝等方面，它和布鲁斯文本一样具有即兴感。爵士比布鲁斯文本更趋于一种快节奏。

正是由于爵士乐与布鲁斯音乐的密切关系，"爵士转义"这种修辞手法也常被划归在布鲁斯方言的"转义"修辞中，它是黑人方言和生活方式的集中反映。当然它侧重于研究具体乐手或者文学作品中人物行动的魅力。因为爵士乐注重以行为来陈述和表达，在行为与音乐互动之中，听众不断地去适应这种音乐形式中层出不穷的分裂和变化、无根性和不连续性等，这种音乐表现特征与人们在现代世界中存在的特征保持着高度的相似性。而这种即兴演奏最吸引人的就是其持续性，当它继续下去时，它营造了一种良好和欢庆的气氛让人们可以很好地与生活妥协，同时也充分地体现出黑人语言的活力和魅力。尽管"爵士转义"更倾向于个性化、行动化的陈述，但是它从修辞特色上依然保持了布鲁斯习语以及其他黑人方言修辞和表意方式的共性特征，如即兴演奏，音乐和主题上的更新性的延续。从这个意义上来讲，"爵士转义"表征了黑人的言说习俗和生活伦理，有效地解构了主流的白人英语的话语权威功能，并在一定程度上破除了白人伦理对黑人行为规训范式。因此，"爵士转义"在文学批评领域中更多地被用来研究爵士音乐元素在被植入文学创作后所表现出的生机勃勃的边缘与主流的妥协性抗议的对话方式。不少批评家也注意到黑人文学作品是如何像爵士音乐那样通过主题上或情节上的即兴变化得以发展和延续。"爵士转义"常被用来辨析文学作品是否像爵士那样达到了挑衅性的创造力，并在行动上呈现出对自由价值观的有效回应。

13. "灵歌"（Spirituals）

　　黑人灵歌是历史最悠久的黑人音乐形式。灵歌的形成是源于流散黑人将非洲歌曲和舞蹈与基督教赞美歌的结合。它使宗教音乐成为一种特殊的黑人音乐。这种音乐形式生动地记录了黑人从非洲横跨大西洋后在这个充满敌意的生活环境中生存下来所经历的一切悲痛和憧憬。从表演形式上，是由两个合唱或副歌部分组成的，曲调的民族风格浓厚，歌词自由、不拘一格，选自《圣经》和日常生活。据研究考察，一首灵歌的合唱部分或副歌常常会出现在另一首灵歌中。从灵歌的表演特点来看，美国黑人在赞美歌和颂歌中加入自己的文化特点，采用即时演奏和大声歌唱的非洲音乐元素，在牧师唱的即兴曲目中，穿插"哈利路亚"、欢呼声或其他感叹词，使这些歌曲更加丰富多彩。可见，灵歌是黑人进行集体精神交流的言说方式。哲学家艾伦·洛克认为，"灵乐的确是美国黑人天才最有特色的创造物。但每一个成分都成为黑人独一无二的表达方式，这同时也使它成为了种族的深度灵魂，它们具有民族的特色，一如种族的特色"。[①] 灵歌在黑人大众中的流传以及其合唱与副歌间形成的独特的亦悲亦喜的独特音

[①] Gilroy, Paul. *The Black Atlantic*: *Moderntiy and Double Consciousness*. Cambridge: Harvard University Press, 1993, p. 90.

乐形态为个性化的布鲁斯的生成和流行奠定了坚实的文化基础。

14. "美国性"（American-ness）

在非裔美国文化中，对"美国性"的界定在一定程度上等同于"白人性"。由于"白人性"作为一整套白人特权伦理的代码在美国社会生活中得到了认可，"白人性"也就顺理成章地成为约定俗成的行为规范的参照标准。"白人性"所强化的是社会文化结构中白人种族的结构优势和种族特权的在场，"白人性"因此可以视为一种意识形态，它已经潜移默化地渗透到社会文化生活和伦理习俗之中，也日渐成为衡量美国属性的核心。因此，在一定范围内，"白人性"甚至可以置换美国性。换言之，美国主流文化所倡导的美国性是建立在白人中心主义的基础上的，它作为一种行为准则从意识形态上起到规范社会的作用。由于它的核心服务目标是保证美国白人资产阶级的既得利益，淡化阶级矛盾，所以白人意识或者资产阶级意识就是美国意识的核心价值。美国几个世纪来延续的种族政策是淡化白人内部阶级矛盾的一种手段。当黑人采用美国意识时，就是一种被白人同化的过程。这一过程被美国文化界定为美国化进程，是美国公民实现美国梦的必经之路。所以在有些语境中，"美国性"与"白人性"是等同的，它们都指涉白人特权的伦理代码，它们在一些族裔文学研究范围内是可以互换的术语概念。

15. "社会父亲"（The Social Father）

"社会父亲"是社会学范畴的身份术语，它是与"生理父亲"相对的一个社会伦理关系的身份术语。它被用来界定在儿童成长过程中对他们起到言传身教功能的社会男性群体。特别是在美国，大部分城市的黑人家庭结构由单亲妈妈和儿子组成，在家庭中生父常常处于一种缺席的状态，黑人孩子在成长过程中主要是从社区里的成年男性、家庭中的兄长和身边的男性伙伴那里学习和认知怎样做一个男人。他们所效仿的对象都被视为"社会父亲"。

16. "双重视角"（Double Visions）

"双重视角"是赖特在《白人，听着！》中提出的一个术语。他指出双重视角是"西方文明和我的种族身份的产物"。[①] 这个术语源自杜波依斯的"双重意识"这个概念。当美国黑人将自己视为美国人时，他们是

[①] Richard Wright. *White Man, Listen!*, New York: Greenwood Press, 1978, p.78.

在按白人的标准做出判断；同时他们又是黑人，是美国最受歧视的种族，也是受压迫最深的种族，他们从非洲祖先那里继承的审美观和生命伦理让他们看到活着的价值和希望。"双重意识论"明确地指出非裔美国黑人的意识状态被两种互为悖论的文化割裂，因此他们的心理结构也是复杂的、对事物会更敏感。在此基础上，赖特强化了"双重意识"对美国黑人思想和行动的影响力在于他们看待事物独特的、复合的视角——他们首先是从西方主流的观点去审视和批判，这实际上是白人的自我中心论的观点，即一种从自我到他人的视角；同时作为受到 WASP 文化殖民的亚文化人群，他们又具备了从他人反观自己的观察视角。随着黑人社会地位和受教育水平的变迁和提升，一些黑人知识分子开始意识到黑人独有的这种"双重视角"其实对黑人也是有利的，他们可以利用这种特殊的视角周旋在白人和黑人的固化的思维和行为方式之间，并做出有利于自己发展的价值判断、采取相应的行为对策。

17. "双重意识"（Double Consciousness）

双重意识是由黑人政治家、文学家杜波依斯提出的术语。早在 1897 年，他首次在《大西洋月刊》（Atlantic Monthly）上发表了有关"双重意识"观念（Concept of Double-consciousness）的文章，后于 1903 年发表的《黑人的灵魂》（The Souls of Black Folk）一书中进一步探讨了美国黑人的"双重意识"问题，切中了黑人问题的要害，指出了黑人的困惑所在——以白人为中心的主流文化意识形态和源于非洲文化的种族意识形态的双重标准带给黑人的身份困扰。双重意识将黑人的伦理认知割裂成"黑人性"和"美国性"这两种意识状态，并相互排斥。杜波伊斯用"双重意识"这一术语概括了长期困扰非裔美国黑人的一种特殊情感意识，——"黑人生来就戴有面纱，在这个特定的美国世界中被赋予了洞察力——这是一种没有真正自我的意识，而仅仅是通过另一世界的尺度来衡量自己灵魂的感觉。这是一种奇特的感觉，这是双重意识，一种总是通过别人的眼光来看自己、用另一世界的尺度来衡量自己灵魂的感觉。美国黑人总是感到有两个自己——一个是美国人，另一个是黑人，两个灵魂、两种思想，在同一个黑色躯体中永不妥协地抗战、互为厮杀的念头"[1]。换言之，"双重意识"反映出美国黑人在处于黑人

---

[1] W. E. B. Du Bois. *The Souls of Black Folk*. New York: Oxford University Press, 2007, p. 8.

文化和白人主流文化两种不同文化世界观之间产生的一种心理冲突状态。杜波伊斯对黑人这种特殊情感的阐释影响了当时一大批有思想、有抱负的年轻黑人知识分子，引导了20世纪20年代以后的非裔美国文人和艺术家勇于在"双重视角"下双向思辨地去推陈出新，并不断地把握时代脉搏重新定位非裔美国黑人在美国社会中的地位、身份，和充分地表现他们面临的复杂情感。

18. "形式的掌控"（The Mastery of Form）

"形式的掌控"是一种常见的黑人言说方式，它也是黑人文学和美学的一种主要的叙事策略。该术语最早是由黑人美学理论家小豪斯顿·贝克提出的。根据他的考证，这种修辞方式源于美国早期黑人奴隶与白人主人间的交流方式，这种交流方式渐渐在黑人日常话语中成为一种主要的言此意彼的言说方式。早期的黑奴几乎都是文盲，为了迷惑白人，黑人以重复白人的话语的方式假装顺服。同时他们利用了自己文盲的劣势地位故意误读或差异性地去重复白人话语，实际却以黑人自己的语言方式反转了白人对语言的掌控形式。在黑人社群内部的俚语表达中重新获得了语言形式的掌控权，并达成他们族群内部共识的语义内涵。黑人文论家小亨利·路易斯·盖茨进一步考察了黑人言此意彼的表意方式的非洲源头。他认为黑人通过差异性地重复权威话语而解构话语权的方式源自西非神话中具有双声性阐释功能的猴子埃苏，"埃苏是阐释和双声言说的本质和功能的一个象征，而意志的猴子则是一个象征，是一个'转义'，其他多个独特的黑人修辞'转义'就编码于它之中"。[①] 这种非洲古老的言说方式在修辞上起到了"转义"的效果，并使语言呈现开放的、模糊的、不确定的多种阐释可能，黑人因此能以这种表意方式重新获取语言的掌控权，这样可以在黑人群体内部形成一种自己人理解的话语方式。"形式的掌控"，作为源自非洲黑人传统的言说方式在一方面成为了美国黑人与白人文化抗争的一种有效的表意方式；另一方面也起到了他们在接受美国本土白人优秀文化传统的同时，吸收与改良了它们，实现了黑人语言美国本土化的话语路径。可以说，黑人话语独有的语言魅力成就了他们在黑人歌曲以及文学上的独树一帜的风格。

---

① ［美］小亨利·路易斯·盖茨：《意指的猴子》，王元陆译，北京大学出版社2010年版，第3页。

19. "意指"［Signifyin（g）］

"意指"是由黑人文论家小亨利·路易斯·盖茨提出的一个阐释黑人表意方式的术语。盖茨在考察非洲传统神话话语体系的基础上，对比了黑人—白人英语的话语关系中"表意"方式的差异性。他还进一步研究和考证了拉康、索绪尔、德里达以及巴赫金等人对英语话语体系中"意指"和"表意"关系中的语义挪用等修辞方法的论证观，并将他们的观点和黑人传统中的"意指"行为进行了比较性的阐释，分析两种话语体系的关联性和差异性。鉴于此，该词用"意指"（Signifyin）一词来与白人英语中的 Signifying 区分开来，并以这个术语来涵盖黑人话语体系中的"转义性"修辞行为。他指出，美国黑人话语体系中的"意指"的行为都是非洲土语体系延续的"转义"言说方式的变体，它具有显性的非裔美国文化特征。黑人用自己的英语言说方式在白人英语已有的语义向度中插入新的语义向度，起到了以黑人英语去白人文化殖民的语义"意指"和"转义"的功效。盖茨认为黑人话语体系中的"意指"行为能充分地展现黑人的"双声性"，在黑人的言说方式中，"能指"始终处在模糊性的、开放的链状"转义"结构上，即后一个言说者总在重复前一个言说者的话语的同时，在重复和差异的表述中完成意指性修正或互文对话性的"转义"等修辞功能。"意指"行为的本质是"带有明显的差异性重复"①，它往往意味着形式修正及互文性关系。

20. "忧郁的恶魔"（Blue Devils）

"忧郁的恶魔"是一个布鲁斯习语。它最早出现于 16 世纪，该词当时被用来指涉被压抑到极限的忧郁和痛苦的情绪。自 19 世纪末 20 世纪初，随着美国黑人音乐日渐加入大众生活，Blues 一词成为泛指表达忧郁情感的黑人音乐的专业术语后，Blue Devils 这一词组以其"极度忧郁"的情感表现力以及"蓝色恶魔"或"忧郁恶魔"的字面含义成为布鲁斯音乐的最佳阐释方式。对于普通黑人大众来说，他们常常通过载歌载舞的聚会来宣泄这种极度忧郁的情绪，这是黑人男女在一起消除痛苦的一种方式。特别是进入 20 世纪以后，随着美国黑人都市化进程步伐的加快，社区的布鲁斯音乐的狂欢舞会成为他们以不同即兴演奏和表

---

① 具体内容参见美国的小亨利·路易斯·盖茨《意指的猴子》，王元陆译，北京大学出版社 2011 年版，第 55—62 页。

演方式尽情地释放被压抑的忧郁情感的一种公共社交形式。但在笃信基督教或是清教的白人基督徒的眼里，这些参加聚会的人不是忧郁的恶魔就是上街的鬼魂。

特别值得一提，这一术语常被学界译为"极度忧郁"，是一种意译的方法。笔者此处采取的是直译法，主要为了保留 Devil 这个词语的宗教特色以及白人在谈及黑人的大众娱乐时存在的种族歧视的表意特征。在黑人民俗故事或者文学作品中，常常会塑造一些类似恶魔般的人物，他们对白人的生命和白人社会秩序的破坏力使他们成为能解构白人权力的反英雄人物。其实这种人物塑造方式与黑人日常中的"形式的掌控"的言说方式有异曲同工的作用，它们都取得了修辞上的"转义"功效，达到了以白人之矛攻白人之盾的表意功效。

21. "脏话游戏"（Dirty Dozens）

"脏话游戏"是在黑人民俗生活中常见的一种交流形式，它最早是指黑人街头的话语游戏形式。这种形式在黑人音乐中呈现一种杂糅的艺术表现力，是都市布鲁斯的衍生物，在爵士乐、饶舌嘻哈和朋克乐中都能找到这种"脏话游戏"的形式。有学者将该术语译为"骂娘"。赖特在《白人，听着!》中特别谈到美国黑人文学受到黑人民俗的影响，他将民间话语和艺术归纳为"无法言表的形式"，这些形式包括灵歌、布鲁斯、劳动号子、民间传说以及黑人街头的"脏话游戏"等民间的各种生活方式和艺术形式。它们是黑人智慧的结晶，也是他们抗议和超越白人伦理束缚的方式。

22. "转义"（Trope）

这个术语也常被国内学者译为"转喻"。它在非裔美国文学和音乐中是一种非常重要的修辞方式和叙事手法。在非裔文化的表征体系中，它更多地被用于指涉被言说的能指发生了语义的某种转变或持续性的语义转变。因此笔者更倾向于王元陆在《意指的猴子》所译的"转义"，它更贴切地表现了转变语义这一功能。[①] 事实上，Trope 从词源学上源于希腊单词 Tropos、Tropikos，意思是"旋转，转动"。就修辞概念"转义"而言，它涵括的类型非常广泛。最常见的"转义"包括隐喻、转喻、提喻、

---

① ［美］小亨利·路易斯·盖茨：《意指的猴子》，王元陆译，北京大学出版社 2011 年版。

反讽、明喻、词性转换法、夸张、矛盾修辞法、似非而是、双关语等。①因此，Trope 一词如果表现的是能指的某种语义变化，其修辞功效与西方修辞中的"转义"的功能是相似的，但是如果它的功效是"指能指处于一种持续开放的语义变化过程"，在修辞上则更强调某一个词语或句子在不断重复中所生成持续的、开放的能指"转义链状"的修辞关系。后者在非裔美国文学的修辞传统中得以更加广泛地运用。在非裔美国文学作品中，同一个词语或者同一种表达方式可能会出现复合的、多层次的、互补的，或者相互矛盾、相互意指甚至相互反讽的链状修辞关系，在这种连续的语义指涉的变化过程和修辞特征中使非裔美国文学中的"转义"成为可以包含隐喻、提喻、反讽、夸张、矛盾修辞法等，并使其成为了一系列复合的、可以相互转换的"修辞链"，这些链状的修辞方法和形式可以统称为"转义"。

---

① 参见赵一凡主编《西方文论：关键词》，外语教学与外语研究出版社 2006 年版，第 881—882 页。

附录二　革命诗歌美学：理查德·赖特的诗学主张与艺术实践[*]

美国文坛巨匠理查德·赖特凭借《土生子》（1940）和《黑孩子》（1945）一举成为美国文学史上第一位在白人世界成名的黑人作家，这两部小说奠定了他"抗议小说"鼻祖的文学地位。其实在这两部小说出版之前，赖特就已经活跃在美国黑人文坛，20世纪30年代初他在左翼诗歌方面的突出表现和他就黑人文学发展方向撰写的杂文和发表的演讲使他成为一颗黑人文艺界冉冉升起的新星。1933年对于赖特来说是他人生的一个转折点。他被亚伯拉罕·亚伦（Abraham Aaron）招募到约翰里德俱乐部的芝加哥分部，为他们正在创建的革命杂志《左翼前沿》撰稿，同年他当选为该分部的执行秘书。该俱乐部的成员隶属于莫斯科的"革命作家国际联盟"。在这个组织中他意识到以共产主义为指导思想的艺术创作将是他最好的武器。[①] 他从此以一名无产阶级诗人的身份投入美国黑人文学创作的洪流之中，这标志着赖特的文学生涯的开端。

赖特加入约翰里德俱乐部进行文学创作时，正值美国经济大萧条时期。由于失业率逐日增加，日渐暴露了北方城市中各种变相的种族歧视。在社会经济压力下黑人希望有组织地进行反抗。美国共产党以及他们普及的共产主义观念很快得到黑人的认同。同时共产党还组织黑人在文化、政治、经济领域提升自己的社会觉悟和技能，团结了一大批黑人知识分子精英来招募和领导黑人与种族主义和资本主义体制做斗争。当他阅读左翼杂志和宣传手册时，他被其中的内容所鼓舞。他觉得"革命的词汇从油印

---

[*] 该论文发表于《中美诗歌诗学协会第一届年会论文集》，华中师范大学出版社2013年版，第453—463页，此处做了一定的修改和补充。

[①] Michel Fabre. *The Unfinished Quest of Richard Wright*. Trans. Isabel Barzun. University of Illinois Press, 1993, p. 96.

本上跃然而起，以巨大的力量冲击着我……我的注意力被其他国土上的工人的奇异经历所吸引，被能将分散的族群团结起来的可能性吸引着。对于我来说，这里至少在革命表达的领域里，黑人经历可以找到一个家，发挥它的价值与作用"。[1] 在共产主义思想的激励下，赖特创作了《我看见黑人的手》《疲倦的人歌歌》和《一封红色的情书》组诗，这三首诗一写好就受到了他的好友亚伦和《左翼前沿》主编比尔·乔丹（Bill Jordan）的重视，他们将这组诗中最好的一首推荐到当时最具影响力的左翼杂志《新民众》上发表，其余两首则于1934年刊登在《左翼前沿》上。它们确立了赖特无产阶级革命诗人的文学地位。此后十年间他以共产主义文艺观为理论基础，成为美国黑人左翼文坛上的活跃分子，并以诗歌、小说和杂文等各种文学形式为武器表达自己对黑人民族的政治观、文化观的审美取向。本文将从暴力反抗为主题的政治美学倾向、以宣扬民族特色的大众审美倾向和以消解种族压迫的国际主义审美倾向为主要探讨对象，以期从这三方面来阐明赖特的这些观念的时代性；同时在此基础上探讨赖特的革命诗歌的局限性与文学视野的拓展。

暴力反抗的政治美学倾向

哈雷姆文艺复兴时期，活跃在美国文坛与政坛的以杜波依斯为代表的黑人知识分子，是最早在美国转播共产主义思想，并致力于建立一套黑人文艺标准的黑人精英。这批人大多出生在北方并通过自身的能力跻身美国的中产阶级，他们被杜波依斯称为"多才多艺的十分之一"。所以尽管他们相信共产主义能改变美国黑人的政治经济地位，但出于个人的利益需求，他们常常也会向美国白人的主流文化妥协或一味沉迷在非洲母文化的神话想象之中。赖特却具有与这群黑人精英不同的生活背景，他出生于美国南方黑人农民家庭，童年与青少年时代他经历了从南向北、从农村向城市迁徙的变迁。这使他清晰地认识到美国政治文化经济体制的本质是压迫与剥削黑人和其他无产阶级。赖特非常严肃地对待他所肩负的无产阶级作家的责任。他致力于表达工人阶级思想、意识及经历的任务。他很明确自

---

[1] Michel Fabre. *The Unfinished Quest of Richard Wright*. Trans, Isabel Barzun. University of Illinois Press, 1993, p. 97.

己肩负着面向黑人工人阶级的无产阶级作家的责任。他秉承当时的马克思主义文学观即所有文学一进入社会范畴就成为了一种宣传工具。基于文学的这种功能,他在诗歌中旗帜鲜明地表达出黑人美学主张:"它是一套政治原则,始终如一地反对不平等的暴行。"[1] 他的诗中常常可以看到"反抗"(Revolt)"反叛"(Rebel)这样的词语,它们是诗人表达自己政治倾向性和表征黑人民族文化诉求的语言载体。他在1934年发表的《疲倦的人歌歌》(*Rest for the Weary*),以激进的口吻讥讽美国大萧条对资本主义经济的打击与资本家腐朽生活的本质,并表明无产阶级夺取政权的反抗决心。

> 你们这群慌了手脚的金钱卫士,
> 颤抖于你们是明智的,
> 匆忙与白人相商于你们也是明智的,
> 那是一张张凝重的白色的脸。
> 历史的利爪,
> 已抽去你们那华丽生活,
> 伪装的金丝,
> 只剩下份粗俗,
> 它源于你故意的无为,
> 和赤裸的无用,
> 它源于你们的存在。
> 噢,苦恼疲惫的暴君,
> 不要绝望!
> 即使是这些累赘,
> 不会把你们拖垮,
> 因为不久我们结实的双手,
> 将会卸下你们所有的负担。[2]

---

[1] Reginald Martin. *Ishmael Reed and the New Black Aesthetic Critics*. London: Macmillan Press, 1988, p. 3.

[2] 译文为笔者翻译,原文参见 Michel Fabre. *The World of Richard Wright*. Appendixes: Poetry, 1987, p. 229,以下诗歌译文均出自此书不单独成段仅用引号提示,不再逐一标注。

这首诗将资本家们奢靡、粗俗而虚伪的生活本质彻底地暴露出来。诗歌直白地谴责资本家们曾利用手中的经济大权获得了财富与荣誉，并指出经济危机的爆发使一切变成了资本家们不得不背负的历史孽债和心理负担。诗歌在结尾处特别指出我们即工人阶级将会以结实有力的双手帮助这些资本家们卸下他们的负担，旨在说明工人阶级将代替资产阶级的社会发展趋向，公开表明他反抗美国资本主义政治经济体制的政治立场，表达了无产阶级是资产阶级掘墓人的政治理想，同时这也表明了他乐观的共产主义战斗情绪。

红色主题贯穿了赖特在20世纪30—40年代写的左翼诗歌。从《红色情书》到《我是红色标语》到《红色书籍的红书页》再到他与兰斯顿·休斯合写的《红色泥巴布鲁斯》等诗歌中，他特别在诗歌标题中突出红色以彰显其革命主题。这些诗歌关注黑人无产阶级的命运与他们如何受到资本主义经济体制和种族主义歧视的双重压迫，他试图以诗歌的形式唤醒黑人民众用革命的手段根除种族压迫与阶级剥削，真正现实美国宪法赋予美国公民的平等自由权。《红色情书》以无产阶级夺取政权的革命理想为创作原动力，只不过他把作为新生力量的工人阶级对资本主义经济体制构成的威胁艺术化地隐喻在情书的诗体中。他在首句将资本家称为"我亲爱的傲慢的人儿"，随后又戏称他们为"甜心""亲爱的""蜜儿"，不过他戏仿了资本家常发给城市贫民的拆迁信的口吻："我们送上最后的不能撤销的情书/收回你长期居住的文明/它已经超出了合法期限/不能有任何的延迟，我的甜心；/没有法院延时，/没有五天通知书，亲爱的/没有续期附录，我的蜜儿……"尽管这种拆迁信以情书型的戏仿话语模式言辞温柔，它却表现了作者致力于挖掘贫民生活元素进行大众诗歌创作的一种革命美学观念。这种貌似温柔的话语实质是反讽地宣告资本主义社会租约已经到期了。黑人及美国的贫苦大众看到了经济大萧条和国际政治形势给他们翻身获得平等权利的契机，以极大的激情即诗中戏称的"爱"，将他们在资本主义"地狱"中所受的煎熬转化为摧枯拉朽的自然力量，这股力量被赖特比作"来自地狱深处红色的雷鸣"，它预示着无产阶级将以其人之道还治其人之身的方式收回他们应该享有的一切权利。

《我是红色标语》则干脆直接以大写的标语形式呐喊"剥夺剥削者的权利"！《我是红色标语》是赖特红色主题组诗中火药味最浓的一首代表

作。这首诗歌体现了20世纪30年代"艺术即宣传"的革命美学①。该诗刻意以大小写形式将工人阶级的革命斗争的目标与达成目标的方式区分开来。全诗共二十六行，用了五行来反复重申"我是红色标语"，以表明黑人以及工人阶级的战斗热情，另用十二处大写诗行，即"全世界工人团结起来/禁止军需品运输/反法西斯主义/处死滥用私刑者/面包！/土地！/自由！/剥夺剥削者权利！/保卫苏维埃！/少数民族自治！/将帝国主义战争转化成内战！/苏联集权"。它们从视觉上强化了无产阶级专政的标语效果。可见彰显红色主题的革命威力是赖特这一时期诗歌美学的一个明显特征。此外，这一时期赖特还直接以"力量""到处升起燃烧的水""奋起而生！"等激进的宣传性的词语为标题来创作他的革命诗歌。他希望通过这些革命诗歌，"向共产党员展现黑人生活是怎样的，告诉黑人共产主义代表着什么"。②

在这一批红色主题的抗议诗歌中，《我看见黑人的手》的艺术成就最高，也是最受批评界认可的一首诗歌。它的开篇自然而深沉地抒发出了黑人在这种文化背景下所产生的困惑与煎熬的情感和对物资的渴望：

> 我是黑人，我看见黑色的手，千千万万双手——
> 这些像绒线匠一样纤细的黑色的手指，
> 为了生存，不安地、饥饿地伸了出去，
> 它们已伸向黑人母亲那黑色乳房上黑色的乳头，
> 它们拿着红的、绿的、蓝的、橙的、白的、紫的，
> 玩具，它们正是孩子们的所爱，
> 还有那巧克力棒、黑椒肉干、棒棒糖、酒心糖果、冰激凌、
> 甜曲奇留在孩子手上黏黏的感觉……③

---

① 马克思主义思想和理论在美国黑人知识界接受和传播的过程，即自20世纪20年代哈雷姆黑人文学复兴起到40年代，美国知识界纷纷就艺术与宣传的关系发表了自己的见解。参见 Alain Locke "W. E. Du Bois; "Art or Propaganda", Criteria of Negro Art", "Richard Wright Blueprint of Negro Writing", in *African American literary Criticism*, 1773 - 2000. ed., Hazel Arnett Ervin. New York; Twayne Publisher. 1999. 这些文章发表之前，Wallace Thurman 在1924年在发表了论文 "Art and Propaganda", in *Messenger* 1924 (6), p. 111。

② Michel Fabre. *The World of Richard Wright*. Jackson: The University of Mississippi, (Appendixes: Poetry), 1985, p. 105.

③ Ibid..

从这些诗行中不难看出黑人从政治、经济和文化上全方位地受到 WASP 政体的控制和压迫下所生产的焦虑不安和强烈的生存危机感。他在诗歌中所呼吁的不仅是维系黑人生存的基本物质，而且是以这些日需品唤起身为人的更高层次的生存需求，使人们看到美国黑人在种族意识上的零归属状态进而意识到该诗绝非独立于现实之外的孤立文本，而是美国现实的缩影。它反映出黑人卑微低下的社会地位，揭示了 WASP 文化殖民主义和种族主义对他者的奴役的实质：它将黑人囚禁在被烙上双重意识标志的种族属性之中，迫使他们接受亚文化的族裔状态。

诗中第二部分描写了美国以种族主义为核心的资本主义文化体制对黑人农民与工人无时不在的剥削，同时它还表现了西方现代工业文明及城市化对黑人的剥削与异化。黑人的双手创做出来的"钢、铁、木材、小麦、黑麦、燕麦、玉米、棉花、羊毛、石油、煤炭、肉类、水果、玻璃"等堆积如山，然而他们两手空空：

> 这些黑色的手闲置空中，两手空空地摇摆着，
> 在失业和饥饿中摆得越来越慢、身体日益虚弱、骨瘦如柴。
> 他们在焦虑中汗流浃背，被抛入并封闭在痛苦、疑虑中，
> 在踌躇和犹豫中……①

更让他们不堪的是，他们除了得忍受生活的饥饿、物资的贫乏、文化的贬损，还得面对充满暴力的种族压迫。在诗歌的第四部分，赖特旗帜鲜明地表达了贫苦黑人的仇恨与反抗的情绪：

> 我是黑人，我看到黑色的手，
> 举起反抗的拳头，相邻的是白人工人的拳头，
> 有那么一天，这才能拯救我，
> 有那么一天，会有千千万万双手，

---

① Michel Fabre. *The World of Richard Wright*. Jackson: University of Mississippi Press, 1985, Appendixes: Poetry, p. 232.

在那个红色的日子里在新升起的地平线上猛然一击。①

  这部分中他旗帜鲜明地表明了自己抗议资本主义和种族主义双重压迫的阶级态度。他继承了克劳德·麦凯倡导的"面对压迫的暴力反抗"这一美学主张，宣传采取团结一切无产阶级，特别是工人阶级进行武装反抗来消除种族隔阂的革命手段。② 这种创作倾向实际上是以马克思主义阶级论为指导思想，将对民族生存的关注，置于阶级与所有贫困大众获得自由平等的大语境中思考与观察。可见这部分是继前三部分叙述黑人生存困境上的一种主观化的审美升华。他以此表达自己对长期困扰美国黑人的种族主义和殖民主义的一种政治反思与文化回应。赖特希望以带有明显政治倾向性的文化取向来取代或覆盖主流表征系统中对黑人文化的忽略、歪曲和负面误读。

宣扬民族特色的大众美学倾向

  作为一名共产党员和左翼文学先锋，赖特认为马克思主义理论可以指导黑人文学的创作，但它仅仅是一个起点。因为他认为"没有任何关于生活的理论能代替生活本身"，黑人作家肩负着能公正地面对自己的创作题材，能全面展现黑人生活和他们错综复杂的关系的民族代言人的职责，他们必须建立一种深刻的、内容丰富且复杂的社会意识。这种意识使他们"能关注一个伟大民族（黑人民族）流动的知识，并以这种认知塑造能推动与指导当今历史力量的理念"。他还认为黑人作家不应只关注社会事件，"如果对他本民族的生活能有足够的深广的观念，如果他所追求整体生活感是生动而且强有力的，那么他的写作会包含他民族生活所显现所有社会、政治、经济形式"。③

  他意识到黑人民族文化在 WASP 主流文化中不可逆转的边缘性特征，为了解构这种文化特征，他注意将民族文化中真实的内容和最独特的表意方式融入美国大众文化之中。他的这种美学思想实际上是受到了同时期美

---

① Michel Fabre. *The World of Richard Wright*. Jackson: University of Mississippi Press, 1985, Appendixes: Poetry, p.232.
② 曾艳钰：《论美国黑人美学思想的发展》，《当代外国文学》2004年第1期。
③ Richard Wright. "Blueprint for Negro Writing", Hazel Arnett Ervin, eds. *African American Literary Criticism*, 1773-2000. New York: Twayne Publishers, 1999, pp.86-88.

国共产党倡导的人民阵线路线思想的影响。① 为了让同胞更能理解他们所处的水深火热的环境，赖特在诗歌中继承哈雷姆时期所注重的将黑人文化元素如布鲁斯、黑人方言等文化元素移植到美国大众文化中并彰显"黑人性"的文化审美特征。

众所周知，布鲁斯这种音乐元素源自非洲文化又经由美国百年奴隶史的文化沉淀。它作为一种独特的审美艺术符号，以其具有震撼力的歌词和音乐形式探讨了孤独、种族歧视、逝去的爱、从农村转移到都市的生活经历的变迁、城市生活的贫困等。赖特将布鲁斯视为自己作品的文学和美学资源，是进入美国现代主义大众文化的一把钥匙。他在布鲁斯上的成就可以先从他为庆祝黑人拳击手乔·路易斯（Joe Louis）的胜利创作了13首布鲁斯歌词说起。② 其中脍炙人口的当数《拳王乔》。他运用了传统的AAB歌词形式，并运用了黑人民间文化中的许多动物意象来展开隐喻式的叙事模式。他通过兔子与蜜蜂、熊猫、牛蛙与棉子象鼻虫等动物形象来隐喻黑人与白人的较量方式以及黑人可以利用自己的机智和伪装在白人不察的情况下达到自己的目的，正如歌中这些写道：

想知道乔在与白人拳击时想什么，
说想知道乔在与白人拳击时想什么？
打赌他和我想的一样，因为他面无表情。③

通过这种 AAB 的递增的表意方式强调了乔在与白人较量时的思想是伪装在他的面无表情之下，这是非裔美国黑人历史的生存方式与求生原则。他还有效地将历史话语置于大众娱乐的都市生活之中。这样无论是南方的黑人农民还是北方的黑人贫民都能在这首歌曲中找到共鸣感。这首布

---

① 美国共产党在 19 世纪 30 年代倡导以人们阵线来团结无产阶级反抗和颠覆资本主义政治经济体制的政治路线。为了吸纳大批无产阶级的加入，他们首先利用文学宣传性的社会功能唤醒美国贫苦大众特别是黑人民众去思考自己的生存困境以及变革它的方法。
② 事实上，为了推广人民阵线革命意识，20 世纪 30 年代涌现出大量非裔美国民族音乐—流行音乐—诗歌杂糅形式，它们被灌录在唱片中、被电台播放或者在酒吧及舞台上演奏。参见 James Edward Smethurst. *The New Red Negro*. New York & Oxford: Oxford University Press, 1999, p. 132。
③ Michel Fabre. *The World of Richard Wright*. Jackson: University of Mississippi Press, 1985, Appendixes: Poetry, pp. 248 – 249.

鲁斯将南方传统种植园黑人文化与北方黑人贫民窟城市文化交融在一起，反映出历时性与共时性的黑人文化特征，即从日常生活的琐碎中投射出黑人北迁城市化过程中的动态的文化变迁形象，并在这些变化中提取兼容传统与变革的杂糅民俗与大众的黑人审美元素。

从布鲁斯歌词到他的布鲁斯诗歌，赖特始终关注如何从黑人民族文化转向美国大众文化的去边缘性的变革表述实践。例如《抑郁》就是集中反映黑人民族抑郁的集体意识的一首布鲁斯诗歌。全诗为三节式复调诗歌：第一部分描述黑人的抑郁的生活；第二部分追问民族抑郁情结的源头；第三部分解释抑郁是源于种族歧视以及黑人对这种压抑状态的无可奈何！诗歌的主题是大众化的选题，它将融入黑人骨血的抑郁情结置于重复地追溯历史的低吟中，在三节式迂回诗节中不仅强调了种族主义压迫对黑人意识上的威慑力，还控诉了它对黑人人性的蹂躏与扭曲，将黑人囚禁在抑郁的牢笼中。他曾这样评论布鲁斯对黑人意义："布鲁斯可以看穿我们种族的生活：……对黑人来说所有这些布鲁斯就像吃饭和睡觉一样自然，因为这些布鲁斯源于他们的日常生活经历，它们的标题表现出了黑人创作时一种心境与情绪。"[1]所以，赖特这一时期的所有诗歌标题中都用到了布鲁斯一词。如《赫斯特头条布鲁斯》《FB"眼"布鲁斯》[2]，还有他与休斯合写的《红色泥巴布鲁斯》等。

20世纪30年代，美国共产党的政治路线就是"为广大人民群众，工人，农民传播他们需要的信息，组织他们自卫"[3]。为了紧密结合大众文化，赖特创作了《赫斯特头条布鲁斯》。这首诗歌为了凸显文化的大众性与通俗化，整合了报刊头条报道的百姓生活各个侧面，涵盖了当时的政治的意识形态、南北方在种族问题上的异同性以贯穿美国种族问题的历史与现在，它还揭示了当时社会经济、宗教等方面存在的矛盾与危机。

《改变红色激进革命》

---

[1] 转引自 William Ferris. "Richard Wright and the Blues", in *Mississippi Quarterly*. Vol. 61, 2008, p. 548。

[2] 这首布鲁斯的题目利用了 Eye 与 I 的同音特质的双关功能，将美国 FBI 监视激进革命者无所不在的政治氛围幽默风趣地表达出来，是一种典型的黑人表意方式。

[3] Cedric J. Robinson. *Black Marxism: The Making of the Black Radical Tradition*. Chapel Hill & London: The University of North Carolina Press, 2000, p. 296.

附录二 革命诗歌美学：理查德·赖特的诗学主张与艺术实践　227

《私刑处置不称"先生"的黑人》
《市长提出解决税收》
《他得知娶了胞妹而哭泣》
《苏维埃废止定量供给》
《辛普森教授的精子讲座》
《100 位教育家赞扬祖国》
《罢工矿工获得 20 年工期》
《学生反抗恶语相伤的老师》
《逮捕五十名闯红灯的人》
《10000 人听六岁女孩说教》
《经纪人强奸并谋杀了女仆》
《女子为救情人引爆监狱》
《饥饿威胁母亲孩子》
《罗斯福说最坏的时刻已经过去》
《码头工人纠察：两人被射杀》
《父亲用斧子砍杀了儿子》
《广播收听金嗓子》
《律师多德掩盖事实》
《大法师欧内尔敦促祈祷》[①]

　　这些物质化的语言首先是源于大众语言，使这首诗在媒介上具有了大众化的普适性特征。从媒体对这些矛盾的报道反映出大众娱乐中的暴力审美倾向，抑或是说，经济危机使人们失去了基本的相互信任，暴力成为那个时代的生活和文化组成元素。它反映了那个时代大众的政治意识与审美取向。其次，诗歌跳跃式地将这些看似不关联的报刊标题揭示出经济危机下日益被激化的人伦矛盾——师生间、父子间、情人间、律师与委托人间、雇主与工人间等的矛盾。他对这些伦理问题的集中整合，不仅反映出一战与美国经济危机造成的大面积的社会伦理危机，还揭示了这些报道的

---

① 由于赖特的这首诗歌是以报刊标题组合而成的诗歌形式，他刻意通过加上书名号在视角上来展现诗歌的媒体源，说明其大众性与通俗化的特征。因此，笔者在翻译此诗时也尽量保持其书名号的文本符号特征。参见 Michel Fabre. *The World of Richard Wright*. Jackson：University of Mississippi Press，1985，Appendixes：Poetry，pp. 246–247。

实质是一种通过并置大众间的矛盾与政府行为、宗教行为的报道引导舆论淡化经济危机伴随的政治危机的话语方式。最后，对于美国南北方种族问题的揭示与革命的反抗政治形势和国际形势结合，贯穿了美国黑人从身为奴隶受到私刑的南方历史（如"私刑处置不称'先生'的黑人"）和他们在苏维埃政权的鼓舞下的政治立场和现在的革命身份（如"改变红色激进革命/苏维埃废止定量供给/罢工矿工获得20年工期/码头工人纠察：两人被射杀"）。简而言之，他将这些报刊头条与黑人布鲁斯韵律和节奏结合起来，将民族的与美国的融合，将阶级的与大众的杂糅，形成了一种全新的诗歌风格。这样不仅能体现出黑人文化素质、种族语境和黑人文化的群体身份，还具有大众审美特征，有利于黑人诗歌在白人的英语的文化审美系统中占据一席之地。可以说，赖特是继休斯之后又一位成功地以布鲁斯这种独具黑人音乐元素来构建黑人文化表征系统的实践者，他们努力使布鲁斯成为黑人文学和美学领域里的主要元素和表达黑人民族文化诉求的有力武器。他的创作倾向迎合了美国共产党提出的"民主阵线"的指导思想，即"黑人大众的生活、工作和奋斗——在棉花地里，在码头上，在铁路上，在工厂里——构建了美国黑人真实文化的核心"。[1]

消解种族压迫的国际主义审美倾向

在20世纪30—40年代，因为美国共产党倡导第三国际的全球化意识和它所信奉的国际意识形态，许多左翼共产党员空前地大规模地鼓励非裔美国作家采用实用且具有意识形态特征的国际主义进行文学艺术实践。詹姆斯·埃德伍德·斯迈斯特（James Edward Smethurst）在《新红色黑人：左翼文学与非裔美国诗歌，1930—1946》中概括道："引导和影响了非裔美国诗歌的美国共产党以及相关文化体制的重要性是兼具实用性和意识形态性的。"[2] 赖特作为一名美国共产党员，也不例外地受到了这种文化意识形态的影响，他坚信通过国际共产主义一定能消除种族压迫与剥削，并最终实现解放全人类的政治理想。让马克思主义意识形态走进人民群众的

---

[1] James Edward Smethurst. *The New Red Negro*. New York & Oxford: Oxford University Press, 1999, p. 44.

[2] Ibid., p. 32.

附录二 革命诗歌美学：理查德·赖特的诗学主张与艺术实践 229

宣传让他意识到黑人不必独自为自由和尊严奋战。"整个世界的无产阶级幽灵，团结而强大，黑人与白人让赖特着迷。"①受此鼓舞，他创作了一批打破种族疆域，实现国际合作的诗歌。前文已提及的《我是红色标语》也集中地表现了这种审美倾向。诗中将私刑、面包、土地、自由等美国社会问题的解决方案寄托在"全世界工人团结起来"以苏维埃集权的方式实现国际共产主义理想。他的诗歌就是当时意识形态话语方式的体现，而它的口号式表述方式，也是与共产党倡导的创作大众化人民阵线的文学，号召大众团结起来反抗的意识形态有着显性的关联。

《打开收音机，世界正在放声大笑》也是一首兼具国际主义与实用主义的宣传性革命诗歌。该诗的第一节将当时社会主义与资本主义两大阵营的较量隐喻在一场"棒球赛"之中：红色棒球赛/一个大日子的清晨/……列宁主义者战胜了红雀比分3∶0……；第二节描述了国际革命浪潮对美国的影响：

>世界在放声大笑 世界在放声大笑，
>　……麦克·金的革命账户卖了，②
>　260万份……
>　　260万份……
>世界在放声大笑 世界在放声大笑，
>　……始于五月一日劳动节仅限，
>　五小时……
>世界在放声大笑 世界在放声大笑，
>……最后是清算地主，
>　在得克萨斯……
>世界在放声大笑 世界在放声大笑。③

---

① Cedric J. Robinson. *Black Marxism: The Making of the Black Radical Tradition*. Chapel Hill & London: The University of North Carolina Press, 2000, p. 294.

② 麦克·金是美国犹太作家 Itzok Isaac Granich 的笔名。他是一位共产党员和小说文学批评家。在20世纪30—40年代，他被认为是美国无产阶级文学的领袖。他的半自传体小说《没钱的犹太人》自1930年出版成为最畅销小说。赖特的这句诗就是以此为背景创作的。

③ Michel Fabre. *The World of Richard Wright*. Jackson: University of Mississippi Press, 1985, Appendixes: Poetry, pp. 246 – 247.

这首诗的语境与《我是红色标语》中宣扬的"将帝国主义战争转化成内战！/苏联集权"革命思想如出一辙。

在他的国际主义审美主题的诗歌中最引人注意的是《横穿大陆》。该诗于1936年首发于《世界文学》上，是赖特为赞扬美国红色阵线的六页长诗。据米歇尔分析，这首诗歌涉及了许多主题："对美国梦的批评，重建受剥削的少数群体，随着苏联政体一个新世界将呈现的繁荣。史诗般的灵感通过丰富的意象传载了这些主题。"[1] 这首诗前三诗节追溯了美国梦给予人们的幻想：铸造梦想的美国/拥有这片神奇土地的美国/美国美国美国你为何将转过你的脸。其余的诗节从南方种植园生活、黑人与白人的主仆关系到北方城市生活特别是城市黑人贫民被囚禁在蜿蜒的黑人从南方向北方大迁徙的"面包线"之内，再到芝加哥工人罢工，直指美国梦的阶级性与种族性的虚假特征。该诗的最后一节提出了诗人的国际共产主义之梦想。

> 海岸线 同志们，向着海岸线驶去，
> 在革命冲力下向海岸线挺进，
> 看，看这村落就像群山之巢中的一枚孤单的鸟蛋，
> 马上，马上你将飞过群山之巅，在新的黎明，
> 抵达充满列宁之梦的海岸线。[2]

此处，赖特将美国比作世界一角的村落，黑人以及其他无产阶级正在奔向国际共产主义的黎明，憧憬着列宁的共产主义理想。赖特也在此抒发了跨越种族、国家的疆界，形成统一国际共产主义阵线的革命愿景。

赖特诗歌的局限性与文学视野的拓展

赖特在20世纪30—40年代的左翼诗歌是那个时代的产物。作为美国黑人在美国共产党及其革命思潮的鼓舞下，他们看到了一种颠覆西方文明

---

[1] Michel Fabre. *The World of Richard Wright*. Jackson：University of Mississippi Press，1985，p. 38.

[2] Michel Fabre. *The World of Richard Wright*. Jackson：University of Mississippi Press，1985，Appendixes：Poetry，p. 244.

附录二　革命诗歌美学：理查德·赖特的诗学主张与艺术实践　231

概念、重建种族秩序的新趋向。他们同时面临两种选择："继续在愤世嫉俗的幻想中煎熬还是尝试实现这些幻想。"① 作为一名年轻的共产党员，赖特以文学为武器积极投入向大众宣传共产主义思想和理念，以最终实现重建种族新秩序、实现国际共产主义的革命理想。他认为"在黑人作家的生活中必须找到素材和经历，他们能构建出一幅有意义的关于当今世界的画卷。年轻的作家逐渐相信马克思主义社会分析将出现这样一幅画卷。当被置于作家眼前时，它所勾勒的画面融合了作家的个性，组织了他的情感，并以绷紧的神经和执拗的信心支撑他去改变世界"。②

受到马克思主义社会分析理论的影响，赖特注意在黑人民族和大众贫民的生活经历中挖掘素材，表达了自己民族所受的苦难和改变世界的革命立场，并"告诉老百姓想要团结他们的共产党员的自我牺牲精神"。③ 他的诗歌还涉猎了红色革命和国际共产主义、民族文化等广泛主题，积极展现黑人民族文化的精髓并注意与美国大众文化共融，但是他在此期间创作的诗歌形式重于内容，其宣传功能远远重于其艺术表现力和说服力。抑或是说，他以共产主义美学思想为轴，在创作美国黑人艺术特色的诗歌与"艺术宣传"的政治思潮的区间内如钟摆一般画着美丽的弧线，却无法超越时代的局限性。

赖特的文学理想是从精神和文化上关注无产阶级自我创造的能力。他意识到如果无产阶级不能重塑他们认知的社会意识形态，他们就不能完成马克思理论赋予他们的历史责任。④ 赖特的童年和青少年的南方生活经历和他自美国经济大萧条时期加入共产主义阵营对北方生活的了解，使他无法停留在形式化的革命诗歌创作之上。他希望在自己熟知的、了解的生活中挖掘素材，这些素材绝非一种形式上的抗议，或激进的呐喊，而是能真正对美国白人良心和黑人自卑心理的一记重击，它能直触美国政治经济文化的神经，真正起到解构文化重建秩序的文学功用。所以 20 世纪 30 年代后期，他开始了小说创作。1938 年他的第一部书《汤姆叔叔的孩子》问

---

① Cedric J. Robinson. *Black Marxism: The Making of the Black Radical Tradition*. Chapel Hill & London: The University of North Carolina Press, 2000, p. 287.

② Richard Wright. "Blueprint for Negro Writing", Hazel Arnett Ervin, eds.. *African American Literary Criticism*, 1773 – 2000. New York: Twayne Publishers, 1999, p. 86.

③ 转引自 Cedric J. Robinson. *Black Marxism: The Making of the Black Radical Tradition*. Chapel Hill & London: The University of North Carolina Press, 2000, p. 294。

④ Ibid., p. 297.

世，该书以美国南方为背景，描写黑人所受的种族歧视和阶级压迫。该书被誉为"与 T. S. 斯特柏林和威廉·福克纳以及厄金丝·考德威尔的地方现实主义齐名的著作"。① 赖特的经典作品《土生子》于 1940 年问世，它是北方都市贫民的悲剧生活现实主义写照。他以黑人青年别格·托马斯的杀人案为主线展示了 40 年代美国民族性单一文化模式（WASP 文化模式）与人口多元化对立性的社会现状，打破了旧式文化观念和框架，以黑人的民族性和美国性双性特征解构历史，重构了美国特色的黑人种族属性和社会身份，使边缘民族文化被迫正式纳入美国文化范畴之中。② 这部小说实际上是他早期诗歌以暴力反抗为审美的诗学主张的拓展与延续。1945 年出版的自传体小说《黑孩子》则进一步探讨了黑人无产阶级在美国南方的悲惨生活。小说以赖特个人对社会伦理文化的抗争为主线，为黑人勾勒了一条个人奋斗的生存轨迹，并以自己的成功向世人宣告，抗议是无产阶级专政改变命运的最佳途径。作家拉尔夫·艾里森以《理查德·赖特的布鲁斯》为题评论了这部小说，他指出："布鲁斯就是这样一种冲动，要把残酷的经历中痛苦的细节和情节保存在令人心痛的意识中，让人去触摸它粗糙的纹理，去超越它，不是通过哲理性的安慰，而是从中浓缩出近乎悲剧又近乎喜剧的旋律。从形式上而言，布鲁斯是以旋律的形式表现出来的对个人灾难的自传性的记录。"③ 应该说，《土生子》与《黑孩子》既是美国 20 世纪初到 40 年代的文学纪实，也是赖特早期诗歌的一种复调话语。它们不仅旗帜鲜明地表达了他的阶级立场、政治和文化的审美取向，还深刻触及了黑人民族文化灵魂，重创了美国资本主义文化伦理观念，开启了美国黑人无产阶级抗议文学之先河，真正改变了黑人话语权缺失的式微地位。赖特以无产阶级革命美学为指导思想，不断拓宽自己的文学创作的艺术实践之路。他不懈的努力不仅为美国黑人文学赢得了世界范围的听众，他个人也成为美国非裔文学史乃至世界文学史上的一座丰碑。

---

① 转引自 Robert E. Washington. *The Ideologies of African American Literature*. Maryland: Rowman & Littlefield Publishers Inc. 。

② 李怡：《从〈土生子〉的命名符号看赖特对 WASP 文化的解构》，《外国文学研究》2007 年第 2 期。

③ Ralph Ellison. "Richard Wright's Blues", in *The Antioch Review*, Vol. 57, 1999 (3), p. 264.

附录三 理查德·赖特的俳句
——一种对日本俳句继承与改良的文学新实践[*]

理查德·赖特是 20 世纪第一位被白人世界接受并获得世界声誉的非裔美国作家。他除在小说上取得巨大成就外，还创作了不少诗歌、游记和散文。1959 年，身受疾病困扰的他无意间得到了当时风靡欧美文坛的四卷本《俳句》，该丛书是由旅日韩的英国诗人、翻译家 R. H. 布莱斯翻译编著的日本经典俳句集，它们系统地介绍了日本传统俳句的形式、审美特征及其中蕴含的禅宗思想。① 他如获至宝，不仅在阅读日本俳句中获得了极大的心理慰藉，还以极大的热忱投入英语俳句创作之中。他共写下 4000 多首俳句，很遗憾仅有 817 首被收录在《俳句：这个别样的世界》中，而且这部诗集在他去世 37 年后即 1998 年才与读者见面。此时英语俳句创作方法与批评理论已有了长足发展，西方学者也因此普遍认为赖特大部分的俳句保留了日本传统俳句的基本特征，是对异域文学文体的模仿，缺乏欧美诗歌的原创性。因此目前国外还没有一本研究赖特俳句的专著，评论性的论文也不过百篇。对他的俳句研究最早的是法国学者米切尔·法波，他于 1970 年发表了《理查德·赖特的诗歌》论述了赖特俳句上的艺术成就，后被俳句集的译者谷伯嘉信收录在《理查德·赖特的评论集》中，该书还收录了引用率最高的《地点·时间·内容：理查德·赖特俳句研究》。② 此外，谷伯嘉信的论文《理查德·赖特俳句、禅和非洲原始

---

* 该论文发表于《当代外国文学》2011 年第 3 期。

① 参见 R. H. Blyth. *Haiku* (Volume 1：Eastern Culture. Volume 2：Spring. Volume 3：Summer – Autumn. Volume 4：Autumn – Winter) . Toyo：The Hokuseido Press，1949 – 1952。

② Yoshinobu Hakutani, ed. *Critical Essays on Richard Wright*. Massachusetts：G. K. Hall & Co. , 1982.

生命观》（Yoshinobu，2007）①对禅主题研究影响力很大。与赖特俳句相关是论文多会引用上述论文的一些观点。总之，这些论文大致可分为三类：禅意境研究、女性视角研究和南方主题研究，其中大部分仍以其禅意境研究为主。而国内对赖特俳句研究则更少，根据"中国知网""中国期刊网"及"万方数据库"检索，涉及赖特俳句的研究论文仅有两篇：《季语·场景·动物：理查德·赖特的经典俳句刍议》和《论理查德·赖特诗歌中的黑人美学思想》。②迄今为止还无人深入探讨他对传统日本俳句在继承的基础上所进行的改良。

布莱斯的四卷本《俳句》在1949年至1953年出版，它们系统地介绍了日本经典俳句与禅的关系。这种禅宗思想正好契合了第二次世界大战后许多欧美文人反思人与社会、人与自然和人与自我的哲学思考。该书一经出版就受到追捧，并影响了20世纪50—70年代一大批英美诗人和艺术家，如"垮了一代"中杰克·凯鲁雅克、盖里·斯奈德等都受到《俳句》及其禅宗思想的影响。禅意境可谓当时英美诗歌中的主要审美元素之一，所以本文在研究赖特的俳句时，将沿用禅意境这一审美视角，并将着重阐述他从形式到审美意境上对传统日本俳句所作的吸收与改良，以期阐明其俳句是以东方禅意境来投射欧美人的审美理念的文学新实践。③他的俳句表现出两大特征：其一，在形式上大部分继承了日本俳句的诗歌形式和审美风格以表达禅的审美理想，即借东方的"器"承载禅"思"，以禅观自然、反思自我的方式为西方读者提供了一个新颖的文学视角；其二，作为受到欧美主流文化与审美标准影响的文学家，他必然以许多西方的日常现象、文化元素、审美特征为创作素材，这样他的俳句经西方文化洗涤之后，更散发出了一份沁人心脾的文学新魅力。

---

① Yoshinobu Hakutani, ed., "Richard Wright's Haiku, Zen, and the African Primal Outlook upon Life", *Modern Philology*, 2007（4），pp. 510 – 528.
② 参见庞好农《季语·场景·动物：理查德·赖特的经典俳句刍议》，《福建论坛》2009年第4期；李怡《论理查德·赖特诗歌中的黑人美学思想》，《世界文学评论》2008年第1期。
③ 1960年时赖特曾选取了817首准备出版，他为这本诗集命名为 *This Other World*：*Projections in the Haiku Manner*，从诗集的名字可以看出赖特希望以俳句给读者呈现一个别样的世界或是一种别样的诗歌境界。这种境界是以充满禅境的俳句诗歌形式投射出西方的文化审美取向，所以赖特绝非从形式或意境上单纯地模仿日本俳句，而是他在日本俳句基础上继承性地创作。参见 Yoshinobu Hakutani, ed., *Richard Wright and Racial Discourse*. Columbia：University of Missouri Press，1996。

一 以诗形为载体

在研读了布莱斯的四卷本《俳句》后，赖特注意到构成日本传统俳句的十七个音符主要的三个要素：第一，诗行必须呈三段式五七五的定型形式，即上行5音（称上五），中行7音（称中七），下行5音（称下五）；第二，必须有指示季节特征的季语；第三，必要时增加切字，日本俳句中约有48个常用切字，它们被置于五七五诗行尾端以达到增强意象对比，拓展语义指涉范围和增添诗歌余韵等作用。这样，尽管俳句诗形短小却能蕴含丰富的思想内涵。它可以在多层次、非连贯性的形式中分割并置两个或多个意象，具有多意指涉的表述特征。读者也因此可凭借各自的期待视野把这些被并置、分割的所指形象自由地填充到思维的画面中，此时，通过多意象重组后所构成的新的视觉画面与读者各自熟悉的生活片段具有的相似性使读者能在瞬间获得一种直觉感悟，禅的意境便可读、可观亦可感了。难怪日本禅学大师铃木大拙认为禅的思维方式是俳句创作的灵魂，他是这样向西方读者介绍俳句的："了解日本人，就意味着理解俳句；而理解俳句，就等于同禅宗的'悟'的体验发生接触。"[①]

赖特自然明白无论是自己还是当时的西方读者都无法仅凭四卷本的《俳句》来完全把握东方的禅风禅骨。所以，赖特在自己创作英语俳句时，特别注意保持日本俳句的诗歌形式，毕竟形式是思想的载体，载思想之"容器"，要在自己的英语俳句中营造东方的禅意境，最直接的方法莫过于保留其形式。在他的《俳句：这个别样的世界》中有400多首俳句完全保留了三段式5—7—5的17音诗歌形式。

山顶上远眺，
寒冬雨幕中隐约，
男人和骡子。

春雨嘀嘀嗒，

[①] [日]铃木大拙：《禅与日本书化》，陶刚译，生活·读书·新知三联书店1990年版，第162页。

　　　　一位孤独老妇人，
　　　　爱抚小猫咪。①

　　上面两首俳句是赖特对日本俳句形式美与意境美的继承性创作的典型代表。"孤寂"是日本俳句中的一个经典母题。赖特注意到日本俳人从不直接述说自己的"孤寂"，他们往往在以5—7—5的诗形中生成非连续性语义，并转达出那份欲言又止的晦涩。尽管它们季题不同，第一首俳句是冬雨，第二首是春雨，但在三段式的诗形符号化地并置了两组生活气息的意象："山/冬雨/男子/骡子"和"春雨/老妇人/猫"，从而在形式上阻断了读者的思维惯性。通过读者在阅读过程中对不关联语义的意象的拆分、组合、叠加，"男子"或"老妇人"的主体性隐退在读者各异的生活认知和审美经验之中，将人的寂寞之态交融在自然之态中；让"寂"的不可言说之态流淌于写生的画面之中。因此在这两组语义不连贯的句群中，单调的雨声使人了悟到"声"乃"他声"，这样自然之"空寂"美，与孤独的男人或老妇人的"寂寞"之"哀情美"相得益彰、呼应延绵，读者也随着赖特呼之欲出的意识状态领略到东方文化中那种"哀而不伤"的余情美，将人的寂寞状态作为人生的一瞬去把握、感受和体悟。以"声证空"的禅意境也在可感知的诗歌形式中被体现出来，此时无论是"男人/骡子"还是"老妇人/猫"，都成了启示性的直觉之源，通过他们感知无数记忆碎片中的一念，无限永恒中的一刹，启发读者从"有我之境"向"无我之境"的动态延展中了解自然的本质是"空"，并更加了悟"自性"，从而甘于体悟和享受人生中一切"寂寞"之情趣。这种意境就是《禅宗美学》中所说的："禅的审美经验就在人心、眼耳与自然三者之间展开，禅者对于外界，采取了一种特殊的'观'的姿态，通过它获得觉悟。"②

　　作为一个生长在西方意识形态中的非洲裔美国人，身份问题一直困扰着赖特一生的文学创作，直到发现俳句包容万千的外形和亲近自然和自我的禅理哲思恰好能释怀自己的苦恼，同时也激起读者对自我和自然的禅性

---

① 引文参见美国理查德·赖特著《俳句——この别世界》，木内彻和渡边路子译，彩流社株式会社2007年版，第28页。本论文所引俳句均出自该书，中文译文是由笔者翻译。
② 张节末：《禅宗美学》，浙江人民出版社1999年版，第107页。

思考，接受人生的无常、敬畏自然的奥秘，得以保持一种隐遁的、恬淡的、安逸的心态。不过由于英语与日语在语言表达上存在着极大的差异性，要在英语创作的俳句中完全保留17音五七五诗歌形式并非易事。赖特也因此没有完全遵循这种传统形式，而是基本保留了布莱斯在《俳句》中强调的三段式诗歌形式。以《我一文不名》为例，它一度受到评论界的青睐，并普遍认为它是赖特释怀其文化身份的一首杰作。这首俳句没有拘泥于日本俳句17音诗形，而采用了5—5—5的15音形式。他以这种形式保留了日本俳句类似惜语参禅的表意方式并传达出了其"无须多言"的人生感悟。

> 我一文不名，
> 一轮西沉的红日，
> 带走我的名。①

在这个三段式诗形中，上五句中的I"我"和下五句中 My Name "我的名字"被描写自然界的夕阳的中五句从句式上切割，从而消解了语义的连贯性，带来的停顿感就如同山水画中的留白，给了读者想象的空间，并在秋天残阳投射出的幽玄禅境中感受自然的神秘和人类的渺小。

> 雪儿刚好，
> 男孩拿手指划着，
> 写名于门廊。②

这首俳句则是以4—7—5的16音形式创作的。熟悉赖特作品的读者一读到这首俳句，便会联想起赖特的自传体小说《黑孩子》，它讲述了赖特这个无名的黑孩子如何通过自身的努力，最终跻身在以白人文化为中心的美国文坛，并一举成名的经历。不过与小说相比，这首简洁的俳句让读者看到了一个在自然之境界中对自我、身份、公平、荣誉的释怀的赖特。

---

① ［美］理查德·赖特：《俳句——この別世界》，木内徹和渡边路子译，彩流社株式会社2007年版，第5页。

② 同上书，第25页。

由于"白雪/男孩/名字"被分置在三段式诗行中,被置于中七和下五分行的男孩和他的名字的主体性,在首行自然意象"白雪"的观照下,变得既清晰也模糊。说其清晰,是因为在自然之物"雪景"的映衬下,人物的活动突出了人的存在性和生命力。纷飞的白雪飘落到男孩家门廊的地上,积雪的厚度正好够他用手指写下自己的名字。男孩的行为生动地展现了人在自然之中反观自我的认知意识,这是西方文化中自我意识的情景写真。说其模糊,不带修饰语的"男孩"一词模糊了人的面容、肤色、种族、身份、阶级、国籍等个性化的细节,从诗歌意境上将人物与自然并置起来,揭示出人的一切在自然之中皆归于空,让人在纷飞的雪景中意识到名字不过是一时之幻象,随着时间的推移,名字不是被积雪覆盖就是被阳光融化……

从赖特对日本俳句形式上的继承与改良,不难看出他并非一味地模仿日本俳句的形式,而是注意到了日本俳句受到禅宗"不立文字"的表意方式的影响,将语言浓缩在不同个体的不可言说又不得不说的人生经验之中。所以,他对俳句形式的继承也是基于它们是否能提供参禅悟道的"禅机"。不连贯的三段式诗歌形式和最简练的语言让人们获得了观察世界、反思自我的"禅"视角,使人充满了对人与自然和谐关系的向往,而不局限于以自我为中心的生存思考。自然所呈现在人前的是最自然、最公平、最平和的;人只有认知到自然是现象,自我也只是现象中的一瞬,才能以心去悟化生命的价值、淡泊所谓的名利、在孤寂中品出生活的闲雅,并最终进入了通向生命本体意义上超越生死烦恼、达到彻底解脱的涅槃境界。从这个意义上来说,俳句禅的启悟性言说方式契合了赖特的文学创作理念;"对赖特来说,写俳句应该相当于寻找一个新的,有效的方式来表达他生命中所渴望的一切"。[1]

二 以季语为视点

日本是一个季节分明的国度,随着季节变化,流变的自然形态促成了日本民族对大自然变化的敏感而细腻的心理。俳人对这种感受的独特的艺

---

[1] Yoshinobu Hakutani, ed., *Critical Essays on Richard Wright*. Massachusetts: G. K. Hall & Co, 1982, p.274.

术表现构成了日本俳句的另一审美特征即"追求表现禅的审美理想和美的境界"。① 同时季语独有的季节性特征还能让读者产生审美共鸣,因此受到俳人将它作为开启人们对'无常'的人生哲学的领悟,引出了寂寞感伤的情怀的审美视点,抑或让读者感悟到"诸行无常,是生灭法,寂灭为乐""一即多"的禅机。日本许多杰出的俳人,如松尾芭蕉、小林一茶、与谢芜村等本身都是禅师或居士,他们将能否表现出令人顿悟的禅境视作其俳句成就的标准。以芭蕉的《古池》"寂寞里,古池塘,青蛙跳入水声响"为例②,读者跟随着季语青蛙不经意地跃入池中,目睹原本平静的池面泛起片片涟漪,终又复归平静;青蛙作为一个视点,带领读者从静动到动静的转移过程中实现了类似参禅的体悟——万事万物的变化瞬间即成,万事万物都遵循由空而满,由满而空的轮回之道,事物或世界的本质是空。

赖特意识到俳句中的季语本质上蕴含了一种禅的艺术思维,是表现俳句禅境时不可或缺的语言要素。因此赖特在应用季语时特别注意以下三个方面:一是将季语表述成一种或静态或瞬间的动态的艺术具象,将蕴含其中的禅意境呈动态地在时空中无限延展地、呈放射状地投影开去;二是以它为全诗的审美视点,通过其独有的季节特征给人带来的视觉冲击和感官刺激,引发读者结合各自的生活经验,去感受、认识、补充,进行一种再创造的艺术思维活动,此时客体在瞬间"闪念"中彰显出其主体性;三是为了能让西方读者能感知这种东方美,他以季语为审美焦点使其俳句呈现出蒙太奇似的长短焦视角美感,从而在西方人习惯的审美方式中实现诗歌主客体瞬间融合,使读者从对实相的重视到对空灵和意境的探索中去感受体悟幽玄、雅寂的东方禅韵。例如下面描写白玉兰的俳句就很有代表性:

    满溢着芳馨,
    圣洁的白玉兰哟,
    沉香幽深夜!③

---

 ① 邱紫华:《日本和歌的美学特征》,《华中师范大学学报》2004年第2期。
 ② [日]松尾芭蕉等:《日本古典俳句集》,林林译,人民文学出版社2005年版,第9页。
 ③ [美]理查德·赖特:《俳句——この別世界》,木内徹和渡边路子译,彩流社株式会社2007年版,第17页。

白玉兰是美国南方常见的植物,是初夏的季节指示标,同时它也承载了赖特对南方的儿时记忆。他的俳句集中有十多首以白玉兰为季语来表达他在自然中领悟生命魅力的作品。季语白玉兰为读者提供了一个视点,使人在远嗅—近观—远嗅的感官变换中感知生活细节,此时白玉兰既是来自观者视觉、嗅觉的余韵之起点,也是主体"悟"化之源头,即禅宗美学所说的"心观"自然。因为按照日本人的一般的思维方法,他们常把美看成一种十分渺茫的东西,看成一种很快就会消失的现象。尽管赖特的这首俳句远不及芭蕉《古池》充满禅机的东方睿智,但赖特有意识地以植物生命形态的变化来表现世事"无常"的禅观。自然万物中所显现的"境"一方面对于主体来说是绝对客观与公平的,另一方面它又因主体各不相同的人生经历而呈现出仁者见仁的"意境"。同时作为深受西方文化西方主义艺术表现形式的影响将白玉兰作为审美焦点,实现类似西方电影镜头焦距变化的审美经验,即通过长焦—短焦—长焦的视觉审美过程强化读者对其俳句中自然之境的心观悟化,于是乎白玉兰的芳馨便余味寥寥地道出了生命的神秘美,更展现了充满禅韵的幽玄、空寂之意境。

自幼受欧美文化熏陶的赖特,必然采用被欧美审美观所接受的表述方式和审美经验来凸显日本式的禅境。具体而言,他比较注重通过切割或并置不和谐画面,通过这种视角上鲜明的反差性,来激发人们对人类文明和科技发展带来的恶果进行反思,从而更加向往自然的本真。米切尔说他的俳句赋予的禅境"是幽默者纵情的笑容,是成熟的人的自我克制,是对自然直觉的体味"。① 例如:

我授予麻雀
缆线为我传喜报
喜讯频频到!②

这首俳句马上使人联想到日本俳句大师小林一茶的《小鸟飞来》:

---

① Michel Fabre. *The World of Richard Wright*. Mississippi: University of Mississippi Press, 1985, p. 53.

② [美]理查德·赖特:《俳句——この別世界》,木内徹和渡边路子译,彩流社株式会社 2007 年版,第 19 页。

"秋日晴天好/木板屋檐戏小鸟/闻声心欢悦。"① 他们都以弱小者旺盛的生命力表现出了对生活的热爱之情。不过赖特在诗歌中加上了代表西方科技文明的"缆线"使他的这首俳句在幽默、诙谐中透着西方人对现代文明的质疑和反思。该诗以"我"的叙事视角为出发点,以 grant"授予"一词强调人的主体性行为:人类的科技进步的标志物缆线取代了自然界中的森林,成为麻雀的栖息之所。他取"麻雀"为季语,意图以麻雀失去自然家园的事实向人们证明:当人们赖以生存的自然失去了季节的特征,人类也正在远离自然,也让人们认识到当人类享受科技便捷时,也正在失去亲近自然的种种机会。这首俳句可以视为东西方艺术的结晶,此处季语为窥视禅机的视点,读者可以在朴实风趣且寓意丰富的瞬间获得顿悟;它又如一幅西方现代派的立体主义绘画,赖特通过"麻雀"关联我与缆线及它们带来的讯息,呈三维立体地展现出动物、人类和科技产物的关系,以期读者反思科技文明的弊端时学会善用科学也善待自然。

无论是在美国还是在法国,赖特都习惯了生活的贫穷,这使他更加了解贫民生活的疾苦,从而对现代科技化与现代化给人们带来的危害有着更深刻的认识与反思。他下面俳句中同样可以品到小林一茶在市井生活的贫苦中发现幽默,在幽默中激人深思的日本俳句的闲趣。

    鼠声吱吱响,
    冬日陋室墙角旁,
    饥鼠在觅食。②

这里季语"冬日"是一个反思生活的模糊的远景视点,旨在营造一种寒冷的感官刺激,它凸显了老鼠—墙这组自然—非自然意象的强烈对比性,揭示西方的城市文明与科技文明已经危及人类、自然界的各种生物和谐相处。老鼠是都市生活的附属品,同时它们见证了人类大规模地砍伐了森林的城市化进程。虽然代表城市意象的"墙"将老鼠隔绝在贫民窟的廉租房外,但它对人类的危害似乎比老鼠更大,因为它同时也隔绝了人们

---

 ① 此处译文参照陈岩《流浪俳人的乖戾性格——介绍小林一茶贫穷自嘲俳句》,《日语知识》2008年第6期,第38页。
 ② [美]理查德·赖特:《俳句——この別世界》,木内徹和渡边路子译,彩流社株式会社2007年版,第453页。

与自然亲密接触的机会。正是老鼠与墙的随处可见性与它们对人类构成的潜在危险性被季语"冬日"给人带来的感官刺激凸显发达，让读者产生现代主义机械复制的审美疲劳感。当读者的联想力在这种复制生成中呈辐射状无限延展时，人们很快就在审美疲劳中意识到人类文明的现代性到底给人类带来了些什么，并在脑海中浮现出这样一些符号"?!……"在这首俳句中赖特用西方现代绘画的艺术方式表现出了日本俳句以幽默化解贫瘠之苦的闲情逸趣的叙事风格，并在平凡琐事中给人们提供了反思生活的审美视点。

三　置换切字以添余韵

日本俳句力图在17个音节的一句话中表达一种"多言亦非，不言亦非"的禅境以超越时空释放人们的想象力。俳句诗人非常注重灵活运用切字来延展想象力赋予的超时空性。他们往往将切字"置于俳句的中间或最后，以切断俳句的音调或内容"，因此能达到将具象向虚像在时空上无限延展的可能和审美效果。所以切字"不仅可以给一首俳句以独立的性格，还可起到回音壁的效果，靠间歇酿出微妙的意义，使人体会到其中悠长的余韵"。[①] 尽管英语中找不到具有切断功能的词汇，但就切字的功能而言，"它可以将俳句中两个不同质的东西区别开来，也可以用于句尾，表示全句终结，似有标点的功用"。[②] 为了保持切字为俳句带来的余韵感，赖特巧妙地用了标点符号的断句功能来代替它们，在他的俳句集中，除了常规符号逗号外，含有冒号表切字功能的俳句有76首，含有问号表切字功能的俳句有43首，问号表切字功能的俳句有41首，感叹号表切字功能的俳句32首、破折号表切字功能的俳句30首，分号表切字功能的俳句有14首，省略号表切字功能的俳句2首。尽管英语诗歌中的标点在诗歌的语音上不能给人带来余音不绝的韵律感，但也起到表征诗歌禅境带来的意犹未尽的审美取向的作用。

下面俳句中赖特利用冒号和省略号代替了切字，这种虽置换未能再增加诗韵的美感，但读者能在延展的时空性中感知意象并释放其联想力。

[①] 陈岩：《从语法角度欣赏俳句》，《日语知识》2004年第4期，第40页。
[②] 马兴国：《十七音的世界——日本俳句》，辽宁大学出版社1996年版，第114页。

冬日老橡树：
传说中曾有一个，
黑色大怪物……

乳白李花开：
传说中曾有一位，
美丽的公主……①

  这两首俳句以相同的句式给读者提供了心观自然的不同视角，其中标点的切断功能功不可没。第一首诗中冒号代替了上五切字，它将冬日老橡树与黑色大怪物切割成并置的两个意象画面，在句尾用到省略号来置换下五切字的审美功能，使读者对黑色大怪物的联想可以打破时空的约束，在与诗歌中的 Once Upon a Time 在时间相呼应的同时又迅速被无限延展，从以冬天老树的具象将黑色大怪物的可怕幻化成一种遥远不可触及的虚像。同样的，第二首俳句上五处的冒号将乳白的李花与美丽的公主在意象上形成并置画面，它以像炼乳一样柔软白净的李花激发读者对传说中的公主的美丽有了感性的认识，再以省略号断下七，使读者对公主的美的联想可以超越不可量化的久远，而公主的美的不可言喻的动态性同样被明确描述的具象白色李花幻化成一种柔美的虚像。尽管这两首俳句中"大怪物"和"美公主"在视觉审美上是截然相反的，但从禅宗美学来看，它们并无区别，因为它们都是人们"心观"的结果，真正能勘破时空的是"老橡树"和"李花"，它们不因时间的流变而改变生存的态度及规律，它们在诗歌中成为超越时空的共时性意象，永恒地定格在人们的审美经验中，激发他们对或怪物或公主或其他林林总总的联系与猜测……

  对标点切断功能的巧用还有利于突出并置的意象，在对比的感官刺激和情景交融的通感的观照中让读者捕捉生活中最朴实、最真切的瞬间片段，以此为联想的起点，通向对生活与生命的本真的体悟。下面这首俳句就具有这种审美张力：

---

① ［美］理查德·赖特：《俳句——この別世界》，木内徹和渡边路子译，彩流社株式会社 2007年版，第186、187页。

火车如风驰；
一片蝴蝶静若石，
悄立湿泥地。①

  蝴蝶是日本俳句中常见的季题，它源于日本文人对"庄生梦蝶"的文学想象。尽管蝴蝶和火车是最常见、最琐细的生活元素，此处却是自然主义意象和现代主义意象的有机结合。诗中这首俳句展现出传统日本俳句中典型的"以瞬间证永恒"的白描手法。上五处的分号切割了奔驰的火车和静止的蝴蝶两组意象，动静瞬间的变化从感官上给读者带来了巨大的审美冲击力。作为现代主义意象的火车便成为联想的起点在瞬间的动感中将生活中无数与之相似的琐细情景交相关联，并使之归向了读者视觉不察的记忆的浩渺之中。它的现代性特征不仅使人联想到现代主义迅速发展对田园的入侵，火车奔驰而过的地方也必然缺失了田园生活的宁静。此时赖特利用分号并置了静止的蝴蝶，它无视火车疾驰的喧闹，怡然自得地立于湿漉漉的泥地上，其影像重叠于消逝的火车的视点之上，不仅给读者带来了"采菊东篱下，悠然见南山"的闲趣感，并再次将读者从已经开启的记忆的遥远的彼岸拖回到现实生活中来，与蝴蝶一同体味生活最朴实、纯真的风雅之寂。赖特以火车瞬间的动态反衬了蝴蝶投射出的闲寂美，在简约的形式、个别的事物中呈现出时空的永恒和生命的悠然所带来的闲情逸趣。

  赖特在英语俳句中力图通过英语中句式的特殊语气和标点符号的综合运用来置换俳句中的切字。例如他以疑问句或反问句与问号搭配等来充当切字的功能，将自己延绵不绝的惆怅和欲言又止的梦想定格在激起读者无限联想的俳句之中。如：

或没了味道，
或我是他乡异客——？

---

① ［美］理查德·赖特：《俳句——この别世界》，木内彻和渡边路子译，东京：彩流社株式会社2007年版，第67页。

滴滴凝春露。①

  这首俳句中赖特则用到了问句来质疑自己一生的追求。该诗中七处利用破折号和问号的延展性，使读者产生没有尽头、没有方向、没有答案的无可奈何的通感，让他们更深刻地了解了赖特自我放逐法国后身为异乡人的惆怅。这些感伤都被点点春露映照得清澈可感，无须追寻某种固定的答案。这种禅性的源于自然的"心"观不仅减缓了赖特身为异乡人的孤独感和颠沛流离中的种种痛苦，舒缓了他晚年游离非洲寻根后的文化失落感，还释放了他意欲投身解放亚非拉独立运动却被疾病缠身无法实现自己政治抱负的郁闷。这首俳句的意境也表达赖特对亚非文化所持的人文观："我发现只是在那些已贴上了艺术的标签且遭受过战争、革命及残酷的殖民经历的亚非人士中，存在一种所有人以自然为家、安居乐业的世界归属感，这种感受正是一种超越肤色、种族、党派、阶级和国家的态度。"②

  赖特的俳句创作是一种对日本传统俳句改良与继承的文学新实践。它一方面是基于英语语言表述习惯、融合东西审美取向呈现出的诗歌意境，另一方面也是赖特借助充满东方睿智哲思的禅境凸显西方的文化、审美特征的创作方法。抑或是说他的俳句是一种东西文化碰撞后的"混血儿"；如将它们比作绘画，它们不仅有东方绘画的素雅、空灵，又有西方绘画的立体感和通透性；如果将它们与影视艺术比，它们将让人无限联想到西方蒙太奇艺术那种超时空的审美张力浓缩在简洁、朴实的东方禅境中。俳句之于赖特不仅是他求得心灵慰藉的文学实践，还是他文学创作之路的归点。它们实现了那些他不能或不曾在小说、游记中成功展现的文化归属感和哲学价值观，他对东方禅的文学想象更使他抚平了"身为黑人所独有的那种强烈不安的意识"，泰然地"接受并超越了自己的命运"③。他在日本俳句中吸取养分并以欧美现代主义手法加以改良的文学实践不仅拓宽了英语诗歌的创作方法，还成为美国黑人诗歌的必要补充。

---

  ① ［美］理查德·赖特：《俳句——この別世界》，木内徹和渡边路子译，东京：彩流社株式会社 2007 年版，第 63 页。
  ② Richard Wright. *Three Books from Exile*: *Black Power*; *The Color Curtain*; *White Man*, *Listen*. New York: Harper Collins Publishers, 2008, p. 679.
  ③ Sanehide Kodama. "Japanese Influence on Richard Wright in His Last Years: English Haiku as a New Genre", in *Tamkang Review*. Vol. 15, 1984 – 1985 (1 – 4), pp. 67 – 68.

结　　语

作为一种民俗，布鲁斯最早是以一种音乐形式进入大众的视野。它记录了非裔美国人的种族创伤，表达了他们在长期受压迫的文化伦理环境中"最卑微、最基本的生存需求，"同时它还"包含了所有的或好或坏的矛盾元素，它代表了非裔美国人情感和身份的基本矢量"。[1] 布鲁斯是一代代黑人在用自己民族特有的方式改良白人音乐与创新、发展本土黑人音乐的历史进程中逐渐演化形成的民俗形式。尽管这些布鲁斯音乐最早在形式上和白人音乐有几分相似，但是其内核是黑人的生存态度和精神气质。黑人在这些布鲁斯音乐中表达着自己对现实困难痛苦的呻吟与呐喊，他们对未来生活的希望与憧憬以及他们执着地追寻自由、重建新身份、渴望新秩序等一系列伦理诉求。他们在音乐中所歌唱的内容渐渐形成了一套展现黑人在美国种族主义压迫的伦理环境中谋求生存的伦理法则。布鲁斯记载了一代代黑人在美国生活中进行文化融入、文化调停和文化抗争的过程以及这一过程中做出的不懈努力和付出的沉重代价。

进入20世纪后，特别是在哈雷姆文艺复兴运动和黑人艺术运动的不断推动下，布鲁斯以其独有的文化包容性和艺术杂糅性等特征成为黑人民俗文化的代码，除了在音乐形式上得到延伸拓展外，还被引入绘画、文学等其他艺术创作之中，并逐渐变成了一套研究非裔美国文学艺术的理论。布鲁斯批评理论成为理解黑人艺术和文学作品的创作意图、思想精髓和道德伦理取向的一把钥匙。特别是对于非裔美国文学作家作品研究而言，它是辨析真实的历史伦理环境和作家虚构的文学伦理环境的瞭望塔，也是解决非裔美国文学作品中各种困惑和矛盾的一剂良方。因此，布鲁斯早已超出了音乐的范畴，而已成为浓缩了黑人文化和民族气质的一种经典的艺术

---

[1] Larry Neal. "The Ethos of the Blues", in *Black Scholar*, 1972 (10), p. 42.

形式和生存哲学，即在布鲁斯语境中生成的一套黑人生存伦理。这套伦理是黑人在布鲁斯文化流变史中形成的生存法则，它们已经深深地影响到了非裔美国黑人在日常生活中的价值判断和行为抉择。

正如布鲁斯音乐是展现黑人生存方式的一种文化形态一样，理查德·赖特的小说具有一些或隐或显的布鲁斯特征。在小说中，他注重在形而上的意识形态范畴里书写基于白人男性中心主义的伦理环境给黑人男性带来的窘境。他将社会、政治、经济格局的变化给黑人生活带来的新的伦理困惑与黑人悲惨的奴隶史有机地结合在一起，以小说的形式书写了在进入20世纪以后美国黑人面对城市化、世界变化格局而产生的种种生存困境和伦理两难。同时，他还有意识地深入形而下的生活中去挖掘点点滴滴的题材。这些题材不仅清晰地展现了黑人男性复杂而痛苦的情感世界，还与时俱进地定义和更新着黑人男性身份的伦理意义。这也是本书研究的中心和重点。

通过前面几个章节的论述，本书主要从主题取材、叙事特征和人伦关怀等三个方面来梳理赖特如何继承布鲁斯传统来表现黑人种族生存的伦理取向。

第一，从主题取材上，理查德·赖特继承了传统布鲁斯以男性为中心的取材方式，他在小说中持续关注黑人男性在各种社会关系中面临的困境，以布鲁斯文化体系来表征黑人的生存的伦理环境、伦理关系以及他们的伦理选择。作为黑人男性，赖特对所有非裔美国男性必须面对的种族偏见和现实困境感同身受。他在自己的文学世界中展现了这些黑人男性自身不得不克服的身份两难——他们徘徊在以父权男性中心主义的"男子汉"身份和被白人文化规训的"黑男孩"的亚男人的身份双重标准之间。在家宅和黑人社区空间中，黑人男性往往在主流男性的身份伦理期待下来界定自己的男性身份以及相应的伦理行为。然而，当这些黑人男性进入受到白人控制的空间时，他们无法突破白人强加给他们的男孩身份，依旧在不同程度上受到该身份伦理的束缚。徘徊在两种伦理身份之间必然给他们带来身份的不确定性和伦理标准的模糊性等抉择困惑，这给他们在精神上或心理上带来了巨大的焦虑感和抑郁感。因此，如何在时代前进的步伐中表现黑人男性对生存环境的伦理思考和抉择成为赖特小说中一脉相承的主题。它唤起大众对不合理的社会道德体系的关注；并进一步思考在社会发展的进程中，如何调整大众文化心理结构来克服种族、性别、阶级差异给人们带来的身份焦虑以及怎样的伦理道德体系才是真正有利于社会和家庭良性发展的。事实上，不仅是在取材上，赖特在展现主题和深化主题时，都运用了大量的布鲁斯叙事技巧。

第二，从叙事特征上，赖特采用了布鲁斯传统中即兴变奏和断奏小说主题的形式来延展他所有小说文本间的对话性；采用"呼与和"的应答形式来增强小说内部结构的缜密性；同时，在修辞上也大量引入隐喻、意指等"转义"修辞技巧，来证明黑人在美国主流文化中的在场性并起到解构白人主流伦理范式的修辞功能。

首先，从主题的艺术表现形式上，赖特同样继承了传统的布鲁斯的叙事方式，通过即兴变奏和断奏的方式，小说的主题得以连贯和拓展。他在自己的小说系列中持续地描述了黑人男性被美国文化观和伦理价值体系扭曲为"长不大的男孩"的伦理身份的困境，以及他们为实现自己的成熟的男性气概所做出的不懈努力。他着重书写了黑人男性在从南方农业经济向北方都市化工业经济生活转型的过程中所面临的伦理身份的尴尬和两难，并在小说中勾勒出了这些黑人经历男孩—男人—父亲的伦理身份的转型轨迹。

理查德·赖特笔下的大多数男性主人公在这个转型过程中，都无法摆脱历史创伤的烙印和现实社会的困惑。小说主人公往往在双重文化的夹缝中表现出盲目迎合或盲目拒绝白人主流价值观的两极化行为取向；但是他们对自己悲剧命运的反思才是赖特亟须向世人传达的。他希望社会能反思如何去建构一种符合黑人男性气质良性发展的伦理环境。在《土生子》中，别格在杀人—认罪的过程展现了黑人男性从兽向人的理智并向人性回归的身份建构方式。在《黑孩子》中，赖特通过自己在南方从农村到城市的成长经历展现了历史造就了一个非人道的伦理环境，其中孕育的黑人男性不是退回无法成年的阴影终老一生，就是退避在个人的精神世界中孤独成长。这部小说表达出了赖特对黑人男性成长的一种思考和假设——如果他们想要突破"黑男孩"伦理身份的禁锢，他们需要在黑人社区内部建构一种和谐的家庭关系。《局外人》和《父亲的法则》是继《黑孩子》后赖特对黑人家庭伦理关系与黑人男性成长间因果关系的进一步思考。这两部小说的主人公克劳斯和特纳父子让黑人男性看到了拒绝黑人传统盲目拥抱白人主流价值观对其自身男性气概和父性气质带来的悲剧性结果。他们摆脱"男孩"身份的方式依然受到了伦理环境的扭曲，即使他们成长成人，成年男性的意义也变得模糊不确定。他们依旧在两极化中或变成一个不可救药的、不负责任的、拒绝顺从的施暴者或再次陷入了一种唯命是从的"汤姆叔叔"的命运模式。无论他们表现出的是抗争还是顺从，"汤姆叔叔"都已经成为影响黑人做出正确选择的伦理符号[①]。

简言之，赖特塑造了一大批希望摆脱"汤姆叔叔"的伦理身份的新黑人形象。赖特向读者展现了许多黑人对非裔传统和欧美主流文化的误读，并通过他们伦理选择的失误和悔恨向读者说明了历史的创伤不是一朝一夕也不是可以凭借一己之力能改变的，他还对黑人的生存困境给出了他个人的一再坚持的伦理构想——建构一种人性化的伦理范式是社会安定、家庭和谐的重中之重。理查德·赖特在自己的小说创作之路上，以黑人男性为主体表达了自己对于种族生存、身份构建以及文化接受的文学想象和不懈追寻。这一点在赖特小说的书名中存在的互文性特征中已经得到了充分的体现。

其次，对"呼与和"这种布鲁斯叙事技巧的移用是赖特小说的另一亮点。"呼与和"最早是以非裔美国黑人的传统音乐形式走进人们视野的，之后被广泛引入文学创作之中。由于"呼与和"的形式可以通过相似情节的复现在逻辑上形成一套关联性的应答和评价的体系，使小说的内部结构缜密，它也成为布鲁斯小说的一种重要的叙事结构。这种结构起到在小说情节间形成相互呼应，相互评价的作用，并在这种对话性的判断体系中去调停、抗争白人主流价值观对非裔美国黑人的伦理规训，起到了凸显作品主题思想和彰显民族文化的功能。如暴力作为赖特小说人物的一种显性的伦理取向，几乎在他的每一部小说中，暴力场景的复现达到了推动小说情节的艺术效果，这些暴力场景在相互问答、对话或评论中解释和阐明了人物悲剧命运源于他们生活在充满禁忌的伦理环境和混乱的伦理身份标准。例如《土生子》中的别格在杀鼠的暴力中微缩了社会暴力对于秩序破坏者的残忍。同时，暴力作为一种病症说明了人长期生活在不道德的

[①] 当然，随着时代的进步，这些黑人男性不会完全像汤姆叔叔那样认命式地接受白人的奴役。他们在行为上会表现出以适应社会的方式去改变当下的境遇。可是社会的伦理标准和文化模式的核心受益者是白人，当他们以美国人的标准去调整自己的心态时，他们就是在迎合白人的标准。于是他们会因为自己的肤色把自己放在一个很低微的位置上，按照白人期待的样子去忍辱负重地接受白人的伦理习俗，从而给自己创造改善生活或者改变身份的机会。这样一来，他们的具体行为无论是多么地千差万别，但从本质上他们回到了为了生存接受命运不公的汤姆叔叔的命运模式。

伦理环境中会使人的斯芬克斯因子从人性因子向兽性因子退化。即当社会契约式的成文的、法制化的伦理体系缺乏基本的道德之时，丛林法则中的弱肉强食将会代替文明社会的法律章程。令读者欣慰的是，别格最终看清了自己的暴力是一种自由意识的盲目冲动，他勇敢地选择了认罪服法，而不是为了活着而放弃人性。小说在别格的人性复苏中给读者以希望。事实上，在赖特的每一部小说中，暴力情节复制、再现的目的也都是在表现主人公身上斯芬克斯因子在社会伦理环境的驱动下的变化过程——为了生存，几乎所有的主人公的人性因子都一度受到兽性因子的压制，但是随着他们对自由的不断认知和对身份的重新认识，他们最终还是都忏悔自己的罪行，人性得以复苏。赖特笔下的这些主要人物对于暴力行为的认识过程在其小说情节间进行了一种布鲁斯"呼与和"的应答和评述，这让他的小说在情节上可以相互呼应，而且还能得以延伸拓展，形成了他独树一帜的风格。这也是赖特的小说在非裔美国文坛上一直备受关注的一个主要原因。

最后，在修辞手法上，他还大量运用了黑人隐喻性、意指性的"转义"修辞技巧，起到了从语义表达到文化认同上置换和解构 WASP 主流权威话语模式的叙事功效。这使他的小说成为一种表意媒介，和布鲁斯音乐一样真实传达了黑人对现有伦理秩序的抗争和对新秩序的向往。例如，赖特的小说不论是书名还是人名几乎都兼具隐喻和意指功能的"转义"命名。除了赖特小说书名间自成一体的命名"转义链"以外，他每部小说的人物命名也是别具匠心。这些命名存在着多层语义的拓展性和矛盾性。特别是这些人物姓与名之间的矛盾性不仅勾勒出了主人公在小说中命运的变化曲线，还构成了一组组白人—黑人、主流—边缘、困境—抉择间的对话。在众多人物命名中，《局外人》中的克劳斯·戴蒙的这个名字当数代表，它充分表现出了布鲁斯式的多层次语义的延拓性和对话性。一是，他的名字克劳斯表征了白人—黑人、传统—现代、宗教—世俗等困扰黑人做出正确伦理选择的二元矛盾性；二是，他姓与名之间的矛盾则进一步表明了克劳斯·戴蒙是一个徘徊在圣灵与恶魔之间的现代社会的斯芬克斯。

不仅如此，赖特小说中所刻画的人物乍一看好像都与长期被美国主流文化刻板化、模式化的人物有几分相似。他们或暴力野蛮，或对白人唯命是从，但是在小说情节不断发展的过程中，赖特通过展现这些人的内心活动与外在行为间的矛盾性,证明了黑人对白人的顺从是他们用来麻痹白人、保护自己的利益以及获取更多利益的一种生存手段。这种手段被黑人文论家贝克称为"形式的掌控",被盖茨称为"意指"。这些其实都是黑人在现实生活中调停性地对抗白人文化的一种手段,是一种文化中的"转义"。例如,赖特小说中主人公别格和克劳斯都秉承了猴子埃苏的恶作剧精灵的特征,他们都学会了以白人习惯的方式去欺骗白人,并顺利地达到自己的目的。他们的行为有效地意指了美国种族主义用隔离造成的种族间相互仇视和相互漠视的伦理环境以及在这种不良的环境中滋生出的不健康的人际关系,使人性中善良的一面渐渐被泯灭掉了。赖特用美国主流文化中最熟悉的、最模式化的黑人男性形象和他们最真实的内心世界震撼了读者,迫使他们扣问自己的良心、反思自己的言行。这种人物塑造的方式在修辞上构成了意指性"转义"。

第三,从伦理关怀上,赖特的小说复现了黑人布鲁斯歌曲中常见的伦理思考,即对现实苦难是采取顺从还是抗争的伦理选择。赖特的道德视野可以被视为一种持续发展的进程。他看清了在美国无论是南方还是北方,被种族主义阴霾笼罩的伦理环境给黑人个人及家庭造成极大的焦虑感。尽管随着时代的变迁,造成个体焦虑的原因也各不相同,但是历史和文化烙在黑人身上的集体创伤是不可回避也无法逃避的。赖特在自己的文学世界中关注着个体如何破除被社会忽视的僵局,来追寻和实现自己的身份。同时,他希望读者在他的小说体系的伦理之维中看到一个不争的事实——他笔下的这些布鲁斯英雄们纠结在白人种族殖民的文化大环境与黑人无意识共谋的暴力伦理关系网之中。他们反映出的个体焦虑以及其身陷的困境犹如一面镜子,映照出工业化、城市化的社会转型已经将所有美国人投入一种现代文明的生存焦虑之中。每个人在适应社会快速变革的同时都会有新的焦虑和亟待克服的困境。尽管赖特笔下的黑人竭力地抗拒焦虑,他们在逃避身份焦虑时又常常受到历史偏见和现实困境的误导而采取错误的行动。可见,赖特笔下的黑人不仅是美国的隐喻,更是西方文明的隐喻。这也是赖特一直将种族问题作为其文学创作的主题,同时将黑人的一些伦理问题贯穿融汇在其作品之中的原因。他的目的就是要拆穿现行法律和伦理体系集权主义化的虚伪本质,呼唤大家在反思中建立一种健康的、没有偏见的、正义的、公平的伦理体系。

综上所述,赖特在自己的小说创作中,做到了按各个时期的历史特征勾勒出了黑人所经历的男孩—男人—父亲的伦理身份的转型轨迹，并与时俱进地更新着黑人男性伦理身份的内涵。尽管他笔下的黑人男性们有很多缺点，但他们都敢于打破被白人规训的"男孩身份"的禁锢，在新的困惑和新的挑战面前表现出鲜明的时代个性。赖特在他的小说体系中，运用了布鲁斯艺术的对话性和文化的包容性等特征，围绕着黑人男性的伦理身份这一主题，在主流—边缘、历史—现实、困境—憧憬、妥协—抗争等复杂而艰巨的二元对话模式中充分展现了黑人男性主题的矛盾性和复杂性。

为了凸显男性主题的时代的流变性，赖特注重在黑人传统布鲁斯文化中找到反映人在困境中沉沦和抗争的生存法则和伦理习俗。当读者仔细阅读时，就会发现他小说中那些细腻的、隐藏的布鲁斯元素都在表达着人在生存困境和道德选择中的调停和抗争。这才是非裔美国文化和文学的精髓。因此，赖特的小说应该说是他对黑人生存伦理的布鲁斯式的历史书写和文学践行。他具有非裔黑人作家特有的文学内涵和与众不同的创作手法。这也是为什么其作品曾迎来黑人文学的高峰，他的名字被列在影响世界文学的一百位文学大师的名册上。以小说为媒介，赖特在探索黑人命运的同时，更"开创了对黑人生活深入研究和系统的表述"。[①] 他的一些作品具有经久不衰的文学价值，值得我们进行全面而系统的研究和探索。

尽管本书为了使研究主线清晰和研究重点突出，仅选取赖特的小说作为研究对象，但是他的诗歌的艺术魅力和伦理价值也不容忽视。与他的小说一样，他的诗歌也是一种布鲁斯杂糅式的文学践行。不论是他早期创作的激进的革命诗歌还是他晚年时钟爱的俳句都极有研究价值。它们同样是理查德·赖特作品整体研究的重要组成部分，也是非裔美国文学中不可或缺的一部分。这也将是笔者未来进行深入探究的一个方向。

---

① 参见［美］参见丹尼尔·S. 伯特《世界100位文学大师排行榜》，夏侯炳译，海南出版社2005年版，第403页。

参考文献

理查德·赖特作品（作品和译著）

［1］ Wright, Richard. *American Hunger*. New York：Harper & Row Publishers, 1977.

［2］ Wright, Richard. "Forward", in *Blues Fall This Morning*, Paul Oliver. Cambridge and New York：Cambridge University Press, 1990.

［3］ Wright, Richard. *Early Works*. New York：Literary Classics of the United States, 1991.

［4］ Wright, Richard. 12 *Million Black Voices*. New York：Thunder's Mouth Press, 2002.

［5］ Wright, Richard. *White Man, Listen!* . New York：Greenwood Press, 1978.

［6］ ［美］理查德·赖特：《土生子》，施咸荣译，译林出版社2003年版。

［7］ ［美］理查德·赖特：《黑孩子》，程超凡译，长江文艺出版社1985年版。

英文文献（专著）

［1］ Abcarian, Richard, ed.. *Richard Wright's Native Son：A Critical Handbook*, Belmont：Wadworth Publishing Company, Inc., 1970.

［2］ Babb, Valerie. *Whiteness Visible：The Meaning of Whiteness in American Literature and Culture*, New York：New York University Press, 1998.

［3］ Baker, Houston A. Jr., ed.. *Twentieth Century Interpretation of Native Son*, Englewood Cliffs, N. J.：Prentice Hall, Inc., 1972.

[4] Baker, Houston A. Jr.. *Modernism and the Harlem Renaissance*, Chicago: University of Chicago Press, 1987.

[5] Baker, Houston A. Jr.. *Blues, Ideologies and Afro – American Literatures: A Vernacular Theory*, Chicago: University of Chicago Press, 1987.

[6] Baker, Houston A. Jr.. *Critical Memory: Public Spheres, African American Writing, and Black Fathers and Sons in America*, Athen and London: The University of Georgia Press, 2001.

[7] Barthes, Roland. *Mythologies*, Trans. Anntte Lavers. New York: Noonday Press, 1972.

[8] Barlow, William. *Looking Up At Down: The Emergence of Blues Culture*, Philadelphia: Temple University Press, 1989.

[9] Bederman, Gail. *Manliness and Civilization: A Cultural History of Gender and Race in the United States*, 1880 – 1917. Chicago: Chicago University Press, 1995.

[10] Bell, Bernard. *Afro – American Novels and Tradition*, Amherst: The University of Massachusetts Press, 1987.

[11] Black, Daniel. *Dismantling Black Manhood: An Historical and Literary Analysis of the Legacy of Slavery*, New York: Garland Publishing Inc., 1997.

[12] Bloom, Harold. *Richard Wright*, New York: Chelsea House Publishers, 1987.

[13] Bloom, Harold. *Richard Wright's Native Son*, New York: Bloom's Literary Criticism, 2007.

[14] Bloom, Harold. *Richard Wright's Black Boy*, New York: Chelsea House, cop, 2006.

[15] Bloom, Harold, ed.. *The Harlem Renaissance*, Philadelphia: Chelsea House Publishers, 2004.

[16] Bolden, Tony. *Afro – Blue: Improvisation in African American Poetry and Culture*, Burbana and Chicago: The University Press of Illinois, 2004.

[17] Bone, Robert. *Richard Wright*, Minneapolis: University of Minnesota Press, 1969.

[18] Brewton, Butler. *Richard Wright's Thematic Treatment of Women in Black

Boy, *Uncle Tom's Children*, *Native Son*, Palo Alto: Academic Press, LLC, 2010.

[19] Brignano, Russell Carl. *Richard Wright: An Introduction to the Man and His Work*, Pittsburgh: University of Pittsburgh Press, 1970.

[20] Brown, Lois. *Encyclopedia of the Harlem Literary, Renaissance*, New York: Facts on File Inc., 2006.

[21] Craven, Alice Mikal and William Dow, ed.. *Richard Wright: New Readings in the 21st Century*, New York: Palgrave Macmillan, 2011.

[22] Conner, Michael E. and Joseph L. White, ed.. *Black Father: An Invisible Presence in America*, New Jersey: Lawrence Erlbaum Associates Inc., 2006.

[23] Covington, Jeanette. *Crime and Racial Constructions*, Lanham: Rowman and Littlefield Publishers, Inc., 2000.

[24] Drake, Kimberly. *Subjectivity in the African American Protest Novel*, New York: Palgrave Macmillan, 2011.

[25] Du Bois, W. E. B. *The Souls of Black Folk*, New York: Oxford University Press Inc., 2007.

[26] Edward, Margolis. *The Art of Richard Wright*, Carbondale: Southern Illinois University Press, 1969.

[27] Ellison, Ralph. *Shadow and Act*, New York: Vintage Books, 1972.

[28] Fabre, Michel. *The Unfinished Quest of Richard Wright*, Trans. Isabel Barzun. Urbana and Chicago: University of Illinois Press, 1993.

[29] Fabre, Michel. *The World of Richard Wright*, Jackson: The University of Mississippi, 1985.

[30] Fanon, F. *Black Skin, White Masks*, Trans. Charles Lam Markmann. New York: Grove Press, Inc., 1968.

[31] Frankenberg, Ruth. *White Women, Race Matters: The Social Construction of Whiteness*, Minneapolis: University of Minnesota Press, 1993.

[32] Gates, Henry Louis, Jr.. *The Signifying Monkey: A Theory of Afro-American Literary Criticism*, Oxford: Oxford University Press, 1998.

[33] Gates, Henry Louis Jr. and Anthony Appiah. *Richard Wright: Critical Perspectives Past and Present*, New York and Amistad: Penguin

Press, 1993.

[34] Gates, Henry Louis, Jr. and Gene Andrew Jarrett, ed.. *The New Negro: Representation, and African American Culture, 1892—1938*. Princeton: Princeton University Press, 2007.

[35] Gayle, Addison, Jr.. *The Way of the World*, Garden City, N. Y.: Doubleday, 1976.

[36] Gilroy, Paul. *The Black Atlantic: Modernity and Double Consciousness*, Cambridge: Harvard University Press, 1993.

[37] Gordon, Lewis R. ed.. *Existence in Black: An Anthology of Black Existential Philosophy*, New York: Routledge, 1997.

[38] Gounard, Jean—Francois. *The Racial Problem in the Works of Richard Wright and James Baldwin*. Trans, Joseph J Rodgers Jr., Westport: Greenwood, 1992.

[39] Graham, Maryemma, ed.. *Cambridge Companion to the African American Novel*, New York: Cambridge University Press, 2004.

[40] Green, Tara. *A Fatherless Child*, Columbia and London: University of Missouri Press, 2009.

[41] Hall, Stuart and Paul du Gay, ed.. *Questions of Cultural Identity*, Trowbridge: Sage Publications Ltd., 1996.

[42] Hakutani, Yoshinobu. *Richard Wright and Racial Discourse*, Columbia: University of Missouri Press, 1996.

[43] Hakutani, Yoshinobu. *Cross - Cultural Vision in African American Modernism: From Spatial Narrative to Jazz Haiku*, Columbus: Ohio State University Press, 2006.

[44] Hakutani, Yoshinobu. *Critical Essays on Richard Wright*, Boston, Mass. G. K. Hall, 1982.

[45] Harper, Ralph. *Existential Experience*, Baltimore: The Johns Hopkins University Press, 1972.

[46] Hawkins, Alfonso W. Jr.. *The Jazz Trope: A Theory of African American Literature and Vernacular Culture*, Maryland: The Scarecrow Press Inc., 2008.

[47] Herzharft, Gerard. *Encyclopedia of the Blues*, Trans. Brigitte Debord.

Fayetteville: The University of Arkansas Press, 1997.

[48] Hine, Darlene Clark and Earnestine Jenkins. *A Question of Manhood: A Reader in U. S. , Black Men's History and Masculinity*, Bloomington and Indianapolis: Indiana University Press, 2001.

[49] JanMohamed, Abdul R. , *The Death-bound-subject: Richard Wright's Archaeology of Death*, Durham : Duke University Press, 2005.

[50] Joyce, Joyce Ann. *Richard Wright's Art of Tragedy*, Iowa City: University of Iowa Press, 1986.

[51] Kinnamon, Keneth. *A Richard Wright Bibliography : Fifty Years of Criticism and Commentary*, 1933-1982. Connecticut: Greenwood Press Inc. , 1988.

[52] Kinnamon, Keneth. *Richard Wright: An Annotated Bibliography of Criticism and Commentary*, 1983-2003, Jefferson: McFarland and Company, 2006.

[53] Kinnamon, Keneth. *The Emergence of Richard Wright: A Literary, Biographical, and Social Study*, Harvard University Press, 1966.

[54] Kinnamon, Keneth. *The Emergence of Richard Wright*, Urbana: University of Illinois Press, 1972.

[55] Kinnamon, Keneth and Michel Fabre, ed. . *Conversations with Richard Wright*, Jackson: University Press of Mississippi, 1993.

[56] Korall, Burt. *Drummin' Men: The Heartbeat of Jazz: The Swing Years*, Oxford, Oxford University Press, 1990.

[57] Kostlantz, Richard. *Politics in the African American Novel*, New York: Greenwood Press, 1991.

[58] Lawson, R. A. *Jim Crow's Counterculture: The Blues and Black Southerners*, 1890-1945. Louisiana State University Press, 2010.

[59] Lewald, Ernest, ed. . *The Cry of Home: Cultural Nationalism and the Modern Writer*, Knoxville: The University Press of Tennessee, 1972.

[60] Lott, Eric. *Love and Theft: Blackface Minstrelsy and the American Working Class*, New York, Oxford: Oxford University Press, 1993.

[61] Lowe, John, ed. . *Conversations with Ernest Gaines*, Jackson: University Press of Mississippi, 1995.

[62] MaCall, Dan. *The Example of Richard Wright*, New York: Harcourt, Brace and World, 1969.

[63] Macksey, Richard and Frank E Moorer, ed.. *Richard Wright: A Collection of Critical Essays*, Englewood Cliffs, N. J. : Prentice Hall, 1984.

[64] Madhubuti, Haki R.. *Tough Notes: A Heading Call for Creating Exceptional Black Men*, Chicago: Third World, 2002.

[65] Michael F. Lynch. *Creative Revolt: A Study of Wright, Ellison and Dostoevsky*, New York: Peter Lang, 1990.

[66] Miklavcič, Helena and Petric, Jerneja. *Violence as a Response to Oppression: Richard Wright*, Ljubljana: H. Miklavcič, 1997.

[67] Miller, Jacques – Alain, ed.. *The Seminar of Jacques Lacan (Book II): The Ego in Freud's Theory and in the Technique of Psychoanalysis 1954 – 1955*, Trans. John Forrester. Cambridge: Cambridge University Press, 1988.

[68] Murray, Albert. *The Hero and the Blues*, Columbia: University of Missouri Press, 1973.

[69] Murray, Albert. *Stomping the Blues*, New York: McGraw – Hill Company, 1976.

[70] Rampersad, Arnold. *Richard Wright: A Collection of Critical Essays*, Englewood Cliffs, N. J. : Prentice Hall, 1995.

[71] Robinson, Cedric. *Black Marxism: The Making of the Black Radical Tradition*, Chapel Hill and London: The University of North Carolina Press, 2000.

[72] Reilly, John M.. *Insight and Protest in the Works of Richard Wright*, Washington: Washington Univeristy Press, 1967.

[73] Rickles, Milton and Patricia Rickles. *Richard Wright*, Austin, Texas: Steck – Vaughn, 1970.

[74] Roediger, David R. , ed.. *Black on White: Black Writers on What It Means to Be White*, New York: Schocken Books Inc. , 1998.

[75] Rowley, Hazel. *Richard Wright: The Life and Times*, New York: Henry Holt and Co. , 2001.

[76] Shrodes, Caroline, ed.. *The Conscious Reader*, New York: Macmillan Publishing Company, 1985.

[77] Sobel, Mechal. *The World They Made Together: Black and White Values in Eighteenth Century Virginia*, Princeton: Princeton University Press, 1989.

[78] Southern, Eileen. *The Music of Black Americans: A History* (The second edition), New York: WW Norton Company, 1983.

[79] Walker, Margaret. *Richard Wright, Daemonic Genius: A Portrait of the Man, a Critical Look at His Work*, New York: Warner Books, 1988.

[80] Wallach, Jensen Jennifer. *Richard Wright: From Black Boy to World Citizen*, Chicago: Ivan R. Dee, 2010.

[81] Ward, W. Jerry and Robert Butler, ed.. *The Richard Wright Encyclopedia*, Westport: Greenwood Press, 2008.

[82] Washington Project for the Arts et al.. *The Blues Aesthetic: Black Culture and Modernism*, Washington D. C.: The Washington Project for the Arts, 1989.

[83] Webb, Constance. *Richard Wright: A Biography*, New York: Putnam Press, 1968.

[84] Williams, John A.. *The Most Native Sons*, New York: Doubleday Press, 1970.

英文文献（论文）

[1] Abdurrahman, Umar. "Quest for Identity in Richard Wright's *The Outsider*: An Existentialist Approach", *The Western Journal of Black Studies*, Vol. 30, 2006 (1), pp. 25 – 34.

[2] Atteberry, Jeffrey. "Entering the Politics of the Outside: Richard Wright's Critique of Marxism and Existentialism", *Modern Fiction Studies*, Vol. 51, 2005 (4), pp. 873 – 895.

[3] Bekale, Marc Mvé. "Cultural Hybridity and Existential Crisis in Richard Wright's *The Outsider* and CheikhHamidou Kane's L'aventure ambiguë", *Transatlantica*, 2009 (1) (http://transatlantica.revues.org/4255).

[4] Bontemps, Arna. "The Three Portraits of the Negro", *Saturday Review*, 1953 (March 28), pp. 15 – 16.

[5] Butler, Robert. "Farrell's Ethnic Neighborhood and Wright's Urban Ghetto: Two Visions of Chicago's South Side", *MELUS*, Vol. 18, 1993 (1), pp. 103 – 111.

[6] Fabre, Michel. "Richard Wright and the French Existentialists", *MELUS*, Vol. 5, 1978 (2), pp. 39 – 51.

[7] Gannett, Lewis. "Uncle Tom's Children by Richard Wright", *Book Union Bulletin*, April, (1938), pp. 1 – 2.

[8] Hakutani, Yoshinobu. "Richard Wright's *The Outsider* and Albert Camus's *The Stranger*", *Mississippi Quarterly*, Vol. 42, 1989 (4), pp. 365 – 378.

[9] Hayes, Floyd W. III. "Womanizing Richard Wright: Constructing the Black Feminine in *The Outsider*", *A Journal on Black Men*, 2012 (1), pp. 47 – 69.

[10] Hicks, Granville. "Richard Wright's Prize Novella", *New Masses*, Vol. 27, 1938 (March 29), pp. 23 – 24.

[11] Higashida, Cheryl. "Aunt Sue's Children: Re—viewing the Gender (ed) Politics of Richard Wright's Radicalism", *American Literature*, Vol. 75, 2003 (2), pp. 395 – 425 .

[12] Keady, Sylvia H. "Richard Wright's Women Characters and Inequality", *Black American Literature Forum*, Vol. 10, 1976 (4), pp. 124 – 128.

[13] Neal, Larry. "The Ethos of Blues", *The Black Scholar*, Vol. 3, 1972 (10), pp. 42 – 48.

[14] Ottley, Rio. "Wright Adds for New Monster to Gallery Dispossessed", *Chicago Sunday Tribune Magazine of Books*, 1953 (March 23) .

[15] Sillen, Samuel. "Richard Wright's *Native Son*", in *New Masses*, Vol. 34, 1940 (5), pp. 24 – 25.

[16] Tuhkanen, Mikko. "Richard Wright's Oneiropolitics", *American Literature*, Vol. 82, 2010 (1), pp. 151 – 179.

[17] Young, Robert. "The Politics of Reading Richard Wright: *Black Boy* as Ideology Critique", *The Western Journal of Black Studies*, Vol. 19, 2005 (4), pp. 694 – 701.

[18] Wallach, Jennifer Jensen. "The Vanguard of Modernity: Richard Wright's *the Outsider*", *Texas Studies in Literature and Language*, Vol.

48, 2006 (3), pp. 187 – 219.
[19] Ward, Jerry. "*A Father's Law* Review", in *African American Review*, Vol. 43, 2009 (2 – 3), pp. 519 – 521.
[20] Williams, Harry Mackinley. "Understanding the Bag the Cat is in: Father and Son in Richard Wright's *Black Boy*", *Journal of African American Men*, Vol. 2, 1995 (2), pp. 92 – 94.

中文文献（专著、译著）

[1] [美] 爱德华·W. 萨义德：《知识分子论》，单德兴译，生活·读书·新知三联书店2002年版。
[2] [美] 艾琳·索森：《美国黑人音乐史》，袁华清译，人民音乐出版社1983年版。
[3] 蔡琪、孙有中：《现代美国大众文化》，中国经济出版社2000年版。
[4] 程炼：《伦理学关键词》，北京师范大学出版社2011年版。
[5] 陈志杰：《顺应与抗争：奴隶制下的美国黑人文化》，中国社会科学出版社2010年版。
[6] [美] 大卫·理斯曼：《孤独的人群》，王昆、朱虹译，南京大学出版社2002年版。
[7] [美] 达维逊和L. K. 果敦：《性别社会学》，程志民译，重庆出版社1989年版。
[8] [美] 丹尼尔·S. 伯特：《世界100位文学大师排行榜》，夏侯炳译，海南出版社2005年版。
[9] 董衡巽等：《美国文学简史》，中国人民文学出版社1986年版。
[10] [德] 恩斯特·卡西尔：《人论》，甘阳译，上海译文出版社1985年版。
[11] 方成：《美国自然主义文学传统的文化构建与价值传承》，上海外语教育出版社2007年版。
[12] [法] 弗朗兹·法农：《黑皮肤，白面具》，万冰译，译林出版社2005年版。
[13] [法] 弗朗兹·法农：《全世界受苦的人》，万冰译，译林出版社2005年版。

[14] [美]哈维·C. 曼斯菲尔德：《男性气概》，刘玮译，译林出版社2008年版。

[15] 黄卫峰：《哈莱姆文艺复兴研究》，外语教学与研究出版社2007年版。

[16] 姜飞：《跨文化传播后殖民语境》，中国人民文学出版社2005年版。

[17] 李剑鸣：《美国的奠基时代：1585—1775》，人民出版社2002年版。

[18] 刘保安、柳士军著：《美国诗歌艺术史》，吉林人民出版社2006年版。

[19] 鲁迅：《记念刘和珍君》，http：//www.360doc.com/content/12/0510/11/9225789_210035914.shtml。

[20] 罗良功：《艺术与政治的互动：论兰斯顿·休斯的诗歌》，上海外语教育出版社2010年版。

[21] [美]罗洛·梅：《焦虑的意义》，朱侃如译，广西师范大学出版社2008年版。

[22] [美]罗洛·梅：《存在之发现》，方红、郭本禹译，中国人民大学出版社2010年版。

[23] [德]尼采：《论道德谱系》，周红译，生活·读书·新知三联书店1992年版。

[24] 聂珍钊：《文学伦理学批评及其他——聂珍钊自选集》，华中师范大学出版社2012年版。

[25] 聂珍钊：《文学伦理学批评导论》，北京大学出版社2014年版。

[26] 强以华：《西方伦理十二讲》，重庆出版社2008年版。

[27] [美]鲁宾斯坦·A. T.：《美国文学源流》（英文本）（一二卷），外语教学与研究出版社1998年版。

[28] 芮渝萍：《美国成长小说研究》，中国社会科学出版社2004年版。

[29] [德]舍勒：《舍勒选集》（上），刘小枫编译，上海三联书店1999年版。

[30] [美]萨姆瓦：《跨文化传通》，陈南、龚光明译，生活·读书·新知三联书店1988年版。

[31] [美]温顿·马萨利斯、杰夫瑞·沃尔德：《这就是爵士》，程水英译，南京大学出版社2011年版。

[32] 王家湘：《20世纪美国黑人小说史》，译林出版社2005年版。

［33］［美］小亨利·路易斯·盖茨：《意指的猴子》，王元陆译，北京大学出版社 2011 年版。
［34］杨任敬：《20 世纪美国文学史》，青岛出版社 2000 年版。
［35］张立新：《文化的扭曲——美国文学与文化中的黑人形象研究》，中国社会科学出版社 2007 年版。

中文文献（论文）

［1］甘振翎：《非洲裔美国黑人文学的命名现象》，《福州大学学报》2003 年第 2 期。
［2］甘露：《美国的民众私刑浅探》，《和田师范专科学校学报》2008 年第 5 期。
［3］李怡：《从〈土生子〉的命名符号看赖特对 WASP 文化的解构》，《外国文学研究》2007 年第 2 期。
［4］聂珍钊：《文学伦理学批评与道德批评》，《外国文学研究》2006 年第 2 期。
［5］聂珍钊：《文学伦理学批评：基本理论与术语》，《外国文学研究》2010 年第 1 期。
［6］王卫平：《解读〈黑孩子〉〈美国饥饿〉中的"隔离"主题》，《外语教育》2008 年第 8 期。
［7］王希：《多元文化主义的起源、实践与局限性》，《美国研究》2000 年第 2 期。
［8］张立新：《美国文学与文化中的"白色"象征意义》，《外国文学评论》2002 年第 1 期。

后　　记

"布鲁斯化的伦理书写：理查德·赖特作品研究"是笔者主持的国家社科基金青年项目的结项成果。从最初申报项目到最后定稿成书经历了5年，但它其实是我过去17年来对理查德·赖特作品持之以恒的研究成果。

事实上，这本书也是我对已故父亲李习俭教授的一个承诺。他一生从事英美文学的教学和研究，是他引导我走上了研究美国文学的道路。早在1998年我做硕士研究论文时，是他慧眼独具在众多著名的美国文学家中选出了理查德·赖特，帮我确定了研究方向。当时在中国研究赖特的学者甚少，国内的研究资料也很有限。他说："这是一位值得研究的作家，研究他的作品等同于研究美国的黑人近代史，这是美国文学和历史不可或缺的一部分。"在他的指导下，我完成了硕士论文，也开始了我对赖特作品研究的历程。在我硕士毕业时，我曾经向他承诺，我会写一部关于理查德·赖特小说整体研究的专著。如今书稿终于得以出版，我心中真是百感交集。

这本书在过去5年中曾几易其稿，并得到了很多国内外前辈和同行的指导、关怀和支持。首先，我要感谢我的恩师，华中师范大学外国语学院的李俄宪教授。他个人深厚的知识底蕴、开放的学术思路、敏锐的研究视角、严谨的求证态度和精益求精的钻研精神都成为我克服研究困难、反复修改书稿、更新研究视角、充实研究内容的动力和源泉。同时，我的这本书能顺利完成离不开文学伦理学批评方法的倡导者，华中师范大学文学院聂珍钊教授的指导和帮助。当我在写作中遇到了一些具体的、一时难以理清头绪的术语界定或理论运用等问题时，聂老师总是很耐心谦和地给予细致的理论指导，使我的研究才能得以进展顺利，并取得了一些突破。我还要特别感谢美国堪萨斯大学非裔中心主任、美国黑人文学评论家彼得·优普库杜（Peter Ukpokodu）和音乐文学教授托尼·鲍尔敦（Tony Bolden）。

他们是我于2012—2013年在美访学时结识的教授。他们对我的书稿写作给予了充分的支持和具体的指导。在与他们的交流中，我学到了不少关于美国的历史、文化和音乐等方面的知识。这让我明确了黑人音乐的发展史在一定程度上就是对美国黑人生存哲学和求生伦理的种族书写，也让我坚定了将布鲁斯理论与文学伦理学批评方法作为互补的理论架构，进行赖特小说整体研究的思路。可喜的是，我的这种研究思路和方法得到了彼得和托尼的欣然认同和积极肯定。他们一致认为将文学伦理学批评方法运用到赖特小说研究中的尝试，开拓了非裔美国文学研究走向多元化和国际化的可能。此外，胡亚敏教授、苏晖教授、罗良功教授对本书的写作与我的学术成长给予了很多启发和关怀，在此由衷表示感谢！要谢的还有陪伴我一路走来的学术同人，刘兮颖、李纲、郭晶晶、谭杉杉、赖艳、刘红卫、杨革新等，他们在我写书的过程中都给予过我激励和帮助。对于友人的支持我虽然拙于表达，但感激之情早已珍藏于心。中国社会科学出版社的郭鹏编辑对于这部书给出了许多宝贵的修改意见，在此也表示感激。最后也是我最需要感谢的是，包容我、爱护我的妈妈钱鸣珂、丈夫陆涛、儿子陆昊成。正是他们无怨无悔的付出和热忱无私的关爱才让我得以顺利完成书稿，更让我无时无刻地感叹自己的幸运，感恩生活的美好！

本书存在不足之处，恳请学术界前辈和同行批评指正。

李怡
2015年12月12日
于华师桂子山